Frau R.

Wenn ein Fremder
Schneewittchen wach küsst…

Die Verwandlung zum Vollblutweib

„Der Schmerz um die Liebe, wie die Liebe,
bleibt unteilbar und unendlich."
(Johann Wolfgang von Goethe)

Ebenfalls von Frau R. erschienen:

Mit rasierten Beinen spricht sich's besser!
20 Dates in 40 Tagen

(ISBN 978-37-7347-2810-5)

Das Buch

Ich, Jule, lerne Adrian im Internet kennen und er outet sich als BDSM'ler. BDSM - was? Nie davon gehört! Als ich herausfinde, was das ist, bin ich schockiert: "Scheiße, der ist pervers!" Adrian macht mich aber so neugierig auf sich, dass ich der Versuchung eines persönlichen Treffens nicht widerstehen kann. Adrian entführt mich in seine Welt und eröffnet mir dadurch neue Welten. Was als Affäre startet, wird so viel "mehr". Die Verwandlung der "kleinen, dicken Frau" zum Vollblutweib beginnt.

Wenn ein Fremder Schneewittchen wach küsst...

Die Verwandlung zum Vollblutweib

Erotische Erzählung

Bibliografische Information der Deutschen Nationalbibliothek:
Die Deutsche Nationalbibliothek verzeichnet diese Publikation
in der Deutschen Nationalbibliografie; detaillierte bibliografische
Daten sind im Internet über www.dnb.de abrufbar.

© 2015 by Julia Riegler

Coverfoto by Liane Kaiser
Bildbearbeitung: Franzi D.

Herstellung und Verlag:
BoD – Books on Demand, Norderstedt

ISBN: 978-3-7357-5065-5

*Für alle
Räuber, Piraten, Drachenzähmer
und Vollblutweiber*

Verkuschelte Internetprofile

Nach einem weiteren aufreibenden Arbeitstag knalle ich, Jule Stein, 33 Jahre alt, moppelig und gerade frisch von meinem (Noch)-Ehemann getrennt, im Flur meine Wanderstiefel gefrustet neben die Sicherheitsschuhe. Irgendwie fühle ich mich gerade in einer Endlosschleife gefangen. Meine Tage bewegen sich nur noch zwischen meinem Hauptjob als Einrichtungsberaterin in einem großen, schwedischen Möbelhaus (was die Sicherheitsschuhe erklärt) und meinem Nebenjob als Hundetrainerin (was die Wanderstiefel erklärt). Sonst: nichts!

Nichts, außer Leere und Langeweile. *„Das kann ja wohl noch nicht alles sein, oder?"*, frage ich mich selbst. Eigentlich sollte mein Leben doch jetzt neu beginnen, aber irgendwie ziehen die Tage nur an mir vorbei. Es ist ja nicht so, dass ich nichts unternehme, keine Freunde hätte, aber richtig ausgefüllt, erfüllt bin ich nicht. Ich habe jede Menge Spaß mit meiner neu gewonnen Unabhängigkeit und Freiheit, rede ich mir zumindest ein, aber bislang beschränkt es sich doch eher darauf, dass ich essen kann wann ich will und mir keiner meinen Lieblingsjoghurt aus dem Kühlschrank stibitzt. Nein, irgendwie hatte ich mir das anders vorgestellt, aber mein Alltag hält mich wie in einem Hamsterrad gefangen.

Gerade heute war es wieder besonders nervig. Zuerst die sechs Stunden im Möbelhaus und dann noch zwei anstrengende Kunden im Hundetraining. *„Wenn doch nur die Besitzer nicht wären, die Hund sind toll."*, denke ich mir und füttere erstmal meinen eigenen Hund. Hunde sind einfach die besseren Menschen. Keiner freut sich dermaßen unbändig Dich zu sehen wie dein Hund.

„Na, Fräulein, wenigstens du wedelst mit dem Schwanz, wenn ich heimkomme.", grinse ich meine Hundedame an, die das auch sofort mit einem Schwanzwedeln bestätigt.

Mein Tag hängt mir in den Knochen und gerade jetzt im Winter kommt natürlich erschwerend hinzu, auch noch stundenlang in der Kälte zu bibbern. *„Genug gemotzt!"*, sage ich mir.

Schuhe raus, duschen, warm einmummeln, Füße hoch, essen und es sich bequem machen, das ist der Plan. Auch wenn mich mal wieder nichts als das langweilige TV-Programm erwartet. Nach einer halben Stunde genervtem hin- und herzappen, gebe ich allerdings auf und fahre meinen Laptop hoch. Wenn das TV-Programm mir schon nichts zu bieten hat, dann vielleicht das

Datingportal bei dem ich mich vor ein paar Tagen angemeldet habe?! „Wir verlieben Dich!" ist ja ein wirklich schöner Slogan, aber irgendwie beschleichen mich da bereits jetzt berechtigte Zweifel. Bislang bin ich nämlich meilenweit davon entfernt, dass die mich verlieben. Und tatsächlich: nichts als gelangweilte „Hallo - und sonst nichts"-Nachrichten oder „Erzähl mir mehr von Dir!" – dabei habe ich mir wirklich Mühe gegeben diese blöden 25 Fragen gewissenhaft, witzig und kurzweilig auszufüllen. Wer lesen kann, ist ganz klar im Vorteil und könnte das in mir wie in einem offenen Buch, aber anscheinend können Männer besser sehen als denken und so erfolgt ein Blick aufs Bild und ein sinnfreies Anschreiben. Aber warum wundert mich das, wo es den meisten Männern wohl reicht, die Frage nach „Was suche ich" mit „Frauen" zu beantworten und alle anderen Fragen mit „Will ich nicht sagen" ankreuzt werden? Weiß man direkt, was man davon zu halten hat! Getoppt wird das eigentlich nur durch die obligatorische Frage „Was suchst Du hier" – mal abgesehen davon, dass es wohl nicht mein verlorener Autoschlüssel ist und das definitiv in meinem Profil beantwortet wird, habe ich eines in der kurzen Zeit im Internetzirkus gelernt: „Was suchst Du hier" ist die verlängerte Form für die männliche Frage „Ficken?". Nur halt nicht ganz so direkt.

Die direktere Frage danach, vielleicht ein wenig „Spaß" miteinander zu haben, kommt dann meist erst im 3. oder 4. Satz, aber letztlich läuft es zu oft daraus hinaus, dass der arme Mann in einer unglücklichen Beziehung festhängt, die Dame seiner Wahl einfach nicht mehr so aufmerksam wie früher ist und irgendwie das Kribbeln im Laufe der Zeit ausgeblieben sei. Abgesehen davon, sehne man sich nach fremder Haut und neuen Abenteuern. Oder ganz einfach: da ist jemand chronisch untervögelt und auf der Suche nach was schnellem, unkomplizierten für Zwischendurch.

Doch da ergeben sich auch schon die ersten Probleme: ich bin wirklich weit davon entfernt „unkompliziert" zu sein und auch nicht so chronisch untervögelt, dass es an Verzweiflung grenzt. Außerdem verstehe ich einfach nicht, warum man sich nicht trennt, wenn alles langweilig und eingefahren ist. Gibt es denn da draußen nur Frauen, die ihren Partnern den Sex verwehren und sich die bemitleidenswerten Männer im Internet jemanden aufreißen müssen?

Wenn mich meine Beziehung doch in jeglicher Hinsicht nicht befriedigt, warum ändere ich dann nichts? Entweder mit meiner Partnerin oder in letzter Konsequenz durch eine Trennung? Eine Trennung ist wahrlich ein großer Schritt und eine schwere Entscheidung, das ist mir bewusst, auch ich habe es mir nicht leicht gemacht. Aber warum soll man im Stillstand verharren und das bisschen Leben, das man hat, völlig an sich vorbei ziehen lassen, nur um in etwas zu investieren, was nicht mehr zu retten ist? Nun gut, ich habe leicht reden. Immerhin musste ich auch in meiner Beziehung meine Wäsche selber waschen und für mich selbst sorgen. Vielleicht hatte ich es dadurch einfacher? Dient das alles nur als billige Ausrede, um sich nebenher austoben zu können? Außerdem stellt sich mir die Frage: was für Frauen machen da mit? Denn wenn Männer mit der Masche keinen Erfolg hätten, würden sie es doch nicht versuchen, oder? Vor allem wundert es mich aber, warum man solche Abenteuer nicht auf einem der eindeutigeren Portale sucht, sondern dort wo man mit dem Versprechen sich zu verlieben geködert wird? Ach, ich merke, meine Gedanken sind schon wieder auf Reise und ich schweife ab.

Es erwarten mich letztlich also keine spannenden, tollen Nachrichten vom Mann meiner Träume – welch Überraschung! Zur Ablenkung beginne ich durch die Profile zu surfen, ziehe die Umkreissuche weiter und weiter, denn richtig spricht mich keines an. Gut, es ist auch nicht einfach ist meine Aufmerksamkeit zu erlangen. Als erstes ist der Nickname für mich schon sehr aussagekräftig. Mal im Ernst, Ihr lieben Männer da draußen: macht Ihr Euch Gedanken darüber wie „Bärchen123", „Kuscheltiger25", „Dosenöffner", „Wurstsemmel", „Audifahrer", „Kannnix", „Glücklichmacher",... (und das Elend lässt sich endlos erweitern) ankommen? Wie soll ich denn „Teddybär", „Porsche-Uwe" oder „Kuschel-Klaus" auch nur annähernd ernst nehmen?

Dann fallen Profile ohne Bild raus und Profile, in denen das Bild nicht passt auch. Der Mann muss wahrlich kein Schönling sein, aber einfach etwas an sich haben, was ansprechend ist. Dann setze ich auch noch voraus, dass er ein paar einfache Sätze mit korrekter Rechtschreibung beherrscht und schon wird die Luft dünn, denn die meisten Profile sind gar nicht oder nur mit dem üblichen „bla bla bla" gefüllt. Von der verheerenden Orthografie gar nicht zu sprechen! Wenn man noch die wenigen Männer rausfischt, die sich selbst in der Lage sehen, mit einer „starken", sprich fülligen Frau klar zu kommen, bleibt leider nicht mehr viel übrig. Die meisten suchen eine Frau, die gerne ein paar Kilo mehr haben darf, um dann als Höchstgewicht 65 kg anzugeben. Wie soll das denn bitte aussehen?

Nein, aktuell haben die mich wirklich noch nicht verliebt!

Derweil habe ich meine Umkreissuche auf über 150 km ausgedehnt und ich will gerade meinen Laptop wieder zuklappen, als ich auf ein Bild stoße, das mich inne halten lässt. Man sieht nicht wirklich viel, nur das Porträt eines Mannes, leicht verschwommen, hier ein Auge, da ein Dreitagebart, aber endlich mal kein Selfie vor dem Badezimmerspiegel! Mein Blick fällt auf den Nickname: „Kleiner Idiot"! Offensichtlich verfügt da jemand über ein gesundes Maß an Selbstironie, was mich anspricht! Bitte, liebes Universum, lass das Profil interessant sein! Die Eckdaten passen schon mal: 1,85 m groß, 45 Jahre alt, grüne Augen, dunkle Haare, sucht auch Frauen mit etwas mehr auf den Rippen. Wenn er jetzt noch in der Lage ist die 25 Fragen in ganzen Sätzen zu beantworten, zeige ich mich fürs erste beeindruckt! Hurra! Nicht nur vollständige Sätze mit Subjekt, Prädikat, Objekt, nein, er schreibt auch noch witzig und selbstironisch! Ich lese weiter, muss schmunzeln und ab und an laut auflachen! Das ist ein Profil nach meinem Geschmack! Er hat sich Mühe gegeben, man merkt, dass er sein Profil nicht lieblos auf die Schnelle ausgefüllt hat. Die Frage „Wie soll die Traumfrau sein?" hat er wie folgt beantwortet:

Es ist nicht meine Art, direkt mit der Tür ins Haus zu fallen, aber da es funktionieren soll, muss es gewisse Übereinstimmungen geben und dazu gehört, dass meine Traumfrau eine jedwede BDSM-Neigung haben sollte.

„Was soll die haben? BDSM-Neigung? Noch nie davon gehört!", denke ich mir, bin allerdings so von seiner Art zu schreiben fasziniert, dass ich das auch gleich wieder vergessen habe und drüber weg lese. Den würde ich wirklich gerne näher kennenlernen!

4

Leider kann ich ihm dank fehlendem Premium Abo nur einen Flirtkontakt schicken und hier ist die Auswahl stark begrenzt. Letztlich entscheide ich mich für „Ich finde Dein Foto gut". „Kleiner Idiot" ist ebenfalls gerade online und so warte ich auf eine Antwort. Tatsächlich, keine fünf Minuten später zeigt mir mein Postfach: Nachrichteneingang. Neugierig öffne ich seine Mail und bin nicht überrascht, dass dieser Mann nicht nur in vollständigen Sätzen, sondern auch mit einer ordentlichen Prise Humor darüber schreibt, wie glücklich er sich schätzen kann, von mir gefunden worden zu sein bei der Entfernung zwischen uns. Ganze Sätze und Humor! Eine Seltenheit (jede Frau, die sich auf Dating Portalen bewegt, wird meine Begeisterung verstehen)!

Zack, zack, zack, fliegen nun die Nachrichten zwischen uns hin und her. Witzige, interessante kleine Schlagabtausche. Mich faszinieren seine Art der Kommunikation, sein Humor und die Cleverness, die aus seinen Mails sprechen.
Einziger Minuspunkt: Der kleine Idiot kommt aus Baden-Baden und das liegt gut 200 km entfernt.
Nun, ich wollte jetzt sowieso nicht akut in eine feste Beziehung, mir steht der Sinn eher nach Spaß, etwas „Kribbeln im Bauch" und bislang verspricht mir der kleine Idiot genau das - eine nette, kleine Ablenkung aus dem Alltag.
Etwas verbindlich unverbindliches, das hätte ich gerne und das lässt sich auch auf 200 km Entfernung realisieren. Über die angeregte Schreiberei ist es spät geworden und für mich eigentlich schon lange Zeit schlafen zu gehen. Wir verabschieden uns mit dem Versprechen unsere Unterhaltung bald fortzusetzen.

Bereits am nächsten Morgen erwartet mich eine weitere Nachricht von ihm, in der er sich für den angenehmen Abend bedankt. Sehr sympathisch der Mann! Von nun an kann ich es nicht erwarten, eine seiner spannenden Nachrichten im Posteingang zu finden.

Scheiße, der ist pervers!

Schließlich schaffen wir es wirklich mal wieder beide gleichzeitig vor dem PC zu sitzen und ich erhalte eine Chateinladung von Adrian, wie er sich mittlerweile vorgestellt hat. Auch hier über-zeugt er mich mit seinen Worten, die flink, sprachgewandt und stets voll Witz und Selbstironie bei mir ankommen. Nachdem wir nun schon einige Zeit chatten, schreibt er:

Weißt Du, Jule, wir schreiben uns jetzt seit ein paar Tagen und ich finde Dich wahnsinnig interessant. Aber ich kann meine Neugier nicht mehr bändigen, muss es wissen: welche BDSM-Neigung hast Du?

In meinem Kopf blitzen ungefähr drei rote Fragezeichen auf: *BDSM-was?*
Da ist wieder das Wort, das ich zwar schon einmal gelesen, aber keine Ahnung habe, was das sein soll oder er damit meint. Das stand doch auch schon in seinem Profil?!
Auf keinen Fall werde ich eingestehen, keinen blassen Schimmer zu haben, wovon der da eigentlich schreibt!
Deswegen bitte ich ihn kurz zu warten und öffne schnell ein zweites Browserfenster. Soll mir Google doch mal zeigen, was es kann! Schnell tippe ich „BDSM-Neigung" ins Suchfeld und zack werden mir 1000e Links angezeigt. Wahllos klicke ich einen an. Mir stockt der Atem und ich starre bestürzt auf den Bildschirm, sehe eine Domina mit Peitsche in der Hand, die einen „Sklaven" *(ernsthaft ein Sklave???)* mit Schweinemaske und Windeln hinter sich her zerrt! Bitte was??? Das kann doch nicht sein ernst sein?

„Scheiße! Der ist pervers!", schießt es mir durch den Kopf. Ich bin zu tiefst schockiert! *Nein, das geht gar nicht und ganz sicher habe ich eine solche Neigung nicht in mir!*

Adrian fragt im anderen Browserfenster ungeduldig nach, ob ich überhaupt noch da sei?! Nein! Ich glaube, ich bin eben im Erdboden versunken, das kann doch nicht wahr sein?
„Vielleicht habe ich mich ja verklickt und bin nur aus Versehen auf sooooo einer Seite gelandet?", versuche ich mir das, was ich da sehe schön zu reden. Schnell zurück zu den Suchergebnissen.
Der nächste Link verweist mich an einen Anbieter für Lack-, Leder-, Latex-Kleidung.
Geprägt von meinem „umfangreichen" RTL2-Wissen, was das Thema anbelangt, kommt mir nur eines wiederholt in den Sinn:

„Scheiße, der ist pervers!!!"

Unterdessen fragt Adrian im Chatfenster erneut nach, ob ich noch da sei. Äußerst sexy in alter Jogginghose und ausgewaschenem Bon Jovi-T-Shirt sitze ich - weit ab von irgendeiner SM- oder Fetischwelt - vor meinem Laptop und gucke auf die fragenden Meldungen des ersten interessanten Mannes, den ich hier treffe und der sich als pervers herausgestellt hat. Das darf doch nicht wahr sein!

Nachdem ich nochmal den ein oder anderen Link der Google-Ergebnisse angeklickt habe, weiß ich, dass ich Adrian nicht länger warten lassen kann und ihm antworten muss. Deswegen schreibe ich:

> *Du, also, was das mit dieser Sache anbelangt, da gab es ein Missverständnis. Sowas habe ich nicht und kriege ich auch ganz bestimmt nicht rein! Sorry!*

Kleiner Idiot schreibt:

> *Liebe Jule, es ist mir völlig egal, ob Du das hast oder nicht und auch, ob Du das noch reinkriegst. Ich finde Dich so witzig, wir müssen uns treffen. Darf ich Dich zum Essen einladen?*

Was? Essen mit einem Perversen? Wer weiß, auf was für Ideen der noch kommt? Sexuell bin ich nun wirklich kein Mauerblümchen. Ich habe gerne Sex und bin offen für vieles, aber doch nicht für so etwas Krankes, Perverses! Warum also mit ihm essen gehen? Wo soll das denn auch hinführen? Sicher werde ich solche Dinge gar nicht erst ausprobieren! Damit braucht der überhaupt nicht anfangen! Alle sieben Todsünden fallen mir gerade ein.

Andererseits war dieser Mann bislang interessant, witzig, aufregend, intelligent und sieht gut aus.
Noch dazu bietet er mir ein warmes Essen an und wer mich kennt, weiß, dass ich nicht kochen kann, sondern Dinge in eine Pfanne werfe und hoffe. Von daher ist jeder, der mir ein warmes Essen anbietet, erstmal als Freund einzustufen.
Lange habe ich mich nicht mehr so gut unterhalten wie mit Adrian und erst recht niemanden mehr so aufregend gefunden wie ihn, aber wiegt das diese andere, dunkle Seite in ihm auf?
Wobei er ja aber auch nur von einem Essen spricht. Was soll mir denn schon groß passieren, wenn ich ihn mir mal live anschaue?

7

Eine Freundin kann mich covern. Das heißt, sie kontaktiert mich regelmäßig zu vereinbarten Zeiten, erhält Namen, Telefonnummer, gegebenenfalls Autonummer meines Dating Partners, so dass sie notfalls die Kavallerie losschicken kann, falls ich mich nicht melden sollte.

Ich zögere... aber dieser Mann hat irgendwas Faszinierendes, deswegen schreibe ich zurück:

Das muss ich mir erstmal überlegen und solange wir nicht telefoniert haben, denke ich noch nicht einmal darüber nach!

Na, dann her mit Deiner Handynummer, ich rufe Dich an.

Zögernd tippe ich meine Handynummer ins Chatfeld, habe innerhalb weniger Minuten Adrian am Telefon und muss überrascht feststellen, dass er am Hörer noch witziger und smarter ist, als wenn er schreibt. Auf Anhieb ist unser Gespräch locker und ungezwungen und bereits nach kurzer Zeit sind meine Zweifel ihn persönlich zu treffen fast ausgeräumt. Kaum einen Gedanken verschwende ich mehr daran, dass ich diesen Typen vor erst ungefähr 20 Minuten für pervers hielt. *„Diese kleine sexuelle Abnormität... muss man ja nicht ausleben!"*, versuche ich mir einzureden.

Adrian erzählt von seinem Job als Vertriebler in einer Werbeagentur und lacht mit mir über Geschichten aus dem Möbelhaus. Wir versinken in den verschiedensten Themen und finden einfach kaum ein Ende, wahnsinnig viel haben wir uns zu erzählen. Schließlich gesteht er, dass ihn Frauen in High Heels anmachen, was mich schmunzeln lässt: „Naja, da bist Du ja bei mir genau richtig.", lasse ich ihn wissen, „Im Hauptjob Sicherheitsschuhe, im Nebenjob Wanderstiefel, zum Weggehen Biker Boots. Alles was höher als 3 cm ist bringt mich um."
Sein leises Lachen am anderen Ende der Leitung, begleitet seine Antwort: „Wir können uns nur treffen, wenn Du auf mindestens sieben Zentimetern laufen kannst!".
Ja, nee, ist klar. Sonst geht es ihm aber noch gut?! Als ob ich für irgendeinen Mann, egal wie interessant er ist, einen Knöchel- oder Beinbruch in Kauf nehmen würde? Noch nicht mal schmerzende Füße. Bislang war ich noch nicht mal sicher, ihn überhaupt treffen

zu wollen, aber dann halt kein Treffen, da bin ich eigen! Soll ich mir vielleicht auch noch extra Schuhe kaufen, oder was? Ich wusste es ja gleich: der Typ hat einen Knall!

Adrian berichtet, dass er gerade beruflich in Hamburg ist und ich bestehe auf eine Postkarte, gebe ihm meine Adresse, bevor das Telefonat viel zu schnell vergangen ist.
Nun, „zu schnell" ist relativ, wir haben fast zwei Stunden gesprochen. Ende der Woche wollen wir wieder telefonieren und letztlich bleibt es nicht bei diesem zweiten Telefonat, dem einige weitere folgen.
Auch die versprochene Postkarte trudelt ein. Wir halten eben kurz fest: Ein Mann hat eine Postkarte gekauft, per Hand beschriftet, war dabei auch noch humorvoll und hat es geschafft eine Briefmarke zu kaufen, darauf zu kleben und sie in den Briefkasten eingeworfen. Für meine Begriffe fast eine Meisterleistung!

Außerdem wird dieser Mann von Telefonat zu Telefonat interessanter und ich spüre bereits ein leichtes Kribbeln, wenn mir seine Nummer im Display angezeigt wird, bei jeder Nachricht im Postfach klopft mein Herz schneller.
Wir sprechen und schreiben sogar offen über seine sexuellen Vorlieben im BDSM-Bereich, ohne dass ich wie zu Beginn gleich Schnappatmung bekomme, wobei ich ihm zu Gute halten muss, dass er sich sehr vorsichtig an das Thema herantastet, weil er weiß, dass ich meine Erfahrungen nur aus einschlägigen TV-Berichten zusammen gesammelt habe und diese nicht gerade vertrauenswürdig waren, geschweige denn die Lust bei mir auslösten, mal etwas in diese Richtung zu versuchen.
Er erklärt mir, was für ihn den Reiz ausmacht, wie und was es sein kann und erzählt so aufrichtig und offen davon, dass mir vieles gar nicht mehr ganz so abwegig und pervers erscheint. Es kommt zur Sprache, dass ich wie er Leder mag und sicherlich reizt es mich auch mal gefesselt zu werden, falls ich jemanden vertrauen sollte.
Allerdings schweben mir da eher Seidentücher vor, keine Ledermanschetten, Handschellen, Ketten oder Seile.
Außer Frage stehe ich auch auf hemmungslosen, wilden Sex, was für Adrian alles Anzeichen dafür sind, dass ich eine BDSM-Neigung habe, die ich aber vehement verneine und weit von mir weise.

Dank unserer Gespräche sind wir in kürzester Zeit so vertraut, dass er mich ermuntert, ihm Kurzgeschichten mit meinen sexuellen Phantasien zu schreiben. Ich mag diesen Austausch subtiler Erotik, seine Reaktion auf meine kleinen Episoden und bald erscheinen mir manche von Adrians Geschichten aus der BDSM-Welt gar nicht mehr pervers, sondern eher aufregend und sinnlich.
Anderes schreckt mich aber nach wie vor ab oder lässt mich verständnislos mit dem Kopf schütteln.
Doch langsam, aber sicher nimmt er mir durch seine direkte, offene Art und seinen lockeren Umgang mit mir über alles zu sprechen den anfänglich üblen Beigeschmack und die Vorurteile, die ich mir gebildet hatte.

Ich beginne, ihm und seiner ganz eigenen Interpretation von BDSM, immer aufgeschlossener zu begegnen und ja, ein Stück weit auch neugierig darauf zu werden.
Allerdings hängt für mich diese Neugier mehr mit Adrian als Person, als allem anderen zusammen. Seine Anrufe und Nachrichten sind inzwischen ein fester Bestandteil meines Alltags und sobald ich von ihm höre oder lese stiehlt sich vermehrt ein Lächeln auf mein Gesicht.
Meine Neugier ist eindeutig geweckt und mehr und mehr brenne ich darauf, diesen geheimnisvollen Mann endlich persönlich kennen zu lernen.

Lern' laufen

Völlig durchgefroren komme ich nach einer Hundetrainingsstunde nach Hause und kann es nicht erwarten endlich an den Laptop zu kommen, denn schon seit zwei Tagen keine Nachricht von Adrian.
Wie vom Erdboden verschluckt ist er.
Natürlich weiß ich, dass er viel unterwegs ist, einen stressigen Job hat, aber mein Gott, so ein kurzes „Hallo" kann man(n) doch immer mal dazwischen schieben, oder?
Abgesehen davon, hat er in den letzten zwei Wochen nicht einmal mehr davon gesprochen, dass wir uns treffen sollten und meine kleinen, dezenten Schläge mit dem Zaunpfahl ignoriert er geflissentlich.

Ich knalle die Haustür hinter mir zu und gehe die Stufen zu meiner Wohnung hinunter. Vor der Tür steht ein riesiges Paket einer bekannten Schuhmarke. *„Aber ich habe doch gar nichts bestellt?"*, denke ich bei mir als ich mir den Karton schnappe, um den Adressaufkleber zu prüfen. Steht aber ganz eindeutig mein Name drauf! Ich bin mir sicher nichts bestellt zu haben, die Marke kann ich mir weder leisten, noch führen die Sicherheits-, Wander- oder Biker-Stiefel.

„Na super. Was ist das denn jetzt wieder für ein Scheiß?", grummele ich vor mich hin. Leicht angesäuert, meine Grundstimmung ist eh nicht die beste, öffne ich das Paket und fische den Lieferschein heraus. Tatsächlich auch hier: Lieferung an: MICH!

Darunter bezahlt mit Kreditkarte. Ok, das muss wirklich ein Missverständnis sein! Schließlich habe ich noch nicht mal eine Kreditkarte. Innerlich seufze ich auf und bereite mich auf einen langen Spießrutenlauf mit der Retourenabteilung der Firma vor.

Doch dann, ganz klein, unten auf dem Lieferschein ein Hinweis:

Lern laufen, Kleines, ich will Dich endlich sehen, Adrian.

Bitte was? Ungläubig starre ich auf den Satz. Hat er mir ernsthaft Schuhe gekauft? Kopfschüttelnd öffne ich den ersten Karton: Stiefeletten, 7 cm Absatz, schwarzes Leder.

Zweiter Karton: Stiefeletten, 10 cm Absatz, schwarzes Leder.

Der Mann hat doch nicht mehr alle Latten am Zaun! Ich schwanke zwischen Begeisterung, Freude, Ungläubigkeit und ein klein wenig Wut. Er meint das also ernst! Er will mich nur treffen, wenn ich auf hohen Schuhen laufen kann!

Kurz bin ich sauer, ob dieser Anmaßung, aber naja... einmal anprobieren kann ja nicht schaden, bevor ich sie natürlich zurück schicken werde.

Ratzfatz habe ich die 7 cm Stiefeletten an und stöckele durch die Wohnung. Meine armen Füße sind das beim besten Willen nicht gewohnt. Mir kommt ein Spruch meiner Oma in den Sinn: „Französische Schuhe und fränkische Füße – das geht nicht!"

Ich muss grinsen. Wie recht sie doch hat. Allerdings muss ich gestehen, dass ich mit diesen Stiefelchen sexy aussehe.

Was mache ich denn jetzt nur? Ich bin hin und her gerissen. Wenn ich diesen Mann treffen will, werde ich mich wohl an den Absatz gewöhnen müssen. Natürlich kann ich nicht ganz so leicht die weiße Fahne gegenüber Adrian schwenken und schicke ihm eine SMS:

Fremder, hier steht ein Paket mit unverschämt hohen Schuhen. Falls die für mich sind... Du spinnst! Aber vielleicht überlege ich es mir mit denen laufen zu lernen, wenn ich im Gegenzug warmes Essen bekomme. Die 10 cm gehen aber definitiv zurück! Da verweigere ich mich! J.

Kurz darauf erhalte ich seine Antwort:

Motz nicht so viel rum, Kleines! Lern laufen und hier wird überhaupt nichts zurück geschickt! Ich kann es nicht erwarten Dich endlich zu sehen, A.

Dieser Mann ist schon ein ganz klein bisschen verrückt!

Die Wahrheit über Zwerge

Zwei Wochen später ist es endlich soweit: ich kann unfallfrei in den 7 cm Schuhen laufen und dank Kapazitäten in unseren beiden Terminkalendern, steht mir mein erstes Treffen mit Adrian bevor. Ein Fremder, von dem ich es nicht abwarten kann, ihn endlich persönlich kennen zu lernen. Adrian ist geschäftlich in Berlin und auf seinem Heimweg legt er morgen also einen Zwischenstopp bei mir ein. Nachdem er sich das beste Hotel vor Ort hat empfehlen lassen, hat er sich dort ein Zimmer gebucht und mir die Wahl des Restaurants überlassen. Der Tisch bei meinem Lieblingsitaliener ist reserviert, der Hauptjob wartet übermorgen erst ab 16 Uhr auf mich – perfekt! Einem schönen Abend steht also nichts im Wege.

Meine Nervosität und Unruhe ist jetzt am Abend vorher deutlich spürbar, das Fernsehprogramm hat mal wieder nichts zu bieten, was mich ablenkt und auf mein Buch kann ich mich nicht konzentrieren. Ich tigere unruhig durch die Wohnung.
Ich HASSE erste Dates!
Da schreibt man sich wochenlang hin und her, telefoniert, findet den anderen super spannend und aufregend und wird dann meist von der Realität eingeholt. Urplötzlich passt die Chemie nicht

mehr, schwimmt man nicht auf einer Wellenlänge oder kann den anderen, im wahrsten Sinne des Wortes, nicht riechen. Auch schön, wenn man feststellt, dass das Profilbild wohl schon einige Jahre auf dem Buckel hat oder man(n) bemerkt, dass Frau „in echt" ja wirklich dick ist – Überraschung! Nein, erste Dates sind nicht mein Ding. Wer weiß, vielleicht sagt er ja auch ganz spontan ab?! Was? Nein! Das wird er nicht machen, oder? Sofort fahre ich den Laptop hoch. In meinem Postfach droht tatsächlich eine Mail von ihm. Betreff: „Um ehrlich zu sein" – Och nö! Ich glaube, ich mag das nicht lesen. Letztlich überwiegt selbstverständlich doch die Neugier und ich schaue den Tatsachen ins Auge. Inzwischen lese ich diese E-Mail zum zweiten Mal und weiß nicht, ob ich ob seiner Ehrlichkeit den Hut ziehen oder mich schlicht verarscht fühlen soll. Ich muss das noch ein drittes Mal lesen! Aber auch jetzt steht es da schwarz auf weiß:

Hallo Kleines,

heute ist der Tag vor dem großen Tag und ich muss Dir ein Geständnis machen: Der Mann auf dem Profilbild bin nicht ich. Das ist irgendein belgischer Regisseur, dessen Bild ich mir „ausgeliehen" habe und auch die Angaben zu meinem Äußeren sind nicht ganz korrekt. Sicher fragst Du Dich jetzt, warum ich falsche Angaben im Profil habe?! Ganz einfach: ich bin nur 1,65 m groß, trage Glatze und Brille. Hättest Du mich trotzdem angeschrieben, wenn Du es gewusst hättest? Und ja, Du hast schon richtig vermutet, ich lebe seit Jahren in einer Beziehung. Falls man das Beziehung nennen kann. Ich weiß, dass ich Dich mit dieser E-Mail schockiere, enttäusche und ich kann es völlig verstehen, wenn Du unser Treffen morgen absagen willst. Irgendwie habe ich nie den richtigen Zeitpunkt für die Wahrheit gefunden. Wollte ihn wohl auch nicht finden, aber ich kann Dich morgen nicht ins offene Messer laufen lassen, muss Dir die Chance geben absagen zu können. Anbei schicke ich Dir Fotos von mir, dem „echten" Adrian. Ich würde mich sehr freuen, wenn Du mich trotzdem noch sehen magst.
Lass es mich wissen,
Dein kleiner Zwerg
Adrian

Wiederholt hole ich tief Luft. Das ist ein Schlag, den es erstmal zu verdauen gilt! Ich traue mich nicht die Bilder zu öffnen. Wer weiß, was mich da erwartet? Außerdem muss er echt unter Größenwahn leiden, so klein er auch sein mag. Immerhin einen Zentimeter kleiner als ich, verlangt er mich auf hohen Schuhen zu sehen. Mit denen überrage ich ihn also um sage und schreibe acht Zentimeter!!! Und dann noch Glatze und Brille? Eine Hiobsbotschaft reicht wohl nicht? Die Horrorvorstellungen in meinem Kopf reichen für einen ganzen Film! Ein perverser Lügner und Betrüger – herzlichen Glückwunsch, Frau Stein, da hast Du ja mal wieder kräftig die Arschlochkarte gezogen! Wahrscheinlich trägt er auch noch Pullunder und Fliege?! *„Mach es kurz"*, spreche ich mir Mut zu, kurz und schmerzlos. Schnell ein Doppelklick auf die erste angehängte Bilddatei, bevor ich es mir anders überlege.

Meine ganzen Traummann-Illusionen sehe ich den Bach runter gehen. Die Augen geschlossen hole ich tief Luft. Vielleicht wird es ja nicht ganz so tragisch, wenn ich erstmal nur mit einem Auge einen Blick darauf werfe? Im Stillen stelle ich mir die Frage, wie ein Typ mit Pullunder und Halbglatze solche bezaubernden Mails schreiben und zu so tollen Telefonaten fähig sein kann? Ich öffne die Augen, blinzle, schaue noch mal hin und bin erleichtert. Das gefällt mir ja sogar noch besser als der belgische Regisseur! Um ehrlich zu sein, ist das sogar ziemlich genau mein Typ. Oh ja, er hat Glatze und Brille, aber verdammt, er sieht zwar nicht gut im klassischen Sinne aus, aber der Mann hat eine umwerfende Ausstrahlung. Schnell klicke ich auch noch auf das zweite Bild. Diese Augen, das offene Lächeln – ich bin wirklich positiv überrascht! Aber hey, der hat mich angelogen! Still grummele ich vor mich hin. Bei der Antwort bloß nicht zugeben, dass ich das, was ich da sehe, für gut befunden habe. Deswegen antworte ich ihm:

Wo hast du mich noch überall angelogen, Adrian?
Ich will Dich morgen trotzdem sehen.
Wenn Du damit leben kannst,
dass ich eigentlich Franz heiße,
Anfang 60 bin und auf Männer stehe.

Innerhalb von Sekunden erhalte ich die Auskunft:

*Alles andere ist wahr, Franz! *grins* Dann werden wir wohl beide überrascht sein morgen! Ich freue mich darauf, A.*

Das erste Date

Heute ist es endlich soweit – ich treffe Adrian! Sicher, ich bin immer noch leicht sauer, wegen seiner Lüge, aber irgendwie habe ich ihm das auch fast schon wieder verziehen. Er wird um 20:30 Uhr am Bahnhof sein und ich muss bis 20:00 Uhr im Möbelhaus so tun, als ob ich mich auf irgendetwas anderes als unser Treffen konzentrieren könnte. Meine Tasche mit dem schönen Outfit steht schon gepackt im Spind und mir bleibt nachher nur wenig Zeit, um noch schnell unter die Betriebsdusche zu hüpfen und mich schön zu machen. Gut, dass ich einen verständnisvollen Chef habe, der mich eher gehen lassen wird, schließlich muss ich ja noch eine „Frau" aus mir machen. Sicherheitsschuhe raus, Stiefeletten an.

20:20 Uhr betrachte ich mein Spiegelbild: Jeans, schwarze Bluse, hohe Schuhe, dezentes, meine Augen betonendes Make up. So kann ich mich auf den Weg machen. Zur Feier des Tages und weil wir beide eine Vorliebe dafür haben, habe ich mir auch noch eine Lederjacke gegönnt. Perfekt!
Als ich gerade zur Tür rausschlüpfe, kommt mir mein Chef entgegen: „Was auch immer du vorhast, der Typ kann sich glücklich schätzen."
Klingt gut, immerhin will ich ihn umhauen, diesen Typen. Draußen erwartet mich, neben strömenden Regen, auch noch Adrians SMS:

Zug hat Verspätung – warte auf mich!

Ganz toll! Als ob ich nicht schon seit Wochen auf diesen Mann warten würde! Vielen lieben Dank, deutsche Bahn! Meine Nervosität steigt langsam ins Unermessliche. Ich sitze im Auto vor dem Bahnhof, warte und eben ist, laut SMS von ihm, sein Zug eingefahren.
Nach einer gefühlten Ewigkeit sehe ich ihn auf mein Auto zu laufen, steige aus, er schaut mich an und nimmt mich, völlig unbeeindruckt vom Regen, minutenlang in den Arm.

Diese Nähe zu einem Fremden macht mich komplett verlegen und dass er so gut riecht und sich super anfühlt, macht es auch nicht besser. Ich löse mich mit dem Hinweis auf den Regen (meine Frisur ist natürlich hinüber jetzt) und höre sein leises „Noch viel besser als gedacht!" verbunden mit einem breiten Grinsen. „Sag was!", denke ich mir, aber ich fühle mich wie ein 16jähriger Teenager und bringe keinen Ton raus. Warum reagiere ich denn so schüchtern auf diesen Mann?

Wir fahren zu seinem nur fünf Minuten entfernt liegenden Hotel und während er fröhlich plaudert, versuche ich, cool und gelassen zu wirken. Doch keine Chance, dieser Mann bringt mich aus dem Konzept. Normalerweise bin ich durchaus dazu in der Lage zu kommunizieren und Selbstbewusstsein vorzutäuschen, aber dann kommt dieser Typ daher, der dank hoher Schuhe wirklich um einiges kleiner ist als ich und bringt mich völlig aus der Fassung mit seinem Charme. Nicht gut, gar nicht gut!

Ein kurzes Aufatmen meinerseits, als wir sein Hotel erreichen, ich das Auto einparke und er sein Gepäck aus dem Kofferraum holt, denn jetzt ist er wenigstens einen Moment davon abgelenkt, mich anzulächeln und meine Hand zu halten.

Auf dem Weg ins Hotel, nimmt Adrian erneut meine Hand und zieht mich durch den Regen ins Trockene. Zwischen den zwei elektrischen Schiebetüren der Lobby hält er mich zurück, führt meine Hand an seine Lippen, haucht einen zarten Kuss auf meine Handinnenfläche und flüstert:

„Ich habe ein Einzelzimmer gebucht. Meinst Du, ich soll in ein Doppelzimmer umbuchen? Möchtest Du heute Nacht bei mir bleiben?"

Moment! Der Typ ist pervers, ich kenne ihn seit genau fünf Minuten und er hat mich angelogen. Da spricht wohl mal alles gegen eine Übernachtung! Außerdem bin ich nicht der Typ für One Night Stands. Die sind für mich wie Essen in einem Fastfood Restaurant: man isst, weil man Heißhunger hat, doch eine halbe Stunde später hat man schon wieder Hunger und fragt sich, ob das wirklich hätte sein müssen. Außerdem hat man spätestens am nächsten Morgen ein schlechtes Gewissen. Ich bevorzuge 3-Gänge-Menüs.

Er blickt mir tief in die Augen und ich höre mich selbst sagen: „Na, falls ich bleiben sollte, wäre ein Doppelzimmer schon sinnvoll."

Bin ich eigentlich noch bei Trost? Erst denken, dann sprechen, Frau Stein! Aber da war wohl der Wunsch Vater... ach, zu spät. Ich muss nicht, ist nur eine Option und bevor ich es mir groß anders überlegen kann, höre ich ihn an der Rezeption umbuchen.

Adrian bittet mich um meinen Autoschlüssel und kommt kurz darauf mit meiner Reisetasche zurück.

„Das habe ich mir jetzt wohl selbst eingebrockt, aber, aber...", denke ich noch und laufe währenddessen hinter ihm her zum Aufzug. Das war ja mal wieder herrlich inkonsequent!

„Ich muss nur schnell duschen!", höre ich ihn noch rufen, bevor er auf dem Zimmer angekommen, im Bad verschwindet und ich sitze irgendwie von mir selbst überrumpelt auf dem Bett, warte mal wieder. Völlig verrückt muss ich sein! Das ist eine ausnahmslos unwirkliche Situation und so langsam setzt auch mein Verstand wieder ein. Schnelle SMS an meine Freundin Doro:

> *Er ist umwerfend und irgendwie übernachte*
> *ich wohl hier, wenn das so weiter geht.*
> *Bitte schick mir regelmäßig Kontroll-SMS und prüfe,*
> *ob ich noch lebe – immerhin ist der Kerl pervers!*

Adrian ist fertig, hat seinen Anzug gegen Jeans und Hemd getauscht und trägt tolle Schuhe. Auf dem Weg zum Italiener flüstert er mir „Du bist umwerfend und wie ich sehe, hast Du laufen gelernt!" ins Ohr.
Ich gestehe, dass sich leichter Stolz in mir breit macht. Mir fällt wieder auf, dass er mir die Türen öffnet, den Vortritt lässt und mir gentlemanlike aus meiner Lederjacke hilft. Sie entlockt ihm ein Lächeln, als er sie an der Garderobe aufhängt, wissend sehen wir uns an, dass wir diese Vorliebe teilen, ist wohl nicht von der Hand zu weisen. Seinen Arm leicht um meine Hüfte, folgen wir dem Kellner zu unserem Tisch. Diese sanfte Berührung, er ganz dicht hinter mir, sein Atem in meinem Nacken, lässt eine Gänsehaut über meinen Rücken laufen.
Als er mir den Stuhl zurechtrückt, streichelt er mir leicht über den kurzen Streifen nackte Haut zwischen meiner Bluse und meinem Haaransatz und ich muss schwer schlucken, so elektrisierend ist das. *Verdammt noch mal, ich bin ja noch nicht mal in der Lage ihn richtig anzuschauen. Dieser Mann macht mich durch seine pure*

Anwesenheit nervös. Angestrengt versuche ich witzig und charmant Konversation zu betreiben, bin aber froh, dass er einen Großteil davon bestreitet. Wie nicht anders zu erwarten, ist er auch hierbei clever, schlagfertig, humorvoll und unwahrscheinlich eloquent und wieder muss ich verlegen seinem intensiven Blick ausweichen. *Mist! Ich glaube, ich habe mich bereits in ihn verknallt!* Endlich werden wir für unsere Essensbestellung unterbrochen und ich nippe verlegen an meinem Weinglas. Adrian ist sich meiner Unsicherheit und seiner Wirkung auf mich hundertprozentig bewusst, spielt regelrecht, aber auf eine sehr angenehme, nette Art und Weise, damit.

„Ich habe ein Geschenk für Dich", lächelt er mich an, zieht ein schmales, golden verpacktes Kuvert aus seiner Tasche und reicht es mir.
„Oh danke!"
„Pack es aus!"
Sein Grinsen wird breiter und sofort beschleicht mich das Gefühl, dass der Inhalt nicht für die Öffentlichkeit bestimmt sein könnte, was mich etwas verunsichert.
„Ach, ich warte noch etwas…", versuche ich es mit einem Ablenkungsmanöver.
„Gut.", sein Grinsen wird noch breiter, „Dann bekommst Du Dein zweites Geschenk gleich."
Sagt es, zieht noch etwas aus seiner Tasche und „zack" landen Handschellen genau in dem Moment zwischen uns auf dem Tisch, als der Kellner unsere Vorspeise bringt.
Verlegen, knallrot schaue ich zwischen Adrian und dem Kellner hin und her, der sich äußerst diskret, wieder verzieht und kann Adrian nur anstarren. Der hat einen riesen Spaß mit meiner Verlegenheit, lässt die Handschellen wieder in seiner Tasche verschwinden und legt sanft seine Hand auf meine.
„Nun pack schon aus, schlimmer wird es nicht."
Fraglich, ob mich das wahrhaftig beruhigt soll, öffne ich die goldene Schachtel und entnehme ihr butterweiche Leder-handschuhe. Das Material ist ganz zart unter meinen Fingern und sie verströmen den typischen Ledergeruch, den ich so mag.
„Sie sind wunderschön.", sage ich, als ich darüber streiche.
„Zieh sie an, ich hoffe, sie passen.", antwortet er mir.
„Später.", beschließe ich, immer noch peinlich berührt.

„Tut mir leid, dass ich Dich gerade in Verlegenheit gebracht habe. Ich konnte es mir nicht verkneifen.", grient Adrian und fast bin ich gewillt, ihm ob dieser wunderschönen Handschuhe zu verzeihen.
„Tut es Dir nicht!", entgegne ich ein wenig patziger als gewollt.
Er legt seine Hand auf meine Wange, zieht mein Gesicht ganz nah an seines. Ich muss schlucken und mein Mund wird ganz trocken.
Ob er mich jetzt küsst?
Alles an mir ersehnt diesen ersten Kuss herbei. Seine Lippen kommen immer näher und wieder steigt mir sein ganz eigener, anziehender Geruch in die Nase. Ich schließe die Augen und warte, dass mich dieser Kuss erreicht.
„Stimmt, es tut mir kein bisschen leid. Dein Gesicht war es absolut wert.", höre ich ihn stichelnd sagen und er entlässt mich aus seiner sanften Berührung, um sich auf seinem Stuhl zurück zu lehnen.
„Mistkerl!", schießt es mir durch den Kopf, als ich mich wieder meinem Teller zuwende.
Mein empörter Blick trifft auf seine schelmisch blitzenden Augen. Sein Spiel hat also begonnen. Alles in mir kribbelt und ersehnt seine Berührungen, aber es wird Zeit, dass ich wieder ein wenig die Kontrolle zurück gewinne.
Also reiße ich mich zusammen und bin zwischen Hauptgang und Dessert tatsächlich dazu fähig, mich wie eine erwachsene Frau und nicht wie ein Mädchen zu benehmen.
Immer wieder schaut Adrian mir tief in die Augen, streichelt meinen Arm, liebkost wie zufällig mein Bein oder meinen Rücken, hält meine Hand.
Diese Blicke, so tief und abgründig, so vertraut, intensiv, das ist eine völlig neue Erfahrung für mich und mit aller Macht versuche ich, dem zu entkommen, mich zu entziehen, zu wiedersetzen.

Adrian hat sich wieder ganz dicht zu mir gebeugt, dreht mein Kinn zu sich und hält es zärtlich fest, ich muss ihn anschauen, kann nicht ausweichen.
„Sieh mich an!", fordert er mich auf, seine Worte ganz sanft, leise, „Lass es einfach zu."
Ich muss schlucken. Seine Hände umrahmen mein Gesicht und wieder kommt er mir ganz nahe. Sein Mund nur noch Millimeter von meinem entfernt, kann ich sogar den Geruch des Rotweins auf seinen Lippen wahrnehmen.
„Küss mich endlich!", fährt es mir durch den Kopf. Doch er blickt mich nur an. Seine Augen, helle grün-graue Seen, funkeln. Im

Hintergrund singt Tracy Chapman *„Baby, an I hold you tonigste"* und in mir lebt nur noch ein Gedanke: *„KÜSS MICH!"*.

Sein Daumen streift ganz sachte über meine Unterlippe, nur der Hauch einer Berührung, die sich aber quer durch meinen Bauch bis in die Zehenspitzen ausbreitet. Er zieht mich zu sich, seine Hand in meinem Nacken, sein Mund streift meine Wange, seine Worte ein zarter Lufthauch an meinem Ohr: „Ich will es genauso wie Du und ich küsse Dich, wenn Du die Handschuhe für mich anziehst.", flüstert er beschwörend.
„Tja, dann werden wir wohl beide noch warten müssen.", schaffe ich mit belegter Stimme herauszupressen. So leicht mache ich es ihm dann doch nicht! Adrian lehnt sich amüsiert zurück: „Also, ich habe Zeit!", schmunzelt er und verlangt die Rechnung.

Wir sind auf dem Weg zurück ins Hotel und längst ist mir klar, dass es gar keine Frage mehr ist, ob ich heute Nacht bei ihm bleibe, denn nichts will ich mehr als heute Nacht mit diesem geheimnisvollen Mistkerl verbringen, der den ersten Kuss so hinauszögert.
Obwohl ich eine erwachsene Frau bin, bin ich fürchterlich aufgeregt. Adrian ist anders als die Männer, die ich bislang getroffen habe. Charmant, geheimnisvoll, witzig, intelligent und eloquent hat er es von der ersten Mail an geschafft, sich interessant zu machen. Ihn jetzt aber live vor mir zu haben, übertrifft alles, womit ich gerechnet hatte und ich möchte das nicht damit kaputt machen, dass ich zu früh mit ihm ins Bett gehe.
Als ob er meine Gedanken lesen kann, nimmt er in der Hotellobby meine Hand und haucht zärtlich einen Kuss darauf.
„Was hältst Du von einem Cocktail an der Bar? Und hör' auf, Dir so viele Gedanken zu machen, ich werde heute Nacht nicht mit Dir schlafen." *Ähm... bitte?!?! Habe ich richtig gehört?*
Diesen Gedanken hatte ich auch gerade, aber warum weiß er das denn bereits jetzt und warum zur Hölle, will dieser Mistkerl mich weder küssen, noch mit mir schlafen?
Empörung macht sich in mir breit. Das lief doch so gut bislang.
Warum lädt er mich denn auf sein Zimmer ein, wenn er kein Interesse an mir hat?
Ich brauche wohl nicht zu erwähnen, dass ich gerade die Widersprüchlichkeit in Person bin. Eben noch selbst überlegt, dass

es für Sex zu früh ist, bin ich jetzt völlig entrüstet über die Tatsache, dass er nicht will.

Wieder scheint er in meinen Kopf schauen zu können:
„Glaube mir, es kostet mich unheimlich Überwindung, Dich nicht sofort nach oben ins Bett zu zerren und Dich zu nehmen, aber es wäre zu früh. Ich will Dich kennen lernen und ich will, dass Du mir vertraust, bevor das passiert."
Mein Selbstwert wächst wieder ein Stück, ok, er will es auch und es klingt vernünftig, was er sagt.

An einem kleinen Tisch in der Hotelbar lassen wir uns, tropfnass vom Regen, nieder und nach dem zweiten Cocktail ist auch meine Nervosität restlos verflogen. Wir verstricken uns immer mehr in einer anregenden, witzigen Unterhaltung. Meine bissigen, teils ironisch-sarkastischen Kommentare weiß er schlagfertig zu kontern und das erste Mal seit langem fühle ich mich von einem Mann auf der geistigen Ebene herausgefordert. Ach, was heißt herausgefordert, wir duellieren uns regelrecht mit Worten und ich kann mich nicht erinnern, wann ich das letzte Mal so viel Spaß hatte. Die Bar ist mittlerweile gut gefüllt mit irgendeinem Fußballclub und Geschäftsmännern, die noch nicht alleine ins Bett wollen und sich die Zeit an der Theke vertreiben. Wir teilen uns den Tisch nun mit noch zwei anderen Gästen, die unseren Schlagabtausch amüsiert verfolgen und sich in unser Gespräch eingeklinkt haben. Auch hier zeigt sich Adrian von seiner besten Seite.
Wir haben die Cocktailkarte rauf und runter probiert und unsere Berührungen werden immer vertrauter. Längst bin ich nicht mehr verlegen wie noch am Anfang des Abends.
„Es wird Zeit zu gehen, Kleines, ich will Dich für mich alleine haben.", sagt Adrian nach dem vierten Cocktail und es folgt einer dieser tiefen, intensiven Blicke, die mich gefangen nehmen. Ist mir eigentlich davon so herrlich schwindelig oder sind es die Drinks? Die zwei Reisenden an unserem Tisch haben jedes Wort laut und deutlich mitgehört. Ok, das macht mich doch wieder zappelig.
„Hey, nicht wieder nervös werden! Lass uns endlich gehen."
Langsam glaube ich, mir steht auf die Stirn geschrieben, was ich denke! Er zieht mich aus dem Clubsessel, legt seinen Arm um mich und bereits im Fahrstuhl wird das Kribbeln in meinem Bauch übermächtig. Adrians Blicke senden elektrische Spannung durch meinen Körper und ja, auch ich will endlich alleine sein mit ihm!

Küss mich

Vor der Zimmertür muss ich mir ein Schmunzeln verkneifen, denn entweder liegt es an unserem Alkoholkonsum oder auch Adrian ist nicht ganz so gelassen, wie er vorgibt zu sein, denn er braucht mehrere Versuche, um die Zimmertür auf zu bekommen.

„Wird das heute noch was?", frage ich frech.

„Vorsichtig, Liebelein! Gleich bist Du mit mir alleine!" Upps!

Seine sanfte Androhung bringt mich zum Schweigen. Nichts will ich gesagt haben, gar nichts. Endlich ist die Tür offen und im Zimmer sind Adrians Lippen wieder nur Millimeter von meinem Mund entfernt.

"Es ist immer noch so: erst wenn Du die Handschuhe für mich anziehst, küsse ich Dich.", raunt er mir entgegen.

„Aber ich weiß doch gar nicht, ob es sich für Deine Küsse überhaupt lohnt die Handschuhe anzuziehen?!", erwidere ich vorlaut und bevor er sich wehren kann, presse ich meine Lippen auf seine.

Einen kurzen Moment sind wir beide von meinem spontanen Überfall überrascht, aber dann merke ich, wie mein Kuss erwidert wird, seine Lippen sich öffnen, seine Zunge meine sucht, sie beginnt, zärtlich mit ihr zu spielen, sie zu necken.

Dieser Kuss übertrifft an Intensität und Sinnlichkeit alles, was ich bisher kannte und er scheint eine Ewigkeit anzudauern.

„Ich muss atmen und zu Sinnen kommen", denke ich, als mein Verstand wieder einsetzt und ich mich von ihm löse.

Verblüfft blickt er mich an, als ich versuche Abstand zwischen uns zu bringen.

„Was meinst Du denn, was Du da machst?", fragt er mich empört und lacht laut auf, als ich erwidere:

„Endlich diese Handschuhe anziehen, denn dieser Kuss war es definitiv wert."

Aus der Verpackung geholt, streife ich mir die Handschuhe über und sie sitzen perfekt! Wie für mich gemacht! Samtig weich fühlen sie sich auf meiner Haut an.

Er nimmt meine Hand, fährt zärtlich über das weiche Leder.

„Ja, das ist Dein Material. Und jetzt lass dich verdammt nochmal küssen!" Eben noch war sein Kuss leicht, sinnlich, verspielt und jetzt, als er mich stürmisch an sich zieht, werde ich überrollt von der Leidenschaft und Gier, die in ihm steckt.

Wilder und drängender wird das Spiel unserer Zungen und ich spüre seine Hände, die meinem Körper erkunden.

Nur am Rande nehme ich noch war, dass die Kings of Leon *„Sex on fire"* aus dem Radio schmettern und genauso fühlt es sich an, in mir ist ein Feuer entfacht.

„Piep, piep" werden wir unterbrochen.

Mein Handy meldet eine eingehende SMS. *Wer zur Hölle wagt es um 00:30 Uhr noch zu stören?*

„Nicht dran gehen!", brummt Adrian, doch ein Blick aus dem Augenwinkel zeigt mir, dass es Doro ist.

„Das ist mein Cover! Ich muss antworten, bevor sie die Kavallerie losschickt, entschuldige!" Grummelnd lässt Adrian von mir ab.

SMS von Doro:

Sorry, hab dich vergessen, bin eingeschlafen.
Denke, es ist alles gut bei Dir, falls nicht, melde Dich.
Viel Spaß.

Na prima, so Freundinnen braucht man! Ich bin hier mit einem Perversen unterwegs und sie vergisst mich? Herzlichen Glückwunsch, Frau Stein, wer solche Freunde hat, braucht keine Feinde.

Kurz antworte ich, dass ich noch am Leben bin, es jetzt aber zu spät wäre, falls dem nicht so wäre und ich mich auch nicht melden könnte in dem Fall.

Adrian, der die Zeit genutzt hat, um seine Mails abzurufen, schaut mich an.

„So, Kleines, Lust etwas auszuprobieren?", fragt er mich zwinkernd. Ich spüre einen dicker werdenden Kloß im Hals. In der Theorie, in unseren Mails hat sich das alles so aufregend angehört, aber jetzt, hier, live, alleine mit ihm? Will ich das?

„Hab keine Angst! Ich werde nichts tun, was Du nicht willst!", sein tiefer Blick lässt mich erbeben. Ja, es ist verrückt, aber ich vertraue diesem Fremden, den ich gerade mal ein paar Stunden kenne, ich vertraue ihm mehr, als mir selbst gerade und von der ersten Umarmung an wusste ich, dass er mir neue Welten eröffnen soll, dass ich zu diesem Mann absolutes Urvertrauen habe, dass mich noch nie jemand so angezogen hat wie er und dass es eine Magie zwischen uns gibt, die ich nicht erklären kann.

Dennoch zu keiner Antwort fähig, nicke ich einfach nur, überwältigt von den widersprüchlichen Gefühlen, die in mir toben.
„Kleines, alles ist gut, komm her."
Adrian zieht mich in seine Arme, hält mich, lässt mich nicht mit dem Chaos der in mir tobenden gegensätzlichen Emotionen alleine.
Es folgt ein weiterer Kuss, mein stummes Einverständnis dafür, dass ich bereit bin, seine Welt zu entdecken, meine Neugier siegt.
Ein leichter Klaps auf meinen Hintern bekräftigt sein:
„Und jetzt zieh Dich aus!"
Ich mag seine Art!
In einem Moment zärtlich, liebevoll und dann wieder unverschämt fordernd, nimmt er sich mit beiden Seiten, was er will.
„Na gut, wenn es mehr nicht ist", überspiele ich meine Unsicherheit und Scham, setze mich aufs Bett, um die Stiefeletten von den Füßen zu streifen.
Genau in dem Moment, als ich meinen Oberkörper wieder aufrichte, zieht Adrian seine Jeans samt Retroslip nach unten und ich blicke seinen nackten Tatsachen im wahrsten Sinne des Wortes direkt ins Gesicht. Wieder ist es an mir zu schlucken und mir entfährt ein spontanes „Ähm... wo soll das denn bitte alles hin?", denn er hat den größten Schwanz, dem ich je persönlich begegnet bin.
Adrian lacht laut auf: „Ich bin guter Dinge, wir werden ihn schon unterbringen.", verspricht er und schiebt mich langsam aufs Bett.
Da liege ich also, überwältigt von dem, was gerade geschieht und in ängstlicher Vorfreude auf das, was gleich passieren wird.
Adrian geht nackt wie Gott ihn schuf an seinen Rucksack und holt ein derbes Seil daraus hervor.
„Ich werde mich nicht von Dir fesseln lassen!", höre ich mich selbst, leicht panisch zu ihm sagen.
„Entspann Dich doch einfach mal, schließe Deine Augen und genieße." *Genießen? Hier allein mit ihm und dem Seil? Entspannen? Der hat Vorstellungen! Wer weiß, was er noch alles aus diversen Rucksäcken und Taschen hervor holt?*
Aber gut, jetzt bin ich schon mal an diesem Punkt und außerdem haben mir der Alkohol und seine Küsse die Sinne vernebelt.
Ergeben lasse ich mich aufs Bett zurück sinken, spüre plötzlich das Seil auf meiner Haut. Leicht lässt Adrian es immer wieder über meine Haut tänzeln, zeichnet damit meine Konturen nach, haucht Küsse auf die Stellen, die vom Seil berührt wurden, lässt es zwischen meinen Brüsten hindurch fahren, leicht wie ein Hauch.

Ich kann ein Stöhnen nicht unterdrücken, das ist so voller Sinnlichkeit, was er da gerade macht, so sanft, vorsichtig, aufmerksam. Ich will mich aufrichten, ihn küssen, seinen Körper erkunden, doch er drückt mich in die Kissen zurück.

„Nicht bewegen, einfach nur stillhalten!" Wenn er wüsste, wieviel Überwindung mich das kostet, einfach nur zu nehmen, nicht geben zu dürfen. Dabei bin ich im Geben so viel besser, vielleicht auch, weil ich es noch nie genießen durfte, dass sich mal jemand ausschließlich um mich gekümmert hat?!

„Adrian…", kann ich nur flüstern.

„Kleines, ich bin da. Genieße…"

Und deswegen tue ich, was er da gerade von mir fordert, lehne mich zurück und genieße das Seil auf meiner Haut, seine Küsse, die Leidenschaft und das herrliche Nichtstun. Ich muss nur noch fühlen…

Das bisschen Seil

Schlaftrunken werde ich wach. *Wo bin ich?* Verschlafen sehe ich mich um, kann mich kaum bewegen. Der Morgen dämmert durch die zugezogenen Vorhänge eines Hotelzimmers, neben mir… oh mein Gott, neben mir liegt: Adrian, seinen Arm so fest um mich geschlungen, dass ich bewegungslos an ihn gepresst bin.

Wann zur Hölle bin ich denn eingeschlafen?

Egal… dieser wundervolle Mann liegt neben mir und fesselt mich mit seinen Armen an seine Brust.

Unwillkürlich muss ich grinsen, hätte schlechter laufen können! So sehr ich diesen Moment ja weiter auskosten möchte, ich muss pinkeln! Sanft versuche ich mich aus seinem Arm zu lösen.

„Wo willst Du hin?", brummt mir mein gar nicht mehr so Fremder entgegen.

„Ich muss mal.", wispere ich zurück, „Schlaf weiter!"

„Sieh zu, dass Du umgehend wieder zurückkommst! Das ist ein Befehl!"

Lächelnd tapse ich ins Bad, diesen Befehl befolge ich ausnehmend gerne, doch als ich mich nur Minuten später wieder an ihn kuschele, ist Adrian schon wieder eingeschlafen.

Ein zweites Mal an diesem Morgen werde ich wach, geweckt durch das Klappern von Fingern auf einer Tastatur.

„Guten Morgen, Fremder!", murmele ich verschlafen an Adrian
gewandt, der in seinen Laptop versunken ist.
„Hey Kleines, ich muss nur noch ein paar Mails beantworten und
eine Telko führen und dann hätte ich Lust bei Dir zu frühstücken,
ok?"
Definitiv zu viele Fragen für mich nach so einer Nacht und was
bitte ist eine „Telko"? Also nicke ich nur und verschwinde im Bad,
um mir eine ausgiebige Dusche zu gönnen. Als ich geduscht und
mit leichtem Tages-Make up wieder ins Zimmer komme, ist
Adrian bereits am Telefon. Sein Zeigefinger auf dem Mund bedeutet mir, dass er Ruhe braucht.
Schade, ich habe nichts zum Lesen dabei, aber wer konnte auch
damit rechnen, dass ich dafür Zeit haben würde? Also schnappe ich
mir die Hotelinformationen und beginne darin zu blättern.
Nach 20 Minuten bin ich leicht genervt. Adrian, immer noch am
Telefon, wirft mit Zahlen in den 100.000en um sich und schenkt
mir keinerlei Beachtung. Nach weiteren 25 Minuten habe ich alles
was die Infomappe des Hotels hergibt fünf Mal gelesen und noch
immer scheint kein Ende dieser „Telko" in Sicht.
Nun, jedenfalls weiß ich jetzt, was das ist, so eine Telko und diese
Telefonkonferenz scheint ewig zu dauern.
Am Rande bekomme ich mit einem Ohr mit, dass Adrian wohl
einiges verfügen darf und nicht unbedingt der kleine Vertriebler zu
sein scheint, für den er sich ausgibt.

Nach geschlagenen 1 ½ Stunden legt er endlich auf. Erwähnte ich
schon mal, dass ich es hasse zu warten? Leicht genervt schaue ich
Adrian vorwurfsvoll an.
„Fertig?", frage ich mit leicht bissigem Unterton.
Später werde ich noch oft feststellen, dass er auf dem Ohr für
diesen Ton, taub zu sein scheint.
Enthusiastisch meint er nämlich nur:
„Ja, los geht's, ich bin sehr darauf gespannt wie Du wohnst."

Nach einem langen Zungenkuss besser gelaunt, werfen wir wenig
später unsere Taschen in mein Auto. Laut springt das Radio an.
„Halleluja" von Bon Jovi ertönt.
„Die alte Kamelle?", fragt Adrian.
„Hey, ich liebe diesen Song! Aufpassen!"
„Na, dann dreh ihn lauter. Eigentlich mag ich ihn ja auch.",
zwinkert Adrian mir zu und zusammen stimmen wir den Text an.

Unterwegs besorgen wir Brötchen und holen meinen Hund Fräulein vom Dogsitter ab. Das Frühstück wird von einem witzigen, aber auch tiefgehenden Gespräch begleitet und Adrian will ganz genau wissen, wie ich das mit dem Seil empfunden habe, was mich angemacht hat, was ich nicht so toll fand.

Sein Versprechen, nicht mit mir zu schlafen, hat er übrigens eingehalten, was mich aufgrund der Nähe und spürbar erotischen Spannung, die zwischen uns herrschte, durchaus mit den Zähnen knirschen ließ. Doch Adrian hat nicht nur nicht mit mir geschlafen, er hat noch nicht mal zugelassen, dass ich ihn anfasse.

Während des Gesprächs können wir aber kaum die Finger voneinander lassen. Immer wieder müssen wir unsere angeregte Unterhaltung zum Küssen unterbrechen.

Adrians Berührungen sind wie kleine Wogen, die meinen Körper durchfluten. Wieder fragt er nach dem Seil.

„Jetzt mach mal nicht so ein Drama, um so ein bisschen Seil. So extravagant war das ja nun wirklich nicht", grinse ich ihn keck an.

„Ach, da hat wohl jemand Lust auf ausgefalleneres, ja?", fühlt er sich von mir herausgefordert, „Dann kann es ja gleich mit der nächsten Lektion weiter gehen."

Seine Stimme verheißt dunkel und rau weitere Verführungen und verheißungsvoll nimmt Adrian meine Hand.

„Na gut, Lady! Bereit für mehr?", visiert Adrian mich an.

Und ob ich bereit für mehr bin! Immerhin war das toll, was er letzte Nacht mit mir gemacht hat, auch, wenn ich immer noch ein wenig enttäuscht bin, dass ich keine Gelegenheit hatte, ihn anzufassen, seinen Körper zu erkunden.

Adrian führt mich ins Gästezimmer, in dem er bei der Besichtigung meiner Wohnung schon das Metallbett ausgemacht hat, das sich seiner Meinung nach wunderbar für Spiele eignet.

„Spiele? Ich bin doch nicht im Kindergarten!", denke ich leicht verstimmt.

Komm auf die dunkle Seite – wir haben Kekse

„Zieh Dich aus und die Handschuhe an!", im Gästezimmer angekommen wird Adrians Ton fordernder.

Irgendwie sträubt sich alles in mir gegen diesen Befehlston, andererseits finde ich ihn hoch erotisch und befolge seine

Anweisung. Gehorsam entledige ich mich also meiner Kleider und ziehe das wundervolle Ledergeschenk über meine Hände.

„Leg Dich auf den Rücken!", weist Adrian mich an und kaum liege ich, hat er sich rittlings auf meinen Bauch gesetzt und zeigt mir, wie ich meine Hände aneinander halten soll.

Er zieht ein langes Seil aus seinem Rucksack.

„So weit so gut", denke ich, „das hatten wir ja schon."

Adrian nimmt das Seil und schlingt es um meine Handgelenke. Kunstvoll verknüpft er meine Hände miteinander, schlägt 8er, lässt das Seil zwischen den 8ern hindurch gleiten, umwickelt das zarte Leder, das meine Hände umgibt, damit.

Wiederholt verknotet er das Seil kunstvoll und immer wieder streift es dabei wie zufällig meine Brüste, meine Brustwarzen, die sich erwartungsvoll aufstellen.

„Da kann es jemand ja kaum erwarten…", schmunzelt Adrian vor sich hin. *Mist! Mein Körper, der alte Verräter!*

Allerdings muss ich mir selbst eingestehen: Adrians bewusster und gekonnter Umgang mit dem Seil, seine Fertigkeit es zu verknüpfen, macht mich unheimlich an. Immer wieder schweift sein Blick vom Hanfseil in mein Gesicht, begleitet von der stummen Frage, ob mit mir alles in Ordnung ist. Der Hauch eines Nickens bedeutet ihm, weiter zu machen, nicht aufzuhören. Spannend ihn zu so zu beobachten.

„Vertraust Du mir?", fragt er mich, als meine Handgelenke fest miteinander verschlungen sind. Mein Atem wird schneller und ich nicke.

„Sag es mir!", fordert Adrian mich auf, „Ich muss es von Dir hören!".

„Ja, ich vertraue Dir, Fremder."

„Ach Kleines, Du weißt, dass ich auf Dich aufpassen werde! Sobald etwas für Dich nicht in Ordnung ist, will ich, dass Du es laut und deutlich sagst. Du wirst nichts aushalten, um mir einen Gefallen zu tun, ja? Es geht nur um Dich!" Das hört sich gut an!

Ich schließe die Augen, Adrian zieht meine gefesselten Handgelenke über meinen Kopf, um sie an das kalte Metall des Bettes zu binden.

„Atme!", schießt mir durch den Kopf, „Alles ist gut!", doch ich bin mir mehr als bewusst: ich bin diesem Fremden vollständig ausgeliefert.

28

„Schau mich an, Kleines!" Adrians Stimme reißt mich aus meinen Gedanken „Die Handschuhe dienen dazu, dass Du morgen keine Striemen an den Handgelenken haben wirst, keine bleibende Spuren.", gibt er mir zu verstehen, „Du schließt jetzt Deine Augen und wagst es nicht, sie zu öffnen, bevor ich es Dir sage!"

Eigentlich mag ich es gar nicht, wenn mir irgendjemand sagt, was ich zu tun und zu lassen habe, aber bei Adrian macht mich das ziemlich an, auch wenn es ungewohnt ist. Ich schließe wie gefordert meine Augen, mein Atem geht schneller, mein Puls rast. Was erwartet mich? Doch ich weiß, egal was er mit mir vorhat, er weiß was er tut und passt auf mich auf. Voller Vertrauen gebe ich mich hin, diesem Gefühl, diesem Mann.

Ein Rascheln lässt mich Gefahr laufen zu blinzeln, nachzusehen, was er vorhat. Doch als ob er es weiß, erreicht mich sein Befehl: „Die Augen bleiben zu!"

„Ja, ja.", grummele ich, „Wir sind hier doch nicht bei der Bundeswehr."

Einerseits reizt es mich, mich diesem Mann hinzugeben, alles zu befolgen, was er fordert, andererseits spüre ich aber auch die Rebellion in mir. Bislang hat es keiner gewagt, mir solche Anweisungen zu geben, so mit mir zu sprechen.

Die Matratze senkt sich leicht an meiner linken Seite und gibt mir zu verstehen, dass Adrian zurück ist. Leicht haucht er Küsse auf meine erregten Brustwarzen, spielt mit ihnen, reibt sie zwischen seinen Fingern. Ich werde feucht, mein Körper reagiert auf jede noch so kleine Berührung von ihm. Weiter zwirbelt er meine Brustwarzen, zieht an ihnen, reizt sie. Ganz leichter Schmerz überzieht meine Brust, aber lustvoll, nie auch nur ein wenig zu viel. Mehr bäumt mein Leib sich ihm entgegen, zeigt ihm, dass ich bereit für ihn bin, bereit, noch mehr dieser süßen Qual zu genießen.

Plötzlich ein neues Gefühl auf meinen Brüsten, ein leichtes Stechen von kaltem Metall. Ich kann nicht mehr widerstehen, ich muss jetzt die Augen öffnen und sehen, was er da macht. Seine Hand führt ein kleines Rädchen aus Metall, die kleinen Zacken tanzen über meine Brüste, meinen Bauch, meine Oberschenkel. Ist das unangenehm oder schön? So recht kann ich mich nicht entscheiden, bewundere aber die zart rote Spur, die das Instrument auf meiner Haut hinterlässt. Das Gefühl ist auf einmal nebensächlich geworden, denn diese kleinen Zeichen seines Spiels mit mir faszinieren mich und ich kann den Blick nicht von ihnen abwenden.

Adrian lächelt mich an, holt noch ein Seil aus seinem Rucksack, spreizt meine Beine und fesselt sie so ans Bett, dass ich sie nicht mehr schließen kann.

Ein seltsam erregendes, aber auch peinliches Gefühl, ihm so geöffnet freie Aussicht und völligen Zugriff auf meine intimste Stelle zu gewähren.

„Du bist wunderschön", räumt Adrian die Zweifel auf, „Schauen wir mal, wie Du Latex findest!"

Er zieht sich einen langen, bis zum Oberarm reichenden, schwarzen Latexhandschuh über.

„Wie beim Arzt!", schießt es mir durch den Kopf. Begeisterung sieht anders aus, aber ich lasse ihn gewähren. Mit seiner linken Hand beginnt er erneut meine bereits gereizten Brustwarzen zu bespielen, was kleine Wellen des Lustschmerzes durch meinen Körper jagt. Seine rechte Hand streicht über meinen Venushügel. Das Latex fühlt sich seltsam fremd an. Zärtlich streift er über Oberschenkel und das weiche Fleisch meines Innenschenkels, zurück zu meiner empfindlichsten Stelle, um mit beiden Händen meine Schamlippen zu spreizen und mich ihm vollkommen zu öffnen. Stoßweise geht mein Atem.

„So schön!", murmelt er und streichelt sanft meine Schamlippen. Mein Atem wird schneller und endet in einem lauten Stöhnen, als er seine Latexfinger über meine Klit tänzeln lässt. Fortwährend setzt er meine Perle seinen fordernden Fingern aus, reizt mich unablässlich, eine Welle der Lust durchströmt mich und ich schaffe es gerade noch „Ich komme!" zu rufen, als mich mein Orgasmus bereits überrollt.

Adrian grinst mich an, lässt mich aber nur kurz Luft holen, verschließt meine Lippen mit einem leidenschaftlichen Kuss. Flatterhaft versuche ich mich von diesem wahnsinnigen Gefühl zu erholen, wieder zu mir zu kommen, doch seine leichten Bisse in die Unterlippe und sein intensiver Kuss entlocken mir ein weiteres, tiefes Stöhnen. Und dann spüre ich seine Finger bereits wieder zwischen meinen Beinen, seinen Mittelfinger, der sich Zugang zu mir verschaffen möchte.

„Nochmal?", presse ich hervor.

„Immer wieder…", entgegnet Adrian.

Sein starker Blick lässt mich verstummen. Sein Finger erkundet mein Innerstes, erst langsam, doch bereits nach kurzer Zeit schneller werdend, beansprucht er meinen kompletten Körper für sich, neckt mich, erst mit einem Finger, dann mit zweien.

Härter und schneller werden seine Bewegungen, seine Finger krümmen sich in mir, streichen über mein nasses, heißes Inneres. Sein Blick ist nur noch Begehren, getrieben davon, mir einen zweiten Orgasmus abzugewinnen.

Das Zimmer ist gefüllt von seiner Anweisung „Komm für mich!" und meinem Keuchen. Wie ein Tsunami kündigt sich mein zweiter Orgasmus an, erfasst mich. Doch Adrian hört nicht auf mich weiter zu reizen, drängt auf eine weitere Woge der Lust. Zusätzlich zu seinem Zeige- und Mittelfinger in mir, die mich nach wie vor antreiben, gleitet sein Daumen beharrlich über meine Klit.

Noch nicht von den ersten beiden Orgasmen erholt, spüre ich, wie der dritte anrollt, so stürmisch, so gewaltig, dass es sich anfühlt, als würde ich über eine Klippe springen.

Laut schreie ich meine Lust heraus, schreie seinen Namen, als ich von einem Sinnesrausch erfasst werde, wie ich ihn noch nie zuvor erlebt habe.

Gefangen in dem köstlichen Nachbeben dieser intensiven Erfahrung, bekomme ich nur am Rande mit, wie Adrian die Fesseln um meine Knöchel und Handgelenke löst. Vorsichtig nimmt er meine Arme von der Position über meinem Kopf und massiert die Stellen, die eben noch vom Seil gehalten wurden. Er legt sich zu mir, schlingt seine Arme um mich und hält mich fest. Unablässlich streichelt er meinen Rücken, haucht mir Küsse auf die Stirn und flüstert mir ins Ohr wie umwerfend ich war, wie heiß ich aussehe, wenn ich komme und wie bezaubernd ich bin.

Zu nichts in der Lage außer diesen Moment zu genießen, lasse ich mich halten und fühle mich geborgen wie nie.

Meine Augen werden immer schwerer und ich döse ein. Irgendwann werde ich wieder wach. Adrian hält mich noch immer fest in seinem Arm, hat eine Decke über mich gezogen.

„Hey Kleines, da bist Du ja wieder.", lächelt er mich an, „Wie geht es Dir?"

„Wow!", bringe ich heraus, „Das war unglaublich."

Adrian schmunzelt vor sich hin. „Und das war erst der An-fang, Kleines."

„Ich will mehr davon!", lasse ich ihn wissen.

„Du bekommst viel mehr davon, wenn Du möchtest. Aber sei Dir gewiss: immer nur so viel, dass in Dir immer der Wunsch nach mehr, mehr, mehr lodern wird. Ich werde dafür sorgen, dass Du nie satt wirst. Also, hat es Dir gefallen?"

„Gefallen?", ich blicke ihn ungläubig an, „Das war so sensationell geil… Aber was ist mit Dir? Was ist mit Deiner Lust?", frage ich ihn leise.

Denn in den letzten Stunden hat er zwar dafür gesorgt, dass ich die erotischsten Erfahrungen machen durfte, die ich je erlebt habe, doch nicht einmal durfte ich ihn berühren, geschweige denn konnte ich seine Lust befriedigen.

„Es geht in erster Linie um Dich! Um Deine Lust! Aber mach Dir keine Sorgen, zu gegebener Zeit hole ich mir das, was ich brauche.", verspricht er mir, „Ich habe noch etwas mit Dir vor… Lust mehr auszuprobieren?"

Um ehrlich zu sein, fühle ich mich gerade noch nicht mal dazu fähig, mich überhaupt zu bewegen, aber ja, irgendetwas ist da in mir geweckt, eine Neugier, ein Begehren, der Wunsch nach „mehr", der gestillt werden möchte und meinen erschöpften Körper nebensächlich erscheinen lässt.

„Unbedingt!", antworte ich deswegen nachdrücklich, was Adrian zum Lachen bringt.

„Knie dich aufs Bett!", fordert er mich umgehend auf und scheucht mich aus seiner warmen Umarmung.

Gehorsam nehme ich die von ihm gewünschte Position ein. Wieder kramt Adrian in seinem Rucksack und bringt eine lange Lederpeitsche daraus hervor, bei deren Anblick ich zusammen zucke. Er wird mich doch jetzt nicht schlagen wollen?

„Ganz ruhig, Kleines, keine Angst, ich werde Dir nicht weh tun.", beruhigt er mich. Anscheinend war mir mein Unwohlsein vom Gesicht abzulesen.

„Genieße, wie sich das Leder auf Deiner Haut anfühlen wird, atme tief den Geruch ein!", raunt er und lässt mich an der Peitsche riechen. Oh ja, ich liebe dieses animalische Aroma.

Ganz sachte lässt er die langen Lederstriemen über meinen Rücken und Hintern rieseln. Sanft streicheln die Riemen immer wieder meinen Körper und lassen eine Gänsehaut nach der anderen über mich strömen.

Das Leder plätschert über meine Rückseite, zaghaft und vorsichtig, sanft und sinnlich. Ich lasse mich in diese Liebkosung fallen, die so ungewohnt ist, ein Streicheln, fremd und doch so willkommen.

Langsam steigert Adrian die Intensität und das liebevolle Tätscheln geht in ganz leichte, weiche Schläge über. Wie gut sich das anfühlt! Mein Körper reckt sich regelrecht der feinfühligen Peitschenführung von Adrian entgegen, fordert ihn damit auf, die Schläge noch weiter zu intensivieren. Er folgt meiner unausgesprochenen Bitte danach und lässt sich von meinem lustvollen Stöhnen dazu ermuntern, die Stärke nochmals zu erhöhen.

Mit einem vollen Geräusch klatschen die Lederstriemen regelmäßig auf meinen Hintern und zwischen meine Schulterblätter. Die Luft ist gefüllt mit dem Geruch des Leders und dem unserer Körper. „Halte noch drei aus für mich", ermutigt Adrian mich und diese letzten drei Schläge treffen mich mit solcher Kraft, dass der Grat zwischen Lust und Schmerz zu einer schmalen Linie verschwimmt. Ich sinke auf den Bauch. Was war das? Und vor allem wie geil war das denn bitte?

Adrian lässt die Peitsche zu Boden fallen und zieht mich in seine Arme, bedeckt mein Gesicht mit Küssen und fährt sanft über die Stellen, die er gerade noch der Peitsche ausgesetzt hat. Mit einer Zärtlichkeit, wie ich sie nie zuvor erlebt habe, umhüllt er mich. Völlig verwirrt gebe ich mich seinen Berührungen hin. Habe ich mich gerade wirklich schlagen lassen? Etwas, was ich ansonsten abgrundtief verabscheuen würde? Nie hätte ich gedacht, einem Mann die Einwilligung dafür zu geben, das mit mir zu tun. Und doch war dieses Erlebnis so intensiv und befriedigend, weitab davon mich zu demütigen, weit entfernt davon, dass ich Schmerzen oder mich ausgeliefert fühlte, weitab davon, mich geschlagen zu fühlen. Im Gegenteil, dieses kontrollierte Schlagen und das Herauskitzeln nie gekannter Lust am Schmerz hat mich eine Grenze überschreiten lassen.

Immer noch kann ich es nicht fassen, nicht greifen, was da gerade geschehen ist. In meinem Kopf blinken dutzende rote Fragenzeichen auf, beim Versuch das alles zu begreifen. „Was geht in Deinem hübschen Köpfchen vor, Kleines?", ermuntert Adrian mich, meine Gedanken mit ihm zu teilen und gerne komme ich dieser Aufforderung nach, hoffe Antworten bei ihm zu finden. „Ich hatte eine Vorstellung von SM, die so ganz anders ist als das, was Du mir in den letzten 24 Stunden gezeigt hast. Nie hätte ich gedacht, dass ich an so etwas Gefallen finden könnte, dass ich mir Anweisungen geben, mich fesseln und schlagen lasse. Und doch fühlt sich das alles mit Dir so einfach, so selbstverständlich an.

Vom ersten Moment an hatte ich unbändiges Vertrauen in Dich und Du hast mir in keiner Sekunde das Gefühl gegeben, es nicht verdient zu haben, mich zu überfordern oder etwas zu tun, was mir nicht gut tut. Zu jeder Zeit wusste ich, dass Du auf mich aufpasst und ich nichts tun muss, außer meine Kontrolle an Dich abzugeben. Etwas, was ich sonst nie tue. Ich habe mich sonst immer unter Kontrolle. Aber Dir, Dir gebe ich all das, mit dem Wissen, Du missbrauchst es nicht. SM, das war für mich pervers, unvorstellbar und Du zeigst mir hier etwas, was weitab meiner Vorstellungskraft ist und mich erfüllt hat. Das verwirrt mich ehrlich gesagt und macht mir auch ein wenig Angst."

Adrian blickt mir tief in die Augen.

„Nichts muss Dir Angst machen. Du gehst aus Deinen alten Vorstellungen heraus und Dir eröffnet sich eine neue Welt. Es ist normal, dass Dich das überrascht, Du Vorurteile aufgeben musst. Wir zwei werden ganz langsam diese Welt für Dich entdecken. Deinen SM. Weitab von all dem, was Dir die Medien oder sonst wer vorgaukelt, wie es zu sein hat. Das einzige, was in dieser Welt zählt, bist Du. Du setzt die Grenzen und Tabus, Du bestimmst, was Dich kickt und wie ich Dir Lust bereiten darf. Lass Dir nie etwas anderes einreden. Ich wusste von Anfang an, dass Du diese neue Welt der Lust lieben wirst. Jetzt ist es an uns, sie zu entdecken. Du bist eine starke Frau, Kleines, ich habe nicht vor, diese Frau zu brechen. Ich will keine Schwäche oder Aufgabe von Dir. Du darfst zu jeder Zeit Deine Kontrolle zurück haben. Das einzige, was ich will, ist Deine Hingabe. Deine Hingabe an mich ist Deine Stärke. Ich will Dich nicht im üblichen Sinne dominieren und Du bist nicht die Frau, die devot vor mir knien wird. Es wird immer nur ein passiv und aktiv zwischen uns geben. Unseren SM machen wir uns so, wie wir wollen."

Seine Worte rühren mich, wecken die Neugier auf noch mehr. Ja, ich will diese Welt mit ihm entdecken.

„Aber werde ich Dich nicht langweilen?", frage ich ihn verunsichert, „Du hast so viel Erfahrung, kennst viele Spielarten. Was kann ich Dir denn bieten?"

Adrian hat mir in einem unserer Gespräche von seiner Beziehung zu einer Domina erzählt. Was soll ich, eine Anfängerin, die noch nicht mal weiß, wo diese Reise hingehen wird, denn da dagegen setzen?

Adrian amüsiert meine Aussage offensichtlich.

„Kleines, glaube mir, allein mit den Neigungen, die wir jetzt schon bei Dir entdeckt haben, kann ich Dich unser restliches Leben lang bespielen. Du mich langweilen? Du hast keine Ahnung, was in Dir steckt und wie viel Du mir jetzt schon gegeben hast! Und jetzt hör auf Dir Sorgen zu machen! Ich bin so neugierig darauf, was wir noch alles zusammen entdecken werden! Komm auf die dunkle Seite, Kleines, wir haben Kekse!", witzelt Adrian und selbst ohne Kekse, folge ich ihm gerne.

Meine Gedanken halte ich später in meinem Tagebuch fest:

Erinnerst Du Dich an die Skepsis in meinen Augen?
Der Respekt vor dem, was Du gleich mit mir machen wirst,
gepaart mit der unglaublichen Neugier auf das, was kommt.
Ich – mit nichts bekleidet außer den zarten, weichen Lederhandschuhen,
Dein erstes Geschenk an mich.
Ich – so fasziniert Dir dabei zu zusehen,
wie Du kunstvoll das Seil um mein Handgelenk schlingst.
Das Seilende, das immer wieder meine Brüste streift und mich so erregt.
Dein Blick wechselnd konzentriert auf das was Du tust
und immer wieder auf mir ruhend.
Du – immer darauf bedacht mich nicht zu überfordern.
Du – mit Deinen Augen stumm fragend,
Dich immer wieder vergewissernd, dass alles in Ordnung ist.
Ich – mit meinem unbändigen Vertrauen in Dich.
Obwohl wir uns gerade erst kennen gelernt hatten,
sofort das Gefühl Dich seit Ewigkeiten zu kennen,
mich blind fallen lassen zu können.
Ich – aufgehoben, sicher, voller Urvertrauen in Dich.
Du – was hast Du nur mit mir gemacht?
Meine erste Session mit Dir – meine erste überhaupt –
eine Mischung aus Lustschmerz, Reizüberflutung
und der Gewissheit endlich angekommen zu sein.
Immer wieder berühren sich unsere Blicke,
streicheln wir uns mit unseren Augen.
Ich sehe, wie stolz ich Dich mache – durch meinen Stolz.
Tiefe Blicke, immer wieder,

die mich gefesselt mit Dir auf Augenhöhe sein lassen.

Mein Bedürfnis nach mehr, mehr, mehr.

Ich – will alles in mich aufsaugen, so viele neue Eindrücke, Gefühle.

Du – mit Deiner Nähe, Deiner gesamten Aufmerksamkeit,
die nur mir gehört – mir und meinem Körper.

Du – schenkst mir Orgasmus über Orgasmus.

Vollkommen uneigennützig, nur darauf bedacht,
mir Lust zu bereiten.

Ein Höhenflug.

Du – hast mich fliegen lassen, immer und immer wieder.

Dann die sanfte, warme, weiche, zärtliche Landung in Deinen Armen.

Mein Kopf an Deiner Brust.

Deinen Atem spürend, Deinen Herzschlag hörend.

Deine Hand streichelt mir immer wieder beruhigend durch meine Haare.

Deine Stimme, flüstert mir Dinge ins Ohr, die davon zeugen,
wie sehr wir beide in einander gefangen sind, jetzt in diesem Moment.

Du – hältst mich, bist einfach da.

Ich – endlich angekommen, da wo ich sein sollte, wo ich hin gehöre.

Wo ich immer noch hin gehöre?

Mein erstes Mal mit Dir – wem sonst?

Keiner könnte richtiger sein!

Erinnerst Du Dich?

Ich – werde das nie vergessen.

Ich – werde immer zu Dir gehören.

Du – wirst immer ein Teil von mir sein.

Du – wohnst immer noch in meinem Herzen, einem kleinen Teil davon.

Wir – werden immer in dieser Erinnerung,
unserer Leidenschaft weiterleben.

Auch, wenn wir nicht zusammen gehören.

Du – bleibst unvergessen.

Du – erinnerst Du Dich?

Hast Du vergessen?

Wir –
sind geflogen.

Wir verlieben Dich

Eben habe ich Adrian am Bahnhof abgesetzt. Er ist auf dem Weg nach Hause, während ich in meiner typischen blau-gelben Dienstkleidung und den dicken Sicherheitsschuhen gerade noch pünktlich zum Dienstbeginn ins Möbelhaus gehetzt bin. Wohlig fühle ich den Stoff meines T-Shirts über die Stellen streichen, die noch gereizt von der Peitsche sind. Nicht nur das entlockt mir wiederholt ein Lächeln. Unaufhörlich kreisen meine Gedanken um Adrian. Was für ein Kerl! Da hat das Dating Portal sein Versprechen „Wir verlieben Dich" wohl doch wahr gemacht, denn es fliegen ordentliche Schmetterlingsschwärme durch meinen Bauch.

Allerdings bin ich völlig verwirrt über das Erlebte. Einerseits blubbern die Glückshormone, ob dieser intensiven Erfahrungen, andererseits sagt mir eine kleine Stimme in meinem Kopf immer wieder, dass das doch ziemlich pervers ist. Ich habe mich schlagen lassen, Dinge getan, die ich noch vor 24 Stunden empört von mir gewiesen hätte!

Aber ich bin benebelt von der Leidenschaft, mit der mich Adrian bedeckt hat. Die Erotik, die sich selbst in unseren Blicken niedergeschlagen hat, dem Begehren und des Begehrtwerdens, was ich noch nie erlebt habe.

Ungläubig muss ich den Kopf schütteln und auch Stunden danach kann ich noch nicht so recht begreifen, wie sehr ich mich diesem Mann im wahrsten Sinne des Wortes geöffnet habe.

„Ich schreibe Dir!", war das letzte, was er zu mir gesagt hat, bevor er mich mit einem weiteren, durchdringenden Kuss verabschiedet hat. Das Klingeln einer eingehenden E-Mail unterbricht mein Gedankenkarussell.

Hey Kleines,
danke für die schönen Stunden mit Dir. Du hast die ersten Schritte in eine neue Welt gemacht und ich bin sehr stolz auf Dich. Aber ich habe eine Bitte an Dich: verliebe Dich nicht in mich! Ich bin gerne Dein Lehrer, Dein Begleiter auf einem Stück Deines Weges und Dein Christoph Kolumbus, wenn es darum geht neue Länder zu erobern, aber sehe mich nie als Deinen Partner oder Freund, das wird mit mir nie möglich sein!
Ich begleite Dich ein Stück, nehme Dich an die Hand und wenn Du soweit bist, werde ich Dich los- und alleine laufen lassen.

*Wenn Du soweit bist, suchen wir Dir einen Mann, der Dir all das
geben kann, wozu ich nicht in der Lage bin.
Jetzt, wo wir das geklärt haben, freue ich mich darauf,
Dich ganz bald wiederzusehen!
Fühl Dich umarmt,
Dein Adrian*

Bitte was? Schwer muss ich schlucken und merke wie mir die
Tränen in die Augen schießen. Jetzt bloß nicht mitten im Möbelhaus das Heulen anfangen! Ist das sein ernst? Er kann mich doch
nicht so mit Emotionen überhäufen, mich völlig aus dem Konzept
bringen und mir dann sagen, dass ich meine Gefühle kontrollieren
soll? Und überhaupt, was soll das heißen, verliebe Dich nicht in
mich? Dafür ist es doch schon längst zu spät! Als ob ich nicht
schon vor unserem Treffen kleine Zitronenfalter im Bauch gehabt
hätte?! Glaubt er vielleicht, dass es durch unser persönliches Kennenlernen besser wurde? Ganz im Gegenteil.
Kurz regt sich mein Stolz und ich bin versucht ihm zu schreiben,
dass wir uns unter diesen Umständen dann wohl besser nicht noch
einmal sehen sollten, aber das schaffe ich nicht. *„Zähne zusammen
beißen und warten, was da noch auf mich zu kommt."*, denke ich
mir. Und am besten eine Flasche Insektenvernichtungsmittel gegen
die Schmetterlinge trinken. Mit leichtem Bauchgrummeln antworte
ich:

*Hey Fremder,
danke für die neuen Erfahrungen. Mache Dir mal keine Sorgen
(und Hoffnungen)! Ich bin schon ein großes Mädchen und kann
auf mich und mein Herz gut aufpassen. Pass Du auf meinen
Körper auf, dann haben wir beide etwas zu tun. Und sooo toll
bist Du jetzt übrigens auch wieder nicht.
Auf bald, J.*

Wie kann man sich eigentlich selbst nur dermaßen belügen?

Im Stillen verfluche ich dieses blöde Dating Portal.

„Wir verlieben Dich!"

Ja, ihr Idioten, das habt ihr ja wunderbar hinbekommen!

Gründung eines Fanclubs

Über eine Woche ist es jetzt her, seit ich Adrians Mail erhalten habe. Eine Woche ohne weitere Nachricht von ihm. Kein Anruf, keine Mail, absolute Funkstille. Ab und an sehe ich ihn im Dating Portal online, aber kein Lebenszeichen von ihm.

Falls das die Taktik des Weichkochens ist, muss ich gestehen, dass es wirkt. Ich fühle mich wie ein Junkie, den man auf kalten Entzug gesetzt hat. Dennoch weigere ich mich beharrlich den ersten Schritt zu machen und ihm zu schreiben. Einen Teufel werde ich tun! Am Ende merkt er noch, dass mein Interesse an ihm weit größer ist, als es seiner Meinung nach sein sollte.

Also stehe ich mir einen weiteren Tag gefrustet die Beine beim Hauptjob in den Bauch und bin kurz davor den nächsten, der mich fragt, ob ich hier arbeite, anzubrüllen. Was meinen die eigentlich, was ich hier sonst mache, wo doch schließlich auch überall auf meinem Körper der Firmenname prangt? Mit dem Unternehmen sympathisieren? Einen Fanclub gründen? Nein, ich arbeite nicht hier! Ich kann gar nicht arbeiten, weil ich den ganzen Tag an einen kleinen Idioten denken muss!

Genervt hake ich eine weitere Liste ab und tatsächlich, den nächsten Kunden trifft mein Frust.

„Entschuldigung, arbeiten sie hier? Ich habe da nämlich ein Problem."

„Nein, ich arbeite nicht hier, aber sagen sie es bloß nicht meinem Chef und für Probleme sind die Kollegen aus der anderen Abteilung zuständig!", brumme ich sauer. Erschrocken blicke ich auf. Habe ich das gerade wirklich laut gesagt? Ich, die sonst nichts so schnell aus der Ruhe bringt? Ich blicke in das Gesicht eines älteren Mannes, der mich mindestens genauso verdutzt anblickt wie ich ihn. Überschwänglich entschuldige ich mich mit „einem schlechten Tag" und biete übertrieben höflich meine Hilfe an.

In dem Moment gibt mir mein stumm geschaltetes Handy mit eindringlichem Vibrieren zu verstehen, dass ein Anruf auf mich wartet. Ein verstohlener Blick auf das Display zeigt mir: Adrian! Endlich ein Lebenszeichen. Mist! Ausgerechnet jetzt!

So schnell ich kann, fertige ich den Kunden ab, aber natürlich ist das Gespräch schon lange auf der Mailbox gelandet.

„Verdammte Scheiße! Das darf doch nicht wahr sein!", fluche ich. Schon vibriert mein Handy erneut, meine Mailbox meldet eine neue Nachricht. Schnell bedeute ich den Kollegen, dass ich mal eben auf Toilette muss, um heimlich meine Nachrichten abzuhören und auf der Mailbox ertönt die so vertraute und schmerzlich vermisste Stimme:

„Hey Kleines, Adrian hier. Wie geht es Dir denn?
Ich bin nächste Woche in Deiner Gegend.
Lust mich zu sehen? Ich denke ständig an Dich.
Lass von Dir hören. "

Ob ich Lust habe ihn zu sehen? Fast bin ich versucht vor Freude an die Decke zu springen, ihn sofort anzurufen und ihm zu zusagen. *„STOP!"*, zügle ich mich selbst, *„Jetzt lässt Du ihn aber auch mal warten und was sagt eigentlich Dein Dienstplan dazu? "*

Nichts wie zurück in die Abteilung, Termine checken, aber wie soll es anders sein? Selbstverständlich habe ich ausgerechnet an dem Tag Spätschicht bis 20 Uhr.
„So ein Mist!", fluche ich zum wiederholten Male an diesem Tag, allerdings schon den Hörer in der Hand, um irgendwie meine Schicht zu tauschen.

Nicht einmal kommt mir dabei der Gedanke, wie verrückt ich mich für diesen Mann mache und dass ich gerade dabei bin mein Leben um seinen Terminkalender herum zu planen.

Entscheidungshilfen

Warum kann sich eine einzige Woche eigentlich anfühlen wie Monate, wenn man auf etwas wartet? Andererseits werden Stunden zu Sekunden, wenn man eine gute Zeit hat. Paradox!
Doch heute ist es ja endlich soweit, Adrian kommt! Er hat gefragt, ob er sich ein Zimmer nehmen soll oder bei mir übernachten kann. Als ob das eine Frage wäre?!
„Such Dir ein schönes Lokal aus, ich lade Dich ein.", ließ er mich in einer kurzen Mail wissen und jetzt, nur wenige Stunden bevor er kommt, stehe ich im Bad, mache mich fertig und fühle mich ein Teenager vorm ersten Mal. Schnell noch alles rasieren, Nägel lackieren, parfümieren und was ziehe ich eigentlich an?

Als es endlich an der Tür klingelt, habe ich ein bisschen Sorge, Adrian könnte mein Herz laut klopfen hören, so wie es in meiner Brust bummert.

„Verdammt noch mal, Jule Stein, reiß Dich zusammen!", schimpfe ich mich selbst, als ich ihm etwas befangen die Tür öffne.

Da steht er, der Mann, der mir so einige schlaflose Nächte bereitet hat in letzter Zeit. Dank der hohen Schuhe überrage ich ihn wieder um einige Zentimeter, was er aber durch sein selbstbewusstes Auftreten durchaus zu kompensieren weiß.

„Hallo, Fremder!", begrüße ich ihn.

Wortlos lässt er seine Reisetasche fallen, nimmt mich fest in den Arm, hält mich, um mir ein „Kleines, endlich!" anzuvertrauen.

Sanft löst er sich dann von mir und erneut trifft mich einer dieser tiefen, intensiven Blicke in meine Augen.

„Ich habe Dich vermisst.", lässt er mich wissen und besiegelt seine Worte mit einem leidenschaftlichen Kuss.

Dieser Mann schafft es doch tatsächlich, mich nur durch seine Küsse an den Rand eines Orgasmus zu bringen.

„Wenn wir noch was essen wollen, sollten wir jetzt sofort aufhören!", flehe ich ihn an und das Knurren meines Bauches unterstreicht meine Aussage.

„Na, dann los!", stimmt mir Adrian zu und als ich auf den gefährlich hohen Schuhen die Treppe zur Haustür erklimme, ruft er mir noch ein „Verdammt, siehst Du heiß aus" hinterher.

Nach wenigen Kilometern haben wir unser Ziel erreicht und ich gestehe, dass ich von seinem Auto, bei dem er mir galant die Tür aufgehalten hat, beeindruckt bin. Eigentlich bin ich ja nicht der Typ Frau, die sich von „Mein Haus, mein Auto, mein Boot, mein was weiß ich" beeindrucken lässt, aber meine Vorliebe für schöne Autos wurde hier definitiv getroffen.

„Lass Dich mal nicht von dem Auto irritieren."

Er kann wohl doch Gedanken lesen.

„Das ist ein Firmenwagen und ich selbst hasse Auto fahren. Wenn es nach mir ginge, wäre ich nur mit Bahn oder Flieger unterwegs, gab es aber zu Dir beides nicht."

Charmant hält er mir auch vor dem Restaurant wieder die Tür auf, hilft mir aus der Jacke, rückt den Stuhl zurecht. Irgendjemand hat da in seiner Erziehung alles richtig gemacht!

Bereits zum dritten Mal kommt der Kellner nun an unseren Tisch, doch ich kann mich nicht entscheiden. Die ersten beiden Male hat Adrian den Kellner noch um Aufschub gebeten.
„Zwischen was schwankst Du?", fragt er mich jetzt und ich nenne ihm die drei Gerichte, die zur Wahl stehen.
„Die Dame nimmt das Steak!", lässt Adrian den Kellner wissen und ich starre ihn empört an. Spinnt der? Hat er da gerade wirklich entschieden, was ich essen soll?
„Tja, so ist das, wenn man sich nicht entscheiden kann. Entscheidungen werden einem abgenommen und man muss mit dem leben, was man bekommt.", Adrian grinst.
Einerseits regt es mich unwahrscheinlich auf, dass er einfach über meinen Kopf hinweg entschieden hat, andererseits finde ich es sehr sexy, wie er die Zügel in die Hand genommen hat. Mir gefällt seine bestimmende Art und ich mag es, wie er mir raffiniert Grenzen setzt. Das hat noch keiner vor ihm getan. Nach einem ausgedehnten 3-Gänge-Menü und einem interessanten Gespräch, das mal wieder durch die Mischung aus Schlagabtausch, Albernheiten, aber auch Tiefgang bestochen hat, verlassen wir das Restaurant.
Adrian geht zielstrebig auf die Beifahrerseite seines Autos zu und ich rechne fest damit, dass er mir die Tür der schwarzen Limousine aufhalten wird. Doch weit gefehlt, Adrian setzt sich selbst auf den Beifahrersitz, grinst mich an und drückt mir den Schlüssel seines Wagens in die Hand.
„Du fährst!"
Ungläubig schaue ich ihn an. Will er mich wirklich sein Auto fahren lassen, das mit Sicherheit mehr als 50.000 € kostet?
„Jetzt schau nicht so, Kleines, ich weiß doch, dass Du ihn gerne fahren würdest und ich hasse Auto fahren. Außerdem habe ich wesentlich mehr Wein getrunken als Du."
Unschlüssig stehe ich mit dem Schlüssel in der Hand vor dem schwarzen BMW. Oh ja, ich würde ihn unheimlich gerne fahren, vor allem, weil Adrian auf der Herfahrt so langsam geschlichen ist, dass ich dachte, wir kommen nie an. Wie es sich wohl anfühlt das Gaspedal durchzutreten, zu hören, wie die schwere Maschine röhrt, die Pferdestärken zu spüren, eine Antwort zu bekommen, wenn man Gas gibt?
Ich weiß, ich kann den BMW fahren, aber so ein Auto ist doch eine Nummer größer, als ich es sonst gewohnt bin.

„Was ist denn, wenn ich einen Kratzer reinfahre? Oder sonst irgendwas kaputt mache?", versuche ich mich zu drücken.

„Ja, dann ist halt ein Kratzer drin und er muss repariert werden. Kleines, das ist ein Gebrauchsgegenstand. Fahr ihn, ich kann Dir ansehen, wie sehr es Dich reizt! Los jetzt, ich will endlich mit Dir alleine sein! Wenn Du fährst, sind wir eher daheim. Du hast doch gemerkt, wie langsam ich fahre."

Na, wenn das mal kein Argument ist! Schnell wechsle ich die Seite und lass mich auf den weichen Ledersitz gleiten. Gut, dass Adrian auch nicht viel größer ist als ich, so brauche ich wenigstens Sitz und Spiegel nicht groß verstellen. Ein wenig muss ich über mich selbst lachen, als ich versuche den Schlüssel irgendwo reinzustecken und Adrian schmunzelnd auf den Startknopf zeigt. Ich schnalle mich an und genieße das satte Geräusch des starken Motors. Leicht tippe ich aufs Gas und werde sofort mit der PS-starken Reaktion des Wagens belohnt. Galant manövriere ich dieses tolle Gefährt aus der Parklücke. Bis wir die Stadt verlassen haben, habe ich mich auf die feine Umsetzung des Fahrzeugs eingestellt und kann es mir nicht nehmen lassen, auf der Land-straße zu testen, was er kann. Bryan Adams singt „Run to you", während ich den BMW steuere, der herrlich in den Kurven liegt.

Als ich, viel zu früh für meinen Geschmack, vor meiner Haustüre einparke, grinst Adrian mich an.

„Dann wäre das auch geklärt! Ab sofort fährst Du!"

Zurück in meiner Wohnung, will er eine mitgebrachte Flasche Wein öffnen, während ich das Wohnzimmer in ein Lichtermeer aus Kerzen verwandele und Musik auflege. Ich höre Schranktüren, die auf der Suche nach Weinmesser und Gläsern geöffnet und wieder geschlossen werden und schließlich kommt Adrian mit zwei gefüllten Rotweingläsern in der Hand aus meiner Küche. Etwas verlegen stehe ich vor der Anlage und regle die Lautstärke. Vorsichtig stellt er die Gläser auf dem Wohnzimmertisch ab, macht es sich bequem und ruft mich zu sich.

„Komm her, Kleines!"

Mit etwas Abstand möchte ich mich auf das Sofa setzen, doch chancenlos. Adrian zieht mich eng an sich.

„Ich will Dich ganz nah bei mir."

Er legt seine Hand auf meine Wange und mein Gesicht fühlt sich unheimlich gut an in seinen Händen. Sein Daumen fährt die Konturen meiner Lippen sanft nach, bevor sein Mund meinen sucht und wir in einem sanften und doch leidenschaftlichen Kuss versinken. Nach einer gefühlten Ewigkeit lösen wir uns und Adrian reicht mir mein Glas.

„Wie findest Du den Wein, Kleines?"

„Wie eine Geschmacksexplosion.", antworte ich, nachdem ich ihn gekostet habe, „Ein Orgasmus auf der Zunge."

„Besser hätte ich es nicht beschreiben können. Ich wusste, Du magst ihn.", lächelt mich Adrian an, „Ich habe sechs Flaschen für Eure Mädelsabende mit gebracht."

Das erstaunt mich. Er erinnert sich wirklich daran, dass ich ihm vor Wochen gesagt habe, dass meine liebste Freundin Lilly, die nur zwei Häuser weiter wohnt und ich uns mittwochs immer auf einen Mädelsabend treffen? Diese Abende sind gefüllt mit Lachen, Erzählen und Rotwein. Bislang allerdings eher mit unserem einfachen Lieblingswein aus dem Discounter. Dieser hier übertrifft den um Längen.

„Das ist aber aufmerksam! Danke!", freue ich mich.

„Ich weiß, wie Du dich bedanken kannst…", seufzt Adrian verheißungsvoll, nimmt mir mein Glas ab, stellt es auf den Tisch und nimmt einen weiteren tiefen Schluck aus seinem Glas. Sobald er es abgestellt hat, packt er mich leicht im Genick und zieht mich zu sich. Erwartungsvoll öffne ich die Lippen für einen weiteren Kuss und bin überrascht, als Rotwein von seinem Mund in meinen fließt. Gierig schlucke ich, um keinen Tropfen zu verschütten, seine Lippen fest auf meinen. Als ich auch den letzten Tropfen aus seinem Mund entgegengenommen habe, leckt Adrian sanft die Flüssigkeit von meinen Lippen. Überwältigt blicke ich ihn an. Das war das sinnlichste, was ich je erlebt habe. Einen langen Moment sprechen nur unsere Augen miteinander.

„Eigentlich", setzt Adrian an, „hatte ich heute so wahnsinnig viel mit Dir vor, wollte Dir so viel zeigen, aber um ehrlich zu sein, bin ich vollgefressen und angetrunken. Und ich spiele nie, wenn ich meine Sinne nicht unter Kontrolle habe."

Enttäuschung macht sich in mir breit. Da warte ich wochenlang und er will nicht mit mir spielen? Doch er ist noch nicht fertig.

„Das ist gerade sowieso völlig nebensächlich, denn ich will nur eins gerade: Dich! Schlaf mit mir!"

Kurz bin ich verwirrt. Wir haben in den letzten Wochen einige Mails ausgetauscht, Gespräche geführt und irgendwann sagte Adrian zu mir, er hatte schon mehrere Affären und dass es dabei

aber immer nur um BDSM ging. Nie, und er betonte das eindringlich, hat er Sex mit seinen „Spielgefährtinnen".
„Meistens ziehe ich mich nicht mal aus.", lies er mich wissen. Ebenso wenig küsst er seine Spielpartnerinnen.

Da hat er bei mir sowieso schon Grenzen überschritten, wenn ich mich an unsere leidenschaftlichen Küsse erinnere und jetzt sagt er mir, er will mit mir schlafen? Irritiert blicke ich ihn an. Warum soll es bei mir anders sein, als bei den anderen?

Gerade, als ich mich mit dem Gedanken angefreundet habe, dass er wohl nur mit mir „spielen" wird, ich eine von vielen bin, passiert das? Lange lässt er mir nicht zum Nachdenken, was da zwischen uns anders ist als sonst. Stürmisch küsst er mich und fängt an, mich aus meinen Kleidern zu schälen.

Jetzt hält auch mich nichts mehr und ich zerre ihm sein Hemd aus der Hose. Endlich bekomme ich die Gelegenheit ihn anzufassen. Meine Hände erforschen seinen Oberkörper, fahren durch die Haare auf seiner Brust. Jede Stelle, die mein Mund erwischt, wird mit der Zunge verwöhnt, mit Küssen bedeckt. Adrian entfährt ein tiefes Stöhnen, das sich mehr nach einem Knurren anhört. Meine Hände finden seine Gürtelschnalle und nicht schnell genug kann ich sie öffnen, um ihm sogleich die Hose von den Hüften zu streifen. Meine Hand fährt unter seine Shorts, doch er hält mich auf.

„Du machst mich wahnsinnig, Kleines…Kondom, wir brauchen ein Kondom!", fleht er mich schon fast an.

„Nicht bewegen. Bleib wie Du bist!", ist es diesmal an mir eine Anweisung zu geben und schnell husche ich ins Schlafzimmer, um kurz darauf mit einem Kondom zurück zukommen.

Adrian hat sich inzwischen selbst seiner Shorts entledigt und wieder bin ich beeindruckt von der Größe seines steifen Schwanzes. Adrian nimmt mir das Kondom ab und streift es sich über. Ohne lange zu fackeln setze ich mich auf ihn, spüre, wie er mich dehnt, mich ausfüllt.

Fast ehrfurchtsvoll sieht Adrian mir dabei tief in die Augen, sein Blick lässt mich nicht los. Langsam fange ich an, mich auf ihm zu wiegen, seine Hüfte folgt jeder meiner Bewegungen, er hält mich, küsst mich. Immer fordernder werden seine Stöße, leidenschaftlicher und nach wie vor sind seine Augen fest mit meinen verbunden. Seine Blicke treffen mich tiefer, als es jeder Stoß seines harten Schwanzes könnte. Es ist so viel mehr darin als nur die Lust

am Sex. Unser Liebesspiel scheint kein Ende zu nehmen, ich fühle ihn tief in mir. Seine Härte füllt mich komplett aus.
„Adrian, ich komme!", stoße ich aus. Doch noch denkt er nicht daran, es mir gleich zu tun. Erst als er mich mit zwei Orgasmen bedacht hat, kommt auch er. Laut, animalisch dringt sein „JAAAA!" in mein Ohr.

Wir umarmen uns fest, er noch in mir, halten und spüren uns einfach nur. Nie habe ich mich so befriedigt gefühlt, wie von ihm ausgefüllt. Sanft streichelt mir Adrian übers Haar.
„Kleines, Du bist unglaublich!" Lange lasse ich mich so von ihm halten, aber dann muss ich mich lösen.
„Ich habe Durst!", verkünde ich, „Musik haben wir auch keine mehr. Mach Dich mal nützlich und leg eine neue CD ein, solange ich im Bad verschwinde!", blitze ich Adrian kess an.
„Du bist ganz schön frech, Kleines! Aber da stehe ich bei Dir total drauf. Von keiner meiner sonstigen Spielgefährtinnen würde ich mir das bieten lassen.", stellt er fest.
Innerlich grinse ich. Da ist mit mir anscheinend einiges anders, als mit anderen. Schon im Bad höre ich, dass er wohl eine CD gefunden hat, denn in Zimmerlautstärke (die Musik ist in jedem Zimmer der Wohnung laut zu hören), schallt Bonnie Tyler durch die Räume. Adrian steht nackt vor der Stereoanlage, studiert die Hülle der CD und sucht wohl ein bestimmtes Lied.
„Komm her!", raunt er, als er mich erwischt, wie ich ihn vom Türrahmen aus beobachte. Laut hallt „Save up all your tears", durchs Zimmer, als er mich schnappt und beginnt ausgelassen mit mir zu tanzen.

Irgendwann sind die Kerzen runter gebrannt, mehrmals noch hat mich Adrian den Wein aus seinem Mund kosten lassen.
Leise erzählen wir von uns, unserem Leben, Partnern, Erfahrungen. Wir sind uns nah, nicht nur körperlich, haben uns in meinem Bett aneinander gekuschelt.
„Kleines, ich habe eine Bitte an Dich."
Adrian sieht mich fragend an. Glaubt er wirklich, ich könnte ihm etwas abschlagen?
„Schieß los!"
„Ich will mehr davon, mehr von Dir und ich will Dir ganz nah sein, ohne Gummi. Ist es für dich ok, wenn wir uns testen lassen?"

„Natürlich.", erwidere ich überrascht. Dass ich anderweitig sowieso verhüte, weiß er bereits.

„Na, wenn das so einfach ist, habe ich noch eine Bitte an Dich!"

„Jetzt mal nicht übermütig werden, Fremder!", necke ich ihn, „Aber versuche Dein Glück. Vielleicht gewähre ich Dir großzügig wie ich bin, ja auch noch einen weiteren Wunsch."

„Ich möchte Dich in einer Ledercorsage und hohen Stiefeln sehen. Lässt sich da was machen?" Jetzt ist es an mir laut los zu prusten.

„Also, wenn es mehr nicht ist, das kriegen wir hin!"

Immer so stolz gewesen auf meinen Stolz –
und jetzt willenlos in Deinen Händen.
Immer so stolz gewesen auf meine Selbständigkeit –
und jetzt abhängig von Deiner Aufmerksamkeit.
Immer so stolz gewesen auf meine Freiheit –
und jetzt gefesselt von Dir so frei wie nie zuvor.
Immer so stolz gewesen auf meine Schlagfertigkeit –
und jetzt geschlagen und sprachlos.
Immer so stolz gewesen auf meine Unabhängigkeit –
und jetzt süchtig nach Dir.
Mach mich willenlos, brich meinen Stolz.
Lass mich jegliche Selbständigkeit aufgeben
und schenke mir nur eine Sekunde Deiner Aufmerksamkeit.
Meine Freiheit wird von Deinen Fesseln gesprengt.
Verschlage mir die Sprache
und lass mich unabhängig und ausgeliefert zurück.
Dir willenlos ergeben...

Wahnsinniges Leder

Stunden habe ich in den letzten Tagen im Internet verbracht, um Quellen auszumachen, wo ich als kleine, dicke Frau Fetischklamotten beziehen kann. Die Corsagen waren nicht unbedingt das Problem (vom Preis abgesehen), aber kniehohe Stiefel zu finden, in die ich meine strammen Waden stecken kann, hatte ich mir einfacher vorgestellt.

Letztlich habe ich einige Links für Corsagen zusammengestellt und auch einen Händler in England gefunden, der Stiefel für „starke" Frauen hat. Die Preise lassen mich Luft schnappen, aber da sich gerade ein neuer Hundekunde aufgetan hat, reißt die Anschaffung zwar ein Loch in meine Haushaltskasse, aber eines, das ich verschmerzen kann. Je länger ich mir die Ledersachen betrachtet habe, umso größer wird mein Wunsch zu sehen, ob mir das wohl steht. Bevor ich mich aber letztlich für etwas entscheide, will ich Adrians Meinung hören, wissen, was ihm gefällt.

> *Hey Fremder,*
> *anbei Links zu Corsagen und Stiefeln.*
> *Mir gefallen sie alle, also lass mich doch bitte wissen, was Dir gefällt, damit ich bestellen kann.*
> *By the way ist mein Testergebnis da. Alles gut bei mir.*
> *Kuss und Gruß, J.*

Vor ein paar Tagen war ich beim Hausarzt und habe einen HIV-Schnelltest machen lassen. Doch selbst hier bedeutet „schnell" 48 Stunden warten. Obwohl ich bislang immer äußerst vorsichtig mit der Verhütung war, waren es lange 48 Stunden, bis die gute Meldung kam, dass ich absolut gesund bin. Und das, wo ich Warten doch so hasse. Jedenfalls haben mich diese 48 Stunden gelehrt, zukünftig noch genauer darauf zu achten, was ich tun werde, denn diese Ungewissheit kann einen ganz schön irre machen. Sicherlich hat da aber die Drama Queen in mir auch ihre Finger im Spiel gehabt. Wobei sich „zukünftig" derweil für mich ja aber auch gar nicht stellt. Wer bitte außer Adrian, mit dem ich den bislang besten Sex meines Lebens hatte, sollte näher an mich rankommen?

Vorfreudig klicke ich selbst nochmal die Links zu den 10 Corsagen und den 3 paar Stiefeln, die meine Vorauswahl sind, durch. Die Ledercorsagen sehen heiß aus. Während ich noch am Surfen bin, blinkt mein Posteingang. Das ging aber mal flott mit der Antwort, Fremder!

> *Hi Kleines,*
> *komplett super Deine Auswahl! Sehr guter Geschmack! Hier ist meine Kreditkartennummer. Bestelle alles. Grüßle, A.*

Alles bestellen? Auf seine Kosten? Ungläubig starre ich auf seine Mail. Eben drehe ich noch jeden Cent im Kopf um, um mir überhaupt was davon leisten zu können und er… Alles? Nicht sein ernst?! Im Kopf überschlage ich schnell die Kosten. Das wären über 1.500 € für alles! Mir bleibt die Spucke weg. Meine Hände zittern, als ich zügig die Antwort tippe:

> *Fremder, Du weißt schon, dass Du ein wenig wahnsinnig bist, oder? Ich danke Dir, für Dein äußerst großzügiges Angebot, aber ich weigere mich strikt, das alles zu bestellen! Vielleicht können wir uns darauf einigen, dass ich mir eine Corsagen und ein paar Stiefel kaufe? J.*

Seine Antwort lässt nicht lange auf sich warten:

> *Kleines, ich habe nie behauptet, dass ich nicht wahnsinnig bin und ich schwöre Dir, Dich darin zu sehen, wird mich noch wahnsinniger machen. Das ist also reiner Eigennutz! DU kaufst hier gar nichts! Ich zahle! Jetzt bestelle endlich! Was auch immer Du möchtest! Lass meine Kreditkarte glühen, ich kann es nicht erwarten! Checke mal meine Termine, damit wir uns bald sehen können! Mit dickem Ständer nur beim Gedanken an Dich, A.*

Wenige Tage später sind die Pakete da und meine Wohnung wird gefüllt mit dem Geruch von Leder. Adrian hat mir letztlich doch noch den Link zu zwei Corsagen und zwei paar Stiefeln geschickt, die ihm am besten gefallen haben (die witziger Weise auch meine Favoriten sind) und Corsage und Stiefel lassen meine weiblichen Rundungen so richtig zur Geltung kommen. Ich fühle mich absolut sinnlich, weiblich und sexy. Übernächste Woche wird Adrian mich darin sehen. Ja, das wird ihm gefallen!

Zwei Wochen, bis wir uns wieder sehen.

Zwei Wochen, in denen sich Sekunden wie Stunden ziehen.

Ungezählte Minuten ohne Dich.

Meine Welt steht still, weigert sich, sich zu drehen,

wenn Du nicht da bist.

Vollkommen unvernünftig, dreht sich alles nur um Dich.

Das Gefühl langsam wahnsinnig zu werden,

trotz des Wissens, dass das ja erst der Anfang ist,

dass wohl noch einiges auf mich zukommen wird mit Dir.

Keine Ahnung, wo das mit uns enden soll.
Aber ich weiß,
dass ich schon jetzt viel zu viel zu verlieren habe – Dich.
Warum kann ich Dir nur nicht widerstehen?
Wie soll ich in mein Leben zurück –
in ein Leben, in dem es Dich nicht gibt?
Unvorstellbar.
Ich weiß, dass Du das nicht wolltest.
Auch ich wollte es nicht.
Aber Du hast mich überrollt wie ein ICE.
Hast mein Herz dazu gebracht Tango zu tanzen.
Hast mir einen Himmel geschenkt,
von dem ich nicht wusste, dass es ihn gibt.
Und während ich mit Höhenangst
und so gar nicht schwindelfrei schwebe,
bleibst Du auf der Erde.
Lässt mich fliegen und immer wieder hart auf dem Boden landen.
Himmel und Erde können aber nicht ohne einander – so wie wir.
Bleib Du ruhig realistisch, während ich träume.
Zwei Wochen ohne Dich – eine Ewigkeit.
Doch die Zeit mit Dir – jede Sekunde wert.

Da wächst was

Zwei Wochen später. Aufgeregt stehe ich im Bad, mit nichts bekleidet außer meiner neuen Ledercorsage, einem schwarzem Spitzentanga und den kniehohen Stiefeln. Bin ich mir wirklich sicher? Will ich ihm wirklich so begegnen? Immerhin ist noch helllichter Tag. Ich blicke an mir herab. *„Dass ich keine Kleidergröße 38 trage, hat er ja nun mit Sicherheit auch schon gemerkt.“*, denke ich mir ironisch. Aber die Cellulitisdellen am Oberschenkel, mein dicker Bauch, bislang hat er mich ja meist nur im Dunkeln und mit Alkohol im Blut gesehen. Langsam machen sich die Zweifel in mir nicht nur breiter, sie machen es sich sogar regelrecht bequem in meinen Gedanken. Ist das nicht lächerlich? Bin das denn wirklich ich? Ich bin doch das kleine, dicke Mädchen vom Lande und er der kultivierte, eloquente, intelligente Mann. Da kann ich doch gar nicht mithalten.

„STOP!", unterbreche ich das kleine Teufelchen auf meiner Schulter, *„Jetzt reicht es aber! Wenn ihm nicht gefällt was er sieht, dann muss er eben wieder gehen und sich ein blondes Modepüppchen suchen."*

Trotzig blicke ich meinem Spiegelbild entgegen. *„Jule, du bist vielleicht dick, aber wenn Du jetzt auch noch hässlich wärst, dann hättest Du ein Problem! Dick und hübsch geht."*, ich lächle mir selbst Mut zu. Und bevor ich mir noch lange Gedanken machen kann, ob ich mir vielleicht nicht doch besser eine Jeans anziehen sollte, klingelt es auch schon an der Tür. „Na, ist ja klar!", grummle ich auf dem Weg zum Türöffner, „Ausgerechnet heute musst Du pünktlich sein. Reiß Dich zusammen, Jule Stein! Du stehst hier in 9 cm Stiefeln, das wird ihm schon gefallen."

Selbstbewusstsein vortäuschend öffne ich lasziv die Tür. „Hey, Kleines...", setzt Adrian an, um dann zu verstummen. Musternd gleitet sein Blick über meinen Körper, bleibt an meinen Brüsten haften, die durch die geschnürte Corsage ordentlich nach oben gepusht sind, schweift weiter über die zahllosen Metallhaken der Corsage zu dem hauchzarten Spitzenstring, zu meinen Beinen und sein Mund verwandelt sich in ein lautloses „Oh!" als er die hohen Stiefel mit den Lederriemen entdeckt. „Gefällt Dir, was Du siehst?", frage ich, durch seine Reaktion bestätigt. „Ab ins Schlafzimmer mit Dir! SOFORT!" ist die einzige Antwort, die ich von ihm erhalte. Ehe wir das Bett erreicht haben, hat sich Adrian sämtlicher Klamotten entledigt, wirft mich aufs Bett und zerrt mir den Tanga zur Seite. Sein harter Schwanz reckt sich mir dreist entgegen. Gut, dass unsere Testergebnisse da sind und wir uns nicht mehr um lästige Kondome kümmern müssen. Adrian zerrt meine Brüste aus der Corsage, knetet sie und ohne langes Vorspiel spüre ich, wie sich sein Schwanz Zugang in mein Innerstes verschafft. Erregt, enthemmt stößt Adrian in mich. Himmel, ich bin noch nicht mal richtig feucht, was mich ihn noch größer, rauer, intensiver spüren lässt.

Welch berauschendes Gefühl, ihn das erste Mal ohne Gummi in mir zu haben! So mitgerissen, überwältigt von dieser Ekstase, bricht in kürzester Zeit mein erster Orgasmus über mich herein. Doch Adrian ist noch lange nicht mit mir fertig. Er dreht mich auf den Bauch, hebt meinen Hintern an, bringt mich auf die Knie und dringt kräftig von hinten in mich ein. Mir entweicht ein keuchender Laut – Himmel, so füllt mich sein riesiger Schwanz noch mehr aus.

Adrian krallt sich in die Schnürung meiner Corsage, eine Hand auf meinen Stiefeln. Wie im Rausch nimmt er mich noch hemmungsloser, treibt seine Härte so gründlich in mich, dass ich das Gefühl habe zu zerreißen. Im Raum hört man laut unser Stöhnen und das Aufeinanderklatschen unserer Körper. Ich taumle meinem nächsten Orgasmus entgegen, den ich nur gellend aus mir herausschreien kann, nicht mehr in der Lage, mich auch nur im Ansatz zu beherrschen. Ich sacke unter Adrian zusammen, unfähig mich in der knienden Stellung zu halten. Meine Beine zittern, ich spüre, wie mir meine eigene Nässe der Geilheit die Beine hinab läuft. Adrian, immer noch standhaft, ist bislang nicht zu seiner Erlösung gekommen. Er lässt von mir ab, legt sich neben mich auf den Rücken und es bedarf keiner großen Aufforderung von ihm, damit ich mich auf ihn schwinge, seinen immer noch steifen Schwanz langsam in mich aufnehme. Mit leuchtenden Augen beobachtet Adrian wie seine Pracht in mir verschwindet. Sacht bewege ich mich auf und ab, doch ich habe die Rechnung ohne ihn gemacht. Adrian packt mich an den Hüften und drückt mich eisern auf seine pulsierende Lust. Festgekrallt im Leder der Corsage gibt er einen stürmischen Rhythmus vor, dem ich nichts entgegenzusetzen habe. Meine Bewegungen folgen seinen Vorgaben. Unsere Blicke verschmelzen. Endlich ist auch Adrian soweit, unsere Ekstase endet in einem lauten, heftigen Finale und mit einem letzten heftigen Stoß pumpt er seinen heißen Saft in mich. Gemeinsam schreien wir uns unsere Lust aus dem Körper.

Erschöpft sinke ich an Adrians Brust. Immer noch seinen pochenden Schaft in mir, lasse ich mich von ihm halten. Schnell geht unser Atem im selben Takt. Wir beide noch nicht in der Lage Luft zu schöpfen. Meine Muskulatur krampft sich um seinen Schwanz und ich beginne meinen innersten Muskel mit seiner langsam erschlaffenden Härte spielen zu lassen.

„Du kleines Miststück.", funkelt Adrian mich an, „Du machst mich
wahnsinnig und süchtig nach Dir."
*„Tja, Fremder, das war auch der Plan.", schmunzle ich in mich
hinein.*

Das Gefühl von Leder auf der Haut - so angenehm, anziehend, erregend.
Ein wenig kühl und doch der Temperatur meines Körpers
schon angepasst.
Der typische Geruch – wild, aromatisch -
gemischt mit dem uns noch nicht so vertrauten,
warmen Duft des anderen, unserer heißen Leiber.
Deine Hände, wie meine, in Lederhandschuhen,
erkunden neugierig jeden Zentimeter der fremden Haut.
Ich fühle Dich an meiner Corsage, an den hohen Stiefeln,
alles aufnehmend, genießend.
Hab ich Dir schon gesagt, wie heiß Dein Hintern in Leder aussieht?
Wir geben uns vollkommen unserer Lust hin.
Unserer Lust aneinander und an diesem einmaligen Material.
Ich will Dich überall spüren... an mir, auf mir, in mir.
Welch herrlicher Kontrast das schwarze Leder auf Deiner Haut.
Lass es mich riechen, schmecken, fühlen -
Dich wahrnehmen mit allen Sinnen.
Wie schön, dass wir uns gefunden haben,
diese unbändige Leidenschaft miteinander teilen können.
Die Freude darüber, dass unausgesprochene,
so lang verborgene Wünsche endlich erfüllt werden.
Deine Küsse schmecken zärtlich, fordernd -
werden mir noch lange in Erinnerung bleiben.
Viel zu kurz die Zeit, die uns mal wieder bleibt.
Jede Sekunde aufgesogen wie den Atemzug,
den man zum Leben braucht.
Viel zu schnell alles vorbei, wir zurück in unseren Welten.
Und doch lässt uns die Erinnerung nicht los.
Die Erinnerung, an das was wir teilen und die Gewissheit,
dass es am Ende eben doch nicht "nur" darum geht.
Die Gewissheit, dass uns auch der Mensch hinter der Hülle aus Leder

interessiert, aufregt, anregt, dass wir mehr wollen.
Mehr Zeit zum Entdecken, Erfühlen, Erleben.
Vereint durch unsere Lust und Vorliebe.
Verbunden in Gedanken, Worten,
dem Verlangen nach uns, werden Tage zu Wochen.
Einmal werden wir uns diesem Rausch noch hingeben,
diesem Höhenflug der Sinne.
Einfach nur uns und unsere Lust genießen.
Mit der Klarheit, dass es einen Abschied geben wird, geben muss.
Mit der Klarheit, dass jeder von uns zurück in sein Leben gehen wird.
Wenn es soweit ist, werde ich Dich ziehen lassen.
Dreh Dich nicht um, sieh nicht zurück – nicht jetzt sofort.
Geh und lass mich hier -
mit einem lachenden und einem weinenden Auge.
Wir werden in unseren Erinnerungen weiterleben.
In Gedanken an das Glück,
das wir das miteinander erleben durften.
Vielleicht voller Sehnsucht, dass es uns nicht vergönnt war,
mehr daraus zu machen.
Nein, wir werden uns nicht aus den Augen verlieren,
aber vernünftig sein, sein müssen.
Drum geh, auch wenn es jetzt schon schwer sein wird.
Wir werden sehen, wo uns der Wind hin weht und ich bin sicher:
unsere Wege werden sich kreuzen.
Niemals geht man so ganz und Du weißt genau,
was von Dir hier bleibt
und was Du von mir mitnehmen wirst.
Und wenn die Sehnsucht übermächtig wird,
werden wir unsere Handschuhe nehmen,
die Augen schließen
und uns riechen, schmecken.
Du wirst Dich erinnern und lächeln...
Aber jetzt geh –
geh endlich - geh,
bevor ich es mir anders überlege.
Ein letzter Gruß, mach es gut!

Adrian steht bereits unter der Dusche, denn eigentlich sind wir in genau 20 Minuten auf einen Kaffee mit meiner besten Freundin Doro verabredet. Sie musste sich so viele Geschichten vom meinem Fremden anhören, dass sie ihre Neugier nicht mehr zügeln kann und ihn auch endlich kennen lernen will. Immer noch in Corsage und Stiefeln versuche ich noch etwas von meinem völlig verwischten Make up zu retten.

„Da steht man stundenlang im Bad und der Mann fickt dir innerhalb von 40 Minuten alles aus dem Gesicht.", spotte ich vor mich hin. Soviel Arbeit für nichts. Nichts? Naja, nichts, stimmt ja nicht so ganz. Für geilen, hemmungslosen, wilden, berauschenden Sex.

„Ich sehe aus wie ein geficktes Eichhörnchen.", werfe ich Adrian vor, der sich gerade einseift und ob dieser Aussage laut auflacht.

Er hält kurz inne, sieht mich an. Ich wende mich wieder meinem Spiegelbild zu, dabei bemerke ich, dass er mich immer noch aus der Dusche heraus anschaut. Unsere Blicke begegnen sich im Spiegel. Wenn er wüsste, wie unsicher es mich macht, wenn er mich so beobachtet.

„Was?", frage ich genervt.

„Du merkst es echt nicht, oder?", entgegnet er, während die Wassertropfen auf seinen sexy, durchtrainierten Körper herunter prasseln. Oh ja, bewundere ich das, was ich sehe, sein Lauftraining für den Marathon zahlt sich wirklich aus.

„Was?", frage ich nochmal.

„Weißt Du eigentlich wie sexy Du bist? Nicht nur in Leder, Deine Art, Du, das ist Sinnlichkeit und Erotik pur."

Verlegen reibe ich weiter an meiner verwischten Mascara herum. Noch vor einer Stunde stand ich herausgeputzt und doch voller Selbstzweifel vor dem Spiegel und jetzt, im desolaten After-Sex-Zustand, schafft es Adrian, dass ich mich begehrenswert fühle.

Langsam fange ich an zu drängeln, immerhin sind wir schon 20 Minuten zu spät.

„Reich mir mal mein Hemd rüber."

Ich schnappe mir das Hemd, das er sich vorhin nicht schnell genug vom Körper streifen konnte.

„Sogar seine Hemden sind von Armani.", stöhne ich innerlich auf, dieser Mann scheint nur aus Nobelmarken zu bestehen.

„Ich hab noch was für Dich.", fängt Adrian mich ab, als ich mir gerade die Jeans hoch ziehen will.

„Mensch, wir sind doch eh schon zu spät.", brumme ich, denn nichts hasse ich mehr als zu spät zu kommen – ok, außer Warten vielleicht.

„Geht ganz schnell.", entgegnet Adrian auf dem Weg zurück ins Schlafzimmer. Kurz höre ich ihn in seinem Gepäck kramen, um ihn dann gleich mit einer großen Verpackung zurückkommen zu sehen. Schnell reißt er diese auf und fördert ein schwarzes Ungetüm zu tage. Verdutzt starre ich ihn an.

„Was zur Hölle ist das?"

„Ein Plug.", erwidert er.

„Ja, nee, ist klar. Und was bitte ist ein Plug?", missmutig blicke ich das schwarze Ding an, das aussieht wie ein Riesendildo, allerdings verbunden mit einer Pumpe ist, wie ich sie sonst nur von Blutdruckmessgeräten kenne.

„Na, den Plug führen wir in Dich ein und dann kann ich ihn jederzeit aufpumpen.", freut Adrian sich.

Verdatterter Blick meinerseits. Dieses Riesenteil soll in mich? Und selbst wenn, was will er denn jetzt damit?

„Ist ja alles schön und gut.", murmele ich verschämt, „Aber jetzt müssen wir los."

„Eben, schnell noch rein damit." Also... jetzt ist aber gut.

„Spinnst Du?", fahre ich ihn an, „Erstens ist das Ding riesig und zweitens sind wir auf dem Weg zu Doro."

„Eben, die beste Gelegenheit, das wird lustig!", amüsiert Adrian sich.

„Lustig? Für wen? Nee, da mache ich nicht mit.", trotzig verschränke ich die Arme vor der Brust. Am liebsten würde ich aufstampfen. Was denkt der sich denn eigentlich?

Adrian blickt von dem schwarzen Prügel zu mir und zurück.

„Echt zu groß?", fragt er erstaunt, „Ist doch auch nicht viel größer als mein Schwanz."

Ich ergattere die Packung und schnappe nach Luft „23 cm? Dein Schwanz hat meines Wissens nach nur 19! Und vom Durchmesser will ich gar nicht reden!", empöre ich mich.

„Ok, ok.", lenkt Adrian betrübt ein, verschwindet schon wieder im Schlafzimmer und das reißen von Karton und Folie verheißt nichts Gutes.

„Ich habe noch nen Analplug, den wollte ich Dir ja jetzt noch nicht zumuten, aber dann zweckentfremden wir den halt mal."

Fassungslos glotze ich Adrian an.

10 Minuten später sitzen wir im Auto. Wie versprochen darf ich auch seinen BMW fahren. Breit grinsend sitzt Adrian neben mir, streichelt mein Bein. Die Pumpe des Plugs liegt unter der Jeans auf meinem Oberschenkel und selbst der kleinere, nicht so beeindruckende schwarze Plug, erinnert mich bei jedem Gas geben und Schalten daran, dass er in mir ist.

„Ach Kleines, an den großen gewöhnst Du dich auch und dann gehen wir zusammen in ein Konzert oder Musical und Du trägst ihn für mich.", Adrian ist begeistert, während ich damit beschäftigt bin sämtliche Empfindungen auf mich einwirken zu lassen.

„Kannst Du knicken.", grummele ich.

Aber Adrian kennt mich mittlerweile gut genug, um zu wissen, dass ich gespannt auf die neuen Seiten der Sexualität bin, die er mir bietet.

Nach 10 km stöhne ich genervt auf.

„Adrian, irgendwas stimmt mit dem Ding da in mir nicht!"

„Quatsch, was soll denn da nicht stimmen? Ich liebe es zu wissen, dass Du ihn in dir hast und keiner außer mir ahnt etwas."

„Der wird immer größer, bei jedem Mal bremsen oder schalten.", presse ich hervor.

„Kann gar nicht sein, die Pumpe ist nicht zugedreht."

Entnervt verdrehe ich die Augen. Weitere 3 km später:

„Adrian! Der wächst!", entschlossen fahre ich rechts an einen kleinen Feldweg. Inzwischen habe ich das Gefühl völlig ausgedehnt zu sein.

„Stell Dich nicht so an, kann nicht sein.", Adrian feixt mich an.

„Ich bin doch nicht doof, ich spüre es doch! Mach sofort das Ding aus mir raus!", energisch öffne ich die Autotür, zerre an meinem Gürtel und versuche an die Pumpe des Plugs zu kommen, die zwischen Oberschenkel und Slip liegt.

Aufgescheucht von meinem Rumgehüpfe, kommt nun auch Adrian endlich in Bewegung. Mit einem beherzten Griff in meine Hose, was von einem vorbei fahrendem Auto mit fröhlichem Hupen quittiert wird (muss ja ein herrliches Bild sein, wie da diese Limousine auf dem Seitenstreifen steht und ein Mann einer Frau in der Hose rumfingert), bekommt Adrian die Pumpe zu fassen und lacht laut auf.

„Ha, die hat sich zugedreht!" Kichernd dreht Adrian an dem kleinen silbernen Rädchen und selbst durch meine Jeans höre ich die Luft entweichen. Sofort löst sich der Druck in mir.

„Hat sich wohl aufgepumpt bei jeder Bewegung von Dir.", quietscht Adrian fast, so amüsiert er sich. Irgendwie kann ich das gar nicht so witzig finden gerade. Endlich mit ordentlicher Verspätung bei Doro angekommen, öffnet diese uns die Tür. „Da seid ihr ja endlich. Hi!", begrüßt sie uns und blickt mir verwirrt hinterher als ich wortlos und wütend an ihr vorbei ins Bad stapfe. Adrian höre ich noch „Hi! Ich bin Adrian und ich glaube, ich muss da mal hinterher", sagen als er schon sanft die Badezimmertür hinter sich schließt.

„Komm her, Kleines.", wieder kann er sich das breite Grinsen nicht verkneifen, „Ich helfe Dir beim rausmachen".

Als wir nach einigen Minuten zusammen in die Küche kommen, starrt Doro uns abwartend an:

„Kann mir mal einer sagen, was eigentlich los ist und warum ihr zusammen auf dem Klo verschwindet?"

Adrian und ich schauen uns an und brechen in schallendes Gelächter aus. Je verblüffter Doros Blicke werden, desto weniger können wir an uns halten. Von Lachkrämpfen geschüttelt, erzähle ich ihr die Geschichte, was Doro mit nur einem Satz kommentiert:

„Ihr habt echt nen Knall!"

Wir verbringen einen amüsanten Nachmittag bei ihr und bevor wir gehen, fängt Doro mich nochmal an der Tür ab.

„Jule, bist Du Dir bewusst wie dieser Mann dich anguckt?"

„Ähm… nö… wie denn?"

„Genauso, wie Du immer angeguckt werden wolltest – der ist verknallt in Dich und zwar völlig!"

„Quatsch.", wiegle ich ab. „Wir wollen ja beide nichts Ernstes und außerdem gibt es bei ihm ja auch noch Andrea. Die sind schon ewig zusammen und er hat ja auch gleich gesagt, dass er sich nicht trennen wird und ich mich nicht verlieben soll, weil er kein Mann ist, der bleibt. Auch, wenn mir das schwer fällt, denn ich bin schon mächtig verliebt in ihn."

„Da ist das letzte Wort aber auch noch nicht gesprochen.", bekräftigt Doro ihre Meinung, „Der empfindet mehr für Dich, als ihr euch beide eingestehen wollt. Ihr seid fantastisch zusammen."

Im Auto bin ich ungewöhnlich ruhig, hänge meinen Gedanken nach. Ja, dass ich mich verliebt habe, steht außer Frage, aber sollte es ihm wirklich auch so gehen? Ich mustere Adrians Profil – dieser

58

Mann und ich? Und was ist mit Andrea? Er spricht kaum von ihr. So glücklich kann er aber nicht sein, wenn er sich nebenher nach anderen Frauen umguckt, Spielaffären hat und mit mir... Ja was? Was hat er mit mir? Was ist das zwischen uns?

Viel zu schnell waren die paar gestohlenen Stunden mit ihm wieder vorbei, als wir uns am nächsten Morgen verabschieden. Wir haben uns irgendwann am Anfang mal versprochen, dass wir es beenden, wenn einer von uns Gefühle entwickelt, weil es einfach nicht sein darf. Bin ich schon soweit? Sollte ich ehrlich sein? Irgendwie bin ich heute erleichtert, als die Tür hinter ihm ins Schloss fällt. Endlich muss ich nicht mehr länger so tun, als ob ich nicht bis über beide Ohren verliebt bin.

Willkommen, Frau Jakob

Machen wir uns doch nichts vor, natürlich habe ich nichts gesagt. Wie könnte ich auch jetzt etwas aufgeben, was gerade erst beginnt und so viel Spaß macht? So lange es mir nicht zu sehr weh tut, schwöre ich mir, kann man ja mal gucken, was passiert. Umso mehr freue ich mich, als mich schon ein paar Tage später Adrians Nachricht erreicht, dass er gerne vorbei kommen möchte.
Gut, mal wieder Dienst tauschen, denn irgendwie hat er ein Talent dafür, dass sein Terminkalender absolut nicht zu meinem passt. Meine Kollegen nehmen meine Änderungswünsche entgegen und machen möglich was möglich ist, weil selbst sie schon gemerkt haben, dass es mir nach einer Dienstplanänderung immer erstaunlich gut geht und meine positive Stimmung die ganze Abteilung mitzieht.
Also spucke ich nach meiner 20 Uhr Schicht nochmals in die Hände, um die Wohnung auf Vordermann zu bringen. Morgen bis 14 Uhr arbeiten und um 18 Uhr will er da sein.
Da bleibt mir noch genug Zeit mich in Ruhe zu duschen, zu rasieren und hübsch zu machen. Müde checke ich um kurz vor 23 Uhr nochmal meinen Posteingang. „Planänderung" ruft mir da laut eine E-Mail von Adrian entgegen.
„Oh nein", seufze ich missmutig, „bestimmt sagt er ab."
Grimmig öffne ich die Nachricht.

Kleines, ich muss morgen noch in ein Meeting und schaffe es nicht zu Dir, aber wir könnten uns auf halber Strecke in Sinsheim im Hotel treffen? Klingt das nach einem Plan? Gib Bescheid, ich reserviere ein Zimmer für uns. Kann es nicht erwarten, A.

Erwähnte ich schon, dass ich Hotels liebe? Schnell tippe ich meine Zusage in den Laptop und eile sofort ins Bad, um meinen Körper auf ein Treffen mit Adrian vorzubereiten.

Am nächsten Morgen erwarten mich alle wichtigen Details zum Hotel in einer Mail und direkt nach Arbeitsende fahre ich auf die Autobahn.

In Sinsheim angekommen, bin ich doch etwas ernüchtert: *Das Hotel liegt ja mitten in einem Gewerbegebiet!*

Leichte Enttäuschung macht sich breit als ich auf den Hotelparkplatz fahre. Wie romantisch. Nebenan ein McDonalds, gegenüber ein Fußballstadion, nur getrennt durch die Autobahn. Doch meine Stimmung hellt sich unweigerlich auf als ich die Lobby betrete. Wow! Das hatte ich nach dem äußeren Erscheinungsbild nicht erwartet. Ein modernes Hotel, mit heller, lichtdurchfluteter Lobby, alles im afrikanischen Stil gehalten, aber nicht übertrieben, eher akzentuiert. Sofort beginne ich mich wohlzufühlen. Die Dame an der Rezeption empfängt mich freundlich. „Hallo!", entgegne ich ihre Begrüßung, „Für Jakob müsste ein Zimmer reserviert sein." Sie tippt den Namen in ihren PC.

„Ja, Frau Jakob, wir haben eine Juniorsuite für sie reserviert." Juniorsuite? So typisch Adrian - ein einfaches Doppelzimmer hätte es wohl nicht getan?

„Stein, aber das Zimmer auf Jakob nehme ich trotzdem."

„Natürlich, Frau Jakob.", lächelt mich die freundliche Dame an.

„Stein, Frau Stein!", entgegne ich wiederholt.

Die nette Rezeptionistin bereitet alles Notwendige vor und überreicht mir die Keykarte:

„Zimmer 311, 3. Stock, sollten Sie noch etwas benötigen, ein weiteres Kissen oder ähnliches, lassen sie es mich bitte wissen. Die Sauna steht Ihnen ab 16 Uhr zur Verfügung. Schönen Aufenthalt, Frau Jakob!"

„Stein, mein Name ist Stein.", seufze ich, „Herr Jakob müsste später eintreffen.", lasse ich sie wissen.

„Ich sage ihm dann, dass sie schon da sind, Frau Jakob."

„Spreche ich eigentlich spanisch?", frage ich mich als ich den Aufzug in den 3. Stock nehme.

„Frau Jakob", schmunzle ich, *„hört sich ja aber gar nicht soooo schlecht an. "*

Die Juniorsuite besticht durch schlichte Eleganz in edlem Walnussholz und schwarzem Leder. Bevor Adrian eintrifft schaffe ich es noch die riesige Wasserfalldusche zu benutzen, den Obstkorb zu plündern und den großen Flatscreen mit meiner Musik zu füttern, so dass ich mich umgehend wie zu Hause fühle, nur eben inklusive den Vorzügen eines Hotelzimmers.

Als ich Adrian beim Abendessen von der „Frau Jakob"-Episode beim Einchecken berichte, schaut er mir tief in die Augen, streichelt sanft über meine Wange und flüstert mir zu: „Vielleicht gewöhnst Du Dich einfach daran. Frau Jakob, das steht Dir." Warum breitet sich denn auf einmal dieses warme Gefühl in meinem Bauch aus?

An diesem Abend hören wir zusammen Bodo Wartke's *„Liebeslied"*.

Endlich wieder bei Dir angekommen, meine Flucht aus dem Alltag.
Die Tür fällt hinter mir ins Schloss und aller Stress von mir ab,
bleibt draußen in der Kälte.
Ich will jetzt nur noch eins: berührt werden!
Du spielst mit mir und ich kann mich immer mehr fallen lassen.
Die Peitsche von Dir auf meinen Rücken, meinen Hintern geführt,
hinterlässt leichte Spuren Deines Spiels mit mir.
Die Abdrücke Deiner flachen Hand auf meinem Körper
zeugen noch Tage später von den Stunden mit Dir.
Dein tiefer Blick in meine Augen,
während Deine Hand meinen Hals langsam zudrückt,
lässt mich sicher wissen,
dass ich jetzt, hier bei Dir gut aufgehoben bin.
Jetzt, in diesem Moment, gibt es nur das Gefühl "berührt" zu werden.
Wieder spüre ich die Peitsche hart auf meinem Körper.
Du spielst mit mir, überspielst mich, gehst sanft über meine Grenzen.
Befreiende Tränen, loslassen, aufgefangen von Deinen starken Armen.
Wie schön dann neben Dir einzuschlafen, mit Dir aufzuwachen.
Am Morgen zurück in den Alltag.

Mit der Tür, die hinter mir ins Schloss fällt, ist er wieder da.
Kein Bedauern jetzt gehen zu müssen.
Ein Lächeln beim Gedanken daran, wie schön es wieder bei Dir war.
Nach Hause, mit den Spuren, die Du auf meinem Körper
und in meiner Seele hinterlassen hast.
Körperlich, aber noch viel mehr und wichtiger emotional tief berührt.

Bedienungsanleitung

Nur zwei Wochen später steht ein weiteres Treffen mit Adrian an. Wir hatten eine traumhafte Zeit in Sinsheim und gerne erinnere ich mich an unsere Stunden im Hotel zurück. Für heute hat er sich also wieder bei mir zu Hause angekündigt, es gibt nur ein kleines Problem: ich hatte meine Mutter samt Partner und Silke, meine Nachbarin, die auch im Haus lebt, für diesen Nachmittag bereits zu Kaffee und Kuchen eingeladen.

Als ich ihm davon berichte meint Adrian nur kurz und treffend: „Prima, dann lerne ich Deine Eltern auch mal kennen."

Ich bin echt nervös. Bis auf Adrian sind alle schon da und ich kann meine Ruhelosigkeit kaum verbergen. Natürlich wissen alle von ihm. Naja, zumindest, dass ich ihn date. Die SM-Geschichte und seine Andrea habe ich mal lieber dezent unter den Tisch fallen lassen. Endlich klingelt es. Wobei ich mir nicht sicher bin, ob ich dieses Aufeinandertreffen schnell hinter mich bringen oder lieber ganz sein lassen möchte.

Aber nun, wo er schon mal da ist, sollte ich ihn wohl auch rein lassen. Wie immer begrüßt er mich liebevoll mit einem seiner sinnlichen Küsse. Leicht verlegen stelle ich ihm meine Bekannte Silke, den Partner meiner Mutter und schließlich meine Mutter vor.

„Adrian, das ist meine Mutter, Mama das ist…"

„Der zukünftige Schwiegersohn!", unterbricht Adrian mich, „Ich komme jetzt öfter".

Sprachlos starre ich ihn an.

Bitte was hat er da gerade gesagt? Und was hält Andrea wohl davon?

Adrian schafft es hervorragend die Unterhaltung in Gang zu halten und wieder einmal bin ich begeistert von seinem Witz, Charme und Intellekt.

„Nun, Adrian", setzt meine Mutter an, „Du musst wissen, Jule ist nicht ganz einfach und eine Zicke. Da braucht man eine 1000seitige Bedienungsanleitung für." Adrian legt seinen Arm in meinen Nacken und krault mir die zarte Stelle dort.

„Nun", entgegnet er lächelnd, aber mit festem Blick, „was ein Glück, dass ich zum einen des Lesens mächtig bin und zum anderen festgestellt habe, dass Jule nur aus drei Gründen zickig wird: man provoziert sie, man geht bewusst über ihre Grenzen, so dass sie in beiden Fällen das Gefühl hat, sich verteidigen zu müssen oder sie ist untervögelt. Alle drei Dinge passieren ihr mit mir nicht. Von daher habe ich die Zicke wunderbar im Griff."
Ich kann mir ein breites Grinsen nicht verkneifen.

Als endlich alle Besucher gegangen und wir alleine sind, bringt Adrian seine Tasche ins Schlafzimmer. Im Flur höre ich ihn „Home, sweet Home" murmeln.
„Was hast Du da gerade gesagt, als Du ins Schlafzimmer bist?", frage ich deshalb als er zurückkommt. Ich muss mich vergewissern, ich kann mich doch nur verhört haben, oder?
„Home, sweet Home, habe ich gesagt.", erwidert er und ich bin erstaunt, dass er das nicht nur sagt, sondern auch noch offen zugibt.
„Du hast das schon richtig verstanden. Ich fühle mich hier bei und mit Dir wohler, als ich es in Baden-Baden in meiner Wohnung, meinem Zuhause, je getan habe."

Erinnerst Du Dich an unser erstes Date? Es regnete in Strömen.
Wir − zwei Fremde - deren Blicke sich trafen.
Blicke, so tief, so bewegend.
Eine unvertraute Nähe zwischen uns, die mich bitten lies,
dass der Morgen sich Zeit lässt mit dem Kommen.
Die Hoffnung, dass es niemals hell werden möge.
Und jetzt kommen wir einfach nicht mehr voneinander los.
Wir schaffen es nicht ohne den anderen -
immer wieder versucht, immer wieder gescheitert.
Wenn Du an meiner Seite bist, ist die Magie spürbar.
Bleib − teil Dein Leben mit mir, wenn auch nur heute Nacht.
Zusammen sind wir unschlagbar. Unsere Körper im stillen Einklang.

Schon lange kein Spiel, keine Session mehr.
Das, was wir früher so nannten, ist jetzt ein Teil von uns – das sind wir.
Deine Augen lassen mich so viel sehen, was Du auch in meinen siehst.
Wir brauchen keine Worte. Unsere Körper sprechen eine eigene Sprache.
Nein, das ist kein Zufall. Das Schicksal hat uns zueinander geführt.
Wir ziehen uns an und aus – so viel mehr als alles, was wir wollten!

Abgerockt

Es ist Frühling geworden und Adrian ist nicht mehr aus meinem Leben weg zu denken. Nicht nur in der Natur schwirren die Schmetterlinge umher und die Tatsache, dass er in einer Beziehung lebt, schaffe ich hervorragend zu verdrängen. Witziger Weise bin ich noch nicht mal eifersüchtig auf Andrea. Wie eng kann er mit ihr noch sein, wenn das, zwischen uns so voller Magie ist? Selbst als er ein paar Tage mit ihr in Wien war, hat er mir immer wieder kurze SMS oder Mails zukommen lassen, die darin gipfelten, dass er mir ein Bild aus einem Caféhaus mit den Worten „Ich wünschte, Du wärst mit mir hier, aber ich trage Dich in meinem Herzen durch Wien." schickte.
Bereits vor ein paar Tagen erhielt ich seine Nachfrage nach meinem Mai-Dienstplan, doch er wollte mir partout nicht verraten, warum. Mein E-Mail Postfach enthält mal wieder eine Nachricht von ihm. Betreff: „Überraschung"

Hey Kleines,
wir treffen uns nächste Woche in Stuttgart. Laut Deinem Dienstplan sollte das kein Problem sein. Näheres anbei.
Vergesse nicht, Deine Ledersachen einzupacken.
Ich freue mich wahnsinnig auf Dich, A.

Neugierig öffne ich den Anhang und entdecke zuerst eine Buchungsbestätigung für das Musical „We will rock you".
Das zweite PDF beinhaltet eine Reservierung für eine Juniorsuite in einem bekannten 5-Sterne-Hotel.
„*Großer Gott! Musical und 5-Sterne-Hotel*", schießt es mir durch den Kopf, „*Und ich habe nichts anzuziehen!*"

Eine Woche später tigere ich in Stuttgart nervös vor dem Hoteleingang auf und ab. Adrian meinte zwar, ich soll ruhig schon mal einchecken, aber um ehrlich zu sein, traue ich mich nicht alleine in diesen Nobelschuppen rein. Klar, mein Selbstbewusstsein ist in den letzten Wochen durch ihn, seine Komplimente gewachsen, aber das hier ist mir doch eine Nummer zu groß. Natürlich würde ich das ihm gegenüber nie zugeben, aber ein bisschen fühle ich mich wie in „Pretty Woman" (mal abgesehen davon, dass ich keine Hure bin, sondern eher das Mädchen vom Lande).

Endlich kommt er ums Eck geschlendert und sieht in seinem perfekt sitzenden Anzug blendend aus. Nach ausgiebigem Begrüßungskuss, der vom Portier dezent ignoriert wird, nimmt er mich an die Hand und zieht mich ins Foyer.

Ich bemühe mich ja wirklich nicht beeindruckt zu sein, aber hey, hier ist schon die Nationalmannschaft untergekommen!

„Sei nicht so nervös, Kleines!", wispert er mir beruhigend ins Ohr, „Du bist umwerfend."

Nachdem wir eingecheckt haben, stöckle ich ihm mal wieder auf hohen Schuhen (so langsam gewöhne ich mich daran) den Flur zum Zimmer hinterher. Naja, von innen bin ich lange nicht mehr so von dem Hotel beeindruckt, das mit dem Charme vergangener Tage glänzt und auch die Juniorsuite hatte ich mir in einem namhaften Hotel etwas anders vorgestellt. Wieder einmal muss ich über mich selbst lachen, denn seit Tagen mache ich mir Gedanken, ob ich in ein 5-Sterne-Hotel passe.

Adrian lässt mir kaum Gelegenheit die Suite richtig zu inspizieren, als er mich schon anweist die Corsage und Stiefel anzuziehen. *„Warum auch Zeit verschwenden"*, grinse ich in mich hinein.

„Mach hin!", hetzt er mich da auch schon zur Eile, „Ich will dich, bevor wir los müssen." Bewundernd gleitet sein Blick an mir herab, als ich aus dem begehbaren Kleiderschrank trete.

„Das könnte nur noch durch lange Lederhandschuhe getoppt werden! Hinlegen!", befiehlt er rau und ich mache es mir auf dem Bett bequem. Erst jetzt entdecke ich, dass Adrian auf dem Sideboard diverse Spielsachen ausgebreitet hat. Ein kurzer Blick genügt, um die zwei Plugs, seine Lederhandschuhe, diverse Seile, Handschellen, Gleitgel und seine Peitsche zu entdecken.

Wie immer muss ich kurz schlucken und ein leicht flaues Gefühl macht sich in meinem Magen breit. Eine Mischung aus Vorfreude und... nein, nicht Angst, aber Respekt. Adrian bindet meine

Handgelenke über meinem Kopf zusammen und weist mich an die Beine zu spreizen. Fasziniert beobachte ich, wie er seine Handschuhe überstreift und beginnt meinen ganzen Körper mit dem Leder zu streicheln. Immer wieder unterbricht er seine Erkundungstour, um mich leidenschaftlich zu küssen. Ein köstlicher Anblick, wie seine in schwarzes Leder gehüllten Finger mit meinen Brustwarzen spielen, sie zwirbeln und an ihnen ziehen. Während er mit der einen Hand damit beschäftigt ist meine Brüste zu bearbeiten, steckt er mir den Daumen seiner anderen Hand in den Mund und lässt mich genussvoll an seinem Lederfinger saugen und lecken. Sein Gesicht verrät mir, welcher Genuss das für ihn ist, was mich anreizt, dieses Spiel noch zu intensivieren. Fordernd fängt er an meinen Kitzler zu necken. „Lust etwas zu probieren?" Ich nicke. Adrian schnappt sich eines der blütenweißen Kopfkissen und drückt es mir unvermittelt einige Sekunden aufs Gesicht. Gerade, als ich denke, es nicht mehr aushalten zu können, befreit er mich wieder. Ich schnappe nach Luft, komme jedoch nur zu einem tiefen Atemzug, bevor er mir erneut die Luft nimmt. Auch diesmal sind es nur Sekunden, doch sie kommen mir vor wie eine Ewigkeit. Ein drittes Mal legt er mir das weiße Laken aufs Gesicht und während mir der Atem stockt, fordert sein Daumen an meinem Kitzler und sein Zeige- und Mittelfinger in mir, einen Orgasmus heraus. Gerade als er mich wieder Atem schöpfen lässt überrollt mich mein Orgasmus, völlig reizüberflutet von seinen Lederhänden, der Atemreduktion und dem was er mit meinem Körper tut. Immer noch nach Luft ringend stammle ich seinen Namen, doch Adrian lässt mir im wahrsten Sinne des Wortes keine Atempause. Er greift sich den großen, schwarzen, monströsen Plug, befeuchtet ihn mit seiner Spucke und drückt ihn langsam gegen meine Öffnung. Ich spüre, wie meine Spalte weit von dem großen Dildo gespreizt wird und Adrian erhöht den Druck darauf. Mit einer schnellen, unnachgiebigen Bewegung führt er den stattlichen Lustbringer in mich ein. Ich keuche, merke, wie mein weiches Fleisch nachgibt und ihn aufnimmt. „Ich werde ihn jetzt mit drei Stößen aufpumpen.", warnt Adrian mich vor und bereits beim ersten Hub merke ich, wie ich gedehnt werde. Der zweite Pumpstoß weitet mich noch mehr und der dritte löst ein leichtes Ziehen in meinem Unterleib aus.

Adrian lässt den Plug aufgepumpt in mir ruhen, gibt mir Zeit, mich an das ungewohnte Gefühl der Dehnung anzupassen und verwöhnt meinen Körper mit weiteren Streicheleinheiten. Ich spüre, wie ich mich an den Fremdgegenstand gewöhne und sich meine Muskeln lustvoll um ihn schließen. Adrian nimmt das dicke Ende des Plugs in die Hand und beginnt ihn langsam aus mir gleiten zu lassen, nur um ihn dann wieder in mich zu stoßen. Die ersten Schübe sind noch ungewohnt, die Weitung lässt mich aufstöhnen. Doch mein Körper schreit nach mehr. Mein Becken reckt sich Adrian erwartungsvoll entgegen, will härter genommen werden. Fester und fester lässt mich Adrian das schwarze Monstrum spüren und schon rollt eine weitere Welle der Lust heran.

„Nein, Kleines, noch kommst Du nicht!", brummt Adrian und hört schlagartig mit der Bewegung auf, lässt den Plug einfach zwischen meinen Beinen, in mir ruhen. Mir entkommt ein empörtes Japsen. *Er kann doch jetzt nicht aufhören?!*

„Ich werde ihn jetzt noch drei Mal aufpumpen.", lässt er mich wissen. Gefangen zwischen meiner Lust und nicht in der Lage klar zu denken, schaue ich ihn nur an. Noch drei Mal? Ich habe jetzt schon das Gefühl, es zerreißt mich. Schlagartig wird mir klar, dass dieser Mann mit mir tun kann, was er möchte, es ist ok.

Adrian lässt mich in seinen Augen versinken und plötzlich kann ich gar nichts mehr denken. Ich lasse mich einfach fallen und gebe mich seiner Kontrolle hin. Blind vertraue ich ihm, mit dem Bewusstsein, dass er auf mich aufpasst und nichts von mir fordert, was ich nicht geben kann.

Ohne zu zögern pumpt er die drei angekündigten Hubs, das Ziehen in meinem Unterleib entwickelt sich zu einem leichten, aber nicht unangenehmen Schmerz. Langsam sammelt sich die Nässe meiner Erregung um den Plug und die nächsten Stöße nehme ich zwar hechelnd, aber wahnsinnig aufgeheizt entgegen. Adrian bewegt den deutlich angeschwollen Plug langsam in mir und ich bemerke, dass mir meine Feuchte die Beine hinab rinnt, das Bettlaken durchdringt. Noch immer hat Adrian nicht genug von diesem Spiel und beginnt auch noch meine Klit zu reizen.

„Adrian, ich komme…", kann ich ihn noch vorwarnen. Doch gerade als ich kurz davor bin, löst er den Plug mit einem Ruck aus mir. Frustriert stöhne ich auf. „Nicht aufhören, bitte…", flehe ich ihn an.

„Dein Orgasmus gehört mir!", faucht Adrian mir entgegen und schiebt seinen prallen Schwanz in mich. Oh, fühlt er sich gut an! Nichts übertrifft das Gefühl, wenn sein Schaft auf mein Innerstes trifft. Hart und fordernd nimmt Adrian mich und ich kann nicht anders als meine Lust und Erfüllung laut aus mir herauszuschreien. „Komm mit mir! JETZT!", fordert Adrian mich schroff auf und entleert seinen Saft in mir. Während ich laut seinem Namen brülle, frage ich mich eine kurze Sekunde lang, wie gut so ein 5-Sterne-Hotel eigentlich schallisoliert ist?

Erschöpft sinkt Adrian auf mir zusammen. Ich liebe das schwere Gefühl seines Körpers auf mir. Sein Schwanz pulsiert die letzten Tropfen in mich, er bedeckt mein Gesicht mit zärtlichen Küssen.

„Adrian, ich glaube, ich liege in meinem eigenen Saft.", grummle ich.

„Du hast abgespritzt, Kleines. Wusste gar nicht, dass Du das kannst." *Ich habe was? Wusste ich auch nicht.*

Gänzlich entspannt genieße ich es, Adrian noch auf und in mir zu haben. Allerdings nur bis mein Blick auf die Uhr fällt.

„Wann fängt das Musical an?", frage ich nach.

„18:30 Uhr müssen wir spätestens los"

„Na, dann haben wir ja noch ganze 10 Minuten! Geh sofort von mir runter!", ordne ich an.

Das Kissen, das mir Adrian vorhin noch ins Gesicht gedrückt hat, verrät mir, wo sich mein Make up befindet und mein Spiegelbild schildert einen sehr elenden Zustand meines Äußeren.

„Das schaffen wir locker!", fröhlich springt Adrian unter die Dusche. *„Na sicher"*, denke ich mir, *„wenn man eine Glatze hat und sich nicht schminken muss, ist man ganz klar in 10 Minuten fertig."* Schnell versuche ich bei mir zu retten, was noch zu retten ist. Auf hohen Stiefeln folge ich Adrian 15 Minuten später in die Tiefgarage des Hotels, wo uns sein BMW schon freudig entgegen blinkt. Adrian will mir den Schlüssel zu werfen, doch ich habe immer noch wacklige Knie und bitte ihn, zu fahren.

Ziemlich entkräftet lasse ich mich in den weichen Ledersitz seines Wagens sinken und zaubere aus der Tiefe meiner Handtasche einen USB-Stick hervor. „Die Bonnie Tyler CD, um die Du mich gebeten hast.", erkläre ich ihm, stecke den Stick in die vorgesehene Buches des BMWs und schon erklingt *„Holding out for a hero"*, was wir lauthals mit grölen.

Im Foyer der Konzerthalle steigt meine Vorfreude. Früher habe ich jedes Wochenende bei einer Beatabendband verbracht und der ehemalige Sänger ist einer der Hauptdarsteller von „We will rock you" geworden. Adrian hat sogar versucht, Karten für eine Vorstellung zu bekommen, bei der Sascha singt, aber leider hat das mit unseren Terminen nicht funktioniert. Aber egal, auch wenn Sascha heute nicht singen wird, freue ich mich auf 2 Stunden Queen-Musik. Schnell haben wir noch eine Brezel gegessen, weil wir beide seit dem Frühstück nichts mehr zu uns genommen haben (irgendwie wurden unsere Pläne vor dem Musical noch etwas essen zu gehen von wichtigerem durchkreuzt). Der erste Gong fordert uns auf, unsere Plätze einzunehmen. Adrian zieht mich an sich und wispert mir „Irgendwie fühle ich mich jetzt schon so richtig gerockt." ins Ohr, grinsend muss ich ihm zustimmen, oh ja, wir zwei haben den Nachmittag richtig gerockt.

Die Leinwand zeigt uns die Vorschau auf weitere Musicals, während Adrian nicht müde wird, mich zu küssen. „Ich war noch niemals in New York" tönt es laut aus den Boxen.

„Ja.", seufze ich, „In New York war ich auch nicht."

„Echt nicht?"

„Nein, um ehrlich zu sein habe ich noch nicht mal einen Reisepass.", gestehe ich.

„Dann wird es Zeit, dass Du dir einen machen lässt und wir zwei fahren zum Christmas Shopping nach New York! Keine Widerrede!" Warum sollte ich da widersprechen?

Schon lässt uns ein weiterer Gong wissen, dass es losgeht und der Saal versinkt in tiefer Dunkelheit, man hört nur die Stimme eines Sängers. Das ist doch...

„Adrian, das ist Sascha!", freue ich mich perplex.

„Kann nicht sein, der ist doch für heute gar nicht vorgesehen.", flüstert Adrian. Der Vorhang hebt sich und der ehemalige Sänger meiner Lieblingsband steht auf der Bühne.

„Und ob das Sascha ist!"

Adrian grinst mich an. Er hat also mal wieder das Unmögliche möglich gemacht. Gebannt verfolge ich das Geschehen auf der Bühne, als sich eine weitere Darstellerin ankündigt. Die „Killer-Queen" betritt das Geschehen. Knallenge schwarze Lederhose, Nietengürtel, Ledermantel in Leoparden-Optik. Mir bleibt der Mund offen stehen. *Wow! Das sieht geil aus!* Adrian grinst mich wissend an. Da hatten zwei Dumme einen Gedanken. Wenige Szenen später erscheint die Killer-Queen erneut. Die ersten Töne von *„Another one bites the dust"* erklingen und die Erscheinung dieser Frau haut mich um, da rockt eine starke Frau im bordeauxroten Lederoutfit, das über und über mit Nieten bedeckt ist, die Bühne. Dominantes Auftreten, wahnsinnig sexy und erotisch. „Genau so was will ich auch!", lasse ich Adrian wissen. „Kleines, das ist ein Outfit für Aktive!", entgegnet er leise. „Gut, dann bin ich jetzt halt aktiv!"

Verblüfft fährt Adrians Kopf zu mir herum. „Ernsthaft? Das erweitert unsere Möglichkeiten ja ins Unermessliche."

Mein Kopfnicken gibt ihm zu verstehen, dass es mir absolut ernst damit ist. Wenn man aktiv sein muss, um so ein Outfit zu tragen, dann bitte, her damit! Mir wird ständig vorgeworfen, ich sei zu bestimmend, dann kann ich das doch auch mal sinnvoll einsetzen und ausleben. „Das probieren wir nachher im Hotel sofort aus.", macht sich Vorfreude in Adrian breit, als sich das Musical dem Ende entgegen neigt. Der Saal wird nochmals in Dunkelheit gehüllt, nur beleuchtet von einem imaginären Sternenhimmel. Sascha stimmt auf der Bühne die ersten Zeilen von *„Who wants to live forever"* an und ich weiß nicht warum, vielleicht liegt es daran hier mit meinem Traummann zu sitzen, seine Aufmerksamkeit genießen zu dürfen, denn die Atmosphäre und die Musik lassen mir die Tränen in die Augen schießen. Verstohlen versuche ich den Tränenfluss zu stoppen, der mir über das Gesicht rinnt. Adrian blickt mich zärtlich an und wischt mir die salzige Flüssigkeit von der Wange: „Es ist völlig in Ordnung, Kleines. Ich liebe es wie emotional Du bist, lass es raus."

Auf dem Weg zurück ins Hotel singen wir in Dauerschleife *„Total Eclipse of the heart"*, ich liebe es singend mit Adrian durch die Nacht zu fahren.

Endlich im Hotel wünsche ich mir aber nichts sehnlicher, als meine Füße aus den Stiefeln schälen und eine heiße Dusche zu nehmen. „Magst Du noch was essen gehen? Wir haben den ganzen Tag noch nichts Vernünftiges gekriegt.", sorgt sich Adrian in der Lobby um mich.

„Können wir uns nicht einfach was aufs Zimmer bestellen? Ich weiß doch, dass dein Lieblingsfußballclub spielt und ich mag es mir nur noch bequem machen."

„Guter Plan.", bestätigt Adrian, „Hoffentlich war das Housekeeping schon da, damit wir unsere Ruhe haben.", murmelt er, während er die Tür mit der Karte öffnet.

„Wie?", frage ich 5-Sterne-Hotel unerfahren, „Da kommt abends extra nochmal jemand, um das Zimmer zu machen?"

„Klar.", erwidert Adrian, „Die machen nochmal das Bett frisch und tauschen Handtücher."

„Ach Du scheiße!" entfährt es mir, „Weißt du, wie das Zimmer ausgesehen hat?" Ich erinnere mich an unseren fluchtartigen Aufbruch und die Verwüstung, die wir hinterlassen haben, an Körperflüssigkeiten, mit denen wir das Bett getränkt haben, mein Gesicht als Make up Aufdruck auf dem blütenweißen Kissen und das Seil, die Handschellen, den Plug, unsere Handschuhe und meine Corsage, was wir alles im Bett zurück gelassen haben. Verschämt folge ich Adrian ins Zimmer und durchaus, unser Bett ist frisch bezogen und unsere Spielsachen liegen aufgeräumt auf dem Sideboard, selbst das Seil wurde ordentlich aufgerollt. Am liebsten möchte ich im Boden versinken. „Himmel, ist das peinlich.", stöhne ich auf. Adrian amüsiert sich köstlich über meine Schamhaftigkeit. „Was glaubst Du denn, was die in den Hotels schon alles gesehen haben?" Ja, die in den Hotels vielleicht schon, aber doch nicht von mir. Ich bete, dass mir morgen niemand vom Housekeeping begegnet.

Nach einer ausgiebigen Dusche habe ich es mir, im Hotelbademantel, neben Adrian vor dem Fernseher bequem gemacht. Der Zimmerservice hat unseren Hunger mit einem Mitternachtssnack gestillt und eng aneinander gekuschelt schauen wir die letzten Minuten des Fußballspiels. Nach dem Abpfiff dirigiert Adrian mich ins Bett, bemerkt wie müde ich bin.

„So, so, Kleines, da willst Du also aktiv werden?! Meine ganz persönliche Killer-Queen…", sinniert er vor sich hin, als er mich sorgsam in seinen Arm gebettet und zugedeckt hat, „Na, dann brauchst Du lange Lederhandschuhe."

„Sicher.", entgegne ich leicht ironisch, „Sonst noch was?"

„Ja, mehr Corsagen und Stiefel!", befindet Adrian, „Deine Aufgabe was passendes zu finden. Ich erwarte im Laufe der Woche die Links. Und ich will jetzt nichts hören, wage es nicht zu widersprechen." Was soll ich dazu auch sagen?

Wie schon beim ersten Mal erreicht ihn ein paar Tage später eine E-Mail mit einer Auswahl. Seine Antwort folgt prompt:

Da sind keine Handschuhe dabei!

Das liegt daran, dass ich keine Langen für meine Arme finde, gibt nur maßangefertigte und die sind zu teuer.

71

Überlasse das mir – schick den Link.

Nein, das muss nicht sein, die sind zu teuer!

Was genau hast Du an:
„Schick den Link" nicht verstanden?

Ergeben schicke ich ihm den Link zu, nicht ohne nochmal darauf hinzuweisen, dass ich die zu teuer finde.

Ich brauche Deine Maße!

Adrian, ernsthaft, die sind zu teuer.
Sehr geil, aber zu teuer. Schenk sie mir zum Geburtstag!

Bist Du verrückt? Dein Geburtstag ist erst in einem ½ Jahr! Du hast die Wahl: entweder schickst Du mir deine Maße und sie passen wie angegossen oder ich lasse sie auf gut Glück fertigen und Du ärgerst Dich schwarz darüber, dass sie nicht passen... Entscheide!

Unter weiterem Protest lasse ich ihm meine Maße zukommen. Die kurze Antwort:

Ich habe alles bestellt – hör auf so viel nachzudenken. Ich liebe Shopping. Fang endlich an mein Geld auszugeben, Killer-Queen! Denke an Dich, A.

Wenn es doch so einfach wäre, wenn er doch begreifen würde, dass es nicht sein Geld ist, was mich reizt. Wenige Tage später türmen sich wieder einige Kartons mehr in meiner Wohnung.

Dann bin ich jetzt halt aktiv

Warum wundert es mich nicht, dass Adrian unser nächstes Treffen nicht abwarten konnte, als ich ihm von der neuen Lieferung erzählte?
So erwarte ich ihn mal wieder bei mir zu Hause, damit ich ein paar erste, aktive Erfahrungen sammeln kann. Adrian begrüßt mich mit breitem Grinsen und einem „Endlich wieder zu Hause." Schon etwas abgefahren, wenn man bedenkt, dass er sein eigentliches zu

Hause erst vor ein paar Stunden verlassen hat, um zu mir zu fahren, oder?

„Guck mich nicht so erstaunt an. Als ob Du nicht merken würdest, dass das mehr ist zwischen uns."

Ich schlucke. Doch, ich merke das ja schon lange, versuche halt auf nur, es mir auf seinen expliziten Wunsch hin, nicht anmerken zu lassen. Immerhin hatten wir eine Abmachung, die auf „Keine Gefühle" hinaus lief, die ich aber auch schon vor Wochen gebrochen habe.

Später an diesem Abend habe ich Adrian ins Schlafzimmer verfrachtet, um mich in Ruhe in mein neues Outfit werfen zu können. Erregt ziehe ich den Reißverschluss der neuen Stiefel hoch und genieße das warme Leder der Handschuhe auf meinem Unterarm. Diese Handschuhe sind ein Traum. Samtweiches Nappaleder, das dank Maßanfertigung natürlich wie angegossen sitzt. An der Seite sind sie mit silbernen Nieten verziert, durch die sich das schmale Lederband der Schnürung zieht – ich bin begeistert!

Der Geruch meiner warmen Haut vermischt sich mit dem betörenden Aroma des Leders. Ich merke, wie sich zwischen meinen Beinen die Feuchte der Vorfreude sammelt. Aber auch ein wenig Lampenfieber macht sich breit. Jetzt soll ich also das erste Mal aktiv sein. Kann ich das überhaupt? Bin ich in der Lage dazu, den Mann, dessen sanfte Dominanz mich so um den Finger wickelt, selbst zu dominieren?

Ich mühe mich mit der Schnürung meiner neuen Corsage ab. Sie ist aus schwerem, festem Leder. Vorne winden sich, massige, silberne Ketten. Schon beim Anlegen hatte ich das Gefühl mich zu verwandeln, zu einer anderen zu werden. Mein Rücken richtet sich auf, meine Haltung, Einstellung wird autoritärer. Was so ein Outfit alles verändern kann. Aber Mist, wenn ich nur diese Schnürung zu bekommen könnte.

„Adrian! Sofort hier her!", herrisch rufe ich meinen Fremden zu mir.

„Ja, Klein... nein, Killer-Queen... ja, sie wünschen?"

Von meinem Auftreten beeindruckt bleibt er nur wenige Zentimeter vor mir stehen.

„Schnür meine Corsage zu!", weise ich ihn an.

Fachmännisch nimmt er die Schnüre in die Hand und beginnt sie fester und fester zu binden. Dazu drückt er mir seinen Fuß ins Kreuz, um die letzten Zentimeter herauszuholen.

„Genug!", steuere ich seine Aufmerksamkeit wieder auf mich, „Schauen wir mal, was wir jetzt mit Dir machen…"
Diabolisch grinsend bedeute ich ihm, mir zu folgen.
Ich gestehe, sie war anstrengend, diese erste aktive Session. Überhaupt die aktive Rolle zu übernehmen war schwerer als gedacht. Noch dazu bei diesem Mann, der mich passiv zu Höhenflügen mitgenommen hat, von denen ich nie ahnte, dass es sie gibt. Wir haben viel gelacht bei diesem ersten Rollentausch. Es kam uns wohl aber sehr zu Gute, dass es für uns keine Rolle ist, die wir spielen. Nein, wir haben und hatten nie geschauspielert. Unser SM war und ist immer Fakt gewesen.
Wir haben beide die Neigung für beide Seiten in uns, obwohl Adrian bis dato immer der Aktive war, waren wir immer auf absoluter Augenhöhe. Nie hat er mich gedemütigt oder auf eine Weise dominiert, die mich unterwürfig, klein gehalten hat. Immer hat er mich nur geführt, liebevoll, aber stark. Immer hat er meine „schwache" Seite als meine Stärke gesehen.
Jetzt sollte sich das Blatt also wenden, der erste Schritt war getan. Genauso wie er mich sanft in meine passive Welt eingewiesen hat, hat er mir meine aktive Seite bewusst näher gebracht in dieser Nacht. So bedacht darauf mich zu lehren und Erfahrungen machen zu lassen. Seine Erfahrungen hinten angestellt, um mich genau da ab zu holen, wo ich gerade stand, am Anfang.
Keinen Schritt zu viel, lieber einen Umweg laufend, um mich nicht zu überfordern, um in mir wieder das Gefühl nach „mehr, mehr, mehr" zurück zu lassen, auch als aktiver Part.
Dass ich ab und an als dominant bezeichnet wurde und ich einfach weiß, was ich will, war mir klar, aber in dieser Nacht wurde mir bewusst, wie dominant ich wirklich sein kann und so sehr ich die passive Seite mit Adrian zu spielen liebe, so sehr entdecke ich, dass mir das Spiel mit der Macht mindestens genauso viel Spaß bereitet.

Express nach Dubai

Gerade auf dem Weg zur Arbeit, scheucht mich der Gesang von Billy Idols *„Rebel Yell"* aus den Gedanken – mein Klingelton für Adrian.
„Hey Fremder.", melde ich mich, „Das ist ja schön von Dir zu hören."

„Sag mal Kleines, hast du eigentlich inzwischen einen Reisepass?"
„Nö. Warum auch? Da, wo ich hinkomme, reicht mir ein Personalausweis."
„Das glaube ich nun eher nicht. Wie schnell kannst Du Dir einen besorgen?"
„Naja, es gibt wohl so Expresspässe, die sind in 24 Stunden fertig. Warum?"
„Du hast doch nächste Woche Urlaub, oder? Ich muss beruflich nach Dubai und dachte, ich nehme Dich mit."
„Ja, ich habe Urlaub, aber was willst Du?"
„Du hast mich schon verstanden. Kümmere Dich mal um den Pass, ich übernehme die Kosten. Jetzt muss ich aber auch schon wieder los. Fühl Dich umarmt, ich vermisse Dich." Zack, hat er aufgelegt. *Dubai? Wow!*

Bereits am nächsten Tag lasse ich Passfotos machen, beantrage den Expresspass und kümmere mich um einen Dogsitter für meinen Hund. Ich bin ja so aufgeregt! Urlaub mit Adrian. Gut, er muss arbeiten, aber ich weiß, dass er sich genügend Zeit für uns klauen wird. *Dubai*, grinse ich vor mich hin, als ich meinen nagelneuen Pass in Händen halte, schicke ich ihm eine MMS mit dem Kommentar:

Er ist noch so leer, bitte fülle ihn mit Stempeln.

Seine Antwort:

Nichts leichter als das.

Ein paar Tage später lässt er mich wissen, dass er es sich nochmal überlegt hat, mit mir nach Dubai zu fliegen käme ja schon fast einer Beziehung zu mir gleich. Das geht für ihn auf gar keinen Fall, schließlich ist er fest an Andrea gebunden, aber natürlich übernimmt er trotzdem die entstandenen Kosten.

Das erste Mal fühle ich mich richtig von Adrian verarscht. Enttäuscht ziehe ich mich einige Zeit von ihm zurück, reagiere nicht auf seine kurzen Mails aus Dubai. Letztlich wickelt er mich aber trotzdem wieder um den Finger.

Nein, bitte lass mich jetzt. Du hast für heute genug mit mir gespielt.
Ich will jetzt ausnahmsweise mal nicht geschlagen werden.
Es ist jetzt vorbei.
Bitte dominier mich nicht weiter, nicht im Moment.
Du weißt, wie sehr ich es sonst mag,
aber gerade jetzt lass mich bitte nur Deine Nähe genießen.
Und wenn Du mich anfasst, sei zärtlich, bitte, jetzt genau jetzt,
kann ich nicht mehr ertragen.
Bitte, leg Dich einfach zu mir, sei bei mir, neben mir,
umschling mich und halt mich einfach nur.
Du weißt, wie sehr ich es mag, wenn Du mit mir spielst,
aber jetzt, brauch ich Dich ganz leise und nah.
Lass mich einfach nur in Deinen Armen liegen,
mit dem Wissen, dass ich gerade sicher bin.
Streichele mich, bitte.
Lass mich Luft holen, vertrauen, sicher sein,
damit ich wieder aufstehen kann.
Lass mich einfach nur einen Moment so liegen.
Nackt, geschlagen, mit Tränen in den Augen,
möchte ich mich gerade nur aufgehoben fühlen.
Bitte, lass Deine Dominanz für eine Zeit ruhen
und gönn mir Deine Schulter zum Anlehnen.
Ohne Sorge,
dass hinter der nächsten Berührung ein Schlag stecken könnte.
Du weißt, wie ich Dich achte und respektiere, Deine Stärke schätze.
Zeig mir jetzt wie stark Du bist,
in dem Du mich einfach nur schwach sein lässt.

Eigennützige Erreichbarkeit

Eingehende Mail von Adrian, sagt mein Handy. Mist! Ausgerechnet heute Morgen hat sich mein Netbook verabschiedet – nur noch Streifen auf dem Bildschirm - und mein alter PC braucht ewig, um hoch zu fahren. Also schicke ich Adrian eine SMS:

> *Fremder, Netbook kaputt, schick ne SMS, wenn es wichtig ist,*
> *ansonsten kann ich es erst morgen lesen, J.*

Umgehend klingelt mein Handy, Adrian:
„Was ist denn passiert mit Deinem Netbook?"
„Keine Ahnung, ich habe es hochfahren wollen und es hat nur noch bunte Streifen gezeigt. War schon im Laden, die meinen da ist nichts mehr zu machen."
„Und nun?"
„Naja, jetzt muss ich halt jedes Mal den PC hochfahren, wenn ich Mails checken möchte und das dauert etwas länger, weil er älter ist."
„Das ist natürlich doof.", befindet Adrian.
Ja, das ist schon arg doof, da stimme ich ihm zu. Allerdings hat das defekte Netbook zu einem Telefonat mit Adrian geführt. Da er gerade geschäftlich unterwegs ist und im Hotel war, hatten wir eine unterhaltsame Stunde für uns. Glück im Unglück, immerhin etwas!
Zwei Tage später erwartet mich eine Benachrichtigung im Briefkasten, dass ein Paket bei den Nachbarn abgegeben wurde. „Was für ein Paket?", überlege ich. Nur gut, dass meine liebe Nachbarin immer alles annimmt, wenn ich nicht da bin. Sie hat mein Auto wohl bemerkt und kommt mir schon mit einem großen Karton entgegen.
„Für Sie.", sagt sie und drückt mir das riesige Paket in die Hand. Neugierig reiße ich in der Wohnung die Verpackung auf. Was das wohl ist? Da ich mal wieder klamm bin, habe ich schon länger nichts mehr bestellt. Der Name einer bekannten Computerfirma prangt auf dem inneren Karton. Ungläubig öffne ich auch diesen, um einen nagelneuen Laptop vorzufinden. Ich schlucke, Adrian, Du Spinner! Schnell tippe ich eine SMS:

Fremder,
bist Du jetzt völlig verrückt? Hier kam ein neuer Laptop an.
Ich weiß gar nicht was ich sagen soll? Ich versuche es mal mit
1000 Dank? Alles andere lässt Du ja eh nicht gelten, oder? J.

Reiner Eigennutz, Kleines. Schließlich sollst Du für mich erreichbar sein. Und wenn ich mal mit Dir chatten will oder eine Mail schicke, will ich keine Stunde auf eine Antwort warten müssen. Sag einfach nichts, das ist schon ok so.
Du fehlst mir, A.

Planänderungen

Ein warmer Frühsommertag, es ist Mittagszeit und ich verbringe den Tag mit Kollegen aus dem Möbelhaus beim Grillen. Morgen nur ein paar Stunden arbeiten und dann sehe ich Adrian endlich wieder! Fast habe ich das Gefühl vor Sehnsucht zu vergehen und ich zähle bereits die Minuten bis es endlich soweit ist. Es ist jetzt schon über vier Wochen her, seit wir uns das letzte Mal gesehen haben. Selbst meine liebsten Freundinnen Lilly und Doro können meine Geschichten von und mit Adrian nicht mehr hören und das einzige, was sie beschwichtigt, ist der Mädelsabend-Wein, den er uns regelmäßig zukommen lässt.

Adrian war beruflich stark eingespannt in den letzten Wochen, musste ein Treffen canceln und selbst Nachrichten oder Anrufe erreichten mich kaum noch. Und falls doch kamen sie so, dass ich entweder arbeiten war und nicht ans Telefon konnte oder ihn sonst wie verpasst habe. Eine von Adrians Mails kam kürzlich nicht von seiner Web-Adresse, sondern über seinen Firmenaccount.

Adrian Jakob
Geschäftsführer

stand darunter zu lesen. Etwas erstaunt konnte ich nicht umhin, das zu googeln und so stellte ich fest, dass er Inhaber einer großen Werbeagentur ist – von wegen kleiner Vertriebler. Darauf angesprochen, gestand er mir dann, dass er über 300 Angestellte in der Haupt- und diversen kleinen Nebenfirmen hat, bei denen er beteiligt ist. Er wollte nicht, dass ich ihn nur wegen seines Geldes interessant finde. Dabei musste er dann aber selbst feststellen, dass ich mich so vehement weigere sein Geld anzunehmen und auszugeben, dass sich diese Sorge für ihn erledigt hat. Aber zurück zum Thema. Morgen sehen wir uns also nach einer Zeit, die mir wie eine Ewigkeit erscheint endlich wieder. Das „bla bla" meiner Kollegen tangiert mich nur peripher. Viel mehr schweifen meine Gedanken dazu ab, was mich morgen erwartet wird, wer welche Rolle einnimmt. Gerade beginnt in meinem Kopfkino der Hauptfilm zu laufen, als mein Handy eine SMS verkündet. Wie immer kurz vor einem Treffen löst eine solche SMS eher die Angst einer Absage als Vorfreude aus. Und tatsächlich „Planänderung" ist das erste, was ich lese und was mich laut aufstöhnen lässt.

Kleines, ich schaffe es morgen nicht zu Dir.
Kannst Du in unser Hotel in Sinsheim kommen?

Klar!"

tippe ich schnell zurück. Das haut mit meinem Dienstplan gut hin.

Super! Ich freue mich! Check schon mal ein und
lass es Dir gut gehen, ich bin gegen 19 Uhr da.

Das wird mal wieder ein Treffen zwischen Tür und Angel. Aber jetzt nicht ärgern, besser ein kurzes Treffen als gar keins, beschwichtige ich mich und versuche weiter den Tag mit meinen Kollegen zu genießen. Gerade als wir zu Kaffee und Kuchen übergangen sind, kommt wieder eine SMS:

Erneute Planänderung!
Ich muss nach Zürich. Fliege ab Baden-Baden.
Welcher Flughafen ist für Dich einfacher: Nürnberg oder
Frankfurt? Du kommst mit! Ich hinterlege Dir ein Ticket.

Was? Ungläubig starre ich mein Handy an. Das geht mir jetzt aber doch etwas zu schnell und was heißt hier fliegen? Der eine Flughafen 50 Minuten entfernt, der andere über eine Stunde. Ich fühle mich überrumpelt.

Kann ich von Baden-Baden aus mit Dir fliegen?

Schlecht.

Siedend heiß fällt mir ein, dass ich ja morgen auch erstmal arbeiten muss.

Muss das erst beruflich klären.

antworte ich knapp.

Wie gut, dass ich sowieso gerade mit meinen Kollegen und Teamleitern zusammen sitze. Nach einigem Termineschieben, schaffe ich es mir zwei Tage frei zu räumen. Montag und Dienstag gehören also Adrian, mir und Zürich.

Aber Missmut macht sich in mir breit. Schon wieder habe ich meine Pläne geändert und mich in seinen Terminkalender quetschen lassen. Natürlich hat er viel zu tun, aber begreift er eigentlich wie schwierig es für mich ist, mir spontan Zeit frei zu räumen, weil es bei ihm gerade mal so in den Kalender passt? Einen Dogsitter für Fräulein muss ich schließlich auch noch organisieren. *So geht das nicht weiter,* beschließe ich. Da muss ich wohl mal mit ihm reden. Meine Antwort fällt deswegen auch kurz und knackig mit einem „Klappt." aus.

Schnell lässt er mich noch wissen, dass er mir später weitere Details zukommen lässt.

„Das wird was werden.", denke ich bei mir.

Seit Stunden checke ich immer wieder auf meinem Handy, ob eine Nachricht von Adrian da ist. Es geht auf 23 Uhr zu und noch immer weiß ich nicht, ob und wie ich morgen nach Zürich komme. Meine Tasche ist gepackt, aber die versprochenen Details habe ich nicht erhalten. Eine weitere Stunde später beschließe ich ihm zu schreiben.

Was ist denn nun?

Keine Antwort. Ich versuche zu schlafen, bin aber so aufgebracht, dass ich kein Auge zu mache. Nach Stunden des Herumwälzens stehe ich am nächsten Morgen gerädert und ungehalten auf. Meine Freundin Doro meldet sich gutgelaunt:

„Und schon auf dem Weg in die Schweiz?"

„Ganz falsche Frage.", gebe ich gereizt zurück, „Keine Meldung von Adrian. Ich weiß gar nichts."

„Aber es ist doch schon fast 10 Uhr?", entgegnet Doro erstaunt.

Patziger als gewollt antworte ich: „Das weiß ich selbst auch, wenn ich bis 12 Uhr nichts von ihm gehört habe, wird das nichts mehr. Und dann mag ich auch nicht mehr. Wie soll das denn funktionieren?"

Eine halbe Stunde später kommt seine SMS:

Kleines, doch kein Flug, wir fahren zusammen ab
Baden-Baden mit dem Auto. Details später.

Details später? Es ist fast 11 Uhr und ich habe gute 2 ½ Stunden Fahrt! Also gehe ich mich duschen, verspüre aber um ehrlich zu sein nicht mehr die geringste Lust irgendetwas zu machen. Kurz vor 12 Uhr schreit Billy Idol durch meine Wohnung. Mal wieder lässt sich Adrian von meiner Übellaunigkeit gar nicht beeindrucken. „Wir treffen uns um 15 Uhr in Baden-Baden. Freue mich."

„*Konsequenterweise hätte ich zu Hause bleiben sollen!*", denke ich mir auf der 200 km langen Fahrt, „*Ihn einfach spüren lassen, dass es so nicht geht, aber das lässt sich ja gut reden, während ich im Auto auf dem Weg zu ihm bin.*", schimpfe ich mit mir selbst.
In Baden-Baden angekommen, erwartet mich ein gut gelaunter Adrian.
„Ist es nicht toll? Wir zwei in der Schweiz!", freut er sich.
„Kommt wenigstens mein Expresspass zum Einsatz.", grummele ich sarkastisch. Adrian wirft mir seinen Autoschlüssel zu.
„Du fährst, aber halte Dich an die Begrenzungen."
„Klar, mache ich. Wäre ja auch ganz doof, wenn wir geblitzt werden und Du Andrea erklären darfst, wer die Frau ist, die Dein Auto fährt."
„Ja, das wäre wohl nicht ganz so günstig. Deswegen schön an die Geschwindigkeitsbegrenzung halten!" Adrian klappt seinen Laptop auf und lässt mich wissen, dass er noch arbeiten muss.
Wie praktisch, denke ich bei mir, *da hat er ja jetzt einen Chauffeur und kann sich in Ruhe auf seinen Termin in Zürich vorbereiten.*

Nach knapp 300 km Fahrt, die nur ab und an davon unterbrochen wurden, dass Adrian mich daran erinnert, dass sein BMW auch einen 6. Gang hat, den ich nutzen könnte, klappt er seinen Laptop zu. „Ab jetzt bist nur noch Du wichtig, Kleines."
„Wird auch Zeit!", entgegne ich giftig, was bei Adrian nur einen Lachanfall auslöst.
Sanft legt er seine Hand in meinen Nacken und streichelt mich. Wir unterhalten uns und sobald ich drohe zu frech zu werden, zieht er meinen Kopf sanft, aber bestimmt an meinen Haaren nach hinten. Er weiß, wie sehr ich darauf stehe!
Die ganze Zeit lief im Hintergrund irgendwas aus seiner vielfältigen Musiksammlung, doch jetzt sucht er nach einem bestimmten Song. Endlich scheint er ihn gefunden zu haben.

Ein Blick aufs Display verrät mir, dass er sich für Blue October mit *„My never"* entschieden hat. Nie davon gehört.
Adrian singt leise mit und beobachtet mich eindringlich. Mir stockt der Atem, als ich mir des Textes bewusst werde, den er da singt.
„Du bist *my never*, Kleines, etwas was mir ewig unmöglich bleiben wird.", sagt er am Ende des Liedes leise zu mir.
Ich muss schlucken. Kurz werfe ich einen Blick zu ihm. Sehe ich da wie bei mir Tränen in den Augen? Lange sagen wir nichts, hängen unseren eigenen Gedanken nach.
„Warum eigentlich Fremder?", fragt Adrian plötzlich und ich erkläre:
„Am Anfang, weil Du ein Fremder für mich warst und jetzt, weil ich Dich nie so richtig zu greifen bekomme, Dich nicht einschätzen kann und wir manchmal so lange nichts voneinander hören oder sehen, dass Du fast schon wieder wie ein Fremder bist, bis wir uns wieder treffen."
„Ja, da hast Du recht. Mir wäre es auch lieber aus dem Fremden würde mehr werden können."
Irgendwann haben wir Zürich erreicht und beziehen unser Hotel in einer Seitenstraße, nur wenige Meter vom See entfernt.
Adrians Geschäftstermin ist erst am Nachmittag des folgenden Tages, so dass wir nach dem Auspacken beschließen einen Spaziergang zu machen.
Der Zürich See ist wunderschön und Händchenhaltend laufen wir ein Stück an der Uferpromenade entlang. An einem kleinen Kiosk holen wir uns einen Coffee to go und setzen uns auf eine der zahlreichen Bänke am Wasser.
Der Frühsommerabend schenkt uns ein mildes Klima, Adrian raucht eine Zigarre und eng aneinander geschmiegt, genießen wir die Stille und das Panorama.
Fasziniert beobachte ich eine kleine Entenfamilie, die vor uns ihre Bahnen zieht. Mama-Ente gefolgt von fünf plüschigen, gelben Entenküken. Die kleine Familie ist so putzig, dass ich mich nicht an ihnen satt sehen kann und es bedaure, kein Brot dabei zu haben, um sie zu füttern.
Plötzlich taucht ein majestätischer Schwan auf und steuert auf die Enten zu. Schmunzelnd erinnere ich mich an einen Abend in der letzten Woche. Ob ich Adrian davon erzählen soll? Besser nicht, er erklärt mich ja schon verrückt, weil ich Karten lege, was für diesen Kopfmenschen schlichtweg nur mit Humbug zu vergleichen ist…

Schwäne sind Arschlöcher

Amüsiert denke ich an meine Aktion vor ein paar Tagen zurück. Ich lese gerade ein Buch, in dem es darum geht, sich selbst als Königin zu entdecken. Es war bereits spät am Abend, ich lag in uralter Pyjama-Hose und dem obligatorischen Bon Jovi-T-Shirt auf dem Sofa und las.

Im aktuellen Kapitel ging es darum, dass man sich vom hässlichen Entlein zum Schwan wandeln, seine Schwächen annehmen, alte Verletzungen ablegen und die eigene Schönheit erkennen sollte. Soweit so gut. Dafür war eine Art Übung vorgesehen. Schon in vorherigen Kapiteln dieses Buches waren Aufgaben angedacht, die ich aber immer geflissentlich ausgelassen habe. Lesen ja, komische Dinge tun, nein!

Allerdings hatte ich mir an diesem Abend den Rest des Mädelsabend-Rotweins eingeschenkt und dachte: *„Kann ja nix schaden ein Schwan zu werden!"*

Man bedenke also: ich war leicht angesäuselt, die Uhr ging auf Mitternacht zu und ich drückte im absoluten Gammellook das Sofa. *„Wenn Du das jetzt nicht machst, machst Du es nie!"*, der Gedanke zwang mich förmlich dazu, den Anleitungen im Buch zu folgen: Also, als erstes Mal aufschreiben, was einen verletzte und was man an sich nicht mag. Das Buch schlug hierfür circa eine DIN A4 Seite vor. Innerhalb einer ½ Stunde hatte ich gute vier Seiten beschriftet. Nun sollte man sich mit den Blättern, einer schönen Blüte und Streichhölzern an ein fließendes Gewässer begeben. *„Wo zur Hölle soll ich denn bitte eine Blume herbekommen mitten in der Nacht?"*, brummte ich vor mich hin, *„Mensch, bei der Nachbarin blühen gerade Pfingstrosen! Da hole ich mir eine!"*

Gesagt, getan. Schnell bewaffnete ich mich mit einem Messer und verließ immer noch in Pyjama und T-Shirt das Haus.

Natürlich ging im Nachbarhaus, sobald ich mir an den Blumen zu schaffen machte, sofort das Licht an und ich konnte mich gerade noch kichernd in mein Auto retten, bevor die Nachbarin mit Lockenwicklern auf dem Kopf in ihrer Haustür stand, um zu prüfen, was das ausgelöst hatte. Benebelt vom Rotwein, musste ich laut los prusten. Das war ja gerade nochmal gut gegangen! Auf zum fließenden Gewässer!

Das war keine Herausforderung, da ich direkt an einem Fluss wohne. Doch wohin da? *„Bei meinem Glück plumpse ich bestimmt*

den Abhang runter, falle ins Wasser und muss gerettet werden.",
gluckste ich vor mich hin.

Nein, das wäre wohl keine so gute Idee. Zum Fähranleger! Da ist
alles asphaltiert und das Ufer fällt flach ins Wasser ab.

Prinzipiell war diese Idee gar nicht so schlecht, dachte ich, als ich
mein Auto auf dem Parkplatz neben der Fähre parkte. Prinzipiell!
Denn direkt auf der anderen Straßenseite ist das Dorfwirtshaus,
welches noch hell beleuchtet war.

„Wird schon keiner raus kommen.", sprach ich mir Mut zu und
begab mich mit meinen Utensilien (man beachte, dass ich immer
noch die uralte blau-weiß gestreifte Pyjamahose und mein Bon
Jovi „One wild night"-Shirt trug) ans Ufer.

Wie war das in dem Buch? Zuerst die Seiten mit den schlechten
Dingen verbrennen und die Asche ins Wasser streuen, damit das
negative vergeht, dann die Blume mit all den schönen Dingen, die
man in sich sieht und den Wünschen, die man hat, ins fließende
Wasser legen, damit sie davon getragen wird und das Positive, wie
diese Blüte aufblühen kann. Somit ist dann der Wandel vom
hässlichen Entlein zum Schwan vollzogen.

Ich gestehe, im nüchternen Zustand hätte ich das lächelnd zur
Kenntnis genommen und „Ist klar" gedacht, aber mit zwei Gläsern
Rotwein, erschien mir das sehr logisch. Demzufolge ratschte ich
ein Streichholz über die raue Schachtelseite und freute mich, dass
es auch gleich beim ersten Versuch brannte. Vorsichtig bedeckte
ich die Flamme mit meiner Hand, damit sie nicht vom Abendwind
ausgeblasen wird und hielt das Feuer an meine vier Papierseiten.
Ach, wie schön das züngelt! Ähm... und es züngelte mehr und die
Seiten fingen immer schneller Feuer.

Es entwickelte sich eine mächtige Qualmsäule. Warum hat mir
denn keiner gesagt, wie lichterloh so ein paar Seiten Papier
brennen können und vor allem, dass die so viel Rauch entwickeln?
Derweil hatte ich die Blätter schon zu Boden fallen lassen, da es
immer mehr züngelte und rauchte. Oh mein Gott! Mein Blick ging
von den Flammen zum Wirtshaus, hoffentlich sieht das keiner!
Die ersten Papierfetzen wurden vom Wind in Richtung Fähre
getragen. Wenn die nun Feuer fängt? Irgendwie drohte meine
Aktion völlig aus dem Ruder zu laufen. Verzweifelt versuchte ich
mit meinen Flipflops den Brand zu löschen, den ich da angezettelt
hatte. Verflucht, es waren doch nur vier Seiten, wie konnten sich
die in so ein Inferno entwickeln?

Weiter trampelte ich auf den glühenden Fetzen (und auch der unter Einsatz meines Lebens geklauten Pfingstrose) herum. Derweil hatte sich so viel Rauch entwickelt, dass ich, ob der Reizung meiner Lungen, husten musste.

Jetzt konnte es wirklich nicht mehr lange dauern, bis jemand aus dem Wirtshaus mich oder das Feuer entdeckt und die Feuerwehr ruft. Hysterisch lachte ich auf. Das würde mir noch fehlen, wo mein Exmann doch Feuerwehrkommandant ist. Der lässt mich einweisen, wenn ich ihm erzähle, dass das alles nur dem positiven Wandel zum Schwan dient!

Irgendwann zeigte mein Einsatz jedoch Wirkung, der Brand war gelöscht und auch die Fähre ging nicht in einer Feuersbrunst auf.

Missmutig schnappte ich mir ein paar letzte Fetzen des an gekokelten Papieres und meine Blüte und warf beides etwas unmotiviert in Richtung Wasser.

„Gute Reise", murmelte ich. Doch wie sollte es anders sein? Die Fetzen trug der Wind weg und meine besch... Blume blieb im Schilf hängen.

„Oh Mann! So wird das aber nix mit dem Schwan und mir!", dachte ich und landete, beim Versuch die Pfingstrose doch noch dazu zu bekommen mit dem Fluss von dannen zu ziehen, bis zu den Knien im Wasser. Endlich war es geschafft, das blöde Ding schwamm davon.

Ich saß am Ufer, tropfnass, stank nach Rauch und wusste nicht, ob ich lachen oder weinen sollte...

„Nein.", denke ich hier in Adrians Armen am Zürich See, „Vielleicht erzählst Du ihm das mal besser nicht!"

Mein Lieblingsmotto ist zwar „Blamiere Dich täglich", aber das muss er dann doch nicht wissen.

Ich beobachte also weiter die kleine Entenschar. Der Schwan fängt an die Entenküken zu triezen. Empört richte ich mich auf und bevor ich drüber nachdenken kann entfährt mir laut:

„Wenn Schwäne solche Arschlöcher sind, bin ich gerne eine Ente!"

Adrian schaut mich verblüfft an: „Was?"

„Schwäne sind Arschlöcher!", bekräftige ich, „Und wenn das so ist, dann bin ich lieber ein Entlein. Nützt einem ja die ganze Schönheit nix, wenn man ein Arsch ist. Dann lieber hässlich, aber putzig."

Adrian guckt mich an und ich merke, wie er versucht, das Rätsel in seinem Kopf zu lösen.

„Manche Dinge, musst Du nicht verstehen, Fremder.", schmunzle ich. Da Adrian aber nicht locker lässt, entschließe mich dann doch, ihm die Geschichte zu erzählen. Wir haben viel zu lachen, als wir unseren Spaziergang fortsetzen und Adrian mir immer wieder versichert, dass ich weder ein hässliches Entlein noch ein Arschloch-Schwan bin.

(Wider-)legte Karten

Zurück im Hotel hat Adrian uns eine Flasche Weißwein organisiert und wir haben es uns im Bett gemütlich gemacht.
„Sag mal, Kleines, Du legst doch Karten, oder? Leg mal für mich."
Ungläubig schaue ich Adrian an. Er hat das doch immer für Unsinn gehalten?
„Das könnte ich.", entgegne ich deshalb vorsichtig, „Aber für jemanden, der mir nahe ist, ist das immer schwierig und es fehlt die nötige Distanz dazu."
„Versuch es!"
Nun gut, ich mische also nervös die Karten für ihn. Es gibt wenige Dinge, von denen ich behaupte, sie wirklich zu können, aber Kartenlegen gehört definitiv dazu und meine Kunden bestätigen mir immer wieder, dass meine Prognosen zutreffen. Mittlerweile bin ich sogar so gut, dass mir mein Möbelhaus-Gehalt mit dem Kartenlegen aufbessere. Dennoch… für Adrian zu legen, das ist eine ganz andere Liga. Vor allem, weil mir bewusst ist, dass ich Dinge über ihn, Andrea und mich sehen werde, die wir wahrscheinlich beide nicht möchten.
Natürlich hat meine Kartenlegerin schon für mich in die Karten geschaut und auch die Situation mit Adrian analysiert. Jetzt für ihn selbst zu legen, das ist etwas ganz anderes.
Meine Hände zittern, als ich seine Karten auslege. Der Geschäftstermin morgen wird wohl nicht so verlaufen, wie er sich das vorstellt, fällt mir auf den ersten Blick auf. Vorsichtig versuche ich, ihm das zu vermitteln, was er aber abtut, schließlich sei der Deal so gut wie in trockenen Tüchern. Nun gut, weiter zum Privatleben. Mir stockt der Atem.
„Hast Du vor zu heiraten?", frage ich ihn.
„Blödsinn!", weist er meine Aussage weit von sich, „Einmal und nie wieder."

„Nun", deute ich weiter, „definitiv liegen hier zwei Frauen in Deinem Leben. Mit einer gehst Du eine feste öffentliche Beziehung ein, was für eine Heirat spricht und die andere verlässt Du.", mir stockt selbst der Atem ob dem was ich da sehe und eine Gänsehaut überzieht meine Arme. Für mich immer ein untrügliches Zeichen, etwas richtig gedeutet zu haben.

„So ein Unsinn! Andrea und ich sind ja schon fest zusammen und wie könnte ich Dich verlassen, wo ich Dich doch gerade erst gefunden habe? Wir haben unser ganzes Leben noch vor uns, Kleines und meines habe ich ganz klar vor mit Dir zu verbringen!", bekräftigt Adrian, in dem er mir einen Kuss auf die Stirn drückt.

„Aber Du verlässt eine von uns und Andrea wird es nicht sein."

„Ich kann Andrea nicht verlassen.", spricht er das erste Mal offen von ihr und seiner Beziehung zu ihr, „Andrea ist einige Jahre älter als ich und ich fühle mich verantwortlich für sie. Was soll sie denn ohne mich machen? Außerdem sind wir finanziell verbunden. Ich wüsste gar nicht, wie ich das lösen sollte. Andrea und ich das ist eine Zweckbeziehung, von der wir beide profitieren. So gern ich vielleicht auch würde, ich kann und werde sie nicht verlassen. Ich habe mich mit dieser Situation abgefunden, aber dennoch möchte ich mit Dir sein, ich werde dich noch eine ganze Zeit lang begleiten, vielleicht sogar ein Leben lang, aber irgendwann wirst Du alleine laufen müssen, Kleines. Dann suchen wir Dir einen tollen Mann, der frei ist für Dich. Ich bereite Dich vor, Kleines, nehme Dich an die Hand und dann lasse ich Dich schweren Herzens und mit all der Liebe, die ich jetzt schon für Dich empfinde, gehen.", schließt Adrian sein Resümee.

Ich schiebe meine Karten zusammen und hoffe, dass ich mich dieses eine Mal wirklich getäuscht habe! An diesem Abend betrinken wir uns mit eiskaltem Weißwein und haben beide keinen Gedanken für Sex oder SM-Spielchen übrig. Als wir uns schlafen legen, können wir gar nicht nah genug aneinander kriechen und warum auch immer, fühlt es sich für mich wie ein kleiner Abschied an. Schnell verdränge ich diesen Gedanken wieder.

Nach einem gemeinsamen Frühstück befinden wir uns am nächsten Morgen wieder auf unserem Zimmer. Schon den ganzen Morgen konnte ich bei Adrian eine Nervosität ausmachen, die ich sonst nicht von ihm kenne. Der Termin scheint wirklich wichtig zu sein. Unruhig tigert er im Zimmer auf und ab. Es ist kurz nach 10 Uhr, sein Termin erst um 13 Uhr und seine Laune nicht die Beste. Wenn das so weiter geht, macht er mich wahnsinnig bis dahin. Außerdem hatten wir sein Wochen keinen Sex mehr, kein Spiel. Mein Körper ist ausgehungert und schreit nach seiner Aufmerksamkeit. Nachdem er jetzt schon das gefühlte 100te mal seine E-Mails checkt, kann ich mich nicht mehr zurück halten.

„Adrian!", fordere ich seine Aufmerksamkeit, „Schlag mich!"

Erstaunt blickt er von seinem Laptop auf.

„Schlag mich! Jetzt!", bekräftige ich meinen Wunsch.

„Ähm… ich muss…"

„Nein, Du musst jetzt gar nichts. Bitte schlag mich."

Er sieht zwischen mir und seinem Laptop hin und her. Langsam gehe ich auf ihn zu.

„Jetzt! Bitte!", dränge ich wiederholt und lasse mich rittlings auf seinen Schoß sinken, so dass ich ihm die Sicht auf das Notebook versperre. Meine Brüste sind direkt auf seiner Augenhöhe. Adrian schluckt. Ich spüre, dass er gerade nicht weiß, wo er seine Prioritäten setzen soll. Er spitzt über meine Schultern auf den Bildschirm. Beherzt greife ich hinter mich und klappe das Notebook mit einer schnellen Handbewegung zu.

„Es reicht!", sage ich sanft, aber bestimmt, „Lenk Dich ab. Mit mir!"

Ein kurzes Zögern, dann fährt seine Hand in mein Haar und er zieht meinen Kopf kurzerhand kühn in den Nacken, so dass mein Hals überstreckt wird, offen liegt und ich Adrian nur noch aus dem Augenwinkel sehen kann.

„Du bist frech, Kleines!", zischt er und lässt seine Hand über meine Kehle gleiten.

„Dominanz von unten nennt man das wohl", wende ich ein.

„Vorwitzig, frech, vorlaut, aufmüpfig, renitent und verdammt mutig, nenne ich das.", klärt Adrian mich auf, meinen Kopf weiter im festen Griff, streichelt er zugleich weiter über meinen Hals.

„Dann musst Du mich wohl bestrafen?", frage ich keck.

„Nein, Du kleines Miststück. Du weißt genau, dass das nicht unsere Art zu spielen ist. Nie werde ich etwas tun, um Dich zu bestrafen oder Dich maßzuregeln. Wir brauchen keinen Grund, um zu spielen. Wir spielen, weil das unserem Naturell entspricht, weil es ein Teil von uns ist, weil das wir sind. Wir spielen, weil es uns Lust bereitet. Wenn ich Dich schlage, dann nur, weil es Dich kickt, weil Du es liebst, Dich mir hinzugeben, weil Du dem Reiz der Peitsche nicht widerstehen kannst. Du musst mir dafür keinen Grund liefern. Dich zu bestrafen hieße für mich, Dich zu demütigen. Das wärst nicht Du. Es gibt Frauen, die brauchen die Erniedrigung, wollen sich klein und gedemütigt fühlen, sie wollen bestraft, beschimpft werden. Du bist anders, Du bist stark, wild, unbezähmbar. Nie werde ich Deine Wildheit zähmen, nie Deinen Willen brechen wollen. Dich will ich genauso wie Du bist. Frech, wild, zauberhaft. Der einzige Grund, den es für mich gibt, Dich zu schlagen, ist Dein Wunsch, Deine Lust, Deine Leidenschaft danach. Das werde ich Dir nie verwehren. Aber dabei werde ich Dich einfach sein lassen wer Du bist. Eine starke, wunderbare Frau, die mir das Geschenk ihrer Hingabe macht. Ein Geschenk, dass ich gerade von Dir sehr zu schätzen weiß. Du gibst mir Dein Vertrauen, ich weiß, wie schwer das für Dich ist.

Du kontrollierst alles, Dich, Deine Gefühle, nie gibst Du die Zügel aus der Hand, lässt hinter Deine Mauern blicken, aber wenn ich mit Dir spielen darf, dann gibst Du mir alles, was Du hast – Dich. Du gibst alles auf für mich in diesen selten Momenten. Nur dann lässt Du zu, dass ich Dein wahres ich sehe.

Und jetzt werde ich Dich schlagen, Kleines. Weil Du mich noch nie darum gebeten hast es zu tun und weil ich weiß, dass Du nie um etwas bittest, sondern nur nimmst, was ich bereit bin, Dir zu geben. Zieh Dich aus, aber lass die Stiefel an und leg dich aufs Bett.", Adrian beendet seinen Monolog, in dem er meinen immer noch überstreckten Hals küsst und mir leicht in die zarte Stelle zwischen Halsansatz und Schlüsselbein beißt. Dann schiebt er mich von seinem Schoß und ohne ein Wort gehorche ich.

„Er liest mich wie ein offenes Buch.", denke ich als ich mir die Hose von den Beinen streife und mein Shirt achtlos zu Boden fallen lasse. Schließlich lasse ich mich, nur mit den hohen Stiefeln bekleidet, aufs Bett sinken und lege die Hände über den Kopf. „Dreh Dich um.", fordert Adrian und ich lege mich auf den Bauch. Er steht vor mir und zieht langsam sein Hemd aus.

Knopf für Knopf lässt er mich beobachten, wie mehr und mehr seiner männlich behaarten Brust zum Vorschein kommt. Schließlich öffnet er auch noch den letzten Knopf, was mich aufseufzen lässt. Ob ich ihm eigentlich schon mal gesagt habe, wie sehr ich auf seinen flachen, vom Lauftraining trainierten Bauch stehe? Unbewusst lecke ich mir über die Lippen. Gerne würde ich ihn jetzt genau da berühren, küssen, doch ich weiß, ich werde gerade nichts tun, außer auf weitere Anweisungen von ihm warten. Ein leichter Kloß macht sich in meinem Hals breit.

Sicher, wir haben schon öfter mit der Peitsche gespielt, aber nie habe ich ihn bewusst darum gebeten. Immer habe ich den milden Lustschmerz genossen, den mir Adrian damit bereitet hat, aber zu jeder Zeit war er vorsichtig bedacht darauf, mir keine Schmerzen zu bereiten.

Heute will ich mehr und ich kann in seinen Augen sehen, dass er sich dessen äußerst bewusst ist. Kurz beschleicht mich ein flüchtiger Anflug der Angst, ich frage mich, ob ich mir wirklich sicher bin, was ich hier eigentlich tue. Doch genau in dem Moment des Zweifels, beugt sich Adrian zu mir, streicht mir übers Haar und gibt mir einen liebevollen, aber fordernden Kuss. Seine Zunge bahnt sich einen Weg in meinen Mund und sucht die meine. Beharrlich spielt seine Zungenspitze mit meiner, streicht zart über meine Lippen, bis er schließlich anfängt an meiner Zunge zu saugen. Ich stöhne auf, als er mit zarten Bissen meine Lippen reizt.

Mit geschlossenen Augen genieße ich die Sinnlichkeit dieses Momentes, spüre, wie sich Feuchtigkeit zwischen meinen Beinen breit macht. Abermals überrascht es mich, wie dieser Mann mich nur durch seine Küsse dermaßen heiß macht.

Adrian löst sich von mir, richtet sich auf und greift nach der Peitsche. Mit einem sanften Klatschen landen die Striemen auf meinen Hintern. Sanft zieht er sie von meinem Rücken über die Schultern, so dass es nur ein Streicheln ist. Die zarte Berührung quittiere ich mit einer Gänsehaut, die sich über meinem Körper zieht. Wieder und wieder lässt Adrian die langen Lederriemen weich über meine Oberschenkel, meinen Hintern und meinen Rücken plätschern. Zärtlich und liebevoll setzt er diese Liebkosung fort. Mit jedem Kontakt des Leders kann ich mich mehr entspannen, ersehne die Berührungen regelrecht herbei.

Langsam steigert Adrian die Intensität der Schläge, lässt die Peitsche über meinen Rücken, meinen Hintern, meine Beine tanzen. Welch wohlige Lust er mir damit bereitet.

„Mehr?", fragt er mich.

„Mehr!"

Er hebt das Tempo an und entfacht mit dem Lederriemen ein Feuerwerk der Sinnesreize. Immer wieder prasseln nun die Striemen auf meinen Hintern und meinen oberen Rücken nieder, immer mehr schraubt Adrian die Intensität nach oben.

Laut stöhne ich auf, was Adrian sofort dazu bewegt es ruhiger angehen zu lassen, mir Luft zum Atmen zu geben.

„Nicht aufhören!", flehe ich ihn an, „mehr, fester!"

Ein knappes Zögern seinerseits, dass ich nochmals mit „Mehr! Bitte!", entkräfte.

Mit Nachdruck verstärkt Adrian seine Hiebe wieder, lässt Schlag um Schlag auf mich niedergehen. Die Peitsche zischt durch die Luft, betört mit ihrem Aroma, das sich mit meiner Körperwärme mischt. Allmählich explodiert sie mit einer solchen Kraft auf mir, dass ich jeden Treffer mit einem Aufschrei quittiere. Zunehmend trifft Adrian dieselben Stellen und ich weiß, dass meine Haut anfängt sich rot zu verfärben.

Die Schläge zwischen meine Schulterblätter scheinen direkt auf mein Lustzentrum zu treffen, denn ich merke, wie mich eine Welle der Lust überrollt. Abermals holt Adrian zu einem heftigen Schlag aus, der hart und unnachgiebig auf mein weiches Fleisch trifft. Laut schreie ich mit einer Mischung aus Lust und Schmerz auf.

Adrian hebt mein Kinn an und zwingt mich ihm in die Augen zu sehen: „Halt es aus für mich, Kleines. Tu es für mich."

Dieser Satz ist es, der mich alles andere vergessen lässt. Mein Blick hält seinem stand, als er die Lederflogger immer wilder, aber absolut kontrolliert auf mich treffen lässt. Längst spüre ich keinen Schmerz mehr, obwohl seine Schläge eine Macht entwickelt haben, die mich beben lässt. Da ist nur noch sein Blick, seine Nähe, seine Bitte an mich, für ihn weiter auszuhalten und in diesem Moment würde ich alles für diesen Mann tun.

Adrian setzt sich zu mir, legt meinen Kopf auf seinen Oberschenkel und hält mich fest.

„Zehn noch. Für mich!", höre ich ihn beschwörend auf mich einreden, bevor er die Peitsche wieder durch die Luft surren lässt.

Ich komme noch dazu, die ersten drei Schläge mitzuzählen, als mich eine Welle an Emotion, Lust und Schmerz übermannt. Ein Schalter in meinem Kopf legt sich um und ich bemerke alle Dämme meiner Schutzmauern brechen. Von irgendwo her kommt seine Stimme:

„Vier noch!", doch ich spüre nichts mehr von seinen Treffern, die auf meiner Rückseite wüten. Ich lasse komplett los und fühle nur noch. Als ob ein Deich bricht, rinnen Sturzfluten von Tränen mein Gesicht hinab. Ich schmecke das salzige Nass. Da ist nichts mehr als reine, pure Hingabe und eine nie gefühlte Leichtigkeit. Als ob ich von einer langen Last entbunden bin, hat mir der Lustschmerz Erlösung beschert.

„Einer noch", dringt von irgendwoher Adrians Stimme zu mir.

„Mehr, mehr, mehr!", höre ich mich selbst laut schluchzend flehen, als er droht das Spiel zu beenden, doch Adrian legt die Peitsche aus der Hand und zieht mich in seine Arme. Sanft streichelt er liebevoll über die wunden Stellen, die er gerade noch geplagt hat, immer wieder spüre ich ihn mein Gesicht küssen, über meine Haare streichen.

„Alles gut.", wispert er mir zärtlich ins Ohr, „Lass los, ich bin da." Es braucht eine Weile, bis ich mich wieder beruhigt habe und einigermaßen zu mir komme.

„Geht es Dir gut?", lächelt Adrian mich an.

„So gut wie nie zuvor!", lasse ich ihn wissen und erstaunlicherweise ist es genauso.

„Was ist da gerade passiert mit mir?", frage ich ihn perplex über die Flut an Sinneseindrücken, die mich mitgerissen hat.

„Du hast endlich losgelassen, Dich hingegeben und bist das erste Mal geflogen."

„Ja, genau so fühlt es sich an. Fliegen. Ich habe nichts mehr gespürt, keinen Schmerz, nur noch Lust, hatte keine Kontrolle, ich wollte nur noch mehr."

„Genau das ist Fliegen, Kleines. Meine Aufgabe ist es zu erkennen, wann Du genug hast. Du schenkst mir Deine Hingabe und ich gehe verantwortungsvoll damit um. Wenn Du fliegst, spürst Du Deinen Körper nicht mehr, es werden so viele Endorphine freigesetzt, dass Deine Schmerzgrenze gekappt wird. Es ist an mir das zu erkennen, auf Dich aufzupassen und dafür zu sorgen, dass Du sicher wieder landest." Adrian küsst mich zärtlich.

So nah und doch so fern. Deine Stimme wie Samt auf meiner Haut.

Deine unglaubliche Härte, die so zart mit mir spielt.

Lachen, das unter die Haut geht.

Das Bedürfnis einfach nur vor Dir auf die Knie zu sinken.

Hände, die sanft über mein Haar streichen,

nur um mit einem Ruck meinen Kopf in den Nacken zu zerren.

Nie genau wissen, was mich als nächstes erwartet.

Eben noch so nah und geborgen und schon wieder die Peitsche fest und unnachgiebig auf meinem Rücken, meinem Hintern.

Liebevoll streichst Du über die Spuren, die Du hinterlassen hast,

nur um gleich noch fester dieselbe Stelle zu treffen.
Deine Augen voller Liebe bei meinem Flehen nach mehr.
Zärtlich gehalten von Deinen Armen,
die mir wohlige Schauer des Lustschmerzes durch den Körper jagen.
Schmerzen, kaum noch zu ertragen sind, trotzdem der Wille nach mehr.
Eine vollkommene Symbiose von „Ja" und „Nein".
Lass mich, Du verletzt mich und ich brauche das.
Der unbändige Wille, Deiner Härte nicht auszuweichen
und laut um Gnade betteln.
Stolz Deine flache Hand auf mir ertragen
und Tränen, die stumm von deinem Spiel zeugen.
Spuren, die mich später wohlig an unser Treffen erinnern lassen.
Ja, ich will mehr, mehr, mehr!

Adrian hat sich zu seinem Termin aufgemacht, nicht ohne mir vorher zu versprechen, mich ordentlich zu ficken, wenn er zurückkommt.

Also habe ich geduscht und mich wieder ins Bett gelegt. Jede Bewegung auf den weichen Laken reizt die gerötete Haut meiner Rückseite. Mein wunder Hintern erinnert mich bei jeder Rührung an unser Spiel. Wohlig strecke ich mich. Es fühlt sich verdammt gut an, sich seiner Spuren auf mir so bewusst zu sein.

Das laute Zuschlagen der Zimmertür reißt mich aus einem tiefen Schlummer. Adrian stürmt ins Zimmer und beginnt aufgebracht seinen Koffer zu packen.

Scheiße! Seinem Gesichtsausdruck nach ist der Termin nicht so verlaufen, wie er es sich vorgestellt hat. Langsam setze ich mich auf: „Adrian?", vorsichtig versuche ich nachzufragen, was passiert ist, werde aber kurz angebunden von ihm unterbrochen.

„Wir fahren!", fährt er mich an, „Packe! Und ich will nichts hören oder sehen.".

Oh! Da ist wohl gewaltig was schief gelaufen. Ich weiß, dass sein Zorn nicht mich meint, doch sein Groll füllt die Luft und ich stehe wortlos auf, um mich anzuziehen und zu packen.

Vollständig bekleidet stehe ich 10 Minuten später mit meiner Tasche vor ihm, doch nach wie vor straft er mich mit Missachtung.

Kein Wort hat er mit mir gesprochen. Sein Koffer steht bereits an der Tür und wütend erklingt das Klappern seiner Tastatur. Mir fallen meine Karten wieder ein. *Also hatte ich doch Recht, denke ich traurig, denn wenn ich hier richtig lag, kann ich mit dem Rest nicht falsch liegen, oder?* Entnervt klappt Adrian seinen Laptop zu und starrt aus dem Fenster. Irgendwie weiß ich gar nicht, wie ich mich ihm gegenüber verhalten soll. In diesem Zustand habe ich ihn noch nie erlebt. *Braucht er seine Ruhe? Braucht er mich?* Langsam gehe ich durch das Zimmer auf ihn zu. Keine Reaktion. Ich dränge mich zwischen seine Beine und gehe das erste Mal vor ihm auf die Knie, schmiege meinen Kopf in seinen Schoß und umfange seine Körpermitte mit meinen Armen. Starr hat er mir das gewährt, ohne weiter auf mich zu reagieren. Lange sitzen wir so, bis er endlich seine Arme um mich legt und wir uns festhalten.

Kaum in der Lage mich zu rühren, befreit er mich nach einer gefühlten Ewigkeit aus der knienden Haltung und zieht mich stumm auf seinen Schoß. Ich schmiege mein Gesicht in seine Halsbeuge und streichle ihm den Rücken.

„Es tut mir leid!", sagt er leise, „Ich war unfair zu Dir, dabei ist es gar nicht deine Schuld. Das Geschäft ist geplatzt."

„Halt die Klappe!", weise ich ihn an, „Es ist schon ok."

„Nein, ich habe Dich angefahren. Das versaut mir die Stimmung, auch die auf Sex. Dabei hatte ich so Lust auf Dich und nach heutigen Morgen, sollte ich Dich auf Händen tragen, aber gerade will ich nur noch fahren."

„Ach, Fremder! Als ob es nur darum ginge.", seufze ich, „Komm, dann fahren wir."

Einen Espresso und einen kurzen Spaziergang am See später scheint Adrian den verpatzten Termin besser verschmerzt zu haben und seine Laune bessert sich langsam.

Dreckige Wäsche

Wie selbstverständlich reicht er mir den Schlüssel vom BMW:
„Du fährst!"
Nichts lieber als das! Als wir Zürich hinter uns lassen, kann ich nicht widerstehen, den Pferdestärken freien Lauf zu lassen, doch Adrian weist mich dezent auf die Schweizer Geschwindigkeitsbeschränkungen hin und darauf, dass Andrea es

sicher nicht so prickelnd finden würde, ein Blitzerfoto von mir aus dem Briefkasten zu fischen.

Grummelnd zügle ich den BMW etwas. Während der Fahrt kann ich nicht die Finger von Adrian lassen. Beim Einsteigen habe ich meine Lederhandschuhe angezogen. Adrian hat mir so Lust bereitet heute Morgen, aber dank des verhagelten Termins, ist er nicht zu seiner gekommen. Forsch beginne ich seinen Schwanz durch die Jeans zu streicheln. Ein breites Grinsen zieht über sein Gesicht. Dadurch ermuntert fahre ich fort sein bestes Stück zu verwöhnen. „Solltest Du Dich nicht auf die Fahrt konzentrieren? Langsam wird es eng in meiner Hose.", lässt er mich wissen.

„Besser als Du fahre ich allemal und wenn es zu eng wird, solltest Du Dir wohl etwas Freiraum verschaffen, oder?"; fordere ich ihn beherzt auf. Das lässt er sich nicht zwei Mal sagen. In Windeseile öffnet er Gürtel und Hosenknopf, um seinen bereits prall gefüllten Schwanz hervorzuholen. Weiter fasse ich ihn an, wie er es mag. Das Leder auf seiner nackten Haut, lässt seinen Atem keuchender werden. Mein Blick fällt auf den LKW rechts von uns. Auch Adrian hat es bemerkt und zerrt schnell ein Hemd vom Rücksitz, um seinen Schwanz damit abzudecken. Das was ich vorhabe, kann man nicht bei 180 Stundenkilometern erledigen. Ich drossle also die Geschwindigkeit, wechsle auf die rechte Spur und reihe mich vor dem LKW ein.

Meine Hand bewegt sich wieder fest seinen Schaft auf und ab, meine Fingerspitzen spielen mit seiner Eichel, ziehen seine Vorhaut zurück und halten seinen Penisansatz fest umschlossen. In dieser Bewegung verweile ich und massiere genau diese Stelle. Mit einem lauten Keuchen kommt Adrian in sein Hemd und im Stillen frage ich mich schmunzelnd, ob Andrea das wohl beim Waschen bemerken wird?!

Wenn ein Fremder Schneewittchen wach küsst

„Du bist unglaublich!"
„Ja, das hast Du mir bewusst gemacht, Herr Jakob."
„Habe ich das?"
„Ja, es ist schon erstaunlich, was Du aus mir herausgeholt hast.", erkläre ich ihm, „Bevor ich Dich getroffen habe, gab es für mich

nur Sicherheits- und Wanderschuhe, kaum Make up, ich war das kleine, pummlige Mädchen. Seit es Dich gibt, trage ich hohe Schuhe und habe Selbstbewusstsein entwickelt. Dein Begehren lässt mich weiblicher werden, ich entdecke die Frau in mir. Sobald ich dann noch Leder anziehe, werde ich zu einer anderen. Ich fühle mich sexy und weiblich dank Dir. Das kannte ich vorher nicht. Durch das Entdecken Deiner Welt habe ich mich neu entdeckt, bin eine andere, stärkere Jule geworden."

„Ach Kleines!", seufzt Adrian tief und küsst meine Hand, „Das war doch alles schon da. Das war schon immer in Dir, hat nur geschlummert. **Ich habe Schneewittchen doch nur wach geküsst.**"

Auf dieser Rückfahrt von Zürich würde ich meine Hand dafür ins Feuer legen, dass Adrian sich in mich verliebt hat.
In Baden-Baden angekommen, setzt er mich an meinem Auto ab.
„Vergesse mich nicht, Fremder!", bitte ich.
„Wie bitte könnte ich Dich vergessen, Kleines? Du bist doch in meinem Herzen."

Weinlaune

Das wachgeküsste Schneewittchen kehrt mit noch mehr Selbstbewusstsein aus der Schweiz zurück.
Deswegen erzähle ich gleich am nächsten Tag bei unserem obligatorischen Mädelsabend meiner Freundin Lilly, die nur zwei Häuser weiter wohnt, von den neuen Erfahrungen mit Adrian und meiner Überzeugung, dass sich da etwas Großes entwickelt.
Bei einer Flasche Wein kommt mir die Idee, Adrian mit Bildern von mir in Leder zu überraschen. Lilly ist sofort Feuer und Flamme und da ihr Mann über eine fast professionelle Fotoausrüstung verfügt, beschließen wir am folgenden Samstag eine Fotosession zu veranstalten.
Was aus einer Weinlaune entstand, lässt uns am Wochenende wieder zusammen kommen. Ein Outfit nach dem anderen ziehe ich an und werde von Lilly in Szene gesetzt. Und mit jedem der Bilder, die sie mir auf dem kleinen Display der Kamera zeigt, steigt mein Selbstbewusstsein. Ich fühle mich sexy, ein Stück weit verrucht und hoch erotisch. Der Gedanke, diese Bilder Adrian zukommen zu lassen, beflügelt mich noch mehr und mit wahnsinnig viel Spaß und Gelächter entsteht eine Reihe toller Bilder.

Noch am selben Abend kommt Lilly mit einem USB-Stick und ihrer Auswahl vorbei. Gemeinsam schauen wir uns die Bilder auf dem großen Bildschirm an und ich weiß nicht, wie oft mir ein „Bin ich das?" entfährt. Wieder öffnen wir uns eine Flasche Wein und suchen die besten Bilder aus. Kurz überlege ich Adrian die besten per Mail zu schicken, entscheide mich dann aber dafür, dass es eine schöne Einstimmung auf den nächsten gemeinsamen Abend wäre, sie mit ihm zusammen anzuschauen. Noch lange nachdem Lilly gegangen ist, klicke ich mich durch die Galerie. Es ist schon erstaunlich, welche Entwicklung ich in den letzten Monaten gemacht habe. Ich werde immer selbstbewusster und vor allem mir meiner selbst bewusst. Und ja, Adrian hat recht: sicher hat es schon immer in mir geschlummert, aber wach geküsst hat er mich.

Hochzeiten, Busunfälle und andere Katastrophen

Zwei Wochen ist Zürich nun her und irgendwie scheint Adrian wie vom Erdboden verschluckt.

Gemütlich sitze ich mit meiner lieben Freundin Lilly auf der Dachterrasse des ortsansässigen Wirtshauses und schaue den Schiffen zu, die den Fluss auf und ab tuckern. Ein Glas Wein in der Hand, lecker gegessen – das Leben könnte so schön sein, wenn nur Adrian sich rühren würde oder noch besser hier wäre. Natürlich kennt Lilly die ganze Geschichte (hmm… vielleicht nicht die ganze, aber zumindest die jugendfreien Teile).

„Nein, ich verstehe es nicht.", setzte ich erneut an, „Nach Zürich hätte ich schwören können, der hat sich verliebt und jetzt zwei Wochen Funkstille. Gut, regelmäßige Meldungen kommen ja sowieso nicht von ihm. Funkstille hatten wir schon öfter mal. Dann ein paar Tage vor einem Treffen meldet er sich, nach dem Treffen kommt meist noch eine Nachricht, wie schön er es fand und dann dauert es immer ein wenig, bis ich wieder was von ihm höre. Aber nach der Zeit in Zürich so gar nichts. Ich verstehe es einfach nicht."

Lilly, die schon immer die resolutere von uns war, beschließt: „Dann melde Du dich bei ihm. Kann ja so schwer nicht sein. Wieso muss er sich denn melden? Vielleicht wartet er ja genauso wie Du und fragt sich, warum nichts von Dir kommt?"

Von der Seite habe ich es noch gar nicht gesehen. Ich dachte halt bislang, der Mann macht das Feuer. Selten habe ich Adrian von mir aus angerufen, denn meist wähne ich ihn in Meetings oder zu Hause bei Andrea. Die zwei Mal, als ich es doch versucht habe und es wirklich wichtig war, hat er mich weggedrückt. Sicher schreibe ich ihm ab und an. Aber nachdem eine meiner SMS laut von seinem Auto vorgelesen wurde, als er einen Kollegen dabei hatte, habe ich meine wenigen Meldungen auf E-Mails beschränkt. Aber Lilly hat ja Recht. Ich bin diese Warterei so leid. Es ist einfach nicht ok, mich so auf Sparflamme zu setzen. Also schnappe ich mir mein Handy und verfasse eine Mail:

Hey Fremder, lange nichts gehört und ich gestehe, ich bin ob dieser Tatsache ein wenig angesäuert. Selbst, wenn wir „nur Freunde" wären, wäre mir das zu wenig. Nur, wenn mich nicht alles täuscht, sind wir ja doch ein wenig mehr. Ich habe das Warten auf Dich langsam echt satt. Denke an Dich, J.

Untriebig umherstreunend, immer auf der Suche nach dem Kick,
der meine Seele zur Ruhe kommen lässt. Die Mischung aus Dominanz
und Zärtlichkeit, die mich keine Nacht mehr schlafen lässt, weil sie so
fehlt. Du weißt, wie man eine Frau behandelt
und wie Du mit deinem Respekt mir gegenüber meinen Willen brichst.
Verwöhn mich, trage mich auf Händen und lehre mich, mich zu zügeln.
Schenke mir Deine ganze Aufmerksamkeit
und lass mich willenlos vor Dir niederknien.
Unterwirf mich, indem Du mir zeigst, dass Du mich führen kannst.
Und wenn ich geschlagen am Boden liege, leg' Dich zu mir –
zärtlich Deine Hand auf meinen Wunden.
Stolz trage ich jede Spur von Dir auf mir.
Ich will in Deinen Augen all das sehen, was ich zu geben bereit bin –
nur gib es mir nicht.
Mach mich süchtig, abhängig und schenke mir den Wunsch
Dir das zu erfüllen, was Du willst.
Lass uns lachen, trockne meine Tränen, sei stark, wenn ich schwach bin
und lass Dich halten, wenn Dich die Schwäche übermannt.
Erhelle meine Nächte und verdunkle den Tag.
Halte unnachgiebig und fest die Zügel in der Hand,

während Du mich die Freiheit Deiner Führung genießen lässt.
Ich möchte Augenhöhe, während ich vor Dir knie.
Spiel mit mir und meinem Körper und erkenne, wie ernst es mir ist.
Wo bist Du?

Den nächsten Nachmittag verbringe ich mit meiner Nachbarin Silke auf meiner Terrasse. Natürlich keine Meldung von Adrian bislang. Was gut ist, kommt wieder, erkläre ich Silke gerade. Billy Idol schreit laut aus dem Wohnzimmer nach mir. Adrians Klingelton! Schnell renne ich zum Handy, das am Ladekabel hängt.

„Fremder!", begrüße ich ihn freundlich, „Wie geht es Dir? Lange nichts gehört".

„Hey Kleines, ich heirate und was gibt es bei Dir neues?"

Was? Habe ich das richtig verstanden?

„Ja, nee, ist klar.", lache ich auf und warte, dass er mir seinen Scherz gesteht. *Das kann doch nur ein Witz sein, oder?*

„Du machst was?", hake ich also nach, als er das nicht als Spaß outet.

„Ich heirate und was gibt es bei Dir neues?"

„Nichts was mit dieser Neuigkeit mithalten kann.", entgegne ich fassungslos, „Und wen, bitte?" Während ich das frage überlege ich, wer wohl die dritte Frau im Bunde ist, denn so wie er über Andrea gesprochen hat, fällt sie für mich mal völlig aus.

„Andrea, wen denn sonst?", erwidert Adrian.

„Andrea?", immer noch ungläubig bohre ich nochmal nach, „Kommt das jetzt nicht ein bisschen plötzlich?"

„Naja, nach fast sieben Jahren Beziehung wird es wohl mal Zeit, sie hat mich gefragt, ich habe Ja gesagt."

„Und wann soll das passieren?"

„Im September."

„Im September schon? Das sind ja nur noch sechs Wochen"

„Ja, wir wollen das jetzt schnell machen und da das ja jetzt offiziell wird mit Andrea und mir ist es wohl besser, wenn wir zwei uns nicht mehr sehen. Ich hatte zwar noch viel mit Dir vor, aber Du hast so viel gelernt in den letzten Monaten, dass ich dich schon reinen Gewissens alleine laufen lassen kann."

Nachdem es jetzt offiziell wird, hallt es in meinem Kopf nach. Was verdammt nochmal waren denn dann die letzten sieben Jahre mit ihr?

„Du, dann wünsche ich Euch alles Gute. Und hoffe, dass Du glücklich wirst", presse ich gerade noch so heraus, „Ich bin jetzt auch gerade ein wenig sprachlos und ich glaube, ich muss jetzt erstmal atmen."

„Ja, atmen ist gut.", Adrian ist wohl etwas erstaunt ob meiner ruhigen Reaktion. Was hat er denn erwartet? Dass ich ihm eine Szene mache? Dazu fühle ich mich gerade noch nicht mal ansatzweise in der Lage.

„Dir auch alles Liebe, Kleines! Mach's gut."

Ganz ruhig lege ich auf und bleibe wie zur Salzsäule erstarrt sitzen.

Silke kommt ins Wohnzimmer.

„Alles gut?", fragt sie.

„Adrian heiratet.", entgegne ich tonlos.

„Was?", lacht sie auf, „Das ist doch wohl ein Scherz. Wen denn?"

„Andrea."

„Im Leben nicht! Da ist das letzte Wort noch nicht gesprochen!"

Silke fängt an auf mich ein zu plappern. Warum das alles nicht sein kann und so weiter, aber ich muss jetzt alleine sein und bitte sie zu gehen.

Schließlich sitze ich einfach nur da, kann nichts denken, kaum atmen. Wie vom Donner gerührt starre ich mein Handy an und warte sein Klingeln, darauf dass Adrian mir erzählt, alles sei nur ein schlechter Scherz. Ich bin noch nicht mal in der Lage etwas zu fühlen.

Schockstarre, denke ich, nach wie vor bewegungs- und fassungslos. Seine Worte wiederholen sich in meinem Kopf. Es fühlt sich an wie von einem Bus überfahren zu werden. Ich sehe den Bus regelrecht auf mich zu rasen, bin aber nicht fähig auszuweichen. In Dauerschleife hallt unser Gespräch in mir nach und immer wieder überfährt mich der Bus. Andauernd schaffe ich es nicht, ihm auszuweichen. Der Aufprall trifft mich jedes Mal wieder hart und unvorbereitet. *Ich habe den Bus doch kommen sehen, meine Karten haben es mir in Zürich doch gesagt,* schreit es in mir. Nur habe ich die Augen davor zu gemacht und gedacht, wenn ich nicht hingucke, erwischt es mich schon nicht.

Der Bus wendet und nimmt seine Fahrt wieder auf. Wie lange ich so sitze, weiß ich nicht. Eine SMS reißt mich aus der Starre. Es ist bereits stockdunkel und ich sitze in meiner Wohnung, die nur vom Licht der Straßenlaterne schwach erleuchtet wird. *„Handy, SMS.",* denke ich. Vielleicht ja Adrian, der das Missverständnis aufklärt oder zumindest fragt wie es mir geht. Es ist Lilly:

Hat er sich gemeldet?

Ich starre das Handy an. Schließlich mache ich es, ohne zu antworten, aus. Fast kann ich nicht aufstehen, weil meine Beine völlig steif vom stundenlangen Verharren in derselben Position sind. Leicht schwindlig gehe ich zum Festnetztelefon und ziehe den Stecker. Ich will nur alleine sein. Nichts hören, nichts sehen. Ich rufe Fräulein zu mir. Das arme Mädchen war seit Stunden nicht draußen. Als ob sie bemerkt, dass etwas nicht mit mir stimmt, weicht sie bei unserer kurzen Runde um den Block nicht von meiner Seite. So laufe ich durch die Nacht und sehe den sternenklaren Himmel. Das letzte Mal, als er mir so bewusst war, saß ich mich Adrian in Zürich. *Warum?* Wiederholt kommt mir nur dieses eine Wort in den Sinn. *Warum?* Der finstere Schatten einer tiefen Traurigkeit legt sich auf mich. Ich schaffe es gerade noch die Wohnungstür hinter mir zu schließen, bevor die ersten Tränen still fließen, kein Laut ist zu hören. Ich setze mich in meinen Sessel, wickle mich in eine Decke und lasse sie einfach laufen.

Irgendwann werde ich wach, muss mich kurz orientieren. *Warum fühle ich mich so schwer?* Dann trifft mich die Erinnerung wie ein harter Schlag: Adrian wird heiraten, wir werden uns nicht mehr wiedersehen. Habe ich nur geträumt? Kann das alles vielleicht doch nicht wahr gewesen sein? Nein, der Kummer, der sich tief in meinem Inneren festgesetzt hat, spricht eine andere Sprache.

Wo vor kurzem nur stumme Trauer war, brechen auf einmal tiefe, laute Schluchzer aus mir heraus. Der Schmerz, der nicht mehr nur meine Gefühle trifft, sondern sich in körperlichen Schmerz verwandelt. Wie von einer Faust zusammen gedrückt fühlt sich mein Herz an. Ich bekomme kaum noch Luft, mein Herz zerlegt sich in 1000 Einzelteile.

„Warum?", bricht es laut aus mir heraus. „Warum?"

Von Weinkrämpfen geschüttelt, gehe ich auf die Knie. Spüre die kalten Fliesen unter mir, kann mich nicht aufrichten.

„Warum?", stammle ich wiederkehrend.

Der Verlust von Adrian fühlt sich wie ein kleiner Tod an.

Noch nie hatte ich solche Schmerzen. Weder emotional, noch körperlich. Tränen strömen mir über das Gesicht und werden von meinem Klagen begleitet.

Das ist ein völliger Zusammenbruch, den ich nicht aufhalten kann. Ich rolle mich auf den kalten Fliesen zusammen. Will nichts mehr spüren, will nur noch, dass dieser Schmerz endet, ich endlich Ruhe finde. Verheerend ist mein Kartenhaus in sich zusammen gebrochen. So muss es sich anfühlen, wenn die Welt untergeht. Mein Körper ist nicht mehr in der Lage Flüssigkeit abzusondern, mein Schluchzen ist einem Schluckauf gewichen und geblieben ist nur der zentnerschwere Herzschmerz.

Fräulein kommt und drängt sich an mich, zwingt mich aufzustehen und sie zu füttern. Meine Vernunft sagt mir, dass ich das überleben werde, aber ein Stück meines Herzens stirbt in dieser Nacht.

Es ist fast 3 Uhr nachts. Ich muss reden, ich muss jetzt mit irgendjemanden reden. Jemanden, der neutral ist, uns nicht kennt. Als erstes schalte ich mein Handy wieder ein. Diverse Nachrichten von Freunden, die sich wundern, warum ich nicht erreichbar bin und auch der Anrufbeantworter blinkt mit mehreren Nachrichten, sobald ich das Festnetztelefon wieder angeschlossen habe.

Ich ignoriere die Mails in meinem Postfach und wähle mich auf einer Kartenlegerline ein.

Ist es wirklich erst 12 Stunden her, dass sein Anruf kam? Wieder schreit mein Herz fürchterlich auf. Nur noch ein paar wenige Berater online. Egal, ich versuche mein Glück. Drei Beraterinnen rufe ich in dieser Nacht an und alle sagen mir dasselbe:

„Es wird keine Hochzeit geben, er kommt zurück."

Die Worte sollten mich trösten, doch ich spüre nur Leere. Leere, Verlust und Schmerz. Nichts schenkt mir Linderung.

Ich lege mich in mein Bett, wo mich Lilly am nächsten Abend noch vorfindet. Verlassen habe ich es nur, um Fräulein nach draußen zu lassen. Nachdem ich auf keine ihrer Nachrichten reagiert habe, hat Lilly sich mit dem Ersatzschlüssel Zugang zu meiner Wohnung verschafft und findet mich in völlig desolatem Zustand vor.

Ohne Widerspruch zu dulden, zwingt sie mich zu trinken, etwas von ihrem mitgebrachten Essen zu mir zu nehmen, zu duschen. Sie kümmert sich um Fräulein, lüftet und bezieht mir mein Bett frisch. Direkt aus der Dusche kommend, lässt sie mich wieder in mein Bett kriechen und deckt mich zu. Sie reicht mir die Kleenexbox, als die Tränen zu laufen beginnen. Irgendwann schlafe ich ein.

Zwei Tage gesteht mir meine Freundin so zu, in denen ich mich krank melde und einfach nur leiden darf. Alles, was zum Überleben notwendig ist, übernimmt sie in dieser Zeit für mich und Fräulein, doch dann entscheidet sie, dass nun Schluss ist. Nicht mit dem Trauern, aber mit dem Verkriechen. Mein Leben muss weiter gehen. Ohne ihn.

Einige Tage später haben sich Doro und Lilly zu einem Mädelsabend bei mir versammelt und endlich kann ich über Adrians „Hochzeits-Sache" sprechen, ohne dass es mir direkt das Herz zerreißt.

Nach zwei Flaschen von Adrians Mädelsabend-Rotwein lockert sich auch meine Stimmung zusehends und ich schaffe es sogar mit meinen Freundinnen darüber zu lachen, als sie einstimmig beschließen: „Wenn der wirklich Andrea heiratet, dann fahren wir da persönlich hin, um Blumen zu streuen."

Und so entwickelt sich an diesem Abend die herrliche Vorstellung von uns Mädels in Brautjungfernkleidern und meiner Mutter, der er sich ja als „zukünftiger Schwiegersohn" vorgestellt hat, im Kostümchen, die wir gemeinsam vor dem Standesamt in Baden-Baden stehen, um Blumen und Reis zu streuen. An diesem Abend beginnt es leichter zu werden...

Es ist so kalt.

Umgeben von der Dunkelheit der Nacht sitze ich frierend hier.

Mein Körper zittert, doch ich spüre nichts außer der kalten,

dunklen Einsamkeit in meiner Seele.

Verletzt, verwundet, verheilte Narben, frische Striemen,

nichts, was meinen Körper zierte,

kann den Schmerz meiner Seele kompensieren.

Das, was meinen Körper zeichnet, kann ich aus mir herausschreien.

Doch wer hört den stummen Schrei,

den ich nun jede Nacht hier alleine nur mit mir teile?

Niemand da, der die tiefe Trauer spürt.

Du hast mich aufgefangen,

wenn Du Spuren auf meinem Körper hinterlassen hast.

Aber wer fängt die Spuren auf meiner Seele auf?

Wenn Du Dich so gut auskennst

mit dem Auffangen von körperlichen Schmerzen,
dann belass es doch einfach dabei.
Halte Dich fern von meiner Seele, meinem Herzen.
Ich ertrage keine inneren Spuren, Verletzungen mehr.
Nicht, wenn keiner da ist, um sie aufzufangen, mich zu halten.
Keine emotionalen Berührungen mehr,
wenn am Ende nur die Einsamkeit bleibt.
Nein, ich bin nicht allein, aber das heißt nicht, dass ich nicht einsam bin.
Ich möchte einfach nur hier in dieser Ecke sitzen
und nichts mehr spüren.
Der innere Schmerz betäubt von den kalten Fliesen und der Kälte,
die meinen Körper durchdringt.
Ich kann alleine sein, das habe ich bereits bewiesen.
Aber Du hast mir schmerzlich bewusst gemacht,
dass ich wieder einsam bin.

Weitere drei Wochen später habe ich mein Leben einigermaßen im Griff und es tut nicht mehr ganz so weh.
Heute sind Lilly und ich zu einer Shoppingtour verabredet. Sie versucht alles, um mich abzulenken. Als wir nach Stunden mit prall gefüllten Tüten in unsere Straße einbiegen, muss ich eingestehen, dass ich so viel Spaß wie lange nicht mehr hatte. Es hat gut getan mit Lilly zu shoppen und zu lachen.
„Weißt Du was, ich schmeiße Dich jetzt bei Dir raus und dann koche ich uns was! Komm doch in 15 Minuten rüber, ja?"
Lilly hält vor meinem Haus. Gute Idee!
Ich schließe die Haustüre auf und gerade, als ich die erste Stufe nach unten zu meiner Wohnung nehmen möchte, knicke ich um. Wie in Zeitlupe sehe ich mich selbst die 12stufige Treppe runterfallen und am Ende aufprallen. Mein Kopf schlägt an die Wand und kurz verliere ich das Bewusstsein.
Nicht bewegen, ist das erste, was ich denke, als ich wieder zu mir komme. *Bleib liegen.*
Vorsichtig öffne ich die Augen und bin geschockt als ich die Blutlache bemerke, die sich unter mir ausbreitet.
Du musst Hilfe rufen, denke ich.
Zum Glück habe ich mein Handy noch in der Hand und es scheint auch noch zu funktionieren. Nur verschwommen kann ich das Display erkennen und schaffe es die Wahlwiederholung zu

drücken. Am anderen Ende klingelt es und ich habe keine Ahnung, wen ich da gerade anrufe. *Lass es bitte nicht Adrian sein,* flehe ich, *denn der drückt mich wieder nur weg.* Erleichtert höre ich Lillys Stimme. Zum Glück!

„Lilly, ich glaube, ich bin die Treppe runter gefallen. Kannst Du kommen?"

Kurz darauf höre ich, wie sich die Haustüre öffnet. „Oh mein Gott! Bleib liegen, Jule, bewege Dich nicht, nicht bewegen." Später erzählt sie mir, dass sie bei meinem Anblick dachte, ich hätte mir das Genick gebrochen. Ich lag am Ende der Treppe, den Kopf an der Wand, zur Seite verdreht, unter mir Blut, die Beine auf der Treppe nach oben. Im Krankenhaus stellte man eine gebrochene Nase und gebrochenes Jochbein fest, kaum eine Stelle am Körper, die nicht geprellt oder gestaucht war.

Noch am selben Abend rief Lilly Adrian an, sprach auf seine Mailbox, um ihm von meinem Unfall zu berichten.

Nach einer Woche habe ich aufgegeben auf eine Reaktion von ihm zu warten.

Tiefe Gespräche, die die Seele berühren.

Emotionen, die unter die Haut gehen.

Ein Lächeln, wenn ich Deine Stimme höre.

Bei jedem Klingeln des Telefons die Vorfreude darauf,

dass Du es sein könntest.

Und dennoch, mich immer gezügelt.

Angst, dass die Realität nicht hält, was uns da in Aussicht gestellt wird.

Du, der immer wieder davon spricht, dass das mit uns besonders ist.

Und ich, diejenige, die ihre Emotionen unter Kontrolle hält.

Dennoch so viel investiert und Dich so tief in mich blicken lassen.

Am Ende hat es nur einen schalen Beigeschmack.

Mich geöffnet und Du bist das Messer, das in der offenen Wunde bohrt.

Es war gut, Dich eine Zeitlang in meinem Leben zu haben.

Doch wenn das die Realität ist, dann ist es gut, dass Du gehst.

Wir haben uns getäuscht –

Du Dich in Oberflächlichkeit und ich mich in Emotionen.

Das was für Dich besonders war, endete abrupt, bedeutungslos.

Meine Seele hast Du berührt, aber nicht begriffen.

Schön, dass Du da warst!

Dann ziehe ich mal eine Nummer

Sechs Wochen sind nach dem Debakel vergangen. Sechs Wochen, in denen ich versucht habe meine Scherben wieder zusammen zu setzen und ihn zu vergessen. Doch wie könnte ich?

Ich kriege Dich verdammt noch mal nicht aus meinem Kopf, Adrian Jakob!

Mehr und mehr glimmt das Bedürfnis nach einer Aussprache in mir auf. Persönlich, nicht am Telefon. Ich habe ihm noch so viel zu sagen und ja, irgendwie warte ich auch auf eine Erklärung, etwas, dass das Unbegreifliche verständlich macht. Deswegen setze ich mich an diesem Abend hin und schreibe eine Mail. Naja, direkt schreibe ich sie nicht. Circa 15 Mal lösche ich, fange neu an, verbessere ich. Vorsichtig darauf bedacht, die richtigen Worte zu wählen.

Mittlerweile bin ich noch nicht mal mehr wütend auf ihn. Das ist auch gar nicht meine Art. Verwirrt bin ich und ab und an kommt auch noch der Bus vorbei. Habe ich mich wirklich in allem, in uns getäuscht? Ich muss ihm noch einmal in die Augen sehen, es aus seinem Mund hören.

Hey Fremder, wie geht es Dir?
Schon eifrig in den Hochzeitsvorbereitungen? Ich hatte jetzt genug Zeit zum Atmen und bekomme sogar wieder Luft.
Ich würde Dich gerne noch einmal sehen. Es gibt noch so viel, was ich Dir sagen, für was ich Dir danken möchte.
Keine Sorge. Dich erwartet keine Szene. Ich bin nicht wütend, nur enttäuscht. Aber ich brauche das persönliche Gespräch, um abschließen zu können mit Dir, unserer Geschichte.
Vielleicht schaffst Du es auf einen Sprung zu mir rein, wenn Du mal wieder auf Deinem Weg nach irgendwohin in Deutschland bist? Es wäre mir wirklich wichtig. Danke, J.

Kleines (darf ich Dich überhaupt noch so nennen?), wie könnte ich Dir diesen Wunsch abschlagen?
Auch ich will, dass Du weiter gehen kannst und es Dir am Telefon zu sagen, war wohl mehr als unglücklich. Lass uns nächste Woche Essen gehen.
Es war schön von Dir zu lesen, A.

Die Woche zieht sich und ich schwanke zwischen Vorfreude und Nervosität. Einmal werde ich ihn also noch wiedersehen. Wie es wohl sein wird? Wird es mich wieder zurück werfen oder kann ich danach abschließen und wirklich neu anfangen?

Wir treffen uns in einem Restaurant in der Nähe, denn Adrian scheut sich davor mich daheim zu besuchen. Als ich auf den Parkplatz fahre, ist er bereits da, lehnt an einem nagelneuen schneeweißen Audi. Als er mir bei der Kaufentscheidung für mein neues Auto geholfen hat, hat er noch gemeint, dass weiß überhaupt nicht in Frage kommt. Schwungvoll parke ich mein weißes Auto neben seinem.

Lässig kommt er mir entgegen, um mir die Autotür aufzuhalten. *Atme, Jule, atme.* Adrian hilft mir galant aus dem Wagen und bevor ich noch mein Vorhaben kühle Distanz zu wahren, durchziehen kann, schließt er mich in seine Arme.

„Schön Dich zu sehen, Kleines."

Oh ja, Herr Jakob, genauso macht man das, wenn man eine andere Frau heiratet und auf seine verlassene Affäre trifft. Verflucht, es fühlt sich aber auch zu gut an ihn wieder zu spüren, zu riechen. *„Reiß dich zusammen!",* befehle ich mir selbst und löse mich von ihm.

„Neues Auto?" Schnell zurück auf sicheres Terrain. Auf dem Weg vom Parkplatz zum Restaurant erzählt er mir vom neuen Auto, Geschäften, mehr Nebensächlichkeiten.

Der Sommer hat Einzug gehalten und so können wir den Abend im Innenhof der alten Mühle genießen. Nachdem wir unsere Getränke bestellt haben und die Speisekarte studieren, versucht Adrian mich mit Fragen nach mir abzulenken.

„Was gibt es Neues aus dem Möbelhaus und wie geht es meinen Mädels?"

Unruhig beantworte ich all seine Fragen, doch als die Bedienung unsere Essensbestellung aufgenommen hat, ist es vorbei mit meiner Geduld:

„Adrian, was zur Hölle ist da eigentlich passiert?"

Er erzählt mir, dass Andrea, ihn gefragt hat, ob er sie heiratet. Von seiner Freude, dass ihn jemand für immer möchte. Außerdem ist man ja schon seit Jahren zusammen, da ist eine Hochzeit der logische nächste Schritt. Das alles erzählt er mir völlig emotionslos.

„Dann ist es ja bald soweit", entgegne ich, schließlich trennen uns nur noch zwei Wochen vom September, der wie ein Damoklesschwert über mir hängt.

„Nein, wir mussten verschieben."

„Verschieben?"

Adrian erklärt mir, dass er auf den Malediven heiraten möchte, dass es da aber noch einige Dinge zu klären gibt und eine Hochzeit vor Dezember deswegen nicht in Frage kommt.

Kleine Gnadenfrist, denke ich mir.

Er spricht so frei und gelassen von seinen Vorbereitungen und der Hochzeit mit Andrea, dass ich ihn einfach nur reden lassen und kopfschüttelnd anschauen kann.

Mir gegenüber tut er, als wäre das ganz normal und als hätte es ein UNS nie gegeben.

Dann nimmt Adrian meine Hand und schaut mir tief in die Augen. Diese Augen, dieser Blick. Ich hatte verdrängt welche Wirkung das auf mich hat. Sanft streichelt er meinen Handrücken.

„Wie ist es Dir ergangen, Kleines?"

„Ich wurde vom Bus überfahren.", gestehe ich, entziehe ihm meine Hand.

Nach zwei Stunden, einem Essen und immer noch nicht so recht schlauer, stehen wir wieder an unseren Autos, um „Adieu" zu sagen. Diesmal für immer?

„Darf ich Dich noch einmal umarmen?", bittet Adrian mich. Ich lasse mich in seine Arme ziehen, versuche kurz mich zu sträuben, die Umarmung nicht zu erwidern. Doch innerhalb von Sekunden kralle ich mich an ihm fest und genieße diesen letzten Moment der Nähe.

„Du hast keine Ahnung, wie gut es getan hat, Dich wieder zu sehen. Ich denke so oft an unsere gemeinsame Zeit. Ich denke so oft an Dich, Jule…"

Das erste Mal seit sechs Wochen zeigt er sich mir nicht unnahbar und kalt. Der Kloß in meinem Hals wird immer dicker und ich ersticke fast am Versuch, ihn meinen Schmerz, die Trauer nicht spüren zu lassen. Den ganzen Abend hatte ich mich im Griff, habe seine Hochzeitspläne, die Erzählungen von Andrea mit witzigen, teils ironisch und sarkastischen Bemerkungen kommentiert.

Den ganzen Abend habe ich mich zusammen gerissen und ihm gezeigt, dass ich zwar überrascht, getroffen und enttäuscht war, dass der Bus mich nur überfahren, aber nicht tödlich verletzt hat.

Doch jetzt, hier in seinen Armen, drohen mich meine Gefühle zu übermannen. So schwer es mir fällt, ich muss jetzt gehen, muss fliehen, ihm entkommen. Auf keinen Fall soll er meine Tränen, meinen Schmerz und den tiefen Verlust sehen, den er hinterlassen hat. Ruckartig löse ich die Umarmung.

„Nun, Fremder. Dann wünsche ich Dir alles Gute! Wirklich! Von Herzen! Wenn es das ist, was Du willst, dann ist es gut so."

„Ich kann nicht anders, Jule.", höre ich ihn in meinem Rücken während ich die automatische Türverriegelung drücke, ihm nicht schnell genug entweichen kann. Bevor ich einsteige, drehe ich mich nochmal zu ihm um.

„Fremder, danke für alles, was Du mir gezeigt hast. Für Deine Welt, in die Du mich mitgenommen hast und vor allem für die Frau, die Du aus mir gemacht hast. Sollte irgendwas dazwischen kommen und Du doch nicht heiraten, dann weißt Du, wo Du mich findest. Und dann zögere nicht. Ich ziehe mal eine Nummer, damit ich die erste bin, die dann an der Reihe ist. Pass auf Dich auf, Fremder."

Ohne eine Antwort abzuwarten, knalle ich die Autotür hinter mir zu. Ich glaube, ich höre ihn „Mach's gut, Kleines." sagen, aber schnell starte ich den Motor und bringe mit quietschenden Reifen Abstand zwischen Adrian und mich.

Nochmal droht mein Herz zu zerspringen. All die Teile, die ich gerade wieder mühsam zusammengesetzt hatte, fliegen mir um die Ohren. Im Radio singt Sven van Thom *„Ich könnte weinen"*. Ja, das passt. Der Text trifft genau ins Schwarze.

Zwischenspiele

Gut, irgendwann muss ich mir wohl eingestehen, dass das mit Adrian wirklich vorbei ist. Deswegen habe ich irgendwann mein Adressbüchlein hervor geholt, hatte zwei Dates mit alten Bekannten. Nur habe ich mich verändert und spätestens, wenn das Gespräch in Richtung Sexualität geht, kann ich mir nicht verkneifen zu bemerken, dass eine Peitsche schon im Spiel sein muss. Doch selbst, wenn ich auf die entsetzten Blicke erwidere, dass mir egal ist, wer sie hält, sind mir „Stinos" (der SM-Ausdruck für Menschen mit „stinknormalen" Sexvorlieben – was ist eigentlich schon normal?), zu langweilig geworden
Eine Sexualität ohne „Spielereien" ist unvorstellbar für mich.

Lilly, mal wieder amüsiert von einem meiner frustrierenden Dates, erzählt mir von einem guten Freund ihrerseits, der meine Vorlieben teilt und von einer Internetplattform, wo sich Gleichgesinnte treffen und er ein Profil hat.
Lange mache ich mir an diesem Abend Gedanken darüber. Ja, diese Neigung ist geweckt und lodert wie ein Feuer in mir, wenn auch nur auf ganz kleiner Sparflamme derzeit.
Aber mein BDSM war für mich immer unweigerlich mit Adrian verbunden. All das mit jemand anderem erleben? Das ist für mich undenkbar. Außerdem dachte ich, dass diese Vorliebe mit Adrian verschwindet. Aber Pustekuchen! Adrian weg, SM-Neigung immer noch da. Schöner Mist!

Da hast Du mir ja was eingebrockt, Herr Jakob! Erst Feuer schüren und dann nicht löschen! Idiot! Kleiner Idiot? Nein! Riesen Idiot!

Mal abgesehen davon, ist SM für mich immer noch „pervers" – schmunzelnd denke ich an meinen ersten Besuch einer SM-Internetseite und meinen Schock darüber, dass dieser tolle Mann pervers ist. SM ohne Adrian? Das geht gar nicht. Nur er weiß doch was ich brauche, was mich kickt und wie soll sonst jemand mein Vertrauen erlangen, so gut auf mich aufzupassen wie er? Und war es mit ihm nicht nur so aufregend, weil auch das Gefühl gestimmt hat? Von Adrian abgesehen gab es für mich keinerlei Berührungspunkte mit der SM-Szene.
SM-Szene… gibt es die überhaupt? Bestimmt macht man das sonst nur im dunklen Keller und so viele kann es doch davon auch gar nicht geben, oder?
Schließlich siegt die Neugier und ich fahre den Laptop hoch. Bereits nach kurzer Zeit habe ich mir einen passenden Nick Name ausgesucht und ein Profil angelegt.
Lilly hat schon Recht. Es bringt mir gar nichts, mir einen Mann zu suchen, der meine Vorlieben nicht teilt. Lieber von Anfang an die Karten auf den Tisch legen. Aber bereits beim Ausfüllen des Profils treten die ersten Probleme auf. 90 % der „Fachbegriffe", die man unter Neigungen und Vorlieben ankreuzen kann, habe ich noch nie gehört und bin entsetzt als ich die Bedeutung google.
Bin ich hier wirklich richtig? Und dominant, devot, sadistisch, masochistisch, das bin ich alles irgendwie und nichts so richtig. Entschlossen klicke ich einfach nur „Switcher" an.

Abgesehen davon, ist mir eines ganz klar: meine passive Seite gehört Adrian. Wie könnte ich einem anderen Mann so vertrauen? Sollte sich hier irgendetwas ergeben, dann bin ich die Aktive! Punkt! Um Adrian zu vergessen (ja, im Nachhinein weiß ich auch, dass das ein Ding der Unmöglichkeit und lachhaft ist), fange ich an zu Daten.

Mir begegnen „Sklaven", die sich mir willenlos zu Füßen werfen, um mir selbige zu küssen und mich mit „Herrin", „Göttin" oder „Lady" ansprechen. Sicher, am Anfang ist das noch ganz amüsant, doch schnell finde ich heraus, dass es in der SM-Welt wohl an dominanten Damen zu mangeln scheint und die devoten Jungs sich allem an den Hals oder in dem Fall eher zu Füßen werfen, was auch nur annähernd eine dominante Ausstrahlung hat. Wie langweilig. Ich will Gegner, keine Opfer.

Durch Adrian weiß ich, wie wichtig Augenhöhe für mich ist, wie toll es ist, wenn man den anderen und seine Vorlieben kennt, wenn man weiß, was den Partner kickt. Doch was die Männer hier suchen ist die schnelle Befriedigung der Unterwerfung, Demütigung. Nein, das ist so gar nicht meins.

Außerdem möchte ich keine Hingabe, nur weil ich behaupte dominant zu sein. Ich will mir den Respekt meines Partners erarbeiten. Ich will, dass ein „Tu es für mich!" auch wirklich für mich getan wird und nicht nur für meine Dominanz. Zwei, drei Dates und die devoten Jungs verlieren ihren Reiz für mich.

Also bleiben die Pseudo-DOMs, angeblich dominante Männer, die mir doch oft nur ein Lachen entlocken.

Männer, die Dominanz damit verwechseln, ihre Partnerin klein zu halten, die ihr Ego durch ihre angebliche Macht aufpolieren müssen. Männer, die selbst so klein sind, dass sie nur an der Demütigung ihrer Partnerin wachsen können. Männer, für die eine devote Frau nur ein Stück Fleisch ist, an dem sie ihre angebliche Stärke demonstrieren können. Das kann ich nicht ernst nehmen. Vor allem, wenn sie dann vor meiner dominanten Seite in die Knie gehen, mir nichts entgegen halten können als große Worte, denen keine Taten folgen.

Da liegst Du nun, der ach so dominante Herr und flehst um meine
Gnade. Ein leichtes Lächeln zieht sich über mein Gesicht.
Warst Du nicht derjenige, der mir zeigen wollte,
was ein richtiger Mann ist?
Was ist geworden aus Deinen großen Sprüchen?
Wann kam der Punkt, an dem Du einsehen musstest,
dass man(n) mich als Pseudo-DOM nicht unterwerfen kann?
War es, als ich Dir befahl mir Deinen Bauch zu zeigen?
Nein, natürlich hast Du das nur getan,
um mir Deinen trainierten Körper zu präsentieren, oder?
Oder war es als ich sehen wollte,
ob Dein Schwanz hält, was Du versprichst?
Natürlich nicht, Du wolltest sicher nur,
dass ich ihn in voller Größe bewundern kann.
Vielleicht kam Deine Kapitulation ja,
als ich Dir sagte, Du sollst meine hohen Stiefel lecken?
Ach, was rede ich...
Du magst einfach den Geschmack von Leder auf der Zunge, oder?
Gut, ich weiß noch nicht so genau,
wie Du die Reitgerte in meiner Hand erklären willst,
aber sicher fällt Dir auch hierfür eine plausible Erklärung ein.
Und die Spuren auf Deinem Köper?
Naja, vielleicht magst Du das Muster einfach?
Mach Dich doch nicht noch lächerlicher – Bitte!
Bewahre Dir ein bisschen Selbstrespekt und gebe zu,
dass Du meiner weiblichen Stärke willenlos erlegen bist.
Ja, klar wolltest Du nur mal die andere Seite ausprobieren!
Willkommen auf der Seite derer, die sich willenlos hingeben,
wenn sich ihnen wahre Dominanz offenbart.
Nein, sag nichts, Liebling, bleib einfach am Boden liegen und genieße
noch ein wenig meinen Absatz auf Deinem Rücken.
Und wenn Du ganz brav bist, darfst Du Dich auch umdrehen und
ihn zwischen Deinen Beinen spüren.
Huch, da ist ja das diabolische Lächeln wieder,
als ich sehe, wie Du mir Deinen Körper entgegenbäumst,

lechzend nach mehr.

Komm, fleh mich noch ein bisschen an, bettle um mehr.

Fast bekomme ich Spaß an der Sache.

Und versuch Dich doch nicht so zu winden,
siehst Du denn nicht, dass das Seil schon in Deine
zarte Haut einschneidet?

Ach, sagte ich Dir nicht, Du sollst Dir meinen Namen merken,
weil Du ihn heute noch schreien wirst?

Der Zeitpunkt ist jetzt gekommen, mein Lieber.

Komm, lass es jetzt einfach zu, wehre Dich nicht.

Glaub mir, es wird nur noch mehr wehtun.

Schluck Dein letztes Stückchen Stolz runter und zeige mir wahre Stärke.

Morgen, morgen darfst du wieder allen erzählen, wie sehr Du es mir be-
sorgt hast, versprochen!

Morgen, darfst Du wieder der starke Mann sein, ehrlich!

Aber heute, heute gehörst Du mir –
mir und meiner Lust nach Deiner Qual, Deinem Schmerz.

Ich liebe dominante Männer!

Da war ich nun also. Ein Hunger in mir geweckt, den keiner stillen konnte. Ich habe viele Nieten gedatet in dieser Zeit ohne Adrian. Nein, das geht gar nicht gegen die Jungs und Männer persönlich. Jeder soll seine Art des BDSM leben wie er möchte, seine Neigungen ausleben und dafür den passenden Partner finden. Pervers ist es erst, wenn keiner mehr mitmacht. Aber für mich schien der Passende nicht dabei.

Wenn man mal in der Champions League gespielt hat, gibt man sich nicht mehr mit der Kreisklasse zufrieden. Durch Adrian hatte ich so viel gelernt, natürlich über BDSM, die Spielarten, die Ausführung, aber auch über mich und noch viel mehr über die Liebe, Hingabe, Gefühl und das Vertrauen, mit dem BDSM für mich verbunden ist, dass ich wohl für die Allgemeinheit einen zu hohen Anspruch habe.

Es langweilt mich jemanden zu quälen, den ich nicht mag. Meine sadistische Ader rührt sich nur, wenn ich jemanden wehtun" kann, den ich gern habe, mit dem mich auch in der „realen" Welt etwas verbindet. Meine Dominanz bekommt nur zu spüren, wer sie anerkennt als das, was sie ist: ein Teil von mir, Jule, dem Menschen. Ich bin nicht in erster Linie dominant und die Bissige. In erster Linie bin ich Jule, die viel Bissiges in sich hat.

Und meine passive Seite? Die bekommt man nicht, nur weil man von sich behauptet dominant zu sein. Nie würde ich für jemanden auf die Knie gehen, der mir nicht mit absolutem Respekt und völliger Augenhöhe begegnet. Ich brauche diese Mischung aus zart und hart, fest und weich. Lustschmerz und Zärtlichkeit. Das zu finden, alles in einem Menschen vereint, einen Mann wie Adrian zu finden, schien wie die berühmte Suche nach der Nadel im Heuhaufen.

Ein gutes hatte die Anmeldung in der Welt der „Perversen" allerdings: meine von Lilly geschossenen Bilder fanden großen Anklang. Ich in Leder, das schien zu gefallen und bald wurden meine eingestellten Bilder mit überwiegend positiven Kommentaren belohnt.
Besonders liebenswerte Kommentare erwarteten mich regelmäßig von „Ihr verfallen". Ein Blick auf sein Profil zeigte mir aber nur wieder das Profil eines weiteren völlig devoten Typen. Wenn auch zugegebenermaßen mit einem sehr sexy Körper.
Eine ganze Zeit lang schrieben wir uns E-Mails, aber durch die Erfahrungen der schlechten Dates vorsichtig geworden, zögerte ich ein Treffen hinaus. Irgendwann siegte die Neugier und letztlich traf ich mich mit ihm. Was soll ich sagen? Mir begegnete ein wahnsinnig gutaussehender, charmanter, intelligenter Mann, fest im Leben stehend, der wie Wachs in meinen Händen war. Bis heute, Jahre später, einigt uns eine tiefe Verbundenheit. Der Kleine zeigte sich als gutes Übungsprojekt um das bisschen, was ich aktiv von Adrian gelernt hatte auszuleben und zu erweitern. Er gab sich von Anfang an vertrauensvoll in meine recht unerfahrenen aktiven Hände, verzieh mir kleine Fehler, gab sich mir völlig hin.
Heute noch kann er meiner Dominanz nicht widerstehen. Heute noch ist mein „Tu es für mich" für ihn etwas, was er nur für mich tut, für mich, Jule und nicht nur für meine Dominanz. Der Kleine hat mich dominant sein lassen, war nie nur Opfer, sondern herrlich renitent und frech. Er hat mir dazu verholfen, meine dominante Seite nicht nur anzuerkennen, sondern ich konnte sie mit wahrer Stärke und Führung zu füllen.

Nie werde ich vergessen, wie er vor 1000 Rockern vor mir gekniet ist, nur weil ich es befahl oder wie er sich von mir an einem „Parken verboten-Schild" gefesselt hat „parken" lassen. Natürlich ist und konnte das alles nur passieren, weil ich wusste, dass ihn das kickt, dass die Scham seine Lust anfacht. Wie oft, ließ er sich von mir den Atmen nehmen, ertrug Schmerz und Führung? Der Kleine, den ich heute noch am Telefon innerhalb von Sekunden in meiner Gewalt habe und der, egal wie lange wir uns nicht sehen oder keinen Kontakt haben, nie meiner Führung widerstehen kann. Unfehlbar führ ihn, hat er nie meine Dominanz in Frage gestellt. Der Kleine war für mich nicht nur eine Erfahrung. Er war und ist ein Geschenk an meine aktive Seite.

Wieder einmal hatte ich ein Bild eingestellt und unter all den positiven Kommentaren war auch eines, das mich dezent drauf hinwies, dass man der Allgemeinheit doch den Anblick meines fetten Körpers ersparen möchte. Nun gut, was kratzt es eine deutsche Eiche, wenn sich eine Wildsau dran reibt, aber dennoch konnte ich es mir nicht nehmen lassen, das Profil desjenigen zu besuchen. Kurze Zeit später hatte ich eine Nachricht vom „bekennenden Arschloch" im Postfach:

Nicht nur stalken, auch ne Nachricht hinterlassen, kleine, dicke Frau.

Meine Antwort folgte umgehend:

Einfach mal die Fresse halten, wenn man nichts nettes zu sagen hat.

Das war der Beginn einer wunderbaren Freundschaft.
Nach einigen hin- und hergeflogenen Nachrichten, in denen „Freundlichkeiten" ausgetauscht wurden, entspann sich eine gute Unterhaltung. So gut, dass wir beschlossen zu telefonieren.

Tom war gerade Single. Leider (oder zum Glück) stand er nur auf schlanke, nein, absolut dünne Frauen, die höchstens 60 kg wiegen und mindestens 1,75 m groß sein müssen. Mit dicken Menschen konnte er so gar nichts anfangen, aber dennoch lagen wir emotional auf einer Wellenlänge. Und dafür, dass er nicht gerne telefonierte, hatte ich ihn nun schon seit zwei Stunden an der Strippe. Das Resümee unseres Telefonats fasste Tom so zusammen:

„Kleine, dicke Frau, du bist so witzig, intelligent und warmherzig. Ich lade Dich zu mir zum Essen ein!"

„Na, das ist ja sehr sinnvoll, der kleinen Dicken auch noch Essen vorsetzen", lachte ich herzlich.

Am nächsten Abend machte ich mich also bereits auf den Weg zu ihm. Bei einer Flasche Rotwein und einem guten Essen, entdeckten Tom und ich schnell unsere „Liebe" zu einander.

Nein, keine Liebe im üblichen Sinn. Eine rein platonische Liebe. Obwohl Tom mich körperlich gar nicht anziehend fand, spielten wir miteinander. Tom, ein grandioser Lehrmeister und eine Koryphäe an der Peitsche. Tom immer zu hart, zu unnachgiebig, zu fordernd für mich. Nie war und ist unsere Beziehung geprägt von Erotik oder Sex gewesen, aber immer von tiefem Respekt zueinander. Tom schlug mich, härter als es Adrian je getan hatte und so, dass ich mich selbst für völlig verrückt erklärte, so etwas mit mir machen zu lassen, immer ganz knapp an meiner Grenze entlang schrammend und darüber gehend, fing mich auf, lehrte mich selbst die Peitsche zu führen und wie man Klammern setzt. Noch heute müssen wir beide laut lachen, wenn wir an meinen ersten Versuch denken, seinen Schwanz und Eier abzubinden (ich entschuldige mich hiermit nochmals offiziell bei seinen empfindlichsten Körperstellen).
Er lehrte mich Nadeln zu setzen, zeigte mir wie es ist, selbst welche gesetzt zu bekommen, weihte mich in Wachsspiele ein und wie man das Wachs mit der Peitsche wieder entfernt und ganz oft war er einfach nur da, wenn mich der Schmerz nach Adrian übermannte. Unzählige Abend vor dem offenen Kamin, bei Rotwein, die Luft geschwängert vom Feuer und seinem Zigarettenrauch. Schöne Zeiten, tolle Erfahrungen, eine tiefe Freundschaft.

Auch Tom habe ich viel zu verdanken. Er hat mich, Jule, akzeptiert wie ich bin und war mir Freund, Ratgeber und Lehrmeister. Seine Abneigung gegen mein Äußeres und mich trotzdem auf unsere Art zu lieben, hat mein Inneres aufblühen lassen. So unerfahren wie ich

anfangs war, hat er dennoch beide Seiten in mir zu tiefst respektiert.
Ein paar Tagebucheinträge zeigen, was Tom in der Zeit ohne Adrian für mich war:

Diese lauten Momente sind es,
die mir immer wieder Lust auf „mehr" machen.
Das Spiel mit Dir, ein ständiges Spiel mit dem Feuer.
Nie genau wissen, was als nächstes kommt,
immer mit einem kleinen bisschen Angst im Nacken.
Diese lauten Momente,
in denen ich meinen Schmerz aus mir herausschreie.
Diese lauten Momente,
in denen ich Deine flache Hand gnadenlos auf mir spüre,
weil ich mal wieder frech war.
Diese lauten Momente,
in denen mich die Peitsche daran erinnert,
das zu tun, was Du verlangst.
Diese lauten Momente, geprägt von Lustschmerz.
Diese lauten Momente, in denen Du mich immer wieder erfahren lässt,
was es heißt, sich mit Dir einzulassen.
Diese lauten Momente, in denen ich mich frage,
warum ich auch unbedingt mit dem Teufel Tango tanzen muss.
Diese lauten Momente,
ich denen mich Deine natürliche Dominanz zu Boden zwingt.
Diese lauten Momente, in denen ich nichts höre, außer Lederstriemen,
die durch die Luft peitschen.
Diese lauten Momente,
in denen mich Deine ruhige, bestimmte Stimme dazu bringt
Dinge zu tun, die ich mir nie zugetraut hätte.
Ich liebe unsere lauten Momente.
Sie berühren meinen Körper.
Unsere leisen Momente berühren meine Seele.
Diese leisen Momente,
in denen ich mich im Schmerz fallen lassen kann,
weil ich weiß, dass Du da bist, um mich aufzufangen.

Diese leisen Momente, in denen Du die Spuren streichelst,
die Du auf meinem Körper hinterlassen hast.
Diese leisen Momente, in denen Du mich auffängst,
wenn Du über meine Grenzen gegangen bist.
Diese leisen Momente,
mit einem Glas Rotwein vor dem Kamin.
Diese leisen Momente,
in denen ich einfach nur weinen kann, gehalten von Dir.
Diese leisen Momente,
in denen ich nachts neben Dir nicht schlafen kann und Dich atmen höre.
Diese leisen Momente, mit tiefen Gesprächen.
Diese leisen Momente,
in denen Du mir mit einem Blick die Luft zum Atmen nimmst.
Diese leisen Momente,
in denen ich weiß, dass wir uns emotional berühren.
Diese leisen Momente, in denen Du mir erlaubst, einfach nur ich zu sein.
Diese leisen Momente, in denen Du mir meinen
Espresso ans Bett bringst.
Diese leisen Momente,
in denen ich weiß, dass ich in Dir nicht nur einen Spielpartner,
sondern einen Freund gefunden habe.
Ich mag uns laut und leise.
Denn Du schaffst es,
die laute „Bissige" mit meinem manchmal leisen „Ich" zu vereinigen.
Du streichelst meine Seele und schlägst meinen Körper.
Wir spielen in der Champions League,
weil unser Spiel über das Spiel hinausgeht.
Weil Du mich unsere lauten und leisen Momente erleben lässt!
***

Einfach nur Deine Nähe genießen.
Nein, bitte spiel heute nicht mit mir.
Deine Schläge, die ich sonst so brauche, könnte ich heute nicht ertragen.
Meine Seele, mein Herz schmerzt schon genug - wegen ihm.
Mehr vertrage ich heute nicht.
Mein Körper steht nicht zur Verfügung.

Du kennst mich zu gut, um das nicht zu erkennen.

Ja, Du hast Recht, ich bin völlig durch den Wind.

Meine Gefühle fahren Achterbahn und Du hast es erkannt.

Erschreckend, dass Du mich nach so kurzer Zeit schon so gut kennst.

Bist einfach nur da, hältst mich.

Lässt mich ankommen, hier bei Dir.

Tiefe Gespräche, die mich mehr berühren,

als es eine der Flogger gerade könnte.

Komm, Schöner, mach noch einen Rotwein auf,

leg noch etwas Holz nach und lass uns einfach nur

den Moment genießen.

Verbunden auf eine Art und Weise, die anders.

Plötzlich nimmt mir Deine Hand zärtlich den Atem,

lässt mich Luft holen.

Deine tiefe, ruhige Stimme, die mich anweist,

einfach mit dem Atmen aufzuhören.

Jetzt, hier für Dich!

„Schließ die Augen und hör auf zu atmen, für mich"

Ich tue es, begebe mich in Deine Hände.

Dein Lachen, als ich nach Luft schnappe.

Und der tiefe Blick, der mit meinem verschmilzt,

den ich noch wahrnehme, als alles andere verschwimmt, unklar wird,

als mir Deine Hand am Hals wieder den Atem nimmt.

Ich wehre mich nicht mehr, gebe mich nur noch hin. Voller Vertrauen.

Du lässt mich in Deinen Armen wieder zu mir kommen.

Umschlingst mich fest und doch so anders als sonst.

Jetzt haben wir doch gespielt, aber ganz leise, sanft.

Du hast genau erkannt, was ich heute brauche.

Bei Dir komme ich zur Ruhe, kann einfach nur ich sein.

Zufrieden schlafe ich in Deinen Armen ein, gehalten und aufgehoben,

Deinen vertrauten Geruch in der Nase.

Diese so typische Mischung Deiner Männlichkeit,

Rotwein, offenem Feuer und Zigarettenrauch.

Danke für diesen Abend,

der so schön anders war, der mich den ganzen Tag lächeln lässt.

Du weißt, mit welcher Leidenschaft ich es genieße bei Dir zu sein.

Was ich für Dich empfinde, geht darüber hinaus Dich zu mögen.
Du bist in meinem Herzen - auf unsere ganz eigene Art und Weise.
Nicht als Liebende, aber als zwei Menschen, die sich berühren.
Danke, dass Du erkannt hast,
was ich heute gebraucht habe.
Dich!
Einmal anders, nicht hart und fordernd,
sondern ganz intensiv.

***

Da war sie! Deine flache Hand auf der einen Körperstelle,
von der wir doch beide gerade noch sagten, dass sie DA nie sein darf!
Erschrocken fahre ich zurück – mein Blick eiskalt, trotzig, voller Wut.
Deine Augen, die meine suchen, entschuldigend,
selbst erschrocken über das, was da gerade passiert ist.
Du willst mich in den Arm nehmen, doch mein:
„Mach das NIE wieder – nie wieder" hält Dich auf.
Ich sitze zwischen Deinen Beinen,
nackt, erstarrt, erschrocken, gedemütigt wie nie zuvor.
Mein ganzer Körper zittert, bebt –
still fließen die Tränen plötzlich über mein Gesicht, kühlen die Stelle,
die Deine Hand gerade noch traf.
Du plötzlich ganz still, ganz leise.
Der Mann, der mich eben noch so hart spüren ließ,
was es heißt sich mit Dir eingelassen zu haben.
Fast hilflos sitzt Du da und fragst, ob Du mich anfassen,
mich halten darfst.
Stolz lasse ich meinen Tränen freien Lauf,
mein Blick immer noch eiskalt.
„Fass mich nicht an" fauche ich noch,
um dann Deine zarte Berührung auf meinem Arm zu spüren.
Ich sinke an Dich, schockiert, fassungslos und plötzlich so geborgen.
Mein Körper überzogen von den Spuren, die Du zurück gelassen hast,
lässt sich einfach nur halten.
Und der Mann, der so hart sein kann, sagt leise:
„Es tut mir leid"

Jeder, der mir warmes Essen gibt, ist mein Freund

Mitte Oktober. Das Wochenende meines Geburtstages habe ich mit Lilly in einem netten 4-Sterne-Wellnesshotel in der Rhön verbracht. Ganz entspannt haben wir die Sauna genossen und später hat Lilly uns auf dem Zimmer Cocktails gemixt. Echte Mädels-Zeit mit wahnsinnig viel Spaß und vor allem Ablenkung. Natürlich haben meine zwei Spielpartner brav gratuliert, aber keine Meldung von Adrian. Jetzt bin ich also 34, immer noch Single, aber um einiges an Erfahrungen und Selbstbewusstsein reicher. Und ja, es wurmt mich, dass Adrian nicht an meinen Geburtstag gedacht hat. *„Was nützt mir mein neues Selbstbewusstsein, wenn ich es nicht einsetze?"*, denke ich mir und schnappe mir mein Handy. Zeit, Herrn Jakob mal zu sagen, dass man meinen Geburtstag nicht so einfach vergisst! SMS:

Fremder, ich weiß ja, dass Du wahnsinnig beschäftigt bist – unter anderem mit Deinen Hochzeitsvorbereitungen (und ja, ich weiß, das war jetzt böse). Nichts desto trotz, meinen Geburtstag vergessen, das geht gar nicht! Ich bin empört und prangere das massivst an, J.

Die Antwort folgt auf dem Fuße:

Anprangern?! Oh ja, Pranger hört sich gut an! Lach! Aber Du hast Recht, eine Unverschämtheit von mir. Wie kann ich das denn nur wieder gut machen, A.?

Wie? Ob Du das wieder gut machen kannst ist die Frage! Überrasch mich!

Na, da werde ich mir wohl was einfallen lassen müssen?! Wie wäre es für den Anfang mit einem Abendessen?

Du weißt doch, wer mir warmes Essen gibt, ist mein Freund.

Gut, ich checke meinen Terminplan. Freue mich auf Dich, A.

Erstaunt lasse ich mein Handy sinken.

Mr." Ich-heirate-und-wir-sollten-uns-nicht-wiedersehen" hat mich gerade zum Essen eingeladen?! Ernsthaft? Mein Herz macht einen Sprung und mir kommt „Wir werden uns wiedersehen" von Selig in den Sinn. Wieder mal ein Lied wie für uns gemacht!

Hat ihre Lebensgefährtin keine Kreditkarte?

Vier Wochen später stehe ich vor dem Steigenberger Hotel in Frankfurt. Mein kleiner Flitzer sieht etwas verloren aus zwischen BMW, Audi, Mercedes und sonstigen Nobelkarossen. Adrian hat mir Anfang der Woche die Buchungsbestätigung geschickt – klar müssen es mal wieder 5-Sterne sein.
Er wird mich erst gegen 19 Uhr im Hotel abholen können, da sein Tag mit Terminen gespickt ist.
„Wissen die denn, dass ich anreise?"; habe ich ihn verunsichert gefragt.
„Jule, Du hast die Buchungsbestätigung. Check ein, genieße die Stadt und das Zimmer. Später gehen wir richtig toll aus. Entspann Dich. Ich freue mich Dich zu sehen."
Etwas unwohl ist mir schon. Adrian weiß, dass mir zu viel Luxus einfach unangenehm ist. Nie könnte ich mir so ein Zimmer selbst leisten, aber ich habe inzwischen verstanden, dass er solche Hotels nicht bucht, um mit seinem Geld zu prahlen, sondern es für ihn eine Selbstverständlichkeit ist.

Gerade als ich meinen Koffer ausladen möchte, kommt mir der Portier entgegen, hilft mir mit dem Gepäck, öffnet mir galant die Eingangstür und geleitet mich durch das Foyer zum Check in. Schon auf dem Weg dahin bemerke ich, dass im Hotel wohl gerade eine Veranstaltung stattfindet, denn die Lobby ist gefüllt mit Damen in Kostümchen und Herren in Anzügen.
„Willkommen beim Ärztekongress" begrüßt ein Schild.
Sofort fühle ich mich unwohl. Nicht, dass ich schlecht angezogen wäre: Kniehohe Stiefel, ein dezenter Lederrock, der bis an die Stiefel reicht, schicke Bluse, die meine Vorzüge deutlich hervorhebt und darüber ein eleganter Mantel.
Angemessen, aber ich setze mich natürlich weit von den anderen Gästen ab, lässt mich zumindest der Rezeptionist wissen, dessen Blick mich von oben bis unten mustert. Bloß keine Unsicherheit

anmerken lassen, aber noch immer schüchtern mich solche Örtlichkeiten ein.

„Guten Tag!", grüße ich also freundlich, „Für Jakob ist ein Zimmer reserviert." Ich nenne brav die Reservierungsnummer, die auf dem Ausdruck von Adrians Buchungsbestätigung prangt.

„Ja, das habe ich Frau Jakob, dann bräuchte ich bitte einmal ihren Ausweis."

„Mein Name ist Stein. Ich bin die Begleitung.", lächle ich den etwas verkniffen blickenden Herrn an und reiche ihm meinen Ausweis.

„Ja, ja, sehr schön, Frau Stein.", wieder dieser abschätzende Blick auf mich, „Dann benötige ich jetzt noch ihre Kreditkarte als Sicherheit."

Kreditkarte? Ich habe doch noch nie eine Kreditkarte benötigt, wenn ich vor Adrian in ein Hotel eingecheckt habe.

„Oh! Eine Kreditkarte habe ich nicht. Die Rechnung läuft auf Herrn Jakob. Er kommt gegen 19 Uhr."

„Gut, Frau Stein, wenn sie nicht über eine Kreditkarte verfügen, benötige ich den Zimmerpreis in bar als Sicherheit."

Verdattert starre ich Mr. Hochnäsig an und überschlage meine Bargeldvorkommnisse. 150 € habe ich dabei. Dann wird das zwar nichts mit Shopping, aber gut.

„299 € bekomme ich dann von Ihnen. Sobald mir die Kreditkarte von Herrn Jakob vorliegt, bekommen sie die natürlich wieder zurück."

Sch… so viel habe ich nicht dabei. Insgeheim beginne ich Adrian zu verfluchen. Kann der Idiot nicht einfach mal ein Ibis oder Motel One buchen? Ist doch auch ganz schön und das kann ich mir wenigstens leisten. Nützt jetzt alles nichts, lass Deinen Charme spielen, Jule!

„Hmm… so viel habe ich nicht dabei. Aber auf der Buchung und Reservierungsbestätigung sind ja alles Daten von Herrn Jakob und seiner Kreditkarte vermerkt.", verweise ich freundlich.

„Ja, ja. Das mag sein. Aber die Karte liegt mir nicht vor. So kann ich ihnen das Zimmer nicht geben! Da müssen sie dann wohl warten, bis Herr Jakob eintrifft."

Das wird in genau… 5 (!!!) Stunden sein!

„Einen kurzen Moment bitte, ich rufe Herrn Jakob eben an!", entgegne ich.

Zwischenzeitlich hat sich hinter mir eine kleine Schlange gebildet, alle Aufmerksamkeit ruht auf mir und dem Dialog mit dem

Rezeptionisten. Ich fische mein Handy aus der Handtasche und wähle Adrians Nummer. Eine Stimme in meinem Kopf weist mich darauf hin, dass er sowieso nicht ans Telefon gehen wird, wenn er in einem Meeting ist. Richtig! Was für ein Mist, die Mobilbox. Ich versuche es erneut, werde aber nach dem zweiten Klingeln weggedrückt. Irgendwen bringe ich jetzt gleich um. Selten war mir etwas so peinlich.

Ich stehe im Hotel und komme nicht ins Zimmer. Ohne Kreditkarte oder Bargeld lassen sie mich nicht einchecken!

tippe ich ein SMS. Ich wende mich wieder dem Rezeptionisten zu, dessen Blick immer abschätziger wird.

„Ich kann Herrn Jakob gerade nicht erreichen.", muss ich eingestehen.

„Tja, dann kann ich nichts für sie tun."

„Kann ich wenigstens mein Gepäck hier lassen?", frage ich völlig eingeschüchtert.

„Normalerweise bieten wir diesen Service nur für Gäste unseres Hauses an, aber in ihrem besonderen Falle werde ich wohl mal eine Ausnahme machen."

Wutschnaubend lasse ich mein Gepäck zurück und verlasse das Hotel durch die Tür, die mir vom Portier aufgehalten wird. Gegenüber habe ich das berühmte goldene M entdeckt, da kann ja sogar ich mir einen Kaffee leisten!

Einerseits bin ich wirklich beschämt und fühle mich ziemlich gedemütigt. Andererseits bin ich stinksauer. Auf Adrian, weil er mich in diese Situation gebracht hat und auf diesen arroganten Schnösel am Check in. Gerade als ich mir den Kaffee geholt habe schrillt *„In the midnight hour, she cries more, more, more"* aus meinem Handy.

„Jule, was ist los?"

Ich schildere Adrian was im Hotel passiert ist und ja, mir schießen auch ein paar Tränen in die Augen. Adrian kennt mich gut genug um zu wissen, wie peinlich mir diese Situation ist.

„Wo bist Du denn jetzt?"

„Bei McDonalds, da haben sie mir für mein bisschen Bargeld nämlich zumindest einen Kaffee gegeben. Ich habe was zu lesen dabei und bis Du kommst warte ich einfach hier."

„Wie weit hast Du zum Hotel?"

„Gleich über die Straße, aber ich will da nicht wieder rein, die waren gemein zu mir."

Fast muss ich über meine Wortwahl schmunzeln, Szene aus „Pretty Woman" und genauso fühlt es sich auch an. „Jule!", erwidert Adrian so energisch, dass ich es nicht wage zu widersprechen, „Du gehst jetzt sofort ins Hotel zurück und gibst mir diesen Typen ans Telefon. Los! Schultern zurück, Brust raus, Körperspannung und ich will Deine hohen Stiefel klappern hören." Missmutig stapfe ich, Adrian am Telefon, zum Hotel zurück. Der freundliche Portier, der mir jetzt zum dritten Mal die Tür öffnet, lässt sich nicht anmerken, dass auch er mitbekommen hat, was beim Check in los war.

So selbstbewusst wie möglich schreite ich, mit weitausholenden Schritten an dem Ärztekongress vorbei, zum Tresen.

„Herr Jakob möchte Sie sprechen."

Ich reiche dem Angestellten das Handy und höre ihn Adrian erklären, was alles warum nicht geht, von wegen Vorschriften und übliches Prozedere. Adrians Stimme klingt sogar zu mir laut und deutlich und er klingt weder begeistert, noch sonderlich diplomatisch. Immer wieder mustert mich Mr. Arrogant von oben bis unten. Schließlich höre ich ihn zu Adrian sagen:

„Herr Jakob, hat denn ihre…(kleine Pause) LEBENSGEFÄHRTIN (Betonung und hoch gezogenen Augenbraue – erneute Pause) keine Kreditkarte?"

Jetzt reicht es mir aber! Was denkt er denn eigentlich, wer er ist? Und vor allem, wer ich bin? Lasziv beuge ich mich über die Theke und gewähre ihm die Aussicht auf mein pralles Dekolleté.

„Nein!", entgegne ich laut und deutlich, „wie vorhin schon gesagt hat seine… (kleine Pause) LEBENSGEFÄHRTIN (besondere Betonung und kleine Pause) keine Kreditkarte.", und dann ganz leise und mit hoch gezogener Augenbraue, „Und wir wissen doch beide, dass ich nicht seine „Lebensgefährtin" bin."

Adrian lacht laut auf, offensichtlich hat er mich auch gehört. Der Rezeptionist stammelt etwas vor sich hin. Ich drehe mich um, um mich in einen der kleinen Clubsessel fallen zu lassen. Meinen Teil der Schlacht habe ich geschlagen und eigentlich möchte ich jetzt am liebsten nach Hause fahren.

Kurze Zeit später winkt mir der Angestellte, bedeutet mir, dass er mir mein Handy zurückgeben möchte. Adrian ist noch dran.

„Kleines, es ist alles geklärt, ich lasse eben meine Assistentin meinen Ausweis und Kreditkarte faxen. Den Zimmerschlüssel bekommst Du sofort. Ich bin stolz auf Dich, gut gekontert. Lass Dich nicht weiter ärgern, ja?! Und falls der jetzt nicht nett zu Dir ist, sorge ich dafür, dass er seinen Job verliert. Ich bin bald da. Genieße das Zimmer und entspann Dich, alles gut. Ich muss dringend wieder ins Meeting."

Alles gut? Ich kämpfe immer noch mit der Mischung aus Scham und Wut und wie peinlich für Adrian, nun seine Assistentin zu beauftragen und sein Meeting zu unterbrechen.

Adrian ist zur Abwechslung mal pünktlich und wie immer sieht er in Anzug und Krawatte unwiderstehlich aus.

Zur Feier des Tages habe ich mir ein knielanges Kleid gegönnt, trage hohe Stiefel und nach unserer verlegenen Begrüßung ziehe ich mir Mantel und Lederhandschuhe über.

„Du siehst zauberhaft aus.", lässt Adrian mich auf dem Weg zum Aufzug wissen. Gut! Dann haben sich die zwei Stunden im Bad gelohnt.

Den Weg zum Restaurant, gehen wir zu Fuß, ich bei ihm eingehakt und plaudern über dies und das. Unsere Stimmung ist angespannt, geschwängert von all den unausgesprochenen Dingen zwischen uns. Adrian entführt mich zu einem Nobel-Japaner, wo am Tisch gekocht wird. Ich überlasse ihm die Wahl des Menüs, er mir die des Weins. Als der gekühlte Riesling zwischen uns steht, zieht Adrian sein iPad vor.

„Als allererstes Kleines, trage ich jetzt mal Deinen Geburtstag hier ein, damit ich ihn nie wieder vergesse." Er füttert sein iPad mit meinen Daten und stellt es so ein, dass er jährlich erinnert wird.

„Ja, gut, dass Dich das Ding daran erinnert, denn sonst musst Du jedes Jahr zur Strafe fürs Vergessen mit mir essen gehen, das wäre ja sehr tragisch für Dich.", sage ich mit sarkastischem Unterton in der Stimme.

„Ja, das wäre sehr tragisch. Ich gehe nämlich viel lieber mit Dir essen ohne Deinen Geburtstag vergessen zu haben! Hast Du Dir denn schon überlegt was Du dir wünschst?"

„Ist das hier nicht schon mein Geschenk?", frage ich.

„Nein! Das ist nur das Wiedergutmachungsabendessen fürs Vergessen! Du darfst Dir was wünschen!"

„Was auch immer ich möchte?"

„Klar!" Adrian sieht mich abwartend an.

Mir fallen gerade 1000 Dinge ein, die ich gerne von ihm hätte. Keins davon hat etwas mit materiellen Dingen, sondern nur mit ihm zu tun. Aber das kann ich nicht zugeben. Zum einen würde ich damit meine Gefühle offenbaren, zum anderen sitzt vor mir ein Mann, der nach eigenen Angaben in ein paar Wochen heiraten wird.

„Dann hätte ich gerne Karten für Bon Jovi, der kommt nämlich nächstes Jahr auf Deutschlandtournee!"
Ich sehe Enttäuschung und Überraschung bei Adrian aufblitzen. Damit hatte er nicht gerechnet. Selbst schuld, mein Freund.
„Bon Jovi also..."
Sofort checkt Adrian auf seinem iPad die Tourdaten.
„Mannheim oder Frankfurt?"
Nach der Vorspeise nimmt Adrian meine Hand und beugt sich zu mir: „Kleines, ich habe Dich so vermisst!"
Er kommt noch näher, sein Mund nur Zentimeter von meinem entfernt. Seine Hand in meinem Nacken möchte mich zu sich locken, doch ich entziehe mich seinem Griff.
„Was machen eigentlich die Hochzeitsvorbereitungen?", versuche ich die Distanz zwischen uns wieder aufzubauen.
„Das ist genau das, was ich an Dir so mag. Ohne Umschweife gerade heraus. Keine Zeit verlieren, immer ehrlich und direkt. Die Hochzeit ist auf unbestimmte Zeit verschoben. Was glaubst du, warum ich hier mit Dir sitze? Du bist doch die Nummer 1 auf der Warteliste."
„WAS???"
Er bedenkt mich mit einem seiner tiefen, intensiven Blicken, die mein Innerstes treffen und zieht meinen Kopf wieder zu sich. Meine Wangen sind in seinen Händen gefangen und er zwingt mich in anzusehen, seinem Blick standzuhalten.
„Wie könnte ich denn die eine heiraten, wenn ich immer an die andere denke?"
Diesmal wehre ich mich nicht, als seine Lippen meinen Mund treffen und wir mitten im Lokal in einen tiefen Kuss versinken.
Den restlichen Abend verbringen wir mit 8 verschiedenen Gängen japanischer Delikatessen und einem entspannten, offenen Gespräch.
Adrian erklärt mir, dass er mich einfach nicht vergessen kann und deshalb die Hochzeit verschoben hat, fürs erste. Außerdem fängt er an Pläne mit mir zu schmieden, doch vor allem versinken wir wieder in uns. Ab und an lasse ich ihn den Absatz meines Stiefels auf seinem Fuß fühlen, denn ich weiß, wie sehr ihn das anmacht.
Kurz vor Mitternacht gehen wir ins Hotel zurück. Adrian bedeutet

mir, dass er diese Nacht nicht bleiben, sie nicht mit mir verbringen wird.

„Ich muss erst einiges daheim klären, Kleines. Ich muss den Weg freimachen für uns. Damit wir zusammen sein können. Es wäre unfair Euch beiden gegenüber, wenn ich heute hier bleibe."

Ja, ich verstehe ihn, aber es fällt unheimlich schwer, ihn jetzt gehen zu lassen, wo er doch gerade zu mir zurückgekommen ist.

„Wie lange brauchst Du dafür?", frage ich.

„Ich weiß es nicht. Es gibt viel zu klären. Ich will ehrlich sein. Es kann eine Woche, es kann aber auch drei Monate dauern."

Ich stöhne auf.

„Warte auf mich."

Auch, wenn er die Nacht nicht mit mir verbringt, versinken wir in uns. Als er geht, bin ich gewillt seinen Worten zu glauben und ihm die Zeit zu geben, die er braucht.

Du hast es Dir bequem gemacht und ich gehe vor Dir auf die Knie.

Nur noch Leder auf der Haut –

Leder und die Spuren, die Du hinterlassen hast.

Dein Blick sucht meinen und ich weiß, dass Du etwas sagen möchtest,

aber ich schüttele nur leicht den Kopf –

schweig, sag jetzt nichts, mein Liebster.

Jedes Wort wäre jetzt zu viel – lass mich nur in Deinem Blick versinken.

Eine Träne löst sich und läuft mir über die Wange.

Ich spüre das Leder meiner Stiefel,

das sich fest um mein Fleisch schließt, spüre noch die Peitsche.

Du siehst in meinen Augen, dass ich nicht wegen der Schmerzen,

die Du meinem Körper zugefügt hast, weine.

Dein Blick geht bis tief in meine Seele und sieht die Spuren,

die Du hier hinterlassen hast –

Schmerzen, größer als alles, was Du je mit meinem Körper tun kannst.

Und trotzdem immer noch mein blindes Vertrauen,

meine bedingungslose Liebe für Dich.

Zärtlich streicht Deine Hand die einzelne Träne weg

und ich weiß, dass Du verstehst.

Ich sinke tiefer, verliere mich, lege meinen Kopf auf Deinen Oberschenkel

und weine all die Tränen um das, was wir verloren haben,

was wir jetzt wiederfinden werden?
Deine Hände bleiben auf meinem Kopf, meinem Nacken liegen,
verweilen und Du lässt mich einfach weinen.
Leise Schluchzer entrinnen meiner Kehle,
soviel Sehnsucht, so einsam ohne Dich.
Bei jeder Bewegung spüre ich noch das,
was wir gerade zusammen erlebt haben,
Deine harten, gezielten Schläge auf meinen Rücken
und dennoch kommt nichts an den Schmerz in meinem Herzen heran.
Deine Hand hebt meinen Kopf, zwingt mich, Dir in die Augen zu sehen.
Sehe ich da eine Träne in Deinem Augenwinkel?
Sehe ich denselben Schmerz, den ich fühle?
Oder ist es einfach nur Dein Verständnis dafür,
dass ich Dich immer noch liebe?
Und Dein Wissen, dass Du mich gleich wieder
auf unbestimmte Zeit verlassen wirst?
Ich lege meinen Kopf zurück zwischen Deine Beine
und genieße das kurze Glücksgefühl,
Dich jetzt hier bei mir zu haben, denn ich weiß, Du wirst gleich gehen
und vielleicht nicht mehr zurückkommen.
Du hinterlässt Spuren – auf meinem Körper und in meiner Seele.
Mein Herz wird immer Dir gehören.
Spüre meinen Schmerz, sehe meine Tränen und sei Dir sicher,
dass Du dasselbe fühlst, jedes Mal, wenn Du mich zurücklässt.
Für immer ein Teil von mir. Für immer ein Teil von Dir.

Verlorene Zeit

Mehrere Wochen sind seit meinem Treffen mit Adrian ins Land
gezogen. Meine anfängliche Euphorie wich zuerst kleinen Fragezeichen, dann Zweifeln und jetzt bin wütend. Seit vier Wochen
keine Meldung.
Sicher, ich habe ihm versprochen ihm die Zeit zu geben, die er
braucht um seine Dinge zu klären. Natürlich bin ich gewillt auf ihn
zu warten, aber hatten wir davon gesprochen, dass er sich erst
meldet, wenn alles unter Dach und Fach ist? Und wie lange soll

das denn bitte dauern? Kann es so schwer sein, mir mal eine Nachricht zu schicken, mich wissen zu lassen, was los ist? Oder mir auch einfach mal nur zu sagen, dass er an mich denkt? Geduld ist nun wirklich nicht meine Kernkompetenz, aber gepaart mit dieser verfluchten Ungewissheit, wie es weitergeht, stellt Adrian mich gerade auf eine harte Probe.

Außerdem geht es stark auf Weihnachten zu und wieder werde ich es wohl alleine verbringen.

Ich schlafe kaum noch, meine Nerven sind zum Zerreißen gespannt. Ich kann nicht mehr und ich will auch nicht mehr. Einmal habe ich versucht ihn anzurufen, denn ich bin auch die Mails so leid. Es ist so viel einfacher persönlich zu sprechen, das lässt keine Missverständnisse aufkommen. Doch Adrian hat mich weggedrückt und auch nicht zurück gerufen. Schweren Herzen verfasse ich eine Mail:

Mein Fremder,
vier Wochen ist es jetzt her, dass wir uns in Frankfurt trafen, Du mir gesagt hast, ich soll Dir Zeit geben, um alles zu klären. Und ich bin wirklich gewillt dazu. Aber all die Zeit ohne etwas von Dir zu hören macht mich wahnsinnig. Es geht mir nicht gut, wenn ich nicht weiß, woran ich bin. Das geht nicht mehr so weiter, Adrian!
Mit fester Umarmung, J.

Drei Tage braucht seine Antwort:

Kleines,
ich kann Dich verstehen und nichts liegt mir ferner als Dir weh zu tun. Ich bin ein viel beschäftigter Mann und die Dinge zu klären, die geklärt werden müssen, das wird sich länger hinziehen. Wie lange, ich weiß es nicht.
Vielleicht ist es besser, wenn sich unsere Wege hier wieder trennen, denn ich will nicht, dass es Dir nicht gut geht.
Ich kann Dir keine Zeit nennen und Dich warten zu lassen, Dir im Weg zu stehen, will ich nicht. Vielleicht bin ich auch einfach nicht der Mann, den Du suchst, den Du brauchst. Vielleicht ist nicht unsere Zeit. Lass uns hier eine Pause einlegen. Nein, nicht nur eine Pause. Lass uns sehen, wo uns der Wind hin weht. Vielleicht kreuzen sich unsere Wege ja wieder.
Dir immer verbunden, A.

Als ich meinen Laptop zuklappe, fällt mir eine zentnerschwere Last von den Schultern. Ja, ich liebe diesen Mann, aber die Warterei hat nun ein Ende, ich weiß jetzt, woran ich bin. Er wird nichts beschleunigen, nur um bei mir zu sein. Diese zweite Trennung von ihm fühlt sich richtig an. Eine Entscheidung, die unser beider Verstand getroffen hat. Kein „dazwischen" mehr. Das Warten ist vorbei, ich muss jetzt nach vorne sehen. Der Mensch hat die Augen vorn, damit er nicht nur rückwärts blickt.

Kein Blick zurück.
Mein Kopf, der mir sagt: es ist gut so, wie es jetzt ist.
Mein Bauch, der sich keine Meinung mehr erlaubt.
Mein Herz, das noch ein bisschen in Wehmut versinkt.
Meine Arme, die nichts mehr haben,
woran sie sich festhalten können.
Meine Flügel gestutzt, aber noch flugfähig.
Zeit, wieder zu fliegen!

Nur die Kür und keine Pflicht

Weihnachten habe ich ohne Adrian überstanden, Silvester kam und ging und das neue Jahr begrüßt mich mit einer Katastrophe nach der anderen. Zuerst erreicht mich eine astronomisch hohe Nebenkostennachzahlung, dann gehen das Auto und die Waschmaschine kaputt und mir wachsen die Kosten komplett über den Kopf.
Die letzten Monate habe ich da ein Loch gestopft, dort eins aufgerissen und jetzt kann ich noch nicht mal mehr die Miete zahlen. Ich habe keine Ahnung, wie ich aus den Schulden rauskommen, mich und Fräulein über die Runden bringen soll. Lilly besucht mich und ich klage ihr mein Leid. Die Suche nach einer neuen, kleineren Wohnung blieb bislang erfolglos und ich weiß gerade einfach nicht mehr, wie es weiter gehen soll.
Lilly hört sich alles geduldig an und lässt mich eine Tabelle mit allen offenen Rechnungen und Schulden aufstellen.

Fast 4.000 Euro. Mir stockt der Atem. Ich wusste, dass ich knietief in der Scheiße stecke, aber das reicht schon viel weiter. Hüfte, Brust?

„Ruf Adrian an.", rät mir Lilly.

„Niemals!"

„Jule, das ist deine einzige Chance, da wieder rauszukommen. Ruf ihn an."

„Niemals!"

„Jule!", redet Lilly eindringlich auf mich ein, „Er hat Dir immer angeboten, Dir zu helfen. Frag ihn."

„Ich war nie wegen des Geldes mit ihm zusammen und er ist der letzte, den ich bitten werde. Ich will nicht, dass er denkt, ich habe es auf seine Kohle abgesehen. Erst, wenn ich kein Futter mehr für Fräulein zahlen kann, habe ich ihm und mir geschworen.", trotzig verschränke die Arme vor meiner Brust. Ich werde doch jetzt nicht zu ihm zurück kriechen!

„Jule, wie lange kannst Du das Futter für Fräulein noch zahlen?"

Mist! Damit hat Lilly einen verdammt wunden Punkt getroffen. Es ist nämlich wirklich so, dass ich nicht mehr weiß, von was ich Fräuleins Futter, geschweige denn Lebensmittel für mich bezahlen soll.

Die Entscheidung Adrian jetzt in dieser Situation um Hilfe zu bitten, ist eine der schwersten, die ich je treffen musste. Aber letztlich sehe ich keinen anderen Ausweg und rufe ihn an.

Das ist eine gute Option, denn ich weiß ja, dass er meine Anrufe sowieso nie beantwortet. Doch weit gefehlt, ich habe ihn nach dem zweiten Klingeln am Telefon:

„Adrian, oh, ähm, Hallo. Störe ich Dich?"

„Jule, ich bin mitten in einem Meeting."

„Warum gehst Du dann ans Telefon?"

„Wenn Du mich anrufst, muss etwas passiert sein. Was ist los?"

„Ich brauche Deine Hilfe. Wann können wir denn kurz sprechen?"

Wie schwer mir dieser Satz fällt.

„Ich habe das Meeting kurz unterbrochen. Wenn Du mich um Hilfe bittest, ist es wirklich ein Notfall. Ich weiß, dass Du sonst nie über Deinen Schatten springen würdest. Ich bringe das Meeting hinter mich und rufe Dich dann sofort wieder an, ja? Reicht das noch? Ansonsten breche ich das Meeting ab."

„Natürlich reicht das noch. Danke, Adrian."

„Ach Kleines, dafür nicht."

Keine Stunde später ruft er mich zurück:

„Was ist passiert, Kleines?"

„The worst case ist eingetreten. Ich kann Fräulein kein Futter mehr kaufen." Er weiß sofort, was ich meine und hört mich aufschluchzen.

„Hey... sch... Kleines. Alles gut. Wie schlimm ist es?"

„Sehr schlimm. Ich brauche Geld Adrian und Du bist der letzte, den ich fragen will, aber ich weiß nicht mehr weiter."

„Wen bitte solltest Du denn fragen, wenn nicht mich, Kleines? Du weißt doch, dass ich für Dich da bin. Ich habe es Dir versprochen und ich weiß, was es Dich für Überwindung kostet, mich zu fragen. Wieviel brauchst Du?"

„Viel!"

„Wieviel ist viel?"

„Verdammt viel."

„So kommen wir nicht weiter. Gib mir eine Summe."

„4000 Euro." Ich halte die Luft an.

„Gut! Stimmt Deine Kontonummer noch? Ich überweise es Dir gleich per Blitzüberweisung, dann ist es morgen da. Reicht das? Wenn nicht, bringe ich es Dir heute noch vorbei."

Ich bin kurz sprachlos.

„Ähm... Adrian, ich weiß gerade nicht, was ich sagen soll. Klar, reicht das noch. Aber willst Du gar nicht wissen für was und warum? Und ich habe keine Ahnung wie und ob ich Dir das je zurückzahlen kann."

„Nein, ich will nicht wissen für was und warum! Es interessiert mich nicht. Du brauchst mich und ich bin da. 4000 Euro, das ist für mich keine Summe und nach Deinem „viel" hatte ich mit wesentlich mehr gerechnet. Und jetzt hör auf zu weinen, ja. Ich freue mich, wenn ich Dir helfen kann."

„Ach Adrian!"

„Alles gut, Kleines."

„Ich weiß gar nicht, wie ich das wieder gut machen soll?"

„Gar nicht. Du musst nichts wieder gut machen. Und wenn Du mir was Gutes tun willst, dann melde Dich, wenn Du mal in der Ecke bist und geh mit mir essen, mehr will ich nicht."

„Danke!"

Als Antwort singt er einen Dionne Warwick Song:

„Keep shining, keep smiling, knowing you can always count on me,
for sure, that's what friends are for. In good times and bad times,
I'll be on your side forever more. That's what friends are for."

SMS am nächsten Tag:

Check Dein Konto! A.

Tatsächlich! Mir stockt der Atem.

Zahlungseingang von Adrian Jakob: 5.000 Euro!

SMS zurück:

Adrian, das ist zu viel! Spinnst Du?
Ich weiß schon nicht, wie ich Dir die 4.000
zurückzahlen soll, geschweige denn 5.000?! J.

> *Gar nicht! Nehme die 4.000 und zahle Deine Schulden und der*
> *Rest soll Dir etwas Luft zum Atmen geben.*
> *Lebe endlich! Du sollst Dich nicht immer einschränken müssen!*
> *Es kommt von Herzen! Vergesse nicht irgendwann mit mir essen*
> *zu gehen. Aber auch das ist nur die Kür, keine Pflicht. A.*

Mir rinnen Tränen über die Wangen Wir haben jegliche Ver-
bindung gelöst, ich komme nach über zwei Monaten ohne Kontakt,
nachdem wir das was zwischen uns war beendet haben, aus dem
Nichts mit dieser großen Bitte auf ihn zu und ohne groß mit der
Wimper zu zucken hilft mir Adrian einfach, unkompliziert. Ist
ohne nachzufragen und ohne eine Gegenleistung zu erwarten einfach für mich da. Welcher Mann würde das für seine Ex-Affäre
tun? Oder bin ich vielleicht doch mehr für ihn als nur eine Affäre?
In mir toben die Gefühle, Emotionen kochen hoch. Egal, wie viele
Tränen ich in den letzten Monaten um und wegen dieses Mannes
geweint habe, welch Schmerz und Kummer ich durchlebt habe,
auch wenn ich die letzten Wochen ohne Herzklopfen an ihn zurück
denken konnte, in diesem Moment wird mir das erste Mal bewusst,
dass ich nicht nur verliebt bin.

Ich liebe ihn! *Ja, Adrian Jakob, ich liebe Dich!*

Nicht, weil Du mir gerade eine große Summe auf mein Konto überwiesen hast, sondern weil Du mir gezeigt hast, Du bist für mich da und ich kann mich auf Dich und Deine Loyalität verlassen. Du hast mir mal versprochen, mich nie im Stich zu lassen. Und genau das hast du mir gerade bewiesen. Mehr als eindrücklich.

Mein Handy piepst. Eine weitere SMS von Adrian und langsam macht er mir Angst, mit seiner Gedanken-Leserei:

> *Schluss jetzt mit dem Sorgen machen! Mache Deine Überweisungen und dann gönn Dir endlich was! Los!*
> *Geh shoppen! Jetzt!*
> *Gib nach Herzenslust mal Geld aus, ohne im Kopf mitzurechnen. In Gedanken bin ich bei Dir, A.*

Ich habe Sehnsucht.
Ich liebe es, wenn Du mir den Atem nimmst,
doch jetzt schnürt es mir die Kehle zu, weil Du nicht bei mir bist.
Gefesselt von Dir, bin ich so frei, so oft mit Dir geflogen,
doch jetzt liege ich mit gebrochenen Flügeln hier.
Ich habe Sehnsucht.
Sie lässt mich rastlos durch mein Leben streifen -
immer auf der Suche nach einem Zeichen von Dir.
Diese Suche zeichnet derzeit mein Leben wie Du meine Haut.
Seit Wochen keine Spur von Dir,
noch nicht mal mehr die Deines Rohrstocks auf meinem Rücken.
Ich habe Sehnsucht. Sie macht mich ungeknebelt sprachlos,
ohne Worte zähle ich jede Sekunde ohne Dich.
Sie lässt mich an der Hoffnung festklammern,
fester und stärker als die Klammern,
mit denen Du meinen Körper verzierst.
Ich habe Sehnsucht.
Schmerzen in meiner Seele, unnachgiebig wie Deine Peitschenhiebe.
Sie hält mich umschlossen, wie die Lederfesseln,
mit denen Du mich fixierst.
Ich habe Sehnsucht.
Kalt legt sie sich um mein Herz wie die Ketten,
deren kühles Metall mir so willkommen ist.

Sie spielt mit meinen Gefühlen, lässt sie Achterbahn fahren,
aufregend, wie eine Session mit Dir.
Ich habe Sehnsucht.
Sie brennt wie die Striemen Deiner Gerte.
Uferlos lässt sie mich fallen, doch Du bist nicht da,
um mich aufzufangen.
Ich habe Sehnsucht – solche Sehnsucht nach Dir.

Mr. Big

Auch, wenn ich mir meiner Gefühle zu Adrian sicher bin, weiß ich nicht, ob es eine gute Idee wäre, ihn wieder zu sehen. In mir tobt ein innerer Kampf. Möchte ich ihn wirklich treffen, wenn die Gefahr besteht, dass wir wieder etwas anfangen, was keine Zukunft hat? Die ganzen „Ups and Downs" von vorne? Das Risiko, dass wir wieder nicht voneinander lassen können, ist einfach verflucht hoch. Adrian entwickelt sich immer mehr zu meinem persönlichen Mr. Big. Eine never ending Story.

Will ich das alles noch einmal aufleben lassen? Was ist das zwischen uns? Und selbst wenn es funktionieren sollte mit uns, könnte ich ihm je vertrauen? Könnte ich mir seiner je sicher sein?

Er wollte sich trennen und jetzt macht er mit Andrea Urlaub in Indien, das hat er mir in einer Mail mitgeteilt.

Will ich mir das alles wieder antun? Alles nochmal auf null und von vorne? Das ganze Gefühlschaos? Wäre ich nicht ständig in „Hab acht-Stellung"? Ständig in der Sorge darum, dass es andere Frauen geben könnte?

Würde ich mich dank Adrian zu einer Frau entwickeln, die heimlich Handys kontrolliert und jedes Mal, wenn er die Wohnung verlässt, den Grund anzweifeln würde, warum er das tut?

Könnte ich Geschäftstermine als solche stehen lassen, ohne die Angst, dass sie nur ein Vorsatz sind, um eine andere zu treffen, so wie er es mit mir gemacht hat? Könnte ich Adrian je vertrauen?

Will ich mir, uns das alles wirklich antun?

Und dann kommen mir all die Dinge in den Sinn, die „uns" so besonders gemacht haben. Dieses „Wir", das unauslöschlich in meinem Herz eingebrannt ist.

Ina Müller singt von „*Mr. Big*", als ob es für Adrian geschrieben wurde, als ob sie ihn kennt, meinen Mr. Big.

Adrian... Adrian ist wie ein Feuerwerk. Ein Lichtblick, der den dunklen Himmel erhellt. So ein Feuerwerk ist grandios, wunderschön, etwas Besonderes, nicht alltäglich. Aber ein Feuerwerk ist auch weit entfernt am Himmel. Wie schön wäre es dagegen, regelmäßig von einem kleinen Lagerfeuer gewärmt zu werden? Ein Lagerfeuer, um das man mit Freunden sitzt, jemand holt die Gitarre heraus, spielt einen Song. Ein Lagerfeuer, das ist Gemütlichkeit, sich wohl fühlen, ankommen. So schön meine Highlights, Feuerwerke mit Adrian waren, manchmal wünschte ich mir, er hätte mehr von dieser Lagerfeuer-Romantik in sich. Oder zumindest eine gesunde Mischung aus beidem.

Wenn ich könnte, wie ich wollte, würde ich jetzt ganz leise gehen.

Würde nicht mehr auf Deinen Anruf warten.

Nicht mehr darauf hoffen, endlich wieder Deine Stimme zu hören.

Ich würde Dein Lachen nicht mehr vermissen.

Wenn ich könnte, wie ich wollte,

würde ich mich nicht mehr daran erinnern,

was wir für tolle Zeiten haben, wenn wir uns sehen.

Ich würde mich einfach umdrehen

und alles was mit Dir zu tun hat hinter mir lassen.

Kein Blick mehr aufs Handy, um festzustellen,

dass Du wieder keine SMS geschickt hast.

Wenn ich könnte, wie ich wollte, würde ich Dir einfach sagen:

„Komm nicht mehr, verschwinde aus meinem Leben"

Ich würde mich nicht mehr daran erinnern, wie gut es tut,

von Dir gehalten zu werden, Deine Hände zärtlich auf mir.

Wenn ich könnte, wie ich wollte, würde ich mich nicht daran erinnern,

dass Du von der Liebe, die Du für mich empfindest, gesprochen hast.

Ich würde darüber lächeln wie über einen schlechten Scherz.

Keine ungezählten Stunden in Sehnsucht, Hoffnung, Warten auf Dich.

Unbekümmert, fröhlich, offen für Neues,

würde ich meinen Weg ohne Dich gehen.

Vergessen die Magie, die zwischen uns herrscht.

Keine Erinnerung mehr an das Gefühl,

dass mein Platz an Deiner Seite ist.
Wenn ich könnte, wie ich wollte, gibt es keine Gedanken mehr daran,
was wir alles erlebt haben, daran, dass Du mich zu der gemacht hast,
die ich heute bin.
Wenn ich könnte, wie ich wollte, würde ich unbeirrbar wissen,
dass ich auch ohne Dich glücklich sein kann,
dass Du einfach nicht der Mann für mich bist.
Wenn ich könnte, wie ich es wollte, würde ich es tun.
Aber ich kann es nicht!

Der Charme der 80'er

Ja! Ich tue es! Natürlich tue ich es! Als ob da je ein Zweifel bestanden hätte – seufz. Ich werde mich mit Adrian treffen.

Ein vorgeschobenes Fotoshooting in seiner Nähe war eine gute Ausrede, um einen Termin zu finden. Lilly begleitet mich, denn zum einen weiß ich nicht, ob ich ihm alleine gewachsen bin, zum anderen hat sie mir in den letzten Monaten so den Rücken gestärkt und permanent die Kleenexbox gereicht, dass sie ein Recht darauf hat, ihn nun auch endlich mal persönlich zu treffen.
Kurz vor Baden-Baden wollen wir uns in einem Landgasthof das erste Mal seit über vier Monaten wiedersehen. Lilly und Fräulein begleiten mich und witziger Weise bilde ich mir ein, kein Stück nervös zu sein.

Adrian kommt – natürlich wie so oft – mal wieder später und Lilly und ich gehen schon mal in den Landgasthof, der durch den sehr abgewohnten Charme der 80er Jahre besticht. Der Gastraum war zu seiner Zeit bestimmt einmal sehr elegant, aber wirkt heute altbacken. Die Dekoration besteht aus Kunstblumen und ein wenig kommt man sich vor wie in einer Zeitkapsel.
Das ist ja mal so gar nicht das, was ich von Adrian gewohnt bin, aber es ist so schräg, dass es schon fast wieder charmant wirkt.
Lilly und ich sind gerade in einer Diskussion darüber versunken, dass wir nicht gedacht hätten, dass es sowas noch gibt, als Adrian zur Tür reinkommt. Erwähnte ich eigentlich schon, dass ich überhaupt nicht nervös wegen unseres Treffens bin?

Als ich aufstehe, um Adrian zu begrüßen falle ich fast über meine eigenen Füße, meine Knie sind butterweich und mein Herz fängt wie verrückt das Tanzen an. Zu allem Überfluss hat Fräulein ihn auch entdeckt und schießt unter dem Tisch hervor, um ihn freudig zu begrüßen – diese miese Verräterin. Adrian geht in die Hocke, sagt meinem alten Mädchen „Hallo" und umarmt mich dann. Das fühlt sich so verboten gut an und sein vertrauter Geruch steigt mir in die Nase. Adrian hält meine Hand fest und dabei fällt mir auf, dass seine eiskalt und feucht ist. Ich stelle ihm Lilly vor und die beiden versinken in einer kleinen Plauderei. Adrian lässt es sich nicht nehmen, sich zu mir auf die Bank zu setzen, während Fräulein weiter ihren Freudentanz um ihn aufführt. *Sonst hat sie sich doch auch nicht so um ihn bemüht,* motze ich innerlich. Blöder Hund! Anscheinend weiß sie, wer sie vor dem Hungertod gerettet hat.

Während Lilly und Adrian dabei sind, sich weiter kennen zu lernen, merke ich, dass Adrian immer wieder versucht ist, meine Hand zu nehmen oder mein Knie zu tätscheln, er sich aber zurück hält. Außerdem scheint er heute wahnsinnig nervös zu sein, das bin ich sonst von meinem abgebrühten Geschäftsmann so gar nicht gewohnt. Allerdings kann ich mir darüber auch gerade keine Gedanken machen, denn ich bin damit beschäftigt, mein Herz dazu zu bewegen wieder in seinem angestammten Rhythmus zu schlagen.

Endlich kommt die Bedienung, um unsere Getränkebestellung aufzugeben. Als Aperitif bestellt Adrian für uns alle Martini. Die Bedienung, die wohl auch irgendwo in den 80ern stehen geblieben ist, quittiert die Bestellung mit:

„Da muss ich erst mal schauen, ob wir so was da haben."

Kurze Zeit später taucht sie mit den drei Martini auf

„Hat gerade noch für drei gereicht.", was uns schon schmunzeln lässt. Auf die Frage, was wir trinken möchten, fragt Adrian, was sie denn für Wein hätten.

„Rot und Weiß", kommt es zurück.

„Und was für roten und weißen?", möchte Adrian wissen.

„Trocken und Halbtrocken."

Fast muss ich laut auflachen. Mein armer Weinexperte wird gerade auf eine harte Probe gestellt. Nachdem er zu verstehen gibt, dass ihn diese Antwort nicht wirklich zufriedenstellt, wird uns die Weinkarte gebracht. Bei der Wahl zwischen Not und Elend entscheidet sich Adrian für einen einfachen Wein aus der Region.

Nachdem dieser stilvoll in der Literflasche auf den Tisch kommt (Adrian droht ein Herzschlag ob dieser Tatsache), wird die Essensbestellung aufgenommen.

Die 2 x gewünschte Suppe ist aus. Alternativ können wir einen kleinen Salat haben. Den großen Salat mit King Prawns gibt es heute nicht, weil der Koch keine King Prawns gekauft hat. Die müsse man ja immer frisch kaufen und das rentiert sich kaum, weil das keiner bestellt. Alternativ gäbe es Krabben dazu. Das Hirschgulasch ist nur noch einmal da, aber wir sollten doch vielleicht besser aus der Tageskarte wählen.

Und so geht es weiter und weiter.

Wir sitzen, warten auf die versteckte Kamera und es dauert einige Zeit, bis wir alle etwas gefunden haben, was noch vorhanden und frisch ist.

Kaum hat die Kellnerin den Tisch verlassen, um unsere (Zitat:) „umfangreiche" Bestellung an die Küche weiter zu reichen, brechen wir in schallendes Gelächter aus. Das hat noch keiner von uns erlebt! Aber irgendwie bin ich dankbar für diese kleine Einlage, denn sie bricht das Eis ein wenig und schnell sind wir in einer lockeren Unterhaltung verstrickt, bei der mir Adrian immer wieder tiefe Blicke zukommen lässt.

„Schau mich nicht so an!", weise ich ihn schließlich an, weil mein Herz unter diesen Blicken zu zerspringen droht.

„Ich kann nicht anders, Du bist siehst wahnsinnig gut aus." Adrian greift nach meiner Hand und zieht sie für einen Kuss an seinen Mund.

„Du hast eiskalte und nasse Hände, was ist denn los, Fremder?"

„Was los ist? Hast Du eigentlich eine Ahnung, wie nervös ich bin?"

„Nervös? Du? Wegen was denn?"

„Wegen Dir, wegen was denn sonst? Ich konnte es kaum erwarten Dich wieder zu sehen und hatte so Angst davor, wie Du nach all dem auf mich reagieren wirst. Und dann komme ich hier rein, sehe Dich und Du haust mich sofort wieder völlig um. Ich habe Dich so vermisst, Kleines."

Ich muss schlucken und sehe Lilly gegenüber grinsen und nicken.

„Dafür hast Du aber ganz schön lange nichts von Dir hören lassen!", entgegne ich aufmüpfig, um mir nicht zu sehr anmerken zu lassen, wie sehr mich seine Worte berühren.

„Ich wollte Dir das hin und her nicht mehr zumuten. Aber mir ist ohne Dich klar geworden, dass ich so nicht mehr leben will. Ich will mit Dir zusammen sein, wenn Du mich noch willst?!"

Uff... das ist aber ganz schön viel auf einmal. Da gibt es noch einiges zu klären und irgendwie weiß ich gerade auch gar nicht so recht, was ich sagen soll?! Aber es hat wohl einen Grund, warum Lilly dabei ist, denn sie, offen und direkt wie sie nun mal ist, spricht aus, was mir nicht über die Lippen kommen will.

„Naja, Adrian, ich kann Dich ja verstehen. Jule ist eine klasse Frau und Du wärst ehrlich gesagt ziemlich blöd, wenn Du Dir sie entgehen lässt und so schätze ich Dich nicht ein. Aber da gibt es ja wohl noch einiges zu klären bei Dir, oder?"

„Ja.", gibt Adrian zu, „Da muss einiges geklärt werden. Aber so geht es definitiv nicht mehr weiter. Allerdings ist das halt auch eine schwierige Sache, so eine Trennung."

Lilly, die sich gerade selbst im Trennungsprozess befindet, entgegnet: „Den Entschluss zu fassen, das ist hart. Aber wenn man ihn mal gefasst hat und weiß wofür man es tut, dann sollte man konsequent sein. Du solltest Dich nicht wegen Jule oder sonst wem trennen, Adrian, sondern nur aus einem einzigen Grund: weil Du mit Deiner aktuellen Partnerin, der Lebenssituation nicht glücklich bist und auch nicht glücklich werden wirst. Wie lange willst Du denn noch warten?"

„Naja, einige Dinge müssen einfach geklärt werden. Ich habe ja auch eine gewisse Verantwortung Andrea gegenüber. Jetzt fahren wir erstmal nach Mallorca und dann sehen wir weiter. Aber ich will Jule auf keinen Fall verlieren."

Mallorca? Habe ich das gerade richtig verstanden? Ich hole tief Luft. *Er will mit Andrea auf „meine" Insel?*

Ich weiß nicht, wie oft ich Adrian davon erzählt habe, wie sehr ich Mallorca liebe, seit ich da für ein ½ Jahr als Au pair gelebt habe und ich es bislang nicht geschafft habe, wieder hinzufliegen, da mit dieser Insel so viel Emotionen und Erinnerungen für mich verbunden sind.

Oft haben wir darüber gesprochen einmal zusammen nach Mallorca zu fliegen, weil ich von Heimweh und Sehnsucht geplagt werde, wenn nur jemand von der Insel erzählt.

Jetzt fliegt er also mit Andrea. Schnell habe ich mich wieder im Griff. Viel verändert scheint sich ja nicht zu haben. Er wollte sich bereits vor Monaten trennen, fliegt aber mit ihr nach Indien und sitzt hier vor mir, sagt mir, dass er bei mir sein will und plant einen weiteren Urlaub mit Andrea?

„Das ist doch schön! Mallorca. Da kann ich Dir gerne ein paar Insidertipps schicken und den Reiseführer spielen!"

„Es ist nur ein letzter Urlaub, Kleines!"

Adrian bemerkt selbst, dass er da eben einen ganz wunden Punkt getroffen haben muss.

„Natürlich ist es nur ein Urlaub, Adrian. Und es ist ja auch nur Mallorca. Ist völlig ok… Hättest Du Dir nicht verdammt noch mal ein anderes Reiseziel aussuchen können? Geht mich im Prinzip ja auch nichts an und ich habe ja keine Besitzansprüche. Weder an Dich noch Mallorca."

„Klingt nach einem klassischen Eigentor.", höre ich Lilly murmeln.

„Hey, das ist schon lange gebucht. Lange vor dem hier. Kleines, es ist mir wirklich ernst. Dieser eine Urlaub noch und dann gibt es nur noch uns. Lass mich das in die Wege leiten, bitte.", Adrian schaut mir tief in die Augen, „Ich will Dich nicht nochmal verlieren."

Ich bin halt auch nur ein schwaches, verliebtes Mädchen. Ich kann diesen Blicken und dem innigen, tiefen Kuss trotz des Stechens im Herzen nicht widerstehen.

Wir verabreden uns für die nächste Woche in „unserem" Hotel in Sinsheim, bevor Adrian die Rechnung bestellt.

Als er sie mit Kreditkarte zahlen möchte, lässt ihn unsere charmante Bedienung wissen, dass das Gerät kaputt sei und so muss Adrian seine Barschaft zusammenkratzen, um die 120 € zu zahlen. Dieses Lokal ist ein Desaster!

Noch in derselben Nacht ruft Adrian mich an und spricht das erste Mal von Liebe. Endlich!

Zwei Tage vor unserem Treffen kommt seine kurze Absage per Mail. Er schafft es mal wieder nicht.

Tagelange Funkstille, bis mich eine Nachricht, ein Anruf erlöst. Innerhalb kürzester Zeit bin ich wieder in ihm und seinem verdammten Teufelskreis gefangen. Es vergehen drei Wochen, bis wir uns wiedersehen sollen. Drei Wochen voller Zweifel, Hilflosigkeit, Unverständnis und Ungläubigkeit. Hin und her gerissen, zwischen dem, was Adrian gesagt hat und dem was er tut. Soll das wirklich Liebe sein?

Du sitzt neben mir, mit ganz kalten Händen
und sprichst von der Aufregung, der Freude, mich endlich zu sehen.
Du, den sonst nichts aus der Ruhe bringt,
der mir immer wieder gesagt hat,
ich solle meine Gefühle unter Kontrolle halten,
sie nicht zu lassen, lässt mich plötzlich spüren,
dass ich Dich nicht kalt lasse.
Du hast mich jeden einzelnen Tag vermisst, sagst Du.
Wenn das so ist,
warum hast Du Dich nicht einfach mal bei mir gemeldet?
Warum diese Mail von Dir,
warum die Monate der Trauer und Verzweiflung?
Ich würde Dir so gerne glauben!
Würde so gerne Deine tiefen, innigen Blicke genießen
und sie als das nehmen, was sie sind:
Ausdruck der Gefühle, die Du für mich hast.
Immer wieder streichelst Du mich, küsst mich,
sagst mir, wie schön ich für Dich bin.
Wenn ich mich jetzt doch einfach fallen lassen könnte
und es einfach nur annehmen,
das, auf was ich schon so lange gewartet habe.
In der Nacht noch Dein Anruf, untypisch für Dich.
Dein Bedürfnis, mehr Zeit mit mir zu verbringen, spontan zu sein.
Du sprichst von Liebe und für einen kurzen Moment glaube ich Dir,
will ich nicht mehr zweifeln,
will ich einfach nur das Gefühl genießen, dass es wahr ist.
Ich möchte Dir wieder vertrauen, glauben können, dass alles gut wird.
Doch dann wieder tagelang kein Lebenszeichen von Dir.
Treffen, die abgesagt werden, weil es wichtigeres gibt.
Und ich immer noch gut darin,
Verständnis für Dich und Deine Situation zu haben.
Mich zurück zu nehmen, um Dich nicht zu verlieren.
Ich habe Dich doch schon verloren. Tage später, der so ersehnte Anruf.
Kurz und geschäftsmäßig, nichts als ein weiterer Punkt auf der
Tagesordnung eines vielbeschäftigten Mannes.
Und wir machen genau da weiter,

wo wir immer wieder aufgehört haben.

Wenn das Liebe ist, wenn das Deine Art ist,
Deine Gefühle für mich auszudrücken, dann frage ich mich,
wie Du mit Menschen umgehst, für die Du nichts empfindest?
Du weißt, dass ich Dich immer noch bedingungslos liebe.
Ich liebe Dich, aber das Vertrauen in Dich,
Deine Taten und Worte ist nicht mehr da.
Ich habe mehr verdient als das.
Kein Warten mehr auf Dich.
Keine Hoffnung mehr, Platz in Deinem Terminkalender zu finden.
Noch hast Du eine Gnadenfrist,
noch lässt mich die Erinnerung an den Mann, der Du bist,
wenn Du in seltenen Momenten bei mir bist,
die Hoffnung nicht ganz aufgeben.
Aber übertreibe es nicht!
Ich bin nicht mehr das kleine Mädchen,
das Du damals zurück gelassen hast.
Ich will mehr!
Deine Liebe bedeutet gar nichts, wenn Du sie nicht lebst,
wenn Du mir nicht das Gefühl gibst,
dass Du diesmal wirklich um mich kämpfst, dass Du es ernst meinst.
Ich bin nicht mehr Dein Opfer,
biete Dir mein Genick nicht mehr zum finalen Todesbiss an.
Deine Zeit läuft langsam ab, mein Lieber!
Halte sie fest, fang sie ein.
Du weißt doch, was wir versäumen!
Bitte, ich bitte Dich inständig, mach es diesmal nicht kaputt,
denn wenn ich nochmal an Dir zerbreche, gibt es kein Zurück mehr!
Ich muss und werde mich davor schützen!
Bitte, wach endlich auf!
Sei ein Mann und kämpfe für das, was Du angeblich liebst!

***

Eigentlich möchte ich nur eines:
endlich wieder in Deinen Armen einschlafen,
Deinen Atem auf meinem Haar spüren,
Deine Hände auf meinem Körper.
Küsse, die ganz tief unter die Haut gehen,
Blicke, die davon zeugen, was wir füreinander sind.
Endlich wieder Deine Nähe genießen, mit Dir lachen, singen.
Einfach nur bei Dir sein.
Ich möchte mich Dir völlig hingeben.
Mich bedingungslos in Deine Hände begeben.
Von Dir bespielt, gehalten, aufgefangen.
Nur wir - so lange, zu lange darauf verzichtet.
Doch ich verstehe so langsam, was Du meintest, als Du schriebst,
dass wir in verschiedenen Welten leben.
In Deiner Welt ist kein Platz für Liebe, Gefühle.
In Deiner Welt ist kein Platz für mich.
Selbst, wenn Du Deine Gefühle zulässt, werden sie immer in der zweiten
Reihe stehen - Weichen für "Wichtigeres".
Ich weiß, dass ich mich zurück nehmen kann,
dass meine Welt nicht an einem abgesagten Treffen zerbricht.
So schön die Zeit ist, die wir miteinander verbringen,
sie füllt nicht die Lücke dazwischen.
Die leeren Tage in der Hoffnung, dass Du Dich meldest.
Die ständigen Zweifel, ob Du wirklich das für mich empfindest,
was Du mir ins Ohr geflüstert hast.
Die schlaflosen Nächte, in denen ich ungezählte Stunden wach liege,
weil Du nicht bei mir bist - so weit weg, so viel ungesagt bleibt.
Wie soll ich Dir glauben, wenn Du nicht lebst, was Du sagst?
Kein Lebenszeichen von Dir,
unsere Treffen geplant und abgesagt wie ein Geschäftstermin.
Bin ich für Dich nur ein weiterer Punkt auf der Tagesordnung?
Nein, Deine Geschäftstermine nimmst Du ja ernst.
Ich schaffe den Spagat nicht, zwischen der Magie, die zwischen uns ist,
wenn wir uns sehen und den langen, einsamen Tagen und Nächten da-
zwischen, in denen Du nicht nur körperlich weit entfernt bist.
Vielleicht hattest Du Recht.

Unsere Welten sollten sich nicht mehr berühren,
wenn da mehr Schmerz als Freude ist.
Doch will ich jetzt wirklich so kurz vor dem Ziel aufgeben?
Ich weiß es nicht, mir fehlt die Kraft, um so weiter zu machen.
Es muss etwas passieren, wenn Du mich nicht verlieren willst.
Bin ich Dir dafür wichtig genug?
Diese Unsicherheit macht mich wahnsinnig.
Und im Grunde will ich doch nur eins,
endlich wieder bei Dir sein.

***

Warum werde ich das Gefühl nicht los,
dass Du mich wieder verletzen wirst?
Ach, was heißt wirst? Du bist ja schon wieder voll dabei.
Ich halte Dir jetzt mal zu Gute, dass Du keine Ahnung hast,
wie es mich trifft, dass Du Dich nicht meldest.
Wie lange Tage und Nächte sein können, die man damit verbringt,
das Telefon anzuflehen endlich zu klingeln.
Ich will und muss aus diesem Teufelskreis raus.
Rede mir immer wieder ein, dass Du halt so bist:
nicht der Typ, der das Bedürfnis,
die Sehnsucht nach dem Menschen hat,
für den er angeblich Liebe empfindet.
Weißt Du eigentlich, was es heißt zu lieben?
Soll ich Dir von einsamen Nächten erzählen?
Körperlichen Schmerzen, die Dein Verlassen ausgelöst hat?
Tage, die nicht vergehen wollen.
Oberflächliche Fröhlichkeit.
Eine ständige Trauer, die nicht vergehen will.
Kurze Glücksmomente, wenn wir uns gesehen haben.
Immer wieder die Hoffnung, das Wissen, dass Du zurückkommen wirst.
Treffen mit anderen Männern,
doch in Gedanken, mit dem Herzen immer bei Dir.
Ich möchte so gerne glauben, dass es diesmal anders ist.
Dass Du Dich trennst, dass Du mich sehen willst.

Doch alles beim alten.

Wieder verbringe ich meine Nächte allein, wartend,

hoffend, dass Du Dich meldest.

Und wenn Du es tust, nur Minuten, in denen nicht gesagt werden kann,

was mal so dringend nötig wäre.

Immer im Zeitdruck und ich immer taktierend,

nichts Falsches zu tun oder zu sagen.

Ich bin es so leid!

Ich habe so viel mehr verdient als das! Wir haben so viel mehr verdient!

Wir haben uns verdient.

Das auslebend, was wir fühlen!

Ich wünsche mir nichts mehr,

als mich endlich in das Gefühl fallen lassen zu können,

dass Du mich wirklich liebst.

Dass es Dir ernst ist, dass Du gewillt bist, alles dafür tust,

um mich nicht mehr zu verletzen.

Doch bislang bleibt alles beim Alten.

Ach, Fremder!

Nichts will ich mehr, als endlich unsere Liebe leben!

Geplatztes Chaos

Nachdem Adrian mich nach unserem Essen und geplatzten Terminen wieder mal im völligen Gefühlschaos zurück gelassen hatte, kommt es endlich - nach fast einem ½ Jahr, in dem wir nicht mehr alleine waren - wieder zu einem Treffen ins Sinsheim:

Endlich! Nach so langer Zeit wieder zusammen.

So vertraut und doch auch fremd.

Alles Bekannte irgendwie so neu.

Ich fühle Deine Hände auf meinem Körper,

anders, sanfter, zärtlicher.

Dein Atem auf meiner Haut jagt mir Schauer über den Rücken.

Küsse, die bis in die letzte Pore meines Körpers zu spüren sind.

Dein Spiel mit mir, fordernd und doch so unendlich liebevoll.

Immer wieder Deine tiefen Blicke,
die mir das sagen, was Du nicht aussprichst.
Was Du gar nicht sagen musst.
Du lässt mich in jeder Sekunde spüren,
was Du für mich empfindest - gerade, jetzt, hier.
Du fragst, wie es mir geht. Muss ich Dir das wirklich sagen?
Du spürst doch ganz genau, dass ich jetzt hier bei Dir genau richtig bin.
Angenommen, behütet, geliebt - von Dir.
Ich lasse mich fallen in das berauschende Gefühl der Vertrautheit -
mit dem Wissen, dass Du auf mich aufpasst.
Das bekannte Gefühl der Peitsche auf der Haut,
so anders, wenn Du sie führst, so vertraut.
Ja, ich bin bereit für etwas Neues,
Dir vertraue ich meinen Körper an.
Ja, bitte zeig mir, wie sich der Rohrstock anfühlt.
Schlag mich bitte, jetzt!
Vollkommene Hingabe an Dich, an den Schmerz.
Ich kann ihn fühlen, genießen, mich für ihn öffnen,
durch mein bedingungsloses Vertrauen in Dich.
Immer wieder Deine Frage, ob es mir gut geht.
Gut? Ich fliege - endlich - wieder!
Die Landung in Deinen Armen, Du lässt mich beben, fängst mich auf.
Deine Brusthaare kitzeln mich,
während Du mich fest an Dich gepresst einfach nur hältst.
Erst jetzt wird mir wirklich bewusst,
wie sehr ich das Spiel mit Dir vermisst habe,
wie schmerzlich ich Dich vermisst habe.
Wieder angekommen, bei Dir, im Schmerz, in unserer Lust.
Halt mich, lass mich nicht mehr los!
Schön, dass Du wieder da bist.
Endlich!

Beim Auschecken bedankt sich Adrian bei der Rezeptionistin, dass dieses Mal alles so problemlos funktioniert hat.
Hat es doch immer?

„Also, Herr Jakob, ich verstehe auch gar nicht, was da los war. Das ist sonst gar nicht unsere Art. Und bei Ihnen Frau Jakob, entschuldigen wir uns nochmals dafür, dass Sie Unannehmlichkeiten mit dem Check in hatten bei Ihrem letzten Besuch. Wir versichern Ihnen, dass dies nicht mehr vorkommen wird."
Verständnislos blicke ich Adrian an.
„Ich habe ganz schön Druck hier gemacht, weil Sie Dir das letzte Mal das Zimmer nicht ohne Kreditkarte geben wollten.", tut sich Adrian heldenhaft hervor.
Ich kichere laut los. Sowohl Adrian als auch die Rezeptionistin schauen mich verwirrt an.
„Das ist das falsche Hotel, Du Spinner.", belustige ich mich, „Hier ist immer alles in bester Ordnung. Das war in Frankfurt!"
Der Anschiss hat leider die Falschen getroffen.

Schweigegeld

Irgendwie hatte ich die stumme Hoffnung, dass Adrian sich doch noch ein besseres Besinnen wird und den Mallorca Urlaub mit Andrea cancelt.
Eben haben wir kurz telefoniert und er hat meine gereizte Stimmung bemerkt. Natürlich habe ich ihm gesagt, dass ich nicht verstehe, wie er überhaupt noch einen Urlaub mit ihr in Betracht ziehen kann, mich der Gedanke daran, ihn eine Woche mit ihr auf Mallorca zu wissen verletzt.
Seine Reaktion natürlich Unverständnis. Nichts läge ihm ferner als Eifersucht und das wäre jetzt auch das letzte, was er gebrauchen könnte. Und es wäre doch gar kein Problem, wenn ich auch in Urlaub möchte, soll ich mir einen buchen, er bezahlt das. Manchmal frage ich mich, wo dieser hochintelligente Mann seine soziale Kompetenz gelassen hat? Er hat mal wieder gar nichts verstanden.

Als ich Lilly davon berichte, meint sie nur lapidar:
„Sei nicht so blöd und nimm diesen Urlaub mit. Nach allem was war, hast du Dir den redlich verdient. Und etwas Ablenkung während der Herr auf Mallorca weilt, kann auch nicht schaden."
Nein, ich will nicht ohne Adrian in Urlaub, aber ich bin so wütend auf ihn, die Situation, darauf, dass sich mal wieder nichts geändert

zu haben scheint, dass ich ihm drei Tage später einen Link zu einer Reise schicke. Im Mai fliege ich also allein für 10 Tage nach Ibiza. Adrian hat gezahlt. Und das erste Mal komme ich mir käuflich vor. Adrian hat sich mit dieser Reise mein Schweigen erkauft – sein Bezahlen, mein Schweigegeld!

Katerstimmung

Die meisten Informationen über Adrians Leben verfolge ich über Facebook, wo er zwar mit Doro, aber nicht mit mir befreundet ist. Ab und an chattet er wohl auch mit Doro, was bei mir einen fahlen Beigeschmack hinterlässt.

Es ist Freitagabend, am Sonntag läuft Adrian einen Halbmarathon in Berlin und ich sitze gemütlich auf dem Sofa. Im Haus, wo ich mittlerweile die älteste Mitbewohnerin bin, findet eine große Party statt. Die Mädels-WG aus dem obersten Stock hat mich dazu eingeladen, aber irgendwie graut mir davor, mit den ganzen Anfang 20jährigen, von denen ich die meisten nicht mal kenne, zu feiern. Auch die Jungs, die über mir wohnen, haben mich heute schon zwei Mal gefragt, ob ich nicht hoch kommen will, um mitzufeiern, aber obwohl die Musik schon laut durchs Haus strömt und die Bässe dröhnen, kann ich mich nicht aufraffen.
Lieber hänge ich noch ein wenig meinen Gedanken um Adrian nach. Gegen 23 Uhr scheint die Party auf Hochtouren, als es an meiner Wohnungstür klingelt. Alex und Boris, die Jungs aus der WG über mir, stehen vor der Tür:
„Los, Jule, auf jetzt! Die Party läuft, die Stimmung ist super und Du wirst eh nicht schlafen können. Komm endlich!"
Meine Laune auf Party ist noch nicht wirklich gestiegen, aber mit einem haben sie Recht: die Musik ist so laut, dass man sein eigenes Wort bzw. in meinen Fall den Fernseher nicht mehr versteht. Nachdem die Jungs immer weiter drängen, lasse ich mich schließlich dazu überreden kurz auf der Fete vorbei zu schauen.
15 Minuten später habe ich mir in eine knallenge Jeans (erwähnte ich schon mein neues Selbstvertrauen?) und ein schickes Oberteil angezogen, etwas Make up aufgelegt und sitze im Dachgeschoss vor einem Captain Morgans.

Die Stimmung ist ausgelassen, die Musik gut und die ersten fangen an zu tanzen. Alex und Boris sorgen dafür, dass ich mit allem versorgt bin und ich beobachte das bunte Treiben. Die dritte Rum-Cola beginnt mir langsam in den Kopf zu steigen, ich bin es einfach nicht gewohnt zu trinken. Als Boris mich schließlich auf die freigeschaufelte Tanzfläche im Wohnzimmer zieht, hält es auch mich nicht mehr, ich beginne mich im Rhythmus der Musik zu bewegen, meine Füße finden automatisch den Takt. Mit geschlossenen Augen lasse mich von den stampfenden Klängen mitnehmen. Was ein Spaß! Einen weiteren Captain Morgans später merke ich, dass die Welt leichter wird und ich ziemlich beschwipst bin. Gut, dass ich weiß, wann es Zeit ist aufzuhören! Etwas frische Luft kann nicht schaden und so begebe ich mich zu den Rauchern auf den Balkon. Dort wird gerade das Schlafplatzproblem diskutiert, denn offenbar haben einige der jungen Leute einige Drinks zu viel intus und sollten nicht mehr fahren.

„Mensch Jule.", spricht Alex mich an, „Könnte nicht einer von uns in Deinem Gästezimmer schlafen? Dann wäre das Bettenproblem gelöst." Ohne lange darüber nachzudenken stimme ich zu. Immerhin wohnen die Jungs aus der WG ja schon einige Monate im Haus und den ein oder anderen Abend haben wir schon bei einem Feierabendbierchen miteinander verbracht. Alex kommt öfter mal spontan auf einen Besuch vorbei, um sich die Karten legen zu lassen und mir sein Leid mit den Frauen zu klagen. Boris, sein Cousin, ist etwas stiller, da er erst vor kurzem aus Rumänien zugezogen ist.

Nicht eine Sekunde habe ich Bedenken, mein Gästezimmer für einen der beiden zur Verfügung zu stellen. Der Abend nimmt seinen Lauf und gegen 3 Uhr wird es Zeit für mich zu gehen. Alex flirtet mit einem hübschen, jungen Mädel und macht mir nicht den Eindruck, als ob er sich so schnell losreißen kann. Ganz im Gegensatz zu Boris, der inzwischen deutlich zu viel getrunken hat. Ich indessen, schon wieder fast nüchtern, verkünde, dass es für mich Zeit zum Schlafen wird und es verwundert mich nicht, dass es für Boris ebenfalls Zeit dazu ist.
Schließlich versuche ich den ziemlich betrunken Boris die zwei Stockwerke nach unten zu meiner Wohnung zu bugsieren, was sich als schwieriges Unterfangen herausstellt. Boris, kaum in der Lage alleine zu laufen, stützt sich auf mich und mit jeder Stufe habe ich

Sorge, dass wir beide die Steintreppe nach unten fliegen könnten. Seit meinem Sturz im letzten Jahr, flößt mir die Treppe einen heiden Respekt ein. Doch endlich ist es geschafft, ich habe Boris sicher im Gästebett verstaut und gehe noch eben mit Fräulein raus. Das Frühjahr kündigt sich an. Die Nacht ist sternenklar und die kurze Runde in der kühlen Nachtluft lässt auch das letzte bisschen „beschwipst" verschwinden. Mein Kopf ist völlig klar, als ich die Wohnungstür hinter mir schließe und meine Schuhe von den Füßen kicke. Nichts wie ins Bett, ich bin todmüde, als ich Boris aus dem Gästezimmer nach mir rufen höre.

„Oh Mann, dem ist bestimmt totschlecht und er braucht nen Eimer.", denke ich bei mir, als ich die Tür öffne und ans Bett trete. „Jule…", grunzt Boris und streckt seine Hand nach mir aus. Ich setze mich auf die Bettkante und lass ihn meine Hand nehmen. „Alles ok, Boris? Ist Dir schlecht? Brauchst Du was? Ein Wasser, einen Eimer?", besorgt beuge ich mich über den jungen Mann. *„Hat er gerade irgendwas wie „Will dich…" gebrummelt?",* frage ich mich noch, als ich auf einmal merke, wie sich sein Druck auf meine Hand verstärkt und er mich mit erstaunlicher Kraft auf sich zieht. Bevor ich mir auch nur eine Sekunde lang Gedanken machen kann, was da gerade passiert, hat mich Boris aufs Bett gezerrt und liegt auf mir. Ich bin völlig verwundert darüber wie schnell alles passiert und vor allem, dass es überhaupt passiert.

„Eben war der doch noch völlig betrunken und bewegungslos.", schießt es mir durch den Kopf. Boris brummt immer wieder „Will Dich" vor sich hin und um ehrlich zu sein, bin ich so beschäftigt damit, zu begreifen was da gerade passiert, dass ich völlig bewegungslos unter ihm liege.

Boris sitzt breitbeinig auf mir und hält meine Handgelenke links und rechts von meinem Kopf wie in Schraubstöcken umklammert. Ich ertappe mich selbst dabei, dass ich komplett unsinniges Zeug wie *„Hätte ihm gar nicht zugetraut, dass er so kräftig ist"* denke. Aber da habe ich mich wohl geirrt, während Boris sein T-Shirt über den Kopf zieht, gibt er den Blick auf stahlhart trainierte Muskeln frei und mir fällt wieder ein, dass er irgendeinen Kampfsport betreibt.

„Scheiße", fährt es mir durch den Kopf, denn ich beginne langsam die Situation zu begreifen. Weiterhin hält Boris meine Arme mit einer Hand fest umklammert, während er mit der freien versucht, den Knopf meiner Jeans zu öffnen.

„Und im Schlafzimmer liegen Kondome...", denke ich und mit einem Schlag wird mir bewusst, dass selbst der Umstand im Schlafzimmer mit ihm zu sein, ihn nicht dazu bewegen würde, eines zu benutzen. Genau diese Tatsache lässt mich aus meiner Schockstarre erwachen. Verdammt, ich habe mich mit Adrian doch nicht testen lassen, damit dieser Arsch es mir jetzt versaut! „NEIN!", schreie ich laut auf, was Boris jedoch nur mit einem „DOCH!" quittiert.

Ich beginne mich unter ihm zu wehren, versuche mich aus seiner Umklammerung zu winden, während Boris nicht nachgibt und weiterhin versucht meine Jeans zu öffnen. Wiederholt schreie ich „Nein, nein, nein!", aber Boris grinst mich nur hämisch an und antwortet mit einem: „Oh doch!".

Ich werde panisch, das kann doch nicht sein, das kann mir doch nicht passieren. Boris schiebt mein T-Shirt nach oben und ich wehre mich immer verzweifelter, chancenlos gegen sein Gewicht auf mir. Wo kommt nur seine immense Kraft her?

Seine Hand wandert zu meinen Brüsten und als er sich über mich beugt, bemerke ich seinen steifen Schwanz, den er aus seiner Hose geholt hat und der sich dabei auf meinen Bauch drückt.

Boris versucht mich zu küssen, was ihn einen festen Biss in die Unterlippe von mir einbringt, den er mit einer schallenden Ohrfeige kommentiert. Immer mehr macht sich die Panik in mir breit. Zum Glück ist meine Jeans so eng, dass es Boris zwar inzwischen gelungen ist Knopf und Reißverschluss zu öffnen, aber nicht, sie mir über die Hüfte zu ziehen.

Immer verzweifelter werden meine Versuche ihm etwas entgegen zu setzen und ich höre mich selbst immer wieder „NEIN!" schreien. Dennoch scheine ich Boris und seiner Stärke ausgeliefert. Mein Gesicht ist von Tränen überströmt, ich sehe keine Möglichkeit ihm zu entkommen und nur sein Alkoholpegel und die Enge meiner Hose halten ihn im Moment noch von Schlimmeren ab. Seine Hand wandert in meinen Slip als ich gellend laut aufschreie „NEEEEEIN!". Aus dem Augenwinkel nehme ich eine Bewegung war. Langsam, schleichend, wie ein Raubtier auf Beutezug kommt Fräulein in den Raum. Die Nackenhaare steil aufgerichtet, stiehlt sie sich von hinten an. Ich sehe das Weiß ihrer Zähne aufblitzen, als sie diese gefährlich fletscht und ein bedrohlich tiefes Knurren ihrer Kehle entrinnt. So habe ich meinen Hund noch nie erlebt. Sie bleibt vor dem Bett stehen und gibt ein drohendes Grollen von sich, was Boris aber nur kurz von mir ablenkt.

„Fräulein!", rufe ich aus, was ihr wohl zeigt, dass ich mich wirklich in Gefahr befinde. Als ob sie nur auf dieses kleine Zeichen von mir gewartet hat, beginnt sie unheilvoll zu bellen und schnappt nach Boris' Bein. Anscheinend hat sie ihn erwischt, denn er brüllt „Scheiß Töle!" und tritt nach ihr.

Dieser Arsch hat nach meinem Hund getreten, was einen Ruck durch mich fahren lässt und der kurze Augenblick von Fräuleins Ablenkung genügt mir, um mich aufzubäumen und ihn von mir stoßen zu können. Boris kracht mit dem Kopf an die Wand, ich schieße aus dem Bett, renne gefolgt von Fräulein aus dem Zimmer und knalle die Tür hinter uns zu.

Fluchtartig hetze ich die zwei Stockwerke zur Party nach oben, entdecke Alex und zerre ihn aus der Wohnung in den Flur. Immerhin bin ich so klar bei Verstand, nicht mitten im Partygeschehen eine Szene zu machen. Als wir alleine im Gang stehen, schreie ich Alex an:

„Schaff dieses beschissene Arschloch aus meiner Wohnung!"

Alex schaut mich verwundert an:

„Was ist denn los?"

„Dein Cousin hat versucht mich zu vergewaltigen!"

Ich werde langsam hysterisch und der Schock fängt an sich auszubreiten.

„Schaff ihn raus, der muss raus."

Hastig schleife ich Alex am T-Shirt hinter mir die Treppe nach unten.

„Was?", fragt Alex völlig perplex, aber ich stoße ihn schon in die Wohnung zum Gästezimmer, wo Boris auf dem Bett sitzt.

„RAUS!", schreie ich. „SOFORT! Raus aus meiner Wohnung."

Alex packt seinen Cousin am Arm, der mir ein „Wir sehen uns, Süße! Ich bin noch nicht fertig mit Dir!" hinterlässt.

„RAUS!", bin ich nur fähig immer wieder zu rufen.

Als die beiden endlich durch die Tür sind, knalle ich diese entschlossen hinter ihnen zu. In dem Moment, als die Tür ins Schloss fällt, kommt alles in mir hoch. Die Panik, die Wut, die Angst... ich sinke an die geschlossene Tür und rutsche langsam zu Boden, gepackt von Schluchzern und Wellen der Emotionen, die mich überfluten. Mein sonst gar nicht so verschmustes Fräulein klettert in meine zum Schneidersitz verschränkten Beine und kuschelt sich an mich, ihren Kopf auf meinem Oberschenkel.

„Guter Hund, guter Hund", schluchze ich und kraule ihren Kopf.

Da sitzen wir also… Zwei Kriegerinnen, die gekämpft und eine Schlacht gewonnen haben.

Ich muss wohl eine Stunde so in Eintracht mit meinem Hund gesessen haben, doch die Panik und die Angst lässt nicht nach. Mir ist eiskalt. Wie gerne würde ich jetzt Adrian anrufen, doch bestimmt liegt er neben Andrea, das Handy lautlos und selbst wenn er es hören sollte, nicht in der Lage mit mir zu sprechen. Aber ich brauche jemanden.

Tom kommt mir in den Sinn, doch mir ist bewusst, dass mein dominanter Freund sich sofort ins Auto setzen und Boris die Seele aus dem Leib prügeln würde. Keine Option. Ich wähle die Nummer des Kleinen, der innerhalb von Sekunden am Telefon ist.

„Jule? Was ist los", fragt er verwirrt über meinen Anruf in später Nacht. Lange hört er nur mein Schluchzen, der verzweifelte Versuch ihm zu erklären was passiert ist.

„Sch… alles gut… es wird alles gut…", beruhigt er mich ohne zu wissen, was vorgefallen ist. Schließlich kann ich ihm endlich mit stockender Stimme erzählen, was passierte.

„Du musst ihn anzeigen", hält er mir entgegen, was ich vehement von der Hand weise.

„Was soll ich denn sagen? Es steht Aussage gegen Aussage. Ich habe keinerlei Beweise."

„Du kannst das doch nicht so durchgehen lassen.", versucht er auf mich einzureden. Doch das erste Mal verstehe ich Vergewaltigungsopfer. Die Starre, in der man sich befindet, nicht in der Lage sich zu wehren, die Fassungslosigkeit über das was da gerade geschieht, die Scham, die Frage, ob man das nicht vielleicht durch irgendetwas selbst provoziert haben könnte, die Angst vor den Folgen einer Anzeige, den Befragungen, Untersuchungen und schließlich hat er mich nicht vergewaltigt. Zum Glück bin ich ja rechtzeitig aus dem Schock erwacht.

„Nein!", bekräftige ich, „Ich kann nicht zur Polizei gehen. Ich kann nichts beweisen."

Mir ist bewusst, es ist ein Fehler, es nicht zu tun, aber letztlich würde wirklich Aussage gegen Aussage stehen. Im schlimmsten Fall würden Zeugen befragt werden, ich habe getrunken, getanzt, geflirtet, das können viele bezeugen. Ich habe ihn bewusst zu mir eingeladen, wenn auch nur ins Gästezimmer, aber wer weiß das schon? Man hat gesehen, wie ich Arm in Arm mit ihm die Party verlassen habe, wenn auch nur, um ihn zu stützen. Aber würde das nicht alles gegen mich sprechen? Meine Glaubwürdigkeit in

Zweifel stellen? Der ganze Rattenschwanz, den das nach sich ziehen würde. Nein, ich weiß, es ist falsch nichts zu tun, aber den Konsequenzen, die der Schritt einer Anzeige nach sich ziehen würde, denen möchte ich mich nicht stellen. Der Kleine bleibt mit mir am Telefon, beruhigt mich, spricht mit mir über Stunden. Längst ist die Morgendämmerung einem warmen Frühlingstag gewichen, als wir auflegen. Ich versuche mich hinzulegen, werde bereits nach einer Stunde von Alpträumen geplagt aus dem Schlaf gerissen. Sofort kehren die Angst und der Schrecken der letzten Stunden zurück. Mit völlig verquollenen Augen und geschwollenem Gesicht sitze ich auf dem Sofa und starre mein Handy an. Soll ich Adrian schreiben? Was wird er sagen? Obwohl ich weiß, dass mich keinerlei Schuld an der Situation trifft, bin ich voller Zweifel und Scham. Wie konnte mir das nur passieren? Wie oft habe ich mich in der Zeit ohne Adrian mit „Perversen" getroffen? Männern, die offen zu ihrer andersartigen Sexualität stehen. Habe gedatet, Verabredungen gehabt. Nie ist mir etwas passiert. Ausgerechnet mein Nachbar lässt mich diesen Horror durchleben.

Fremder, ich brauche Dich!
Bitte, rufe mich an, sobald Du kannst. Es ist wichtig. J.

½ Stunde später ruft Adrian mich an und lässt sich bestürzt von meiner vergangenen Nacht erzählen.
„Ich bin schon in Berlin, Kleines. In zwei Stunden fährt ein Zug. Während Du erzählt hast, habe ich das gecheckt. Du setzt Dich sofort in den Zug und kommst zu mir. Ich will Dich jetzt bei mir haben."
„Ach Adrian, ich weiß nicht, ich... ich..."

Er sagt nur einen Satz:

„Hör auf Dein Herz und komm zu mir."

Berlin, Berlin, ich fahre nach Berlin

Ein paar Stunden sind seit meinem Telefonat mit Adrian vergangen. Danach habe ich wie mechanisch eine Tasche gepackt, geduscht, versucht mir die Spuren der letzten Nacht aus dem Gesicht zu wischen, mich angezogen und mich zum Bahnhof bringen lassen. Fräulein, mein tapferes Mädchen, weiß ich gut versorgt, als ich in den Zug nach Berlin steige. Mein Buch liegt ungelesen auf meinem Schoß, denn ich kann mich nicht konzentrieren. Zu viele Bilder der letzten Nacht verfolgen mich als die Landschaft unbemerkt an mir vorbei zieht und so lasse ich mich nur von der Musik aus meinem MP3-Player betäuben. Mein sonst mit Nachrichten eher zurückhaltender Adrian, bombardiert mich in regelmäßigen Abständen mit SMS und der Frage danach, wie es mir geht. Wiederholt versichert er sich, ob es mir den Umständen entsprechend gut geht, lässt mich wissen, dass er mich am Bahnhof erwartet und dass er es nicht abwarten kann, mich in die Arme zu schließen.

Gegen 21 Uhr komme ich, meinem Herzen gefolgt, in Berlin an und werde am Bahnsteig einfach nur von Adrian in seine Arme gezogen.

"Komm! Hör darauf, was Dein Herz Dir sagt"
Ein Satz, genau dann als ich mich so allein gefühlt habe.
Alle Zweifel, ob ich fahren soll,
weggewischt mit dem Rat auf mein Herz zu hören.
Dabei hast Du genau gewusst,
dass alles an mir zu Dir gewollt hat in diesem Moment.
Meinem Herzen gefolgt,
spontan in den Zug nach Berlin gesetzt, um bei Dir zu sein.
Eine Zugfahrt voller Emotionen.
Immer noch geschockt von der letzten Nacht.
Voller Freude darauf, Dich zu sehen.
Angespannt, weil ich nicht wusste,
wie es sein wird bei Dir zu sein.
Voller Vertrauen,
weil ich bei niemanden so gern sein wollte wie bei Dir.
Voller Angst, dass ich mich Dir nicht hingeben kann.
Immer wieder besorgte SMS von Dir,
ob es mir gut geht und dass Du Dich so auf mich freust.
Und dann sah ich Dich am Bahnsteig stehen und wusste sofort,
alles wird gut - bei Dir, mit Dir.

Du hast keine Ahnung,
wie gut es mir getan hat von Dir in den Arm genommen zu werden,
Deine Nähe zu spüren.
Alle Anspannung mit einem Blick in Deine Augen verflogen,
jetzt kann ich mich bei Dir fallen lassen.
Du fängst mich auf, hältst mich, jetzt, wo ich Dich so sehr brauche.
Du hast mich zu Dir geholt.
Hast sämtliche Zeitpläne und Vernunft außer Acht gelassen,
um für mich da zu sein.
Mir damit wieder gezeigt, warum Du der Mann bist,
den ich nicht vergessen kann.
Warum Du der Mann bist, den ich so sehr liebe.
"Hör auf Dein Herz"
Du weißt, dass mein Herz nur einen Platz hat, wo es hingehört,
wo es zu Hause ist - bei Dir.
Ich habe auf mein Herz gehört, bin ihm gefolgt.
Und Du hast mich mit offenen Armen empfangen.

Diese drei Worte

Adrian nimmt meine Tasche und fragt, ob ich ein Taxi nehmen oder lieber einen nächtlichen Spaziergang mit ihm durch Berlin machen möchte. Trotz meiner hohen Schuhe entscheide ich mich für den Spaziergang.

Der Frühlingsabend ist lau, nur ein kleines Lüftchen lässt mich ab und an frösteln. Adrian hält mich fest an der Hand.

„Wir können von hier zum Reichstag laufen, am Brandenburger Tor vorbei. Das Hotel ist direkt neben dem Friedrichstadtpalast an der Spree, das sind ca. 3 km. Wenn Du magst, kannst Du mir auf dem Weg erzählen, was passiert ist.", bietet er mir an.

Doch ich mag gerade nicht reden, das Grauen nicht noch einmal aufleben lassen.

„Ich mag gerade einfach nur bei Dir sein. Nichts erzählen müssen.", lasse ich ihn wissen und er akzeptiert das verständnisvoll, legt seinen Arm um mich und so laufen wir in stummen Verständnis Richtung Reichstag los.

Adrian gibt für mich, die ich noch nie in Berlin war, den perfekten Fremdenführer. Am Bundeskanzleramt vorbei, bleiben wir schließlich auf der Wiese vor dem Reichstag stehen und betrachten die beleuchtete Kuppel des eindrucksvollen Gebäudes.

Dein Kopf auf meiner Schulter,
unser Blick auf den hell erleuchteten Reichstag.
Über der Glaskuppel, ein sternenklarer Himmel.
Unsere Füße auf der weichen Wiese.
Wind, der mich in der lauen Frühlingsnacht leicht frösteln lässt.
Deine Arme, die mich zärtlich von hinten umarmen
und unsere Hände, die sich vor meinem Bauch miteinander vereinigen.
Dein Körper, der meinen Rücken wärmt.
Zarte Küsse auf meinen Hals, meinen Nacken,
die mir Schauer über den Rücken jagen.
Wie beeindruckend diese Kulisse –
an diesem Abend, hier mit Dir in Berlin.
Deine Nähe so ersehnt, so dringend gebraucht heute.
Du hältst mich, ich spüre Dich
und wie der Wind verwehst Du
langsam die bösen Schatten der letzten Nacht.
Und dann sagst Du nur drei Worte.
Drei Worte,
die meine Welt für eine Sekunde zum Stehen bringen.
So zärtlich, liebevoll in mein Ohr geflüstert,
dass ich einen Moment glaube, mich verhört zu haben.
So lange erhofft und jetzt doch so überraschend für mich.
Sprachlos bin ich zu nichts in der Lage,
außer sie auf mich wirken zu lassen.
Diese drei Worte breiten sich in meinem Körper aus,
durchziehen ihn in warmen Wellen.
Sie schwappen durch meinen Bauch über in mein Herz
und füllen es mit einer unbändigen Freude.
Ich möchte einfach nur hier stehen bleiben,
diesen unglaublichen Moment genießen
und wissen, dass es einer dieser Momente ist,

die man nie im Leben vergisst.
Diese drei Worte genießen, die so bedeutsam sind,
weil DU sie gesagt hast.
Nirgends auf der Welt wäre ich gerade lieber
als hier mit Dir in Berlin vor dem Reichstag.
Dir so nahe wie noch nie zuvor.
So tief berührt und gerührt.
Du hast "Ich liebe Dich" gesagt.

Umzugspläne

Sprachlos stehe ich da und der laue Wind weht mir durch die Haare. Ich kann es immer noch nicht fassen, was er da gerade zu mir gesagt hat. Ich muss das nochmal hören und reichlich unromantisch frage ich also nach:
„Was hast Du da gerade gesagt?"
Adrian lacht auf und küsst meinen Nacken:
„Du hast mich schon verstanden, Kleines!"
An der Hand zieht er mich weiter durch die Nacht, ausgelassen, fast fröhlich, als ob auch von ihm eine Last genommen wurde.
Am Checkpoint Charlie vorbei, durch das Brandenburger Tor, wo wir für einen zärtlichen Kuss innehalten.
Vor dem Adlon setzen wir uns auf eine Bank. Adrian möchte mich auf einen Cocktail in die Bar des Luxushotels einladen, doch ich winke ab. Ich mag hier sitzen, in der warmen Nacht und dem spätabendlichen Treiben auf der Straße der Freiheit erlauben, ein wenig Leichtigkeit zu mir zurück zu bringen.
Adrian sitzt neben mir, meine Beine auf seinen Knien und streichelt meine Waden durch das Leder meiner Stiefel. Ich komme nicht umhin, in anzustarren.
„Was ist?", fragt er mich amüsiert.
„Ähm… also… Du hast…", ich stocke, hole Luft, bevor ich es aussprechen kann, „Hast Du da vorhin wirklich „Ich liebe Dich" gesagt?"
„Warum ist das für Dich so überraschend?", entgegnet er, „Du weißt es doch schon lange. Du hast es gespürt. Ich habe es nur endlich ausgesprochen."
Wieder versinken wir in einem innigen Kuss, bevor wir uns auf zum Gendarmenmarkt machen, wo wir ein spätes Abendessen

genießen wollen. Dort angekommen brennen meine Füße wie Feuer. Vielleicht war es doch nicht die beste Idee, die ganze Strecke auf hohen Schuhen zu laufen, aber wen kümmern schon die Schmerzen, wenn ich hier mit Adrian sitzen kann? Es ist kühler geworden, wir sitzen trotzdem draußen, warm eingepackt in flauschige Decken, die die kleine Weinbar ihren Gästen anbietet. Wir haben eine Kleinigkeit gegessen, uns immer wieder angeschaut, angefasst und geküsst. Adrian kümmert sich so liebevoll um mich, dass mir immer wieder die Tränen kommen und ich mein Gesicht abwende, damit er es nicht bemerkt. Schließlich dreht er mein Kinn in seiner Hand so zu sich, dass ich gezwungen bin, ihm in die Augen zu sehen. Er hält zärtlich mein Gesicht mit beiden Händen umfasst, schaut mir tief in die Augen und sagt:

„Es wird Zeit, dass Du zu mir nach Baden-Baden kommst. Ich will Dich in meiner Nähe haben, auf Dich aufpassen. Bitte, komm zu mir."

Ich kann ihn nur ansehen. Nichts würde ich lieber tun, als sofort meine Umzugkartons packen, aber es gibt ein Problem.

„Ich komme nicht als Deine Geliebte!", erwidere ich seinen Blick, mache meinen Standpunkt damit klar.

„Ich weiß!", antwortet er und wir sitzen noch lange da und genießen die turbulente Nacht Berlins. Zu spät machen wir uns auf den Weg zurück zum Hotel, Adrian will morgen seinen Halbmarathon laufen, aber meine Füße verweigern ihren Dienst.

„Keinen Meter laufe ich mehr!", motze ich also liebevoll in die Nacht.

„Es ist nur ein Kilometer zum Hotel"

„Keinen Meter!", bekräftige ich, „Ich will ein Taxi!"

Entschlossen verschränke ich die Arme vor der Brust.

„Es ist nur ein Kilometer, da kriegen wir kein Taxi."

Adrian ist belustigt, als ich zu den wartenden Taxen am Stand stapfe und den ersten Fahrer anspreche:

„Entschuldigen Sie, ich weiß, zum Riverside Hotel ist es nicht weit, aber schauen sie…", ich deute auf meine hohen Stiefel, „mein Freund ist völlig verrückt nach hohen Schuhen und diesem Umstand habe ich es zu verdanken, dass er mich vom Bahnhof quer durch halb Berlin hierher geschleppt hat und ich KANN JETZT NICHT MEHR LAUFEN! Fahren sie uns?"

„Gute Frau!", lacht der Fahrer laut auf, „Ihr Freund ist ein Sadist! Nichts würde mir mehr Freude bereiten, als sie zum Hotel zu bringen.", sagt's und öffnet mir galant die Tür. Breit grinse ich Adrian an: „Er hat gesagt, Du bist ein Sadist! Er hat keine Ahnung, wie recht er hat."

Nachdem Adrian den Fahrer mit einem ordentlichen Trinkgeld vor dem Hotel verabschiedet hat, bringt er mich aufs Zimmer. Abgeschminkt, müde liege ich auf Adrians nackter Brust.

„Erzähl es mir, Kleines. Erzähl, was da letzte Nacht passiert ist.", fordert er mich auf, „Ich weiß, es tut weh. Aber glaube mir, es muss raus. Du musst diesen Schrecken vertreiben, der Angst die Stirn bieten. Erzähle es mir..."

Plötzlich kommt alles wieder hoch. Alles, was ich in den letzten Stunden mit Adrian vergessen konnte und Tränen, die stumm über mein Gesicht rinnen, begleiten mich, als ich stockend zu erzählen beginne. Adrian ist mit allem was er ist da, hört mir zu, hält, streichelt mich. Als ich geendet habe, wischt er mir die Tränen vom Gesicht und lässt mich hören, was ich so sehr brauche:

„Es ist nicht Deine Schuld. Ein Nein ist ein Nein. Und selbst, wenn Du Dich nackt auf ihn geschmissen hättest, in dem Moment wo Du Nein sagst, muss Schluss sein. Du hast ihn zu nichts aufgefordert. Du hast ganz klar gesagt, dass Du das nicht willst. Hör also auf, die Schuld bei Dir zu suchen!"

Zärtlich streichelt er über die fremden Spuren auf meiner Haut. Stellen, die sich hässlich blau verfärben.

„Der einzige, der Spuren auf Dir hinterlassen sollte, sollte ich sein. Und das sollten Spuren Deiner Lust sein. Nicht solche..."

Liebevoll küsst er die abstoßenden Flecken, die von letzter Nacht zeugen.

„Adrian...", flüstere ich, „Bitte liebe mich. Du weißt, dass ich Dich so oft aufgefordert habe, mich zu ficken, aber heute Nacht, heute Nacht liebe mich bitte. Mit allem, was Du für mich empfindest. Zeig mir wie schön es ist... liebe mich!"

Bitte halt mich!
Halt mich ganz fest, nehme mich in Deine Arme –
ich brauche Dich jetzt.
Ich will nicht mehr denken, nur fühlen, Du bist für mich da.
Umschließe mich mit allem was Du bist und was Du für mich fühlst.
Ich will Deine Nähe riechen, erfahren,
dass ich bei Dir sicher und gut aufgehoben bin.
Lass mich reden, es aus mir heraussprudeln,
wie allein und verloren ich heute Nacht war.
Pass auf mich auf, gib auf mich Acht,
lass mich spüren was ich für Dich bin.
Ich muss meinen Tränen freien Lauf lassen, an Deiner Brust weinen,
das salzige Nass meiner Angst mit Dir teilen.
Halt mich einfach weiter fest, nie habe ich Dich so gebraucht wie heute.
In Deinen Armen zu Hause, aufgenommen, geliebt, gehalten,
verziehen sich die dunklen Erinnerungen langsam wie Nebel.
Leg Dich bitte zu mir und teile meinen Schmerz,
fang mich auf, sei für mich da, tröste mich.
Ich will Deine Wärme spüren.
Und jetzt lieb mich - bitte!
Lieb mich mit allem, was Du für mich empfindest.
Jede Faser meines Körpers verlangt nach Deinen Berührungen.
Ich muss spüren wie schön es ist von Dir begehrt zu werden.
Schau mir in die Augen - Deine Blicke werden mich wissen lassen,
dass ich jetzt im Moment nirgends richtiger sein kann als bei Dir.
Ich will erleben, wie schön es sein kann, angstfrei, voller Gefühl für uns.
Durch Deine bloße Anwesenheit relativierst Du die Angst,
den Schmerz, die Wut und den Schock,
die mich seit letzter Nacht verfolgen.
Du vertreibst die bösen Geister, die durch meine Gedanken schwirren,
einfach dadurch, dass ich mich an Dich schmiegen kann.
Danke, dass Du stark für mich bist, jetzt wo ich so schwach bin.
Danke, dass Du mich fängst, hältst, liebst, für mich da bist.
Danke, dass ich bei Dir sein darf!
So schön, dass es Dich gibt!

Dunkel erhellte Momente

Adrian hat mich geliebt in dieser Nacht. Zärtlich, einfühlsam, liebevoll wie nie zu vor. Lange finde ich nicht in den Schlaf.

Als ich am nächsten Morgen vor ihm erwache, tue ich das mit einem Lächeln. Ohne die grauenvolle Partynacht wäre ich jetzt nicht hier, hätte nicht gehört, dass Adrian mich liebt, dass er möchte, dass ich nach Baden-Baden komme. Natürlich hätte ich diese dunklen Momente lieber nicht erlebt, aber so waren sie am Ende doch noch für etwas gut. Ob ich ihn wecken sollte?

Ich kann nicht schlafen.
Immer wieder schweift mein Blick zu Dir. Ich betrachte Dich, sehe,
wie Du tief und fest schläfst, ganz ruhig atmest.
Immer wieder streifen meine Fingerspitzen sanft Deinen Rücken.
So sehr darauf bedacht, Dich nicht aufzuwecken.
Aber ich kann einfach nicht damit aufhören
Dir beim Schlafen zu zusehen, Dich zu streicheln.
Du hast mich im Arm gehalten, wir sind eingedöst
und während Du jetzt tief schläfst, liege ich hier
und will Dir einfach nur beim Schlafen zu sehen.
So sehr danach gesehnt, endlich wieder in Deinen Armen einzuschlafen,
bin ich jetzt schlaflos, weil ich keine Sekunde mit Dir versäumen möchte.
Ein Lächeln zieht sich über mein Gesicht, Du hast mir gesagt,
dass Du mich liebst.
Mit diesem Gedanken decke ich mich zu, rolle mich wohlig in ihm ein,
bis ich schließlich doch einschlafe.
Langsam kitzelt mich die Sonne wach und ich wundere mich,
warum ich heute so glücklich bin.
Und plötzlich ist es wieder da: ich bin neben Dir eingeschlafen,
wache gerade neben Dir auf.
Sofort schießt mein Blick zu Dir rüber, Du schläfst noch.
Nein, ich kann Dich nicht wecken, obwohl ich es so sehr möchte.
Plötzlich drehst Du Dich um, lächelst mich an, ziehst mich an Dich.
Während ich in Deinem Arm liege fällt mir auf,

dass ich seit Wochen nicht mehr so tief und fest geschlafen habe wie
heute Nacht neben Dir.
Weißt Du, dass Du mich glücklich machst?

Vom Halbmarathon genascht

Adrians Hand wandert unter die Decke, berührt meine Haut, wandert zu meinem Hintern.

„Lass das, Fremder, Du musst gleich einen Halbmarathon laufen."

„Ach was, Sex beflügelt.", brummt Adrian zwischen meinen Brüsten, die er mit Küssen bedeckt.

„Nix da. Am Ende kriegst Du nen Herzinfarkt, weil Dich das alles überfordert oder Du läuft ne schlechte Zeit und dann bin ich noch schuld.", weise ich seine Annäherungsversuche zurück.

„Oh, ich liebe es, wenn Du Schuld bist, das kann ich Dich so schön büßen lassen.", grinst Adrian mich an und lässt seine Hand zwischen meine Beine gleiten.

„Schluss jetzt! Einer von uns muss gleich rennen, während der andere sich nochmal umdreht.", scheuche ich ihn aus dem Bett. Zwanzig Minuten später schnürt Adrian seine Laufschuhe und zeigt mir auf dem Streckenplan, wo ich beim Start stehen soll, wann er wo zu welcher Zeit sein wird und wo wir uns am Zieleinlauf treffen werden.

Eine Stunde später stehe ich also in der Nähe der Startlinie und kann es nicht erwarten, meinem Helden zu zujubeln. Und tatsächlich, Adrian läuft so an mir vorbei, dass wir abklatschen können. Stolz blicke ich hinterher, wie er Richtung Brandenburger Tor davon läuft und begebe mich zum vereinbarten nächsten Streckenabschnitt. Da ich noch Unmengen an Zeit habe, suche ich mir einen Platz in einem Straßencafé, gönne mir einen Cappuccino und beobachte die ersten Läufer.

Ein Blick auf die Uhr. 12:42 Uhr sollte er laut seiner Rechnung hier vorbei kommen. Mein Kopfmensch, minutengenau getaktet. Um 12:35 Uhr suche ich mir einen Platz direkt am vereinbarten Punkt und warte… und warte…

12:42 Uhr. Jetzt sollte er kommen! 12:45 Uhr. Kein Adrian in Sicht. Ich schmunzle, da hat ihn unser nächtlicher Ausflug wohl doch etwas die Zeit versaut.

12:50 Uhr. Immer noch kein Adrian. Direkt vor meiner Nase hyperventiliert ein Läufer und bricht zusammen. Sofort ist ein Notarzt zur Hilfe. 12:55 Uhr. Langsam beginne ich mir schreckliche Sorgen zu machen. Immer wieder schwenkt mein Blick von den Läufern auf die Uhr. Irgendwas stimmt doch da nicht?! Um kurz nach 13 Uhr ist immer noch kein Adrian in Sicht und ich weiß, er würde sich nie so in der Zeit verschätzen. Es muss etwas passiert sein! Zwanzig nach eins bin ich panisch. „Rebel Yell" reißt mich aus den Gedanken. Adrian!

„Hey Kleines, ich habe bei Kilometer 12 abgebrochen. Irgendwie lief es heute nicht so und dann hatte ich die Wahl das Ding entweder mit einer schlechten Zeit heimzulaufen oder abzubrechen und die verbliebene Zeit zu nutzen, um meine unheimlich attraktive Freundin im Hotel zu vernaschen. Kommst Du?"

„Weißt Du Spinner eigentlich, was ich mir hier für Sorgen gemacht habe!?!", fahre ich ihn genervt an.

„Ja, sorry, Kilometer 12 war ein denkbar schlechter Punkt, um abzubrechen. Ich musste die S-Bahn nehmen, um zurück ins Hotel zu kommen, damit ich Dir Bescheid geben kann. Handy lag ja noch auf dem Zimmer. Ich sitze schon in der Sonne auf der Hotelterrasse. Schwing Deinen heißen Hintern zu mir, Baby."

Erleichtert lege ich auf und mache mich schnellstens auf den Weg zurück zum Hotel. Von der Geschwindigkeit, die ich dabei an den Tag lege, wäre ich den Halbmarathon sicher auch in einer guten Zeit gelaufen.

Am Hotel angekommen, hat Adrian uns schon ein leckeres Mittagessen bestellt, das wir uns mit Blick auf die Spree schmecken lassen.

Letztlich können wir jedoch nicht schnell genug ins Zimmer kommen, wo wir direkt übereinander herfallen. Automatisch übernehme ich heute den aktiven Part und drücke Adrian aufs Bett, weise ihn an, meine Stiefel zu lecken. Dieser Aufforderung kommt er nur zu gerne nach.

Seinen steifen Schwanz bearbeite ich mit den Absätzen, drücke sie gegen seine Eier, trete sanft aber bestimmt zu, was ihm wohlige Seufzer ausstoßen lässt. Immer weiter bearbeite ich seinen Schwanz, seine Eier mit meinen Stiefeln und reize, quäle dabei seine Brustwarzen. Schließlich klemme ich seinen Schwanz zwischen meine Absätze und fahre mit den Sohlen an ihm auf und ab. Härter lasse ich ihn den Druck spüren, malträtiere sein bestes Stück, bis er unter einem lauten Aufschrei auf das weiche Leder meiner Stiefel abspritzt. Ich liebe es, diesen starken Mann so machtlos zu sehen.

Adrian lässt sich neben mich sinken und wir bedecken uns mit Streicheleinheiten. Nach einer nur kurzen Verschnaufpause regt sein Schwanz sich erneut.

„Du bist unersättlich, Herr Jakob", lache ich.

„Nach Dir!", entgegnet er und schiebt sich auf mich. Seine Hand zwischen meinen Beinen, feixt er:

„Da ist aber jemand schon mächtig geil und bereit für mich."

Was soll ich dazu sagen? Wo er Recht hat, hat er Recht. Ohne langes Zögern versenkt Adrian seinen großen, steifen Schwanz in mir und ich nehme ihn willig auf. Adrian ist unermüdlich und heute fickt er mich, hart, unnachgiebig, geil. Ein Orgasmus lässt mich laut aufschreien und unser wildes Treiben wird dadurch weiter angeheizt. Schon des Öfteren habe ich mich gefragt, wie Adrian es schafft, so standhaft zu sein. Oft dauert unser Akt eine ¾ Stunde, meist noch länger. Meine Beine ruhen auf Adrians Schultern, so dass er noch tiefer in mich eindringt. Bei seiner Größe ist das eine Position, in der er mich vollständig ausfüllt. Ein weiterer Orgasmus droht an die Oberfläche zu brechen, mein wievielter (???), als wir von einem lauten Poltern an der Tür unterbrochen werden.

„Hör bloß nicht auf!", faucht Adrian mich an. Doch das Klopfen an der Tür wird immer drängender. Grimmig lässt Adrian von mir ab, stapft zur Tür, die er nackt öffnet. Vor ihm steht der Hoteldirektor, der darauf hinweist, dass wir das Zimmer bereits vor einer Stunde hätten räumen müssen. Unbeeindruckt und immer noch nackt fängt Adrian eine Diskussion darüber an, dass er einen Late Checkout gebucht hat. Der Hoteldirektor erklärt, dass er nichts davon weiß und hat offensichtlich seinen Spaß dabei, diese Diskussion weiter anzuheizen, während er mich in voller Pracht über Adrians Schultern hinweg betrachtet. Leider kann ich keine Decke über mich ziehen, da Adrian mich vor dem Liebesspiel ans Bett gefesselt hat und so liege ich da, nackt, breitbeinig, bewegungslos, nur mit hohen Stiefeln bekleidet. Verschämt schließe ich die Augen, allerdings mit einem breiten Grinsen auf dem Gesicht. „Frau" wird hemmungslos an Herrn Jakobs Seite.

Eine Stunde später stehen wir mit unseren Taschen am Bahnsteig. Adrian fliegt am Abend zurück nach Baden-Baden, hat es sich aber nicht nehmen lassen, mich zum Zug zu bringen. Wir stehen so nah beisammen, dass nichts zwischen uns passt. Adrian streichelt meinen Nacken, küsst immer wieder zärtlich mein Gesicht. Wir können uns kaum lösen, als mein ICE einfährt und versprechen uns, uns schon in der nächsten Woche in unserem Hotel in Sinsheim wiederzusehen. Als ich einsteige, höre ich Adrian mir hinterherrufen: „Überlege Dir das mit Baden-Baden! Ich will Dich bei mir haben und auf Dich aufpassen können."

Noch bevor der Zug den Bahnhof verlassen hat, erhalte ich eine SMS von ihm:

Es ist mir ernst. Komm zu mir! Ich will Dich hier!
Ich liebe Dich, mein Kleines!

Ich sitze zwar im Zug zurück nach Hause, aber es fühlt sich an wie auf Wolke 7 zu schweben.

Ich liege in Deinen Armen und weine. Nein, nicht vor Schmerz.
Es sind Tränen des Glücks, des Loslassens.
Du hast mich zum Fliegen gebracht, bist an meine Grenzen gegangen.
Ich an dem Punkt, an dem ich mich Dir nur noch
vertrauensvoll und bedingungslos hingebe.
An dem ich die Kontrolle über meinen Körper abgebe,
ihn in Deine Hände lege und nichts mehr tun möchte,
außer zu nehmen, zu fühlen, loszulassen, abzuheben.
In dem Wissen, dass Du auf mich aufpasst,
dass mir nichts passieren wird, weil Du da bist,
weil Du es bist, der mit meinem Körper spielt.
Alle Blockaden lösen sich, ich lasse mich fallen.
Alle Schutzdämme brechen.
Ich lasse alles los und damit meinen Tränen freien Lauf.
Ich kann nichts tun, sie kommen einfach, sprudeln über.
Mit allem, was ich jetzt gerade fühle.
Sie sind befreiend,
zeugen von meiner Hingabe und sind doch voller Stolz.

Stolz darüber, dass Du das Unmögliche geschafft hast,
mich dazu zu bringen, die Kontrolle abzugeben.
Jetzt küsst Du zärtlich mein Haar, streichst über die Zeichen,
die Du auf meiner Haut hinterlassen hast.
Mein Make up verschmiert
und doch fühle ich mich schöner als je zuvor.
Mein Körper nie so schön, wie mit Deinen Spuren gezeichnet.
Striemen, die für mich davon zeugen,
wie sehr ich Dich liebe und Dir vertraue.
Eben noch laut, wild, tobend, im Rausch der Sinne,
herrscht jetzt nur noch zufriedene Stille, Wärme, Nähe, Liebe.
Ich darf an Deiner Seite ausruhen, landen, zu mir kommen.
Gehalten von Deinen starken Armen, von Deinem Blick gefangen.
Selten war ich so verletzlich wie jetzt gerade.
Ich liege hier - nackt und geschlagen
und brauche Dich hier unten bei mir, neben mir.
Dich... ganz leise, liebevoll, ganz nah.
Halt mich, fang mich auf
und gib mir dadurch einen Grund wieder aufzustehen.
So nah, so innig, so vertraut.
Dein Atem ganz seicht auf meiner Haut, die noch bebt im Nachhall.
Du löst meine Fesseln und dennoch bleibe ich gefangen.
In Dir, in uns, in diesem Moment.

It's business time

Nur wenige Tage später treffen wir uns in Sinsheim. In einem Telefonat davor meinte Adrian, dass ich mir Gedanken machen soll, wann ich nach Baden-Baden kommen möchte. Als ob das an mir liegen würde?

„Du, ein Wort von Dir und meine Kartons sind gepackt!", sage ich ihm, „Ich weiß allerdings nicht so genau, was Andrea davon hält, wenn ich mit Kartons und Fräulein vor der Tür stehe und „Hallo, ich bin die Neue sage?"

„Naja, das wäre die Hauruck-Taktik.", muss Adrian schmunzeln, „Dann hätte sich das mit dem Trennen schnell geklärt. Würdest Du mir jede Menge Arbeit abnehmen damit und Ärger ersparen."

„Sorry, Fremder! Aber das ist nicht mein Job! Da musst Du schon ganz alleine durch! Aber wenn Du magst, packe ich schon mal die ersten Kartons und Du kannst die schon mal bei Dir im Keller verstauen!"

Adrian lacht auf: „Ja, mach das nur. Das schockt mich jetzt gar nicht! Auf einer Skala von 0 bis 100, wenn 100 der Schock ist, bin ich bei 0"

Also packe ich meine erste „Proforma-Kiste" und nehme sie mit nach Sinsheim. Sein Gesicht ist mir das wert.

Kaum im Hotel aus der Dusche heraus und abgetrocknet, erreicht mich auch schon die gewohnte SMS:

Ich bin in 25 Minuten da.

Ich kann es kaum erwarten!

Frag mich mal! Ich zähle seit Berlin die Minuten...

Wir verlassen das Zimmer nur fürs Abendessen und sind ansonsten damit beschäftigt, unsere gemeinsame Zeit zu genießen. Zusammen schauen wir uns im Bett lustige YouTube Videos an. Adrian zeigt mir „Flight of the Conchords" und wir amüsieren uns über deren Lieder. Laut grölen wir *„Business time"* mit.

Immer wieder berühren wir uns, knutschen wild miteinander und die Stimmung wird immer heißer.

„It's business time, Baby", spielt Adrian auf das eben gehörte Lied an und fesselt mich mit Ledermanschetten an das Bettende. Um meine Beine legt er ebenfalls Lederfesseln und verbindet diese durch ein langes Seil mit dem Fußende des Bettes, so dass ich ihm mit weit gespreizten Armen und Beinen ausgeliefert bin.

Adrian begutachtet meinen nur mit den Handschuhen und einer Ledercorsage bekleideten Körper, der im nun völlig zur Verfügung steht.

„Oh ja, so gefällst Du mir!", grinst er teuflisch, „Mir völlig ergeben." Ich muss lächeln, mir gefällt das nämlich auch ganz gut.

Adrian beginnt meine Brüste zu liebkosen, mich zu streicheln. Wohlig seufze ich, so kann das gerne weitergehen. Immer fordernder werden seine Hände, drücken meine Brustwarzen gerade so zusammen, dass der leichte Schmerz mich angenehm erschaudern lässt. Seine linke Hand, ebenfalls im Lederhandschuh, zieht meine Brustwarzen abwechselnd lang und dreht sie um sich selbst. Ich spüre wie sich die Nässe zwischen meinen Beinen sammelt.

„Du wirst heute für mich Abspritzen, Kleines.", raunt Adrian mir zu und ich weiß zwar, dass mir das unbewusst schon passiert ist, habe aber keine Ahnung, ob und wie ich das kontrollieren kann, „Und Du wirst die in Dir haben." Adrian zeigt mir seine Faust. Ich schlucke. Adrian selbst hat mir schon öfter gesagt wie eng ich bin. „Wie soll die denn da rein passen?", frage ich also skeptisch. Gut, der kleine Mann hat ja nun wirklich nicht sehr große Hände, aber die Vorstellung, dass seine komplette Faust in mir verschwinden soll, beeindruckt mich und verursacht eine kleine Schnappatmung.

„Ganz ruhig, Kleines, vertrau mir…", wispert Adrian und verwöhnt meinen Körper weiter mit liebevollen Neckereien, Streicheleinheiten und kleinen Lustschmerzmomenten. Endlich beginnt Adrian meinen Kitzler zu stimulieren, reibt seine Finger über die empfindliche Stelle. Ich bin so feucht, dass sich meine eigene Feuchtigkeit unter mir sammelt, spüre bereits meinen Orgasmus anrollen und keuche „Ja, ja, jaaaaa…", was Adrian nur dazu veranlasst die Finger von mir zu lassen. Grmpf, so kurz vorm Orgasmus. Ich blicke ihn vorwurfsvoll an.

„Noch nicht!", lacht er nur, „Ich bestimme wann Du kommst!". Gerade als ich mich wieder etwas beruhigt habe und wieder gleichmäßiger atme, beginnt er von vorne. Lässt wiederholt ein oder zwei Finger in mir verschwinden während er meine Klit bespielt. Doch auch jetzt wieder, kurz vor meinem nahenden Orgasmus, bricht er ab. Diesmal trifft mich das noch härter als beim ersten Mal und ich protestiere laut auf.

„Du kommst erst, wenn ich Dir das erlaube!"

Aufmüpfig zerre ich an meinen Fesseln. Ich will JETZT!

Von meiner Widerspenstigkeit völlig unbeeindruckt, eher amüsiert, beginnt Adrian sein grausames Spiel der Orgasmus-Verweigerung von vorne. Sobald ich kurz davor stehe meine Lust laut aus mir herauszuschreien, verwehrt er mir das Kommen und ich schwanke zwischen unbändiger Lust, Geilheit und tiefem Frust darüber, dass er mich nicht über die Klippe springen lässt. Adrian ist dazu übergegangen den großen schwarzen Plug in mich zu stoßen, mich mit ihm regelrecht aufzuspießen und ich genieße den Druck der Weitung in mir. Jedoch genügt Adrian das nicht. Er lässt den Plug in mir ruhen und pumpt ihn soweit auf, dass ich das Gefühl habe bis an den weitesten Punkt gedehnt zu sein. So aufgepumpt bewegt er den Plug vorsichtig in mir und ich spüre, dass ich gleich abspritzen werde.

„Adrian! Ich spritze…", jaule ich auf und gerade noch rechtzeitig zieht er den Plug aus mir, so dass meine Flüssigkeit aus mir schießt.

„Jaaaaaa! Wie geil!", höre ich Adrian ausrufen und sehe seinem Gesicht an, wie sehr ihn der Anblick der aus mir sprengenden Nässe tatsächlich anmacht. Mir wird bewusst, wie ich es kontrollieren kann und deswegen ist Adrian völlig perplex, als ich „Ich mach das nochmal, jetzt!", töne und er sich erneut daran ergötzen darf. Er verwöhnt meine derweil vor Flüssigkeit perlende Spalte weiter mit seinen Fingern, stößt sie in mich und gibt mir an, wie viele Finger im Spiel sind.

Durch den Plug gedehnt, nehme ich locker vier seiner Finger auf und Adrian verwöhnt mich, indem er immer wieder über meine Schamlippen streicht, zustößt.

„Jetzt kommt der Daumen, Kleines."

Er hält seine Faust hoch, um mir zu zeigen was er meint, „Am schwierigsten ist der Daumenballen, wenn wir den drin haben, wird es nur noch geil."

Wiederholt muss ich schlucken, bin aber so aufgegeilt durch die verweigerten Orgasmen und meine Fähigkeit abzuspritzen, dass ich nun auch noch dieses Gefühl erleben möchte.

„Mach schon und lass mich verdammt noch mal endlich kommen.", dränge ich ihn deshalb ungeduldig, was Adrian mit einem breiten Grinsen quittiert. Wieder schiebt er einen Finger nach dem anderen in mich, zählt mit, wie viele sich gerade in mir befinden.

„Jetzt Nummer 5", höre ich ihn sagen und spüre einen Druck an meinem nassen Eingang, der mich zu zerreißen droht. Ich stöhne auf, was Adrian sofort dazu bewegt zu fragen, ob er aufhören soll.

„Nein! Auf keinen Fall!", stoße ich zwischen zusammen gebissenen Zähnen auf. Geschmiert durch meine eigene Nässe, die das Bettlaken derweil zu einem kleinen See verwandelt hat, drückt Adrian seine Faust nochmal an mich und tatsächlich, nach einem kleinen Ruck hat er seine komplette Hand in mir versenkt. Seine Bewegungen ruhen jetzt völlig und er lässt mich das Gefühl des Ausgefülltseins auskosten. Ungewohnt, gedehnt, weit fühlt es sich in mir an.

„Ich bin bis zu meinem Handgelenk in Dir, Kleines. Du hast keine Ahnung, wie geil das aussieht!"

Selbst wenn er mir das nicht gesagt hätte, sein prall gefüllter, steifer Schwanz hätte es verraten.

„Ich werde mich jetzt langsam in dir bewegen."

Was für ein Gefühl. Völlig ausgefüllt von Adrians Hand, die mein Innerstes dehnt und verwöhnt übermannt mich dieser absolut neue Sinnesreiz und ich werde von Wellen der Lust und Ekstase gepackt.

„Komm für mich!", muss Adrian mich nicht zwei Mal auffordern, als ich endlich meiner Lust nachgeben und einen markerschütternden Orgasmus erleben darf.

Adrian zieht seine Hand aus mir, nur um sofort seinen Schwanz den Weg in mich finden zu lassen. Er nimmt mich, während ich mich, noch vom Orgasmus zuckend, um ihn schließe. Adrians Liebesspiel ist wie gewohnt ausdauernd, fordernd und beschert mir weitere Orgasmen, bis er am Ende laut schreiend mit mir kommt. Er sackt auf mir zusammen und ich fühle, die Laken unter mir, vollständig getränkt mit unseren Körperflüssigkeiten.

Adrian löst meine Fesseln, massiert meine steifen Glieder, nimmt mich in den Arm, streichelt meinen Rücken, küsst mein verschwitztes Gesicht und lässt mich immer wieder wissen, wie sehr er mich, meine Wildheit, meine Weiblichkeit und meine Sinnlichkeit liebt. Über diese Worte schlafe ich völlig erschöpft und entkräftet ganz eng an ihm ein.

Klammern erlaubt

Am nächsten Tag muss Adrian wider Erwarten mal nicht nach einem frühen Frühstück abreisen, sondern es bleibt uns genug Zeit, um wieder im Bett zu verschwinden. Aber vorher fordere ich ihn auf, mir zu meinem Auto zu folgen.

„Was ist denn los?", fragt er als wir davor stehen.

„Wir müssen meinen Karton in Dein Auto laden."

„Du hast nicht ernsthaft…", erstaunt starrt Adrian die Kiste in meinem Kofferraum an und ich breche, ob seines Gesichts, in schallendes Gelächter aus. Zurück im Zimmer ist es heute an mir für klare Ansagen zu sorgen. Heute habe nämlich ich Lust mal wieder meine dominante Seite spielen zu lassen.

Adrian ist etwas verwundert, als ich ihn anweise sich auszuziehen und schaut mich ungläubig an.

„Was genau hast Du an „Zieh Dich aus" nicht verstanden?", frage ich ihn provozierend mit hochgezogener Augenbraue, was Adrian veranlasst seine Hosen fallen zu lassen und sein Hemd aufzuknöpfen. „Alles?", hakt er nach. „Zieh Dich aus, beinhaltet natürlich alles!" Ich stehe hinter ihm und lasse meine Hand auf seinen Hintern klatschen, „Socken, Shorts, RAUS! Das einzige, was ich an dir sehen will, sind Deine Handschuhe." Bereits als seine Shorts fallen, reckt sich mir sein steifer Penis entgegen. Immer wieder bin ich beeindruckt von dessen Ausmaßen.

Da steht er also vor mir, der Mann, der mich auf so liebevolle Weise zu führen, zu dominieren weiß und wartet auf weitere Aufforderungen von mir. Mit meinen hohen Stiefeln überrage ich ihn locker um 10 cm, weswegen ich vor ihn trete, sein Kinn mit meinen Lederhänden anhebe und ihn zwinge, mir in die Augen zu sehen: „Heute spiele ich mit Dir, Liebling!", säusle ich mit gefährlichem Unterton und weise ihn an, sich aufs Bett zu legen, so dass es diesmal an mir ist, ihn am Kopfende zu fesseln.

Als er schließlich fest angebunden vor mir liegt, nehme ich mir viel Zeit, um seinen Körper einfach nur zu betrachten. An seinem flachen Bauch, den starken von Sehnen durchzogenen Armen und seiner behaarten Brust werde ich mich wohl nie satt sehen können. Gespannt wartet Adrian, dass ich mit meiner Betrachtung fertig bin. „Gar nicht mal so schlecht, alter Mann!", provoziere ich ihn in Anspielung darauf, dass er mir anfangs immer wieder versucht hat unseren Altersunterschied von 11 Jahren schlecht zu reden und beginne mit meinen Handschuhen zärtlich Muster auf seinen Leib zu zeichnen. Die Berührung des weichen Leders lässt ihn angenehm aufstöhnen und er schließt genussvoll die Augen. „Augen auf!", herrsche ich ihn an, „Schau mich an!" Sofort öffnet er seine Augen und lässt seinen Blick auf mir ruhen. Weiter streichle ich ihn von den Schultern, über die Brust, kneife seine Brustwarzen, was ihn ächzen lässt, liebkose seinen Bauch, lasse meine Finger dem zarten Flaum seiner Haare vom Bauch abwärts folgen, nur um über der empfindlichen Stelle über seinem Schwanz innezuhalten. Ganz langsam streichle ich ihn dort, wo seine Oberschenkel auf seinen Oberkörper treffen und folge meinen Händen mit sanften Küssen, die ab und an von einem sachten Biss begleitet werden. Meine Hände erkunden seine

Innenschenkel, mein Mund hinterlässt die feuchte Spur meiner Zunge auf ihnen.

Immer wieder knabbere ich sanft an besonders reizvollen Stellen, lasse meine Zunge über seine Hoden tänzeln und vermeide jeglichen Kontakt zu seinem steil nach oben ragenden Schwanz. Adrian entgleiten immer wieder kleine Seufzer der Wollust, die mich bestätigen mit meiner Erkundungstour weiter zu machen. Nochmals wandern meine Hände über seinen gesamten Körper und meine Zähne beißen leicht in seine Brustwarzen. Mein Mund nähert sich seinen Lippen, nur um Millimeter über ihnen zu verharren. Adrian reckt sich mir entgegen, um mir einen Kuss abzuverlangen, doch ich verweigere ihm diesen, necke ihn mit meinem Atemhauch auf seinen Lippen.

„Du kleines Miststück", grummelt Adrian vor sich hin, was ihm meine Handschuhe als Ohrfeige auf seiner Wange einbringt. Erstaunt sieht er mich an. Vor Monaten hat er mir erzählt, dass er darauf steht, ich habe mich aber Schlägen ins Gesicht immer verweigert. Jetzt genieße ich sein lustvolles Aufstöhnen, ob meiner kleinen Erinnerung daran, mit wem er es zu tun hat.

„Ich an Deiner Stelle würde heute aufpassen, was ich sage, Fremder. Heute bist Du nicht in der Position mich Miststück nennen zu dürfen, auch wenn ich es passiv liebe. Hast Du das verstanden?", meine strenge Stimme und mein unerbittlicher Blick, lassen ihn zustimmen.

Ich greife nach der Wasserflasche, die am Bett steht und lasse mir genüsslich das kühle Getränk in die Kehle laufen. Adrian leckt sich die Lippen.

„Willst Du auch?"

„Bitte."

Ich setze die Flasche nochmals an und wie zufällig laufen mir dabei einige Wassertropfen über mein Kinn, den Hals hinab und finden ihren Weg zwischen meine Brüste. Ich lehne mich so über ihn, dass sich meine schweren Brüste knapp über seinem Mund befinden.

„Du hast Durst?", frage ich anzüglich, „Dann lecke."

Adrians Zunge schnellt hervor und nimmt die Wassertropfen von meinem Busen auf. Dabei leckt er nicht nur meine heiße Haut, sondern liebkost auch das Leder meiner Corsage mit seiner Zunge. Ich weiß, wie erotisierend die Mischung von heißer Haut und Leder schmeckt und lächle ihn an. Dieses Gemisch, verbunden mit seinem ureigenen Geschmack, möchte ich kosten. Meine Lippen finden seine und wir versinken in einem berauschenden Kuss. Unsere Zungen finden ihr gewohntes Spiel, das wir nie leid werden, das nie langweilig scheint, sondern immer wieder neue Wege findet. Erst zärtlich, dann immer fordernder nehme ich mir, was mir gehört. Als wir uns lösen, trinke ich erneut einen tiefen Schluck des belebenden Wassers und drücke meinen Mund auf Adrians. Als seine Lippen sich mir öffnen, lasse ich das kalte Nass in seine Kehle strömen und ihn von mir trinken. Adrian schluckt gierig, was ich ihm gebe.

„Schließe die Augen!", fordere ich ihn leise auf und als er meinem Wunsch nachkommt, erhebe ich mich, um mir aus meiner Tasche ein kurzes Seil und Klammern zu nehmen.

„Deine Augen bleiben geschlossen bis Du eine andere Anweisung erhältst. Verstanden?"

Adrian nickt und zuckt überrascht zusammen, als ich seinen steifen Schwanz in die Hand nehme. Laut stöhnt er auf, während ich beginne ihn mit massierenden Bewegungen zu verwöhnen. Seine Vorhaut ziehe ich weit zurück, so dass meine Hand an seinem Schaft zu ruhen kommt. Nur ganz leicht lasse ich ihn den Druck meiner Lederhände spüren und genieße den Anblick seines Genusses. Mit der anderen Hand knete ich seine Hoden, so wie er es mag. Seine Hüften heben sich und Adrian drängt mir seinen Schwanz in die Hand. Doch so leicht werde ich es ihm heute nicht machen. Kunstvoll schlinge ich das Seil um seine Eier, lasse es sich an seinem Schaft überkreuzen, führe es über die Unterseite seines pulsierenden Schwanzes und teile damit seine Hoden in der Mitte. Wieder führe ich das Seil zurück zu seinem Schaft, um es dort mehrmals herumzuschlingen und mit einem Knoten zu festigen. Durch den Blutstau des Abbindens wächst Adrians sowieso schon beeindruckender Schwanz nochmals an und seine Eier sind dick angeschwollen. Gepresst vom schwarzen Seil treten die zarten Adern und Venen in hellem Blau auf seiner blassen Haut hervor und bieten mir einen atemberaubenden Anblick.

Sanft streiche ich über die stattlichen Hoden und fahre die beachtliche Größe seines Schwanzes mit meiner Hand nach. Adrian stöhnt laut auf, reckt sich, um mehr dieser Zärtlichkeiten einheimsen zu können.

„Deine Augen bleiben immer noch geschlossen!", herrsche ich ihn an, als ich bemerke, dass seine Lider flattern.

Sofort drückt Adrian sie wieder fest zu. Ich schnappe mir eine der hölzernen Wäscheklammern und kneife sachte in eine seiner Brustwarzen. Adrian keucht und reißt die Augen auf. „Ts, ts, ts... Fremder... was habe ich denn gerade noch zu Dir gesagt?", frage ich und lasse eine schallende Ohrfeige folgen. Oh ja, diese kleine Strafe ist für ihn bei weitem keine. Ich gestatte ihm die Augen offen zu lassen und so kann er verfolgen wie ich jede seiner Brustwarzen mit einer Klammer versehe.

Der Zug der Klammern lässt ihn kurz seinen sinnlichen Mund verziehen, als ich beide umfasse, um sie leicht zu drehen, an ihnen zu ziehen. Adrian Brustwarzen folgen fest ins Holz verschlossen meinen Neckereien und sein Stöhnen ist gespickt von Lust und immer weiter aufsteigender Geilheit. Einige Zeit befasse ich mich damit, ihn so zu bespielen, bevor ich seinen immer noch mit den Klammern versehenen Brustwarzen eine Pause gönne, um auch seinen Schwanz und die Hoden damit zu bestücken.

Die zarte Haut seines Fleisches wird von den Klammern eingeschlossen und Seite an Seite schmücken sie bald seine empfindlichsten Stellen. Aus eigener Erfahrung weiß ich, dass das Setzen der Klammern keinen Schmerz auslöst, sondern nur als leichter Druck zu spüren ist. Die Klammern auf den Brustwarzen verbinde ich mit einem weiteren, kurzen Seil und lasse dies durch meine Finger gleiten. So habe ich die Möglichkeit, gleichzeitig beide Punkte zu stimulieren.

Adrian erzittert, als ich zeitgleich meine andere Hand über die Klammern zwischen seinen Beinen wandern lasse und ihn so an allen Stellen gleichzeitig zum Erbeben bringe. Immer wieder ziehe ich hier an einer Klammer, drücke dort eine andere fest zusammen oder lasse meine Hände sanft auf sie klatschen. Erst spiele ich ganz sanft mit ihm, doch bald werden meine Berührungen, angeheizt und gefördert durch sein Stöhnen und den offensichtlichen Genuss, fordernder. Fester und härter lasse ich ihn meine Hände und die Klammern spüren, bis ich schließlich beginne eine Klammer nach der anderen genussvoll und langsam von ihm zu lösen.

Seit circa 20 Minuten trägt er sie nun und ich weiß, dass der Schmerz erst genau dann einsetzt, wenn in das befreite Fleisch schlagartig das Blut zurück fließt. Die Intensität wird jetzt genau so sein, dass es erträglich ist, aber Adrian Lustschmerz bereiten wird. Und tatsächlich, mit jeder Klammer, die ich entferne, die einen sanft und vorsichtig, die anderen grob und unnachgiebig, steigert sich Adrians Lust. Er stöhnt auf unter der Mischung aus Schmerz,

Lust und Geilheit. Weiterhin ist sein Schwanz fest eingebunden und reckt sich steif in die Höhe. Als auch die letzte Klammer gelöst ist, befehle ich ihm mich anzusehen und so kann er beobachten, wie ich mich ganz gemächlich auf ihn setze, sein Schwanz meine Schamlippen spreizt, seinen Weg in mein nasses Inneres findet.

Mit Bedacht und unendlicher Langsamkeit lasse ich mich auf ihn sinken und ihn in mir versenken. Doch Adrian geht es nicht schnell genug. Mit einer plötzlichen Bewegung schnellt seine Hüfte empor und sein Schwanz stößt hart zu.

Reflexartig hole ich zu einer weiteren Ohrfeige aus, deren Aufprall durch das Leder meiner Handschuhe nur leicht gedämpft wird und Adrians Lust noch anstachelt. Wiederholt drängt er sich in mich. Ich lasse mich mit meinem ganzen Gewicht auf ihn sinken und mache ihn so bewegungslos.

„Wenn Du noch einmal versuchst, das Ruder in die Hand zu nehmen, lasse ich Dich gefesselt und ungefickt hier liegen.", drohe ich ihm, „Du bewegst Dich ab sofort keinen Zentimeter mehr."

Adrian nickt, während sein Schwanz in mir pulsiert. Mehrmals lasse ich mich ganz behutsam und genüsslich auf seinen Schwanz herab sinken und es ihn beobachten. Dabei sehe ich, welche Überwindung es ihn kostet, mich nicht einfach zu nehmen. Lächelnd löse ich, immer noch seinen Schwanz in mir, seine Fesseln. „Nicht bewegen!", fahre ich ihn an, provoziere ihn ganz leicht mit meinen Hüftbewegungen. Seine Beherrschung hängt nur noch an einem seidenen Faden. Nochmals kippe ich mein Becken leicht nach vorne, lächle ihn an, um dann laut:

„Und jetzt fick mich endlich!" zu befehlen.

Adrian verkrallt seine Hände in meiner Corsage, zieht sie nach unten, legt meine Brüste frei, umklammert meinen Busen mit einer Hand, krallt sich mit der anderen in das Leder der Corsage und gibt einen unnachgiebigen, harten Rhythmus vor, fickt mich wie gefordert, bis wir beide unsere Lust herausschreien und matt aufeinander gesunken liegen bleiben.

Geduld ist nicht meine Kernkompetenz

Restlos befriedigt und zufrieden sitzen wir beim Mittagessen. Adrian schwelgt in Plänen wie es sein wird, wenn ich nach Baden-

Baden ziehe. Schließlich habe er genug eigene Firmen, um mich beruflich unter zu bringen.

„Never fuck the Company – sagst Du doch immer!", halte ich entgegen, woraufhin er meint, dass er Leute kenne, bei denen er mir einen Job besorgt, falls ich nicht für ihn arbeiten will. Immer noch bin ich hin und her gerissen. Natürlich mag ich zu ihm kommen, aber er ist noch mit Andrea zusammen.

Adrians Handy verkündet im Minutentakt den Eingang von Mails, Anrufen und SMSen, doch im Gegensatz zu sonst, schenkt er ihm keine Beachtung.

„Willst du nicht mal nachschauen?", frage ich schließlich.

„Nein! Nichts kann wichtiger sein als Du."

„Naja, ist es ja sonst auch. Sonst guckst Du doch sofort."

„Weißt Du, Kleines, Dinge ändern sich. Mit Dir vergesse ich Zeit und Raum. Es interessiert mich gerade gar nicht, wer was von mir will. Nur Du zählst. Sehen wir uns wieder?"

„Natürlich tun wir das.", antworte ich.

Leider wird es langsam Zeit aufzubrechen und ich frage Adrian, wann wir uns denn wiedersehen. Mit einem Mal wirft sich ein Schatten auf sein Gesicht und er zieht die Augenbrauen zusammen: „Kannst Du nicht einmal ein Treffen einfach so stehen lassen? Muss es immer darum gehen, wann wir uns wiedersehen? Du machst mir so einen Druck! Geduld ist eine Zier!"

Verdattert blicke ich ihn an: „Bitte was? Ich mache Dir Druck? Nur weil ich frage, wann wir uns sehen können?"

„Lass verdammt noch mal ein Treffen einfach mal das sein, was es ist, wunderschön! Was weiß ich, wann ich das wieder hinkriege, ich bin es so leid, ständig zwischen den Welten zu wandern! Alle zieht und zerrt ihr an mir. Du, Andrea… Ich weiß nicht, wann wir uns wiedersehen und das mit der Hochzeit geht in Revision. Jetzt weißt Du es."

Fassungslos starre ich ihn einige Sekunden lang an, stehe auf, schnappe mir Tasche und meine Lederjacke und gehe wortlos.

„Kleines!", versucht mich Adrian aufzuhalten, doch ich denke nicht daran mich umzusehen. Da er schon gezahlt hat, erwischt er mich an meinem Auto, wo ich gerade mein Gepäck verstaue.

„Kleines, hey, es tut mir leid! Entschuldige, dass das jetzt Dich getroffen hat."

„Nein, Adrian, ist völlig in Ordnung. Legen wir die Fakten auf den Tisch: Ich mache Dir Druck und Du denkst, nach allem was Du mir in Berlin gesagt hast, nach alldem was Du mir seit Monaten

von einer Trennung versprichst, immer noch darüber nach Andrea zu heiraten? Prima!
Dann belassen wir das mit uns doch bei dem, was es ist: eine Fick- und Spielbeziehung! Ich setze Dich sicher nicht weiter unter Druck! Weißt Du was? Geh zurück in Dein Leben, spiel den glücklichen Ehemann! Tu weiter so, als ob Dein Herz nicht bei mir wäre. Schauspielere Dir und Andrea weiter vor, Du würdest sie irgendwann heiraten. Wann bist Du verdammt nochmal ehrlich zu Dir selbst? Und dann auch zu uns? Kannst Du Dich an das erste Lied erinnern, zu dem wir getanzt haben, Adrian? Es war „Save up all your tears" von Bonnie Tyler.
Irgendwann wirst Du um mich weinen, aber dann bin ich nicht mehr da. Du weißt, wo Du mich findest, wenn Du mal wieder einen geilen Fick brauchst. Ich scheiß nämlich drauf, von Dir geliebt zu werden, wenn da so aussieht!"
Adrian blickt mich an und ich sehe, dass ich ihn getroffen habe.
„Du weißt, dass es für mich viel mehr ist als das. Ich liebe Dich wirklich. Mach das nicht kaputt, mit so einer Aussage. Du hast ungerechterweise meinen Ärger abbekommen, warst das falsche Ventil dafür. Meine Gefühle zu Dir sind echt. Ich weiß nur gerade nicht, wie es weiter gehen soll."
„Dann solltest Du mal mit Deinem Leben in Revision gehen, Adrian! Und nicht mit meinem spielen! Überlege Dir gut, was Du wirklich willst! Auf bald."
Wütend, zum ersten Mal richtig wütend auf ihn, steige ich ihn mein Auto. Und wenn es das jetzt war, dann war es das! Das erste Mal spüre ich nichts als reine Wut auf ihn. Immer wieder macht er einen Schritt vor und drei zurück. Jetzt ist es an ihm. Meine Meinung kennt er.
Meinen gepackten Umzugskarton nehme ich an diesem Tag wieder mit nach Hause.

Was für ein wunderschöner Tag mit Dir!
Stunden, die wie Sekunden vergehen
und plötzlich ist es schon wieder Zeit für den Abschied.
Gerade noch Deine Nähe gerochen
und jetzt soll das schon wieder alles gewesen sein?
Die Sehnsucht nach Dir noch nicht mal ansatzweise gestillt.
Wir sitzen uns gegenüber, können die Finger nicht voneinander lassen.

Du sagst mir, dass Du Raum und Zeit vergisst,
alles unbedeutend wird, wenn Du bei mir bist.
Wir haben so lange aufeinander verzichtet, zu lange.
Natürlich möchte ich Dich wiedersehen,
es gibt so unendlich viel nachzuholen.
1000 Fragen, die unbeantwortet bleiben.
Körper, deren Lust noch lange nicht befriedigt ist.
Eben noch festgestellt, dass wir nicht mehr darauf verzichten möchten,
dass wir Farbe in unser Alltagsgrau bringen wollen.
Endlich wieder angekommen, Vertrautheit, Liebe, Nähe gespürt.
Und dann zwei simple Sätze von Dir, die alles ins Wanken bringen.
"Die Eheschließung geht in Revision – Du setzt mich unter Druck"
Mit zwei Sätzen weggewischt, was wir gerade erlebt haben.
Meine Gedanken, können nur noch darum kreisen.
Du hast es innerhalb von Sekunden geschafft,
mir jegliche Zuversicht zu nehmen,
hast mir mal eben unsere Welt um die Ohren gehauen.
Warst Du es nicht, der erst vor einer Woche noch von der Liebe sprach,
die er für mich empfindet?
Davon, dass Du endlich ganz frei Zeit mit mir verbringen möchtest?
Jetzt sehen Deine Pläne also schon wieder anders aus.
Du darfst von Deiner Sehnsucht sprechen,
während ich brav zu warten habe, welche Entscheidungen Du triffst?
Weißt Du was? Du hast es endlich geschafft,
dass ich keine Lust mehr auf Deinen Zirkus habe.
Deine Marionette tanzt hiermit nicht mehr.
Melde Dich oder lass es sein. Heirate sie oder komm zurück.
Jede Entscheidung, die Du sowieso ohne mich triffst, ist in Ordnung.
Nur treffe endlich eine!
Erwarte aber nicht, dass ich weiterhin auf Dich warte. Es reicht!
Ich liebe Dich, das weißt Du!
Und ich wünsche mir nichts mehr, als bei Dir zu sein.
Aber ich bin Deine Spiele leid.
Deine Unfähigkeit zu Deinen Gefühlen zu stehen,
wirst Du nicht länger auf meinem Rücken austragen!

Triff eine Entscheidung und steh dazu.

It's business time!

***

"Geduld ist eine Zier" - wie ich diesen Satz von Dir hasse.

Mal abgesehen davon, dass Du genau weißt,

dass Geduld nicht meine Kernkompetenz ist,

finde ich, dass ich in den letzten Monaten mehr als bewiesen habe,

dass ich geduldig sein kann.

Treu im Glauben an uns, an Dir festgehalten.

Nicht gewartet, aber genau gewusst, dass Du wiederkommen wirst.

Geduldig den Dingen ihren Lauf gelassen,

mit dem Urvertrauen in unsere Liebe.

Oft gezweifelt, geschrien, geweint, aber nie die Hoffnung verloren.

Der Sehnsucht nach Deiner Stimme nicht nachgegeben,

das Telefon angefleht endlich zu klingeln.

Nachts nicht geschlafen,

weil mich der Gedanke an Dich wach gehalten hat.

Die Tage abgehakt, an mir vorbei ziehen lassen,

Minuten, Sekunden gezählt.

Willst Du mir wirklich etwas von Geduld erzählen?

Ernsthaft behaupten, ich wäre ungeduldig?

Wir beide mit dem Wunsch uns wiederzusehen,

aber meine Frage nach dem wann, setzt Dich unter Druck.

Sicher kann ich ein Treffen auch einfach mal so stehen lassen -

als das, was es war: wunderschön!

Aber darf ich jetzt noch nicht mal mehr den Wunsch äußern,

Dich schnell wiedersehen zu wollen?

Das setzt Dich also unter Druck?

Hast Du Dich je gefragt, wie es mir geht?

Treffen immer danach koordiniert, wie es Dir gerade passt, nur dann,

wenn Du das Bedürfnis hast, mich zu sehen.

Was ist denn mit meinen Bedürfnissen?

Meiner Sehnsucht?

Mich treibt nicht die Ungeduld, mich treibt meine Angst!

Vor der Ungewissheit was aus uns wird.

Davor, uns zu verlieren.

Vielleicht liegt es auch daran, dass Du nie offen mit mir sprichst.

Deine Mauer undurchdringlich ist.

Ich habe keine Ahnung, was Dich bewegt, wo wir stehen.

Angst vor Deinen sprunghaften Meinungswechseln,

die ich nicht nachvollziehen kann,

vor deren vollendete Tatsachen Du mich stellst,

mit denen ich kommentarlos leben soll.

Du nennst mich ungeduldig?

Ich habe Angst, dass Du mich aus den Augen verlierst,

nicht mehr an mich denkst.

Ich bin also ungeduldig?

Ja, wenn Du es so nennen möchtest, gut, dann bin ich das.

Denn meine Geduld ist über die Maße strapaziert.

Dein ständiges ein- und ausschalten von Gefühlen,

Emotionen halte ich nicht länger aus.

Du lässt mich nur ganz nah an Dich heran,

um mich dann wieder von Dir zu stoßen.

Ich setze Dich unter Druck?

Durch eine einfach Frage?

Nenn es doch einfache Ungeduld.

Ich nenne es den unbändigen Wunsch danach

Zeit mit Dir zu verbringen, Dich besser kennen zu lernen,

bei dem Menschen sein zu wollen, den ich liebe.

Dass Du Dich unter Druck gesetzt fühlst,

entlockt mir nur ein müdes Lächeln.

Ich habe schon lange gelernt, Dich zu lieben,

auch wenn Du nicht da bist.

Es ist auch einfacher Dich zu lieben, wenn Du nicht da bist.

Ich habe gelernt mich geduldig zurück zu lehnen und zu warten.

Denn am Ende wirst Du doch wieder zu mir kommen,

weil zwischen uns so viel mehr ist,

als man mit Druck und Ungeduld zerstören könnte.

Sieh' mein Lächeln und geh, ohne die Frage nach einem Wiedersehen,

denn ich weiß, Du kommst wieder!

Auch Spuren müssen spuren

Ein paar Tage herrschte Funkstille zwischen uns, bis Adrian mich wissen lässt, dass es ihm unendlich leid tut, was da in Sinsheim passiert ist, er zwar nach wie vor Dinge regeln muss, aber nicht gewillt ist, mich aus seinem Leben verschwinden zu lassen. Und ich kann seiner Anziehung wiederholt nicht widerstehen.

Es ist Anfang Mai, bald werde ich in meinen Ibiza Urlaub verschwinden und er mit Andrea nach Mallorca fliegen. Ich versuche mir einzureden, dass ich nichts weiter in unsere Beziehung hinein interpretieren werde, es als nichts als eine Affäre sehe, aber damit mache ich mir natürlich nur selbst etwas vor.

Im Stillen hoffe ich, dass mein Ritter auf dem weißen Pferd angaloppiert und mich aus meinem Turm befreit. Adrian hat mich erneut gefragt, ob ich nach Baden-Baden komme. Was für eine Farce…

Er, der sich nicht entscheiden kann, wünscht von mir, dass ich mein komplettes Leben aufgebe, um bei ihm zu sein.

In einem unserer Telefonate habe ich ihm gesagt, dass ich mir Baden-Baden erstmal angucken müsste und so haben wir vereinbart, dass ich nach Ibiza ein paar Urlaubstage in Baden-Baden anhängen soll. Adrian will mir die Stadt zeigen und mir das Leben dort mit ihm – als was auch immer – schmackhaft machen.

Aber erst einmal packe ich meine Tasche für eine weitere Nacht in unserem Hotel in Sinsheim. Wir sind verabredet, ein kleiner Abschied, bevor wir beide auf die Balearen fliegen – getrennt. Er mit Andrea, ich alleine.

Also wieder nach Sinsheim, wieder ein Treffen. Es ist Mittwoch. Am Samstag geht mein Flug und ich habe eine besondere Bitte an Adrian: ich will Spuren! Nicht nur Rötungen, die für ein paar Stunden sichtbar sind. Ich will solche Spuren, dass sie noch am Sonntag am Strand von unserem Spiel zeugen.

„Kleines, Du neigst null zur Spurenbildung.", beschwört er mich, „Selbst wenn ich hart zuschlage, sind sie nach wenigen Stunden verschwunden."

„Dann strenge Dich an.", entgegne ich nur lapidar.

An diesem Tag fahre ich das erste Mal „gezeichnet" von ihm nach Hause. Ich trage diese Spuren voller Stolz als Zeichen dessen, was sie für mich sind: ein Teil von ihm, ein Teil von mir.

Täglich bewundere ich sie danach im Spiegel, glücklich, zufrieden. Mein Rücken geprägt von roten Striemen.

Ich habe mir so sehr Striemen von Dir gewünscht.
Äußerlich sichtbar für die Spuren, die Du auf meiner Seele,
in meinem Herzen hinterlassen hast.
Deine Schläge mit der Peitsche, fast ein Streicheln.
Immer in der Sorge, Du könntest mich überfordern.
Ich liebe Deine Umsicht, Deine Aufmerksamkeit,
doch bitte schlag mich fester.
Zeichne meinen Körper mit Deinen Spuren.
Ich weiß, wir haben so lange nicht mehr gespielt,
dass Du nicht einschätzen kannst, was ich wirklich aushalte.
Glaub mir, Du spürst, wenn es zu viel wird.
Ich will nicht, dass Du mich an meine Grenzen bringst...
Geh über sie hinweg, bitte!
Fest spüre ich die Gerte auf meinem Hintern, ich hasse sie!
Doch hör nicht auf, treib mich weiter, ich halte es aus.
Plötzlich Deine Hand, so zart, sanft und beruhigend,
auf den Stellen, die Du eben noch getroffen hast.
So einfühlsam,
dass ich einfach meinen Tränen freien Lauf lassen möchte.
Tränen, über all das, was wir verloren und wiedergefunden haben.
Tränen des Glücks, über diesen unglaublich innigen Moment.
Doch ich weiß, Du würdest sie gerade nicht als das verstehen,
was sie sind. Du würdest sie als Ausdruck des Schmerzes nehmen und
aufhören. Ich unterdrücke sie, denn ich will den Rohrstock spüren.
Will, dass Du mich fliegen lässt.
Mehr, mehr, mehr. Alles an und in mir schreit nach mehr!
Mach weiter, bitte, hör nicht auf, ich fliege.
Deine Arme fangen mich auf, umschlingen mich.
Nein, es reicht mir nicht, ich will mehr!
Doch unerbittlich hältst Du mich fest, lässt mich langsam
zurückkommen. Mein ganzer Körper bebt, zittert.
Fliegt immer noch, nur ganz langsam zur Landung bereit.
Danke, dass Du erkennst, wann ich genug habe,
wenn ich nicht dazu in der Lage bin.
Schön, dass Du mir immer noch so vertraut bist,
dass ich mich blind in Deine Hände begeben,

mich im Schmerz fallen lassen kann und weiß,
dass Du dabei auf mich aufpasst.
Der Flug mit Dir war unglaublich!
Und es war noch schöner,
bei Dir anzukommen!

***

„Gib mir etwas von Dir, das bleibt"
das war mein Wunsch an Dich.
Spuren, die sichtbar, für ein paar Tage mehr als nur Erinnerung
in meinem Kopf, meinem Herzen, sind.
Striemen, die davon zeugen, dass wir zusammen waren.
Immer wieder Deine Nachfrage, ob ich das wirklich möchte,
ob Du wirklich noch fester zuschlagen sollst.
Ja, ich ertrage den Schmerz für Dich.
Mein tiefer Wunsch danach, etwas von Dir mit nach Hause zu nehmen,
lässt es mich aushalten.
Deine Schläge treiben mir die Tränen in die Augen,
doch ich will in den nächsten Tagen
mit einem Lächeln in den Spiegel sehen
und Deine Zeichen auf meinem Körper bewundern.
Du sagst es ist genug, doch ich will mehr.
Ich will ein Stück von Dir auf mir haben.
Ich brauche diese Spuren, denn sie zeigen mir, dass es real war,
dass ich das mit uns nicht nur geträumt habe.
Und jetzt, drei Tage später, kann ich sie immer noch sehen.
Zwar schwächer, zeugen sie immer noch von dem,
was wir zusammen erlebt haben.
Sie lassen mich wissen, dass es wirklich real war, dass Du bei mir warst.
Immer wieder bewundere ich meinen Rücken.
Danke, dass Du stark genug warst, um nicht aufzuhören.
Danke, dass ich Deine Spuren tragen darf.
Voller Stolz sehe ich sie mir immer wieder an.
Genauso, wie ich es mir gewünscht habe.

Wer braucht Dich, ich hab' Ibiza

In einer Stunde geht mein Flug. Ich sitze am Gate, lese *„Lessons in Lack"* und amüsiere mich königlich. Aus Sinsheim habe ich mich von Adrian verabschiedet und sein „Ich liebe Dich" unkommentiert gelassen, nur sanft gelächelt. Natürlich liebe ich ihn, aber so einfach wird er nicht mehr zwischen den Welten wandeln können. Es wird Zeit, mein Herz nicht mehr wie ein Wahlplakat vor mir her zu tragen.

Auch er müsste mit Andrea auf Mallorca angekommen sein. „Freundlich" wie ich bin, habe ich ihm absolut liebevoll und nach außen völlig eifersuchtsfrei, eine E-Mail mit Insidertipps geschickt. Ihm den Weg zu den schönsten Buchten beschrieben, erklärt, wo es die besten Schokocroissants der Insel gibt und von meinen Lieblingsplätzen geschwärmt. Ich wette, dass er keinen Zentimeter der Insel erkunden kann ohne an mich zu denken. Manchmal kann ich ein ganz schönes Biest sein!

Natürlich hat er die Mail unkommentiert gelassen und ich weiß, dass ihn meine neu gewonnene Art mit unserer „Beziehung" umzugehen wurmt. Seit unserem vorletzten Treffen in Sinsheim hat ihn kein „Ich vermisse Dich", „Du fehlst mir" oder gar ein „Ich liebe Dich" mehr erreicht. Keine Frage nach einem Treffen, kein Wort zu viel. Der Mann macht das Feuer!

Genug mit diesen doofen Gedanken, jetzt zählt nur noch eins: ich bin auf dem Weg nach Ibiza! Gerade wird mein Flug aufgerufen. Schnell das Handy ausschalten. Oh, eine ungelesene Nachricht von Adrian:

Kleines, Dein Flieger geht gleich. Ich wünsche Dir unvergessliche Tage auf Ibiza. Bleib anständig. Du weißt, im Herzen bin ich immer bei Dir und Du bei mir, A.

„So, so... da weilt der Herr also mit seiner Lebensgefährtin und vielleicht auch zukünftigen Ehefrau auf Mallorca und denkt an meinen Flug? Offensichtlich scheint er ja die beste Zeit seines Lebens zu haben. ", denke ich sarkastisch und antworte:

Danke! Euch auch einen schönen Urlaub, J.

Jetzt aber Handy aus und ab in den Flieger – Ibiza ich komme!!!

Der Koffer ist ausgepackt, mein Zimmer bezogen und ich dabei meine Strandtasche zu richten. Mit einem Lächeln ziehe ich meinen Bikini an, Adrians Spuren sind noch schwach sichtbar. Zwar nur leicht, aber sichtbar. Bepackt mit jeder Menge Bücher habe ich nichts vor als 10 Tage zu lesen und zu entspannen. Da das Hotel einsam auf einer Klippe liegt, wird mir auch nicht sehr viel mehr übrig bleiben, aber das wusste ich ja. Doch bereits am zweiten Morgen, als ich das Restaurant verlasse um auf der Terrasse zu frühstücken, spricht mich eine sehr attraktive Blondine an:
„Hallo! Du bist alleine da, richtig? Magst Du Dich zu uns setzen?"
Wie sich herausstellt ist Sabine mit ihrem Mann Tommy hier und irgendwie haben sie mich an diesem Morgen adoptiert. Innerhalb kürzester Zeit haben Sabine und ich uns über das Kartenlegen, Partnerschaft, Sexualität und unsere Krankheiten ausgetauscht, wir verstehen uns blendend. Deshalb beschließen wir auch den Nachmittag gemeinsam am Pool zu verbringen, während Tommy Fußball guckt. Unsere Gesprächsthemen finden kein Ende und natürlich sprechen wir auch über Adrian.

Am nächsten Tag haben wir unseren Stammplatz am Pool gefunden. In der Nähe hat sich eine Männerreisegruppe eingefunden und so beginnen witzige Tage mit Sabine, ihrem Mann und den älteren Herren, die sich eine Auszeit aus dem Ehealltag nehmen. Abends sitzen wir in fröhlicher Runde zusammen und genießen unseren Urlaub. Sehr oft muss ich an das Lied „*Ibiza*" von Ibo denken.
Ja, Herr Jakob, wer braucht Dich? Ich hab' Ibiza!

Von meinem Zimmer aus blicke ich direkt auf die vorgelagerte mystische Insel „Es Vedra", um die sich einige Sagen ranken. Die eine behauptet „Es Vedra" sei ein Rest vom versunkenen Atlantis, die andere sie sei der versteinerte Rücken eines Drachen.
Bereits bei früheren Aufenthalten hat mich diese Insel magisch angezogen und ich kann mich nicht an ihr satt sehen. Schließlich miete ich mir an einem Tag ein Auto, um meine Lieblingsbucht anzufahren, von der aus man einen fantastischen Blick auf die Vedra hat. Dem privaten Autovermieter erzähle ich, dass ich, sollte ich nochmal in diesem Leben heiraten, es in eben dieser Bucht, der

Cala d'Hort, machen möchte. Daraufhin empfiehlt er mir, ein kleines Landhotel anzufahren, das oberhalb der Bucht auf den Klippen liegt, das wäre der perfekte Ort für einen Liebesurlaub und eine Hochzeit. Ich solle dem Besitzer liebe Grüße ausrichten, man kenne sich und er ist sich sicher, dass man mir gerne die Anlage zeigt. Gerade als ich die weitläufige Bungalowanlage meines Hotels verlassen habe, klingelt mein Handy:

„In the midnight hour she cries more, more, more".

Verblüfft gehe ich ran:

„Hey Fremder, ich wähnte dich noch auf Mallorca?"

„Nein, ich bin schon wieder daheim und wollte mal hören, wie es meinem Mädchen so geht?"

„Mir geht es blendend! Ich habe total nette Leute getroffen, das Wetter ist spitze und gerade bin ich auf dem Weg in meine Lieblingsbucht, wo ich mal heiraten werde. Wie war Dein Urlaub?"

„Reden wir besser nicht drüber.", sagt Adrian missmutig.

Oh ha... Ärger im Paradies?

„Müssen wir ja nicht.", pflichte ich ihm zu, „Warum die gute Stimmung oder sagen wir besser meine gute Stimmung zerstören? Jedenfalls ist es voll schön hier. Sehr ärgerlich, dass Du nicht hier sein kannst. Wir hätten bestimmt Spaß."

Immer schön Leichtigkeit vorschützen, Frau Stein und vielleicht ein wenig in der Wunde bohren.

„Du kannst mir glauben, wenn ich könnte, wäre ich das auch."

„Naja, Herr Jakob, ich habe mir sagen lassen, dass Baden-Baden einen Flughafen hat und der fliegt mit Sicherheit auch Ibiza an. Du könntest also Deinen sexy Hintern mal in Bewegung setzen und spontan sein. Aber da wir beide wissen, dass Du zwar einen sexy Hintern, aber keinen Arsch in der Hose hast, wird das wohl nichts werden.", antworte ich vorlaut.

„Mutig heute Kleines? Du hast Glück, dass uns 1000e Kilometer trennen, sonst würde ich Dir jetzt den Hintern versohlen. Das wäre schön, Dir auf Ibiza den Arsch zu verhauen. Aber wir sehen uns ja nächste Woche hier. Geh Du Dir mal Deine Hochzeitslocation anschauen. Ich denke an Dich!"

Jetzt aber los! Immerhin will ich mir noch einiges ansehen heute. Endlich habe ich das mir empfohlene Landhotel gefunden. Gar nicht so leicht, da es nur durch einem Feldweg mit der Straße verbunden ist. Die holprige Anfahrt wird allerdings von dem Anblick des Hotels belohnt. Schon beim Aussteigen bin ich vom Charme des kleinen Komplexes begeistert. Als ich an der Rezeption sage, dass Bernardo mich geschickt hat, werde ich sofort vom Chef des Hauses herumgeführt. Ausführlich zeigt er mir die liebevoll gepflegte Anlage. Das Hotel besteht nur aus wenigen Zimmern, die sich alle in einem langgezogenen, nur zweistöckigen Gebäude befinden. Umgeben sind die Zimmer von einem sehr gepflegten Garten mit altem Palmenbestand. Vor der kleinen Bar befindet sich eine Terrasse, bestückt mit gemütlichen Rattanmöbeln, die zum Pool führt, wo bequeme Liegen darauf warten benutzt zu werden. Und das Beste: man hat einen grandiosen Blick auf Es Vedra! Am liebsten würde ich sofort in meinen Club zurück, die Koffer packen und hier einziehen. Dem Hotelmanager erzähle ich von meinem Traum auf Ibiza zu heiraten, falls ich den richtigen Mann finde und stolz präsentiert er mir die Honeymoon-Suite, ein Turmzimmer mit riesiger, uneinsehbarer Dachterrasse und freiem Blick auf meinen magischen Felsen. Ich bin hingerissen. Auf dem Weg zurück in die kleine Bar wo ich auf einen Espresso eingeladen werde, berichtet Juan mir, dass in der Küche noch die Mama kocht und zeigt mir Bilder von Hochzeiten, die hier gefeiert wurden. Die Terrasse ist dafür komplett in weiß eingedeckt, wird mit Kerzen beleuchtet. Das einzige Licht stammt von der Poolbeleuchtung, die die Szene ist ein mystisches weiß-blau taucht. Oh ja... sollte ich in diesem Leben nochmal heiraten, dann bei einem kitschig-romantischen Sonnenuntergang mit den Füßen im Sand der Cala d'Hort, Lagerfeuer, Gitarren und danach eine Party mit Rockband in der romantischen Atmosphäre dieses kleinen Schmuckstücks. Schnell noch ein paar Prospekte eingepackt und weiter träumen.

Zwei Tage später fliege ich erholt und entspannt zurück nach Deutschland. Bald geht es nach Baden-Baden. Wer weiß?! Vielleicht ja meine neue Heimat?!

Baden-Baden

Du stellst meine Welt auf den Kopf und ich lasse es zu.
Der Gedanke weg zu gehen, irgendwo neu anzufangen,
schon länger in mir.
Doch Du gibst dem Ganzen einen Namen,
lässt die Vorstellung langsam Realität werden.
Natürlich wäre ich nirgends lieber als bei Dir.
Doch ich habe Angst vor dem Alleinsein,
Angst davor, meine Sicherheiten aufzugeben,
um am Ende doch allein zu sein.
Mein lieber Kopfmensch, was geht in Deinem Kopf vor,
wenn Du mir sagst,
dass es langsam Zeit wird für mich in Deine Nähe zu kommen?
Liegt da nicht genau mein Problem?
Du sagst, ich soll in Deine Nähe kommen,
aber nicht, dass ich zu Dir kommen soll.
Irgendwo neu anfangen, ja, das traue ich mir zu.
Aber in Deiner Nähe sein, ohne bei Dir zu sein, das ertrage ich nicht.
Alleine auf mich gestellt, mit dem Wissen,
dass Du gleich um die Ecke bist?
Gelegentliche Besuche,
wenn Du Dir mal eine Stunde frei räumen kannst?
Das halte ich nicht aus!
Meine Geduld ist jetzt schon überstrapaziert.
Und jetzt soll ich alles hier aufgeben,
nur, um hin und wieder ein wenig Zeit mit Dir zu haben?
Der Preis ist sehr hoch!
Du möchtest keine Beziehung, nichts aufgeben, glaubst aber,
dass ich meine Welt verlasse - alles hinter mir lasse -
um Deiner Welt "nur" näher zu kommen?
Ich würde es so gerne tun!
Wenn ich doch nur wüsste, was in Deinem Kopf vorgeht?
Du stellst meine Welt auf den Kopf...

***

Alles hinter mir lassen: Freunde, Familie,
Arbeit, so viel Vertrautes,
um bei Dir zu sein.
Würde ich es tun? Diesen Schritt gehen, um endlich bei Dir zu sein?
Welch Risiko und gleichzeitig welch Abenteuer.
Fast schon tollkühn –
immerhin kennen wir uns kaum und doch so gut.
Angst, alleine zu sein.
Angst, von Dir abhängig zu sein.
Angst, nur Deine Geliebte zu sein.
Angst, mich einsam zu fühlen.
Dabei bin ich nirgends so zu Hause wie bei Dir.
Würde ich es tun? Alles hier aufgeben, um bei Dir zu sein?
Und wärst Du auch bei mir?
Angst, nur Dein Spielzeug zu sein, das Du nur dann hervor holen wirst,
wenn Du Lust zum Spielen hast.
Angst, Dir auch in der Nähe nicht nahe zu sein.
So viele Ängste, die die Frage nach dem "Würde ich es tun?" begleiten.
Und doch gleichzeitig das Wissen,
dass ich umgehend komme,
wenn Du das wirklich willst.
Dass ich vertrauensvoll alles aufgebe,
was ich bislang Heimat nannte.
Der unbändige Wunsch bei Dir zu sein,
wird mich alle Zweifel und Ängste über Bord werfen lassen.
Ist es Dein Ernst, wenn Du mich fragst, ob ich kommen werde?
Bist Du Dir bewusst, was es für mich heißen würde,
hier alle Zelte abzubrechen, neu anzufangen?
Wenn Du mit ganzem Herzen "JA" sagst,
dann führe mich, leite mich
und ich folge Deinem Ruf.
Ich will bei Dir sein!

Deine Stadt - Willkommen

Koffer – check! Hund – check! Hundetasche – check! Handy – check! Laptop – check! Na, dann kann es ja losgehen! Ich bin unheimlich aufgeregt. Heute geht es nach Baden-Baden, die Luft schnuppern, die ich vielleicht bald Zuhause nennen soll. Adrian wollte mich natürlich mal wieder im besten Hotel am Platz einbuchen, da er aber sowieso nicht übernachten kann (wäre wohl etwas schwierig bei Andrea zu erklären) und ich mit Fräulein auch etwas Grün brauche, habe ich mir eine nette kleine Pension gesucht. Sie liegt so, dass ich direkt mit Fräulein ins Grüne gehen kann, aber dennoch nur 2 km von Adrians Wohnung und Büro entfernt bin. 3 Tage soll ich also bleiben… Ich bin sehr neugierig. Jetzt aber los!

Bereits auf der Autobahn erreichen mich die ersten Nachrichten von Adrian, der fragt, wo ich bin und wann ich endlich da bin. Dabei hat er doch erst heute Abend Zeit für mich? Doch weit gefehlt, er hat Termine geschoben, um mit mir zu Mittag essen und mich in seiner Stadt willkommen heißen zu können. Schon beim Essen kann er nicht nah genug bei mir sitzen, hält Händchen, küsst mich. Ja, so kann das weiter gehen in den nächsten Tagen, hier in seiner Stadt.

Fahre ich gerade in meine neue Heimat?
Ist diese Reise der Beginn eines großen neuen Abenteuers?
Du willst mich bei Dir haben und ich komme, um mich umzuschauen,
Deinen Stadt kennen zu lernen, ein Gefühl für sie zu bekommen.
Kaum auf der Autobahn Deine SMS:
„Wann bist Du da? Freu mich auf Dich!"
Bist Du etwa genauso aufgeregt wie ich?
Kannst auch Du es nicht mehr erwarten mir nahe zu sein?
Kurz vorm Ziel Dein Anruf,
der mich wissen lässt, dass Du Termine verschoben hast,
damit Du ein „Willkommens-Mittagessen" mit mir einschieben kannst.
Damit hatte ich nicht gerechnet,
ich weiß doch, wie angespannt Du terminlich bist.
Gerade deshalb genieße ich jede Sekunde unseres ersten,

unverhofften Treffens in „Deiner" Stadt.
Es ist so schön, Dich endlich wieder zu sehen!
Du kannst mir nicht gegenüber sitzen,
weil Du das Gefühl hast, ich sei zu weit weg,
kannst die Finger nicht von mir lassen, küsst mich, streichelst mich,
genießt es, dass ich endlich da bin.
Und ich möchte am liebsten ewig so mit Dir sitzen bleiben,
Dich spüren, Dir zu hören, Dir nahe sein.
Viel zu schnell vergeht diese geklaute Stunde, Du musst zurück.
Ich lasse Dich mit einem Lächeln gehen,
voller Freude über die geschenkte, nicht erwartete Zeit mit Dir -
an meinem ersten Tag in Deiner Stadt.
Welch ein Auftakt – unverhofft, überraschend, so herzlich.
Ich bin angekommen: bei Dir, in Deiner Stadt!

Am nächsten Tag holt Adrian Fräulein und mich in der Pension ab und entführt uns aufs Land.

In einem sehr edlen Restaurant hoch über Baden-Baden, mit Blick auf die Stadt, essen wir an diesem warmen Frühsommertag zu Mittag. Adrian erklärt mir von hier oben die Stadt. Er ist total enthusiastisch ob der Idee, ich könnte nach Baden-Baden ziehen und schmiedet Pläne: Dringend brauche ich jetzt wohl eine Motorradausrüstung, damit wir zusammen fahren können und wenn wir schon dabei sind, könnte ich ja auch gleich den Motorradführerschein machen – er zahlt das natürlich – denn es ist ja völliger Blödsinn, drei Motorräder in der Garage zu haben und nur einer kann sie fahren.

Schön, wenn er sich in Träumereien verliert, aber ich lasse ihn nochmals wissen, dass ich nicht als seine Geliebte kommen werde, was er zustimmend zur Kenntnis nimmt.

Nach seinem Urlaub gefragt, wird er eher einsilbig und lenkt mit meinem Urlaub ab. Also zeige ich ihm Bilder von Ibiza und das Prospekt „meines" kleinen Landhotels.

Begeistert erzähle ich Adrian von der tollen Atmosphäre und auch meinen Hochzeitsträumen, der Heirat am Strand, der Romantik, der Rockband, Lagerfeuer, Gitarren.

„Ganz schön albern, oder?", frage ich ihn leicht verlegen, als ich ende.

„Nein, Kleines, gar nicht albern. Genauso kann ich mir vorstellen Dich zu heiraten. Das klingt zauberhaft und es wird Zeit, dass wir zusammen nach Ibiza fliegen und uns das gemeinsam anschauen." Ach, es ist so herrlich mit Adrian zu phantasieren.

Deine Stadt - Geträumt

Leider hat Adrian am Abend geschäftliche Termine und so verabrede ich mich mit einem Bekannten zum Essen.
In weiser Voraussicht darauf eventuell nach Baden-Baden zu ziehen, habe ich hier schon einige Kontakte geknüpft. Gerade haben wir uns eine Pizza bestellt, als Adrian mich anruft:
„Kleines, wo bist Du? Ich stehe vor der Pension, wollte Dich überraschen. Mein Meeting ging schneller als gedacht, aber Du bist nicht da?! Lust auf einen Absacker?"
Ich erkläre ihm, wo er mich findet und 10 Minuten später ist Adrian da. Den Bekannten stelle ich als das vor, was er ist, ein guter Bekannter und bald machen Adrian und ich uns aus dem Staub, um unsere gemeinsame, gestohlene Zeit zu genießen.
Im Auto löchert mich Adrian ganz schön, was meine Interessen an dem jungen Mann betrifft und ich muss schmunzeln. Dafür, dass er angeblich nicht eifersüchtig ist, stellt er aber ganz schön viele Fragen.

Händchenhaltend laufen wir durch Baden-Baden, wobei ich versuche ihm meine Hand zu entziehen.
Was wenn uns jemand sieht, den er kennt? Was wenn Andrea davon erfährt? Allerdings scheine ich die einzige zu sein, die sich Gedanken darum macht, denn Adrian ergreift immer wieder meine Hand, zieht mich an sich, küsst mich.
Nachdem wir gemütlich in der Innenstadt einen Wein getrunken haben, entführt mich Adrian in eine Hotelbar, da es dort angeblich die besten Cocktails der Stadt gibt und er sie zu einem seiner Lieblingsorte in Baden-Baden zählt.
Tatsächlich wird er da angekommen auch persönlich begrüßt und wir machen es uns an einem der kleinen Tische bequem.

„Ich habe nochmal über unser Gespräch von heute Mittag nachgedacht.", eröffnet Adrian mir, „Ich will ein paar Tage mit Dir verschwinden. Lass uns Urlaub machen, nur wir zwei. Ich brauche

Dich für mich alleine. Du bist so einzigartig für mich, Kleines und es gibt 1000 Gründe, warum ich Dich liebe. Der Tag heute mit Dir war so schön, wenn ich jetzt sterbe, weiß ich, dass allein der heutige Tag es wert war, gelebt zu haben."

Wir küssen uns. Mitten in seiner Stammbar, wo uns jeder sehen kann. Tief, innig, fest in uns versunken.

Ein weiteres Mittagessen mit Dir - hoch über Deiner Stadt.
Meine zukünftige Heimat zu meinen Füßen?
Wir lachen, reden, schauen uns tief in die Augen,
genießen einfach die gestohlene Zeit für uns.
Ungezwungen, frei – nur wir beide.
Wie sehr Du es genießt, mich hier zu haben -
keine langen Autobahnstrecken, die uns trennen.
Spontane Treffen dann, wenn uns danach ist.
Wie schön muss es sein, hier bei Dir zu leben?
Ich höre Deine Worte, die mir sagen,
dass wir zusammen nach Ibiza fliegen werden,
in das nette Landhotel, das ich entdeckt habe,
dass Du Dir durchaus auch vorstellen kannst, da zu heiraten,
dass ich Motorradklamotten brauchen werde,
wenn ich mit Dir zusammen bin.
Träume und Spinnereien?
Oder meinst Du es doch ernst?
Deine Augen sagen mir, dass Du das möchtest,
dass Du mich wirklich hier haben willst.
Ich bin so verliebt, spüre das, was uns verbindet ganz tief in mir.
Wir verabreden uns für den nächsten Tag
und ich kann es kaum erwarten.
Dann abends unverhofft Dein Anruf:
,,Kleines, wie wäre es mit einem Absacker?"
Du schon auf dem Weg zu mir,
überrascht, dass ich nicht in der Pension bin,
sondern unterwegs in Deiner Stadt – ohne Dich.
Dein verwunderter Blick, als Du mich aufgabelst und feststellst,

dass ich nicht alleine war.
Dafür, dass Du nicht eifersüchtig bist,
stellst Du aber erstaunlich viele Fragen.
Innerlich lächele ich, zeigt es mir doch,
dass da mehr an Gefühl sein muss bei Dir.
Du weißt, dass ich nur Dich liebe, oder?
Du zeigst mir Dein Lieblingslokal,
läufst Händchen haltend mit mir durch Deine Stadt.
Immer wieder entziehe ich mich,
wir könnten gesehen werden und ich weiß,
was für Dich auf dem Spiel steht.
Bei einem Wein öffnest Du Dich mir, wie noch nie zuvor.
Sagst mir, dass Du Dir ein paar Tage nur für uns wünschst,
warum Du mich liebst, was Du an mir liebst und
warum ich für Dich einzigartig bin.
Ich bin sprachlos, kann nicht glauben, was ich da gerade von Dir höre.
Wir ziehen weiter, in Deine Stammbar - edel, teuer – was auch sonst?!
Wieder versuche ich Dich zurück zu halten,
doch Dir scheint es gerade vollkommen egal zu sein,
ob wir gesehen werden zusammen - knutschend, Deine Hand auf
meinem Hals fordernd meine Luft nehmend.
Du treibst mir die Tränen in die Augen, als Du sagst:
„Die Zeit heute mit Dir war so schön, wenn ich jetzt sterbe,
kann ich sagen, dass allein dieser Tag es wert war gelebt zu haben."
Immer wieder höre ich Dein „Ich liebe Dich" -
ach, wie gerne möchte ich Dir das alles glauben,
festhalten daran, dass wir es irgendwie,
irgendwann hinbekommen werden.
Doch ich halte mich zurück, behalte meine Emotionen im Griff,
die Zügel fest in der Hand aus Angst davor,
wieder nur einem Traum nachzujagen.
Mein Eis schmilzt im Laufe dieses Abends -
ich spüre die ersten Tropfen des Wassers
schon meinen Rücken hinunterrinnen.
Oder sind es die Schauer, die Du über ihn jagst?

Schließlich kann ich mich nicht mehr wehren,
ich glaube Dir, will Dir glauben, will wissen,
dass das kein gemeinsamer Traum, sondern unsere Realität ist.
Du fragst mich, ob ich mir ein Leben hier,
in Deiner Stadt vorstellen kann?!
Meine Heimat ist da, wo mein Herz ist und mein Herz ist bei Dir –
schon lange, egal wo – auch hier in Deiner Stadt.
Du bringst mich zurück in meine Pension
und ich kann diese Nacht nicht schlafen.
Immer wieder kehren Deine Worte zurück,
ich kann mein Glück nicht fassen,
endlich im Glauben, dass alles gut werden wird,
dass wir unseren Weg gemeinsam finden werden,
vielleicht nicht gleich, aber wir werden ihn gehen.
Ich träume unseren Traum heute alleine in meinem Bett und weiß,
dass Du ein paar Kilometer entfernt gerade denselben träumst
vielleicht nicht alleine, aber in Gedanken an mich –
hier in Deiner Stadt.

Deine Stadt - Aufwachen

Es ist mein letzter Tag in Baden-Baden. In der Nacht habe ich, ob Adrians Geständnissen, kaum ein Auge zugemacht. Da wir in den letzten Tagen kaum eine Chance auf Zeit zu zweit hatten, die Pension war dafür nicht die beste Idee, hat Adrian uns in ein Hotelzimmer eingebucht. Wir hatten beide das dringende Bedürfnis nach körperlicher Nähe, als wir uns vergangene Nacht vor der Pension getrennt haben.

Allerdings bemerke ich schon in der Lobby, dass irgendetwas mit ihm nicht stimmt. Er ist gereizt, fragt mich, ob ich denn noch einen schönen Abend ohne ihn gehabt hätte und ob es meinem Bekannten gut geht. Verständnislos blicke ich ihn an.
Im Zimmer, Adrian ist immer noch stinksauer, frage ich ihn, was eigentlich los ist.
„Was los ist? Das mit uns, das hat keine Zukunft! Du passt einfach nicht in meine Welt! Ich weiß auch gar nicht wie Du Dir das

vorstellst? Du hier in Baden-Baden – lächerlich. Uns verbindet nichts. Nichts, als gelegentliche Treffen, eine Affäre, wenn überhaupt. Es wird Zeit, dass Du Dir einen Mann suchst, dann können wir es auch wieder darauf beschränken. Dann musst auch Du mich verheimlichen." Völlig fassungslos starre ich Adrian an. Gestern spricht er noch von Hochzeitsplänen, was soll das denn jetzt sein? Vor allem nach der Zeit hier bei ihm?

„Adrian, ich weiß zwar jetzt nicht, was los ist, aber eines ist ja wohl mal ganz klar: wenn Du mich wirklich losschickst, damit ich mir einen anderen Mann suche, dann wird es definitiv keine Treffen mehr zwischen uns geben. Dann sind wir Geschichte!" „Gut, dann ist das das Beste so. Das mit uns hat keine Zukunft. Außerdem gibt es für mich viele Jules deutschlandweit." Wortlos ziehe ich mich aus, mein Blick fest auf ihn gerichtet. „Schön, dass wir darüber gesprochen haben, Adrian. Dann sind die Dinge zwischen uns geklärt und wir können ab sofort ehrlich zueinander sein?" „Was machst Du da, Kleines?" „Was ich mache? Ich ziehe mich aus. Das mit uns, das ist doch nicht mehr als eine Spiel- und Fickbeziehung. Dann tu jetzt doch genau das für was wir hier sind und für was Du ein Zimmer gezahlt hast. Spiel mit mir und fick mich. Nicht mehr, nicht weniger." „Das ist doch wohl nicht Dein Ernst?" „Und ob es das ist! Du willst nur spielen? Dann spiele!" Adrian ist anzusehen, dass er gerade nicht weiß, wie er auf mich reagieren soll. Aber schließlich greift er zur Peitsche und schlägt mich. Diesmal ist es kein Spiel. Er schlägt mich. Ich bin nicht fähig, mich fallen zu lassen. Mich überrollen die Tränen. Keine Tränen des Loslassens, Tränen des Schmerzes. Das hier, hat für mich nichts mehr mit Liebe, dem Kick zu tun. Kein Vertrauen, kein Gefühl. Ich fühle mich das erste Mal von Adrian geschlagen. Meine Schluchzer bewegen Adrian dazu aufzuhören. Mein Flehen nach mehr ist nur mein Versuch, durch den körperlichen Schmerz, den in meinem Herzen zu überdecken. Adrian will mich in seine Arme ziehen, doch er ist heute weit davon entfernt mich auffangen, mich landen lassen zu können. Er hat mich heute geschlagen – auf ganzer Linie! Wortlos stehe ich auf, ziehe mich an und bedanke mich für die Session. Das erste Mal benutze ich bewusst das Wort, das sonst nie beschrieben hat, was das zwischen uns ist. Es war mal so viel mehr. Kalt lächelnd verabschiede ich mich in der Tiefgarage des Hotels von ihm, erwidere seine Umarmung nur kurz, emotionslos. Geschlagen, gedemütigt, erniedrigt.

All das, was er mir nie durch unseren BDSM antun wollte, hat er mit seinen Worten umso tiefer geschafft.

Dieser Schlag hat gesessen - mich getroffen, schwer verletzt,
hat meine gerade errichteten Grundfesten erschüttert.
Worte, die mich mehr treffen als Dein Rohrstock,
weil sie mein Innerstes berühren.
Ganz anders als das, was Du mit meinem Körper tust,
kann ich mit diesem Schmerz nicht umgehen,
war dieser Hieb ein Stich mitten ins Herz.
Ich, zu nichts in der Lage,
außer gute Miene zum bösen Spiel zu machen, zu verstecken,
wie sehr Du mich diesmal verwundet hast.
Meine Bitte nach der Gerte, der Peitsche,
Deiner körperlichen Züchtigung,
nur der Versuch, die Trauer in meiner Seele zu überschatten,
Dir nicht mehr in die Augen sehen zu müssen.
Ich halte Dir meinen Rücken hin
und Deine Schläge prasseln auf ihn nieder -
fest, hart, schmerzhaft, stärker als sonst,
lange nicht so grausam wie Deine Worte.
In mir nur eine noch nie gefühlte Kälte.
Empfindungslos halte ich aus, wehre mich nicht,
lasse den Aufschlag der Gerte immer wieder über mich ergehen -
wie Deine Worte.
Die Suche nach dem „Fallenlassen",
das mir mit Dir so vertraut ist, bleibt diesmal erfolglos.
Ich spüre meine Tränen, die mir über die Wangen laufen,
höre tiefe Schluchzer, die meiner Kehle entrinnen
und bin froh, dass ich es auf Deine unerbittlichen Schläge schieben kann.
Doch diesmal sind es keine Tränen, die Blockaden lösen,
die darauf hinweisen, dass ich jetzt fliege,

dass ich an dem Punkt angekommen bin,
wo der Schmerz sich in reine Lust verwandelt,
wo ich los und mich fallen lassen kann.
Diesmal sind es Tränen der Trauer, der Enttäuschung
und auch der Wut.
Tränen darüber, dass Du mich immer dann verletzt,
wenn ich am wenigsten damit rechne.
Mit Worten mehr als mit Deinem „Spielzeug".
Du sagst, dass es jetzt genug ist, meinst damit Deine Hiebe
und ich denke nur: Es ist schon lange genug!
Du willst mich in den Arm nehmen, auffangen und
ich will nicht von Dir gehalten werden – nicht jetzt!
Zu tief sitzt noch Deine „Aussprache", die eher eine „Ansage" war.
Meine Bitte nach „mehr" diesmal nur der Versuch Deiner sonst so
geliebten Umarmung zu entgehen.
Schockierend, das erste Mal das Gefühl zu haben,
dass Du mich nicht auffangen kannst,
dass ich mich nicht geborgen und behütet bei Dir fühle.
Ich will „mehr", um Dir nicht auf diese Weise nahe sein zu müssen.
Mit den Schmerzen, die Du meinem Körper zufügst,
bist Du immer so verantwortungsvoll, achtsam –
warum kannst Du so nicht auf meine Gefühle, mein Herz aufpassen?
Ich mache weiter gute Miene zum bösen Spiel und ziehe mich an –
kalt, emotionslos, mechanisch,
mit einem Lächeln auf dem Gesicht für Dich.
Will gerade nur eines:
weg und diesem unglaublich tiefem Schmerz entrinnen.
Wir verabschieden uns als ob nichts gewesen wäre,
als ob Du nie etwas gesagt hättest,
nicht gespürt hättest, dass ich nicht in Ordnung bin
und ich höre noch Dein „Ich liebe Dich", als ich mich umdrehe und gehe.
Es verfolgt mich über Tage – ebenso wie meine Tränen
und Deine Zeichen auf meiner Haut.
Wie schmerzhaft Deine Liebe doch sein kann!

Deine Stadt - Verlassen

Ich weiß nicht, wie ich zurück in die Pension komme. Ich weiß nur noch, dass ich mich in mein Bett sinken lasse und erst am nächsten Morgen wieder aufstehe. Kein Wort mehr von Adrian, keine Nachricht, keine Verabschiedung, nichts. Und so verlasse ich seine Stadt, die nie meine sein wird, am nächsten Morgen.

Ich habe mich noch nicht mal ansatzweise erholt -
das Aufwachen nach dem Traum schwebt wie eine dunkle Wolke
über meinem Kopf.
Noch immer kann ich nicht erfassen,
was da gestern passiert ist zwischen uns.
Noch immer bekomme ich auch Dich nicht zu fassen,
habe keine Ahnung, wie ich diesen Sprung
zwischen Traum und Aufwachen einschätzen soll.
Sicher, mit Abstand muss ich Dir zugestehen,
dass manches Deiner Ansprache aus Deiner Sicht
durchaus nachvollziehbar ist.
Warum hast Du mich nur nicht nach meiner Sicht,
meinen Beweggründen gefragt?
Warum konnten wir nicht ehrlich sein?
Und warum war ich nicht in der Lage auf Deine Vorwürfe zu reagieren?
So damit beschäftigt, Dich zu besänftigen,
alles wieder "Gut" werden zu lassen.
Was hat mich so gebremst,
dass ich mich selbst mal wieder vergessen habe?
Die Angst Dich zu verlieren?!
Verliere ich nicht mich selbst, wenn ich mich über Dich vergesse?
Ich war so erschüttert, fassungslos, überrumpelt,
dass ich nicht mal im Ansatz reagieren konnte.
Ja, vielleicht hattest Du mit einigem Recht,
doch ich höre noch Deine Worte in mir, die mir sagen,
dass wir außerhalb unserer Treffen nichts gemeinsam haben,
dass es kein „WIR" gibt und geben wird,

dass unsere Beziehung auf ein paar Stunden alle paar Wochen
beschränkt ist, wenn das denn überhaupt eine Beziehung ist?!
Deine Bitte, mir einen Mann zu suchen,
damit das zwischen uns wieder als "Affäre" firmiert werden kann.
Damit auch ich Dich verheimlichen muss.
Ich versuchte mich zu sammeln,
Dich zu fragen, was mit Deinen Worten von letzter Nacht passiert ist.
Wo war unser Traum geblieben?
Doch ich konnte einfach nicht.
Du sagtest, ich passe nicht in Deine Welt, würde sie nicht verstehen.
Merkst Du eigentlich wie paradox das Ganze war und ist?
Wie soll ich Deine Welt verstehen, wenn Du mich nicht einlässt,
wenn ich noch nicht mal Dich verstehe?
Wo ist der Mann von Mittwoch geblieben,
der mir sagte, wie sehr er mich liebt
und wer war der Mann am Donnerstag?
Nach unserem Treffen nur noch Leere in mir, eine tiefe Einsamkeit.
Sicher war es ein Fehler danach noch mit Dir zu spielen.
Mit dem Versuch etwas zu retten, nur erreicht,
dass ich mich wie Dein "Spielzeug" fühle – eine von vielen.
Verletzt, gedemütigt, in allem beleidigt, was ich bin.
Vollkommen kraftlos, zu tiefst getroffen,
konnte ich mich nur noch in mein Pensionsbett verziehen,
so weit weg von zu Hause, heimatlos, in Deiner Stadt, in der ich gerade
gespürt habe, dass sie nicht meine werden wird.
Du willst, dass ich in Deine Stadt komme, obwohl uns nichts verbindet?
Du liebst mich, obwohl es kein „WIR" gibt?
Du planst eine Zukunft, die nie da sein wird?
Sag mir bitte noch einmal, dass ich Deine Welt nicht verstehe, wie auch?
Ich bin ja permanent damit beschäftigt meine wieder gerade zu rücken,
nachdem Du sie immer wieder in Schieflage bringst.
Jetzt sitze ich im Auto, ohne Nachricht von Dir, verlasse Deine Stadt.
Meine Augen rot von den Tränen,
die ich in den letzten Stunden um uns geweint habe.
Immer wieder verschwimmt die Straße vor mir in einem Schleier,
Kann es nicht unterdrücken, nicht aufhalten.

Ich weine um Deine Worte, um Dich, um mich, um uns.

Um das „WIR", dass es für Dich nicht gibt

und das doch so stark zu spüren war zwischen uns in Deiner Stadt.

Im Radio läuft „Regen und Meer" von Juli:

„Und jetzt verlass ich Deine Stadt.

Ich seh zurück und fühl ich schwer,

weil gerade angefangen hat,

was Du nicht willst und ich zu sehr..."

Wie passend!

Mehr Tränen, mehr Trauer, mehr Wut und Enttäuschung.

Es sind nicht nur meine Augen, die weinen.

Es ist mein Herz, meine Seele.

Und jetzt verlasse ich Deine Stadt... ich will nicht zurück blicken,

denn es tut zu weh, wirft zu viele Fragen auf.

Ich will nur eines: nach Hause.

Mein Herz habe ich irgendwo in Deiner Stadt zurück gelassen –

verlassen!

Meine Stadt

Erst zu Hause wird mir bewusst, was an diesem schwarzen Tag passiert sein muss. Adrian hat mich mit einem anderen Mann zusammen sitzen, scherzen sehen.

Seine Kleine trifft einen anderen, sobald er ihr kurz den Rücken kehrt. Die Frau, für die er bereit wäre sein Leben neu zu sortieren, noch einmal von vorne anzufangen, trifft einen anderen, jüngeren Mann. Seine Probleme mit unserem Altersunterschied, Eifersucht, es kam wohl einiges zusammen.

An dem Abend hat er es verdrängt, es war ihm vielleicht auch nicht wirklich bewusst, aber nachts im Bett neben Andrea muss ihm klar geworden sein, dass er einen sicheren Hafen verlassen und eine Reise auf stürmischer See ihn erwarten würde, wenn er sie für mich verlässt. Sie ist kalkulierbar, berechenbar für ihn, während er nicht weiß, was ihn mit mir, der über 10 Jahre jüngeren Frau erwarten würde.

Wie ein angeschossenes Tier hat er also bei unserem letzten Treffen wild um sich gebissen, was verständlich ist und mir langsam klar wird. Aber vielleicht hat er recht? Vielleicht ist es wirklich besser, wenn sich unsere Welten nicht mehr berühren?!

Wieder zu Hause!
Zeit gehabt, meine Wunden zu lecken,
zu verdauen was in den letzten Tagen alles passiert ist.
Zeit, damit der Schock sich setzen kann
und um die schönen Dinge wieder hochkommen zu lassen.
Sie überleuchten die dunklen Schatten.
Zeit, um zu begreifen was passiert ist
und vor allem, warum es passiert ist.
Die wilde Angst das könnte es gewesen sein,
durch Deine Mail gemildert, in der Du mir sagst,
wie sehr Du unsere Treffen genossen hast.
Nein, Du würdest Dich nie für Deine Worte
von Donnerstag entschuldigen, dafür kenne ich Dich zu gut.
Du brauchst sie, um Dich abzugrenzen, mir keine Hoffnung zu machen,
damit Du Dir keine machen musst.
Aber Deine Frage danach,
ob mir unsere „Aussprache" nicht zu lange nachgehangen hat,
zeigt mir, dass Du doch nicht aus Eis bist.
Eine kleine Annährung zwischen uns,
ein Hände reichen, wo sonst unsere Körper,
unsere Herzen miteinander sprechen.
Natürlich hängt es mir noch nach, wird nicht vergessen werden,
nur verziehen, vielleicht irgendwann.
Zu tief sitzt der Schmerz, die Traurigkeit.
Doch jetzt ist nicht die richtige Zeit, um Dir zu sagen,
wie sehr ich im Kampf darin verstrickt bin,
alles hin zu schmeißen, bockig zu sein,
Dir zu zeigen wie sehr Du mich triffst
und andererseits nur einen Wunsch habe:
Dich lieben zu dürfen, von Dir geliebt zu werden.
Nennt man das jetzt Schadensbegrenzung oder Feigheit?
Ich muss mich jetzt erst mal wieder geordnet kriegen,
bevor ich versuchen kann, uns zu ordnen.

Bis dahin versuche ich Deinem Wunsch nachzukommen,
dass sich unsere Welten außerhalb unserer Treffen nicht berühren sollten.
Vielleicht brauchen wir den Abstand ja beide,
um festzustellen, was wir uns bedeuten?
Ob wir uns überhaupt etwas bedeuten?
Ist unsere Liebe am Ende nur ein Traum
und wir wachen daraus langsam auf?
Das Gefühl angekommen zu sein, verlässt uns vielleicht gerade...
Wenn ich in mich gehe, nach höre, kann ich Dir immer noch von Herzen
sagen: „Ich liebe Dich"
Du mich auch?
Die Liebe besiegt alles! Vielleicht hat sie uns besiegt...?!
***

Rastlos streife ich durch meinen Tag.
Nichts, was mich von den kreisenden Gedanken um Dich ablenkt.
Ständig der Blick aufs Handy, wieder und wieder die Mails checken –
aber beharrlich keine Nachricht von Dir.
Streifzüge durch die Nacht, weil mich nichts zu Hause hält.
Das Telefon angefleht, dass es endlich klingeln möge und Du dran bist.
Und wenn ich mich dann schlaflos im Bett wälze,
tröstet mich nur der Gedanke,
dass ich wieder einen Tag ohne Dich abhaken kann.
Ein weiterer Tag, an dem mein Leben einfach so an mir vorbei zieht.
Selbst, wenn ich unterwegs bin, werde ich Dich nicht los.
Wie ein Schatten verfolgst Du mich in meinen Gedanken.
Ich weiß, dass das so nicht weiter gehen kann, nicht weiter gehen darf.
Meine Welt muss sich auch mal wieder
um etwas anderes als Dich drehen, doch sie weigert sich stur,
es wieder um meine eigene Achse zu tun.
Warum fesselst Du mich so, auch wenn Du nicht bei mir bist?
Du zwingst mich durch Deine pure Abwesenheit in die Knie.
Ich liege am Boden, keinerlei Augenhöhe mehr zu Dir.
Komm doch und leg Dich ein wenig zu mir - bitte!
Halte mich, hebe mich auf, zieh mich an Dich.
Lass mich spüren, was ich so sehr vermisse.
Oder zaubere doch einfach durch ein Lebenszeichen von Dir

ein Lächeln auf mein Gesicht.
Melde Dich und lass mich wieder leben – bitte!
Du fehlst mir so sehr!

Nachwehen

In der Zeit nach meinem Besuch in Baden-Baden bin ich gebeutelt und hin und her gerissen. Meine Gefühle fahren Achterbahn und ich bekomme einfach nicht für mich geklärt, wo das hinführen soll. An einem Tag noch die schönsten Träume, am anderen Tag diese „Aussprache". Zwischen Adrian und mir ist eine solche Stille eingekehrt, dass ich sie noch nicht mal mehr als Waffenstillstand bezeichnen kann. Ich bin völlig verwirrt, was sich in meinen Tagebucheinträgen niederschlägt. Aber neben der Enttäuschung regt sich zum ersten Mal nach langer Zeit auch mein Stolz wieder. So geht das mit uns nicht mehr weiter! Er hat mich zu einer Frau gemacht, die er gelehrt hat die erotischen Spiele zu lieben, die aber keine Lust mehr hat, mit sich spielen zu lassen.

Müde und kraftlos – keine Lust mehr zu kämpfen.
Keine Energie mehr, um durchzuhalten.
Ich möchte mich einfach nur in eine Ecke verkriechen und alleine sein.
Noch nicht mal Dich – gerade nicht Dich – will ich jetzt bei mir haben.
Zeit für mich, um meine Wunden zu lecken, mich im Schmerz zu baden.
Ich brauche eine Auszeit, um wieder zu mir zu kommen,
um zu begreifen, was da gerade mit mir geschieht.
Keine Höllen mehr, in die Du mich schickst.
Nicht mehr so tun,
als ob es mir nichts ausmacht,
als ob ich mit einem Lächeln darüber hinwegsehen könnte.
Mein Lächeln ist müde geworden,
meine Scherze, die darüber hinweg täuschen sollen,
wie sehr Du mich triffst, lahm.
Selbst zum Weinen gerade zu schwach.

Diesmal ist es an mir in Revision zu gehen.
Halten meine Gefühle für Dich das aus,
was Du ihnen anzutun bereit bist?
Gibt mir Dein "Ich liebe Dich" genug Kraft und Vertrauen,
um Dir wieder zu verzeihen?
Ich will alleine sein.
Allein mit mir und dem Gefühlschaos.
Hätte so gerne die Energie zum Weinen.
Nicht um Dich, sondern darum, wie weit ich bereit bin,
mich und meine Bedürfnisse hinten an zu stellen.
Eigentlich geht es hier gar nicht mehr um Dich.
Es geht nur noch um meine Selbstachtung.
Wie weit bin ich bereit für Dich zu gehen, mit Dir zu gehen
und mich darüber zu verlieren?
Es gehören immer zwei dazu, einer der handelt und einer, der zulässt.
Gerade lasse ich nur noch zu.
Ich liebe Dich, aber vergesse darüber was ich bin,
wer ich bin - was ich mir wert bin?

Konsequente Inkonsequenz

Das nächste Treffen soll bei mir stattfinden, meine Grundstimmung ist gereizt, als Adrian eintrifft.

Natürlich habe ich mich auf ihn gefreut, aber die Verletzungen lassen sich nicht mehr oberflächlich mit einem Pflaster flicken. Adrian hat Wunden hinterlassen, die vernarbt sind, die für geschlagene Schlachten sprechen. Meine Gefühle fahren Achterbahn, ich habe keine Ahnung was das zwischen uns ist und wie es weiter geht. Zutiefst verletzt habe ich mich zurück gekrochen hinter meine Mauern und versuche nichts mehr in „uns" hinein zu interpretieren. Nach seiner „Aussprache" und des folgenden Friedensangebots sind einige Wochen ins Land gegangen. Konsequenterweise hätte ich es einfach dabei belassen sollen, aber ich kann einfach nicht.

Sind die Träume, die er bei mir, mit mir träumt nur vorhanden, wenn er hier ist? Sobald er zur Tür raus geht scheint er ein anderer zu sein, als der, den ich kenne und liebe.

Er ist also zurück. Als ob es seine Worte nie gegeben hätte. Und ich? Ich bin völlig inkonsequent, schwach und froh, ihn hier zu haben. Als ob nichts gewesen wäre rauscht Adrian wieder in mein Leben.

„Kleines, ich habe eine Überraschung für Dich!", skeptisch schaue ich Adrian an.

An für sich habe ich die Nase ziemlich voll von seinen Überraschungen, denn meist befördern sie mich von „Himmelhochjauchzend" zu „zu Tode betrübt".

„Ich will keine Überraschung! Ich hasse Überraschungen."

„Niemand hasst Überraschungen."

„Doch! Ich! Meist beinhalten sie nichts Gutes."

Adrian lässt sich von meiner Stimmung weder beeinflussen noch beeindrucken.

„Wenn Du Bon Jovi VIP-Tickets, inklusive Pre-Show-Party und den Diamond Circle als nichts Gutes erachtest, verkaufe ich die Karten wohl besser wieder? Wäre halt Dein Wiedergutmachungs-Geburtstagsgeschenk vom letzten Jahr gewesen."

Bon Jovi? Hat er gerade Bon Jovi, Diamond Circle und VIP-Karten in einem Satz gesagt? Scheiße!

Ich wollte ja nun wirklich keine Geschenke mehr von ihm annehmen, solange das zwischen uns nicht geklärt ist, aber mit Adrian zusammen auf ein Bon Jovi Konzert gehen? Das wäre mehr als nur ein Traum. Noch dazu im Diamond Circle. Das heißt: direkt vor der Bühne stehen und die Band hautnah erleben. Gewissenskonflikt! Jetzt nur nicht zu euphorisch klingen.

„Bon Jovi also… Diamond Circle. Normale Karten hätten es wohl nicht getan?"

„Nein, normale Karten hätten es überhaupt nicht getan. Für uns zwei nur das Beste. Ich will mit Dir rocken, tanzen, singen und feiern. So, dass wir auch was sehen."

Ok, jetzt muss ich schmunzeln. Zwei Zwerge wie wir würden sich da in der breiten Masse natürlich schon schwer tun.

„Wenn das so ist, kann es natürlich nur der Diamond Circle sein!", bestätige ich und kann mir ein Strahlen nicht verkneifen.

Wieder einmal beginnt Adrian von all den Dingen zu schwärmen, die wir noch zusammen machen müssen. Und wieder einmal lasse ich zu, dass er mich in seine Welt mitnimmt, unsere zwei Welten zu einer verwischen. Genau das, was er doch nicht mehr wollte.

Es hört sich aber auch zu schön an, was er da von unserer Zukunft erzählt. Und wieder bin ich gerne gewillt zu glauben.

Was hält Dich zurück?
Du sagst, Du liebst mich und dennoch
hältst Du Distanz,
lässt mich nicht an Dich,
an Dein Herz heran.
Ich werde Dich nicht verletzen
beim Versuch Deine Schutzmauern zum Einsturz bringen.
Lass sie mich zärtlich wegstreicheln, Dir beweisen,
dass Du mir vertrauen kannst, dass meine Liebe ehrlich ist.
Dass das zwischen uns, nicht nur eine Momentaufnahme ist.
Dadurch, dass Du Dich so sehr davor schützt verletzt zu werden,
bemerkst Du gar nicht,
wie sehr Du mich immer wieder verletzt.
Was ist denn mit meinen Schutzmauern,
die Du einrennst wie ein Rollkommando?
Ich habe keine Chance, meine Gefühle so zu schützen,
dass Du nicht an sie herankommst.
Immer wieder bringt Dein Selbstschutz mich dazu,
an Dir, Deiner Liebe zu zweifeln.
Noch sind meine Gefühle für Dich stark genug, um es auszuhalten.
Hin und wieder lässt Du mich kurz hinter Deine Fassade blicken
und ich weiß, dass das was dahinter ist, es wert ist,
weiter um Dein Vertrauen zu kämpfen.
Was hält Dich zurück?
Was hat Dich so verletzt,
dass Du jetzt lieber selbst verletzt,
als einfach mal loszulassen,
Deine Gefühle zu zulassen?
Das einzige, was ich zerbrechen möchte,
sind diese dicken Mauern um Dich herum.
Ich will den Menschen dahinter –
ich will Dich!
Ich liebe Dich!

Laufen? Ich schwebe!

Adrian verfolgt immer intensiver sein Lauftraining und hat vor demnächst seinen ersten Marathon in Hamburg zu laufen. Noch immer bin ich von der Euphorie und der Stimmung des Halbmarathons in Berlin angesteckt. Da ich nicht mit nach Hamburg zum Marathon kommen kann, verfolge ich Adrians Ergebnisse zu Hause am Laptop – zu was die moderne Technik doch alles fähig ist. Adrian meinte nur lapidar, ich solle mal hoffen, er überlebt, aber ich kenne ihn gut genug um zu wissen, dass er alles was er sich in den Kopf setzt auch durchzieht. Dazu ist er viel zu viel Erfolgsmensch, als sich auf eine Schlacht einzulassen, die er nicht gewinnen kann. Beruhigt registriere ich also, dass er den Marathon nicht nur überlebt hat, sondern auch eine gute Zeit gelaufen ist. Nach ein paar Stunden ist sein Zieleinlauf online zu sehen und ich werde gepackt von der guten Stimmung. In mir reift der Wunsch danach selbst zu laufen. Endlich mal etwas für mich zu tun.

Fremder, herzlichen Glückwunsch zu Deinem Lauf.
Ich bin stolz auf Dich! Irre Deinen Zieleinlauf zu sehen.
Sag mal, meinst Du das mit dem Laufen wäre auch etwas für mich? Irgendwie hat es mich gepackt.
Ich mag es zumindest versuchen, J.

Kleines, vielen Dank für die Glückwünsche.
Klar kannst Du auch laufen!
Wichtig ist nur, dass Du ordentliche Schuhe und einen guten Trainer hast. Mach einen Termin aus und lasse Deine Füße vermessen, damit wir die optimalen Schuhe für Dich finden und das mit dem Training übernehme ich.
Kuss, A.

Natürlich finde ich Adrian übertreibt mal wieder. Füße ausmessen lassen ist etwas übertrieben dafür, dass ich es ja erstmal versuchen mag. Adrians erster Trainingsschritt für mich lässt nicht lange auf sich warten: 1 Minute laufen, 1 Minute gehen, 20 x im Wechsel.
Es hat mich wirklich gepackt. Mit meinen neuen Laufschuhen, die ein Discounter gerade im Angebot hatte, starte ich meine Laufkarriere.
Allerdings muss ich sehr schnell feststellen, dass diese Schuhen und ich keine Freunde werden, doch irgendwie ist es mir als

kleiner, dicker Frau peinlich ins Sportfachgeschäft zu gehen und mir professionell die Füße vermessen zu lassen. Aber Adrian hat Recht, bei etwas mehr Frau müssen gute Schuhe her.

Der nette, durchtrainierte, sportliche, haselnussbraune Verkäufer guckt mich auch erstmal skeptisch an, als ich ihm sage, dass ich gerne irgendwann mal einen Halbmarathon laufen möchte, aber als er alles vermessen hat und mir Schuhe empfiehlt sagt er mir: „Ich lege meine Hand dafür ins Feuer: Irgendwann läufst Du diesen Halbmarathon. Dich hat das Lauffieber gepackt und Dein Laufstil ist super. Du packst das!" Noch aus dem Laden schicke ich Adrian eine Nachricht:

Es gibt Schuhe für 100 €, da laufe ich gut.
Es gibt welche für 120 €, da laufe ich super und es gibt welche für 160 €, auf denen schwebe ich.
Die laufen fast von alleine. Tipp von Dir?

Nimm die für 160 € - ich zahle!

Fünf Minuten später verlasse ich den Laden mit den teuersten Schuhen, die ich je gekauft habe und beginne mit dem Lauftraining nach Adrians Anweisung.

Verrückte Flügel

Das Laufen hat mein Verhältnis zu Adrian intensiviert. Regelmäßig jeden zweiten Tag lässt er mich meine Zeit und Strecke durchgeben und steht mir mit Tipps bei. Dank seiner Hilfe schaffe ich es schon eine ½ Stunde am Stück durchzulaufen und wider anfänglicher Befürchtungen macht es mir riesigen Spaß.

Leider gibt es auch nicht so gute Nachrichten. Adrians Mutter geht es gesundheitlich nicht so gut und er verbringt seine wenige Zeit damit zwischen Baden-Baden und seiner alten Heimat zu pendeln Natürlich schön mit Andrea zusammen, was mir nur noch ein müdes Lächeln entlockt. Dennoch schaffen wir heute ein Treffen in unserer zweiten Heimat, dem Hotel in Sinsheim.

Adrian erwarte ich erst am späten Nachmittag und so beginne ich meinen Aufenthalt (übrigens immer noch als Frau Jakob empfangen, was ich mittlerweile einfach so stehen lasse) mit einer Joggingrunde. Zurück im Hotel hat man mir die Sauna angeheizt und ich habe den kleinen, aber feinen Wellnessbereich ganz für mich alleine.

Als Adrian schließlich eintrifft, habe ich noch ein entspannendes Bad in unserer Suite genommen, mich schick gemacht und warte darauf von ihm zum Essen ausgeführt zu werden. Er springt noch schnell unter die Dusche und tauscht dann seinen Anzug gegen Jeans und Lederjacke. Steht ihm verdammt gut!

Vom Hunger getrieben setzen wir uns ins Auto, um in das kleine Städtchen zu fahren. An der Rezeption hat man uns „Die alte Mühle" empfohlen, eine Mischung aus Kneipe und Gasthof und wir verbringen dort einen witzigen Abend zwischen Küssen, Plaudern, viel Gelächter, aber auch romantischen Momenten.

Ich kann mich nicht erinnern, wann wir das letzte Mal (oder überhaupt) so unbekümmert und ungezwungen waren.

Es ist schon 22 Uhr als wir den Rückweg ins Hotel antreten und Adrian uns an der Tankstelle mit Chips, Getränken und Schokoriegeln eindeckt. Sonst immer so auf gesunde Ernährung bedacht, lässt er heute wirklich mal fünfe gerade sein.

Im Hotel beschließen wir noch einen Absacker an der Bar zu nehmen, was darin endet einmal die Cocktailkarte hoch und runter zu trinken und jede Menge Spaß zu haben.

„Also, wenn ich nicht einfach wegpennen soll, wenn wir auf dem Zimmer sind, sollten wir jetzt hoch gehen.", grinse ich leicht beschwipst zwei Stunden später.

Adrian lässt die Drinks aufs Zimmer schreiben und wir beladen uns mit unseren Lederjacken und den Tankstelleneinkäufen. Schnell aufs Zimmer!

Die Bar befindet sich integriert in die großzügige Lobby des Hotels und auf dem Weg zum Aufzug kommen wir an dem eindrucksvollen Flügel vorbei, der zwischen Bar und Rezeption platziert ist. Adrian drückt mir seine Lederjacke und die Tankstelleneinkäufe in die Hand, die er trug. „Halt mal!", weist er mich an, während er an den Flügel geht und die Klappe der Tasten hochklappt.

„Ähm… Fremder, da steht „Bitte nicht anfassen" drauf und vielleicht ist das jetzt keine so gute Idee?!?"
Mal abgesehen davon, dass wir ja nun beide schon einen zu viel getrunken haben, glaube ich nun wirklich nicht, dass Adrian hier rumklimpern sollte.
„Nix da! Ich spiele was für Dich!"
„Na klar… Den Flohwalzer oder was?", ich seufze genervt auf und der Barmann wirft uns einen finsteren Blick zu.
Adrian und Klavier spielen. Lachhaft!
Griesgrämig sehe ich ihm zu, wie er die Finger knacksen lässt und sich in Position setzt. Innerlich mache ich mich in Anspielung auf Zürich auf „Alle meine Entchen" gefasst und staune, als Adrian zu spielen beginnt. Adrian lässt eine Melodie erklingen, die mich und meine Zweifel verstummen lässt.
Einige Zeit lässt er seine Finger über die Tasten gleiten, was die wenigen anwesenden Gäste ebenfalls zum Schweigen und Zuhören bringt. Schließlich lässt er mich laut und vernehmlich wissen:
„Für Dich Kleines" und beginnt zu singen:

„I'll hold you and touch you
and make you my woman.
I'll give you my love
with sweet surrender.
Tonight our hearts will beat as one.
And I'll hold you and touch you
and make you my woman tonight."

Ich habe dieses Lied noch nie gehört, doch als er weiter singt und ich mir des Textes bewusst werde, muss ich vor Rührung mit den Tränen kämpfen.
In Berlin hatten wir schon einmal einen so emotionalen Moment als er das erste Mal „Ich liebe Dich" gesagt hat und jetzt, hier in der Hotelbar sitzt der Mann, den ich liebe, am Klavier spielt, singt für mich. Ich bin zu tiefst ergriffen während Adrian weiter singt und mir dabei unentwegt tief in die Augen blickt.
Diesen Moment werde ich nie im Leben vergessen!
Als er die Melodie ausklingen lässt, spenden die verbliebenen Gäste Applaus und ich stehe da, bepackt mit unseren Lederjacken und Einkäufen und kann ihn nur total berührt anschauen.
All meine Emotionen müssen mir ins Gesicht geschrieben sein, als er mich packt, laut „Kleines, ich liebe Dich!" ruft und mich in den wartenden Aufzug schiebt.

„Jetzt hat nur noch der Heiratsantrag gefehlt.", höre ich die Rezeptionistin raunen, als sich die Türen hinter uns schließen. In dieser Nacht lieben wir uns. Leise, mit unendlich viel Gefühl und im Hintergrund läuft in Dauerschleife Whitney Houston im Duett mit Teddy Pendergrass und sie singen „Hold me"

Am Morgen beschließen wir zu frühstücken und dann wieder im Bett zu verschwinden. Auf dem Weg zum Aufzug fragt mich Adrian, ob es mir gut geht. Gut? Wahrscheinlich braucht es nach dem gestrigen Abend Wochen, um mir das dümmliche Grinsen wieder aus dem Gesicht zu wischen. „Es geht mir hervorragend. Was denkst Du denn? Und selbst?" „Zauberhaft!", sagt er, packt mich, tanzt mit mir aus dem Aufzug in die Lobby und singt laut: „Now I've had the time of my life..." Dieser Mann ist völlig verrückt!

„Du solltest ordentlich frühstücken, Kleines!", Adrian sieht mich breit grinsend an, „Du wirst einiges an Energie brauchen später." Oh, oh! Ich bin mir sicher, dass er dieses Versprechen wahr machen wird und greife beherzt zu einem zweiten Brötchen. Zurück in der Suite höre ich ihn tief: „Ich will Dich in Leder" brummen. Das lasse ich mir nicht zwei Mal sagen. Jeans und T-Shirt fallen achtlos auf den Boden und ich ziehe nichts außer den hohen Stiefeln und seine schwarz-weiße Lieblingsledercorsage an. Diese ist aus sehr festem, schwarzem Leder, hinten geschnürt, vorne geschlossen durch einen derben silbernen Reißverschluss. Über diesem Reißverschluss wird die Corsage nochmals von kleinen, weißen Ledergürteln mit silbernen Schnallen verschlossen und am Rand ist das schwarze Leder der Corsage mit weißem umnäht. Wie nicht anders erwartet seufzt Adrian laut auf, als er aus dem Badezimmer kommt und mich so in der Mitte des Raumes stehen sieht. „Du siehst unfassbar gut aus!", lässt er mich wissen und nach über einem Jahr mit ihm wird mir bewusst, dass ich das erste Mal in der Lage bin, das nicht nur genauso anzunehmen, sondern es auch selbst zu wissen. „Dann solltest Du Dir nehmen was Dir gehört!", fordere ich ihn selbstbewusst auf. Dieser Bitte kommt er natürlich umgehend nach und schnell finde ich mich, meine Handgelenke mit Ledermanschetten aneinander gefesselt, auf dem Bett wieder. „Heute hole ich mir so viele Orgasmen von Dir, wie ich bekommen kann.", lässt er mich wissen und ich bin mir nicht sicher, ob das eine Drohung oder ein Versprechen ist. „Du wirst jeden laut mitzählen!", befiehlt Adrian mir, „Und ich schwöre Dir, wenn Du auch nur einmal vergisst zu zählen, fangen wir von vorne an." Uff... immer diese Spielchen!

Als ich laut „10!" schreie ist mir klar, dass Adrian es wirklich ernst gemeint hat und mir einen Orgasmus nach dem anderen abringt. Seine Hände sind auf mir, in mir, überall und immer wieder bringt er mich dazu ihm Zahlen entgegenzuschleudern.

„12!", schreie ich lauthals. Die Wogen der Lust haben sich anfangs leicht gesteigert, so dass es wirklich ein tiefer Genuss war, von ihm weiter angetrieben zu werden. Aber jetzt fühlt sich meine Fotze geschwollen, wund an, meine Klit ist überreizt von den Berührungen. Adrian will sich aber noch nicht zufrieden geben und schafft es mehr und mehr Ekstase durch meinen Leib zu schicken, noch einen drauf zu setzen.

„14!", mein lauter Aufschrei, „Bitte, bitte, Schluss! Ich kann nicht mehr. Bitte!"

Adrian lacht mich aus. „Natürlich kannst Du! Einer geht noch!"

Ich heule auf, spüre aber sowohl seine Finger schon wieder in mir, als auch den nächsten Orgasmus nahen.

„15!" brülle ich.

„Geht doch!", bestätigt Adrian. Als ich ihm auch noch Nummer 16 und 17 gegeben habe, hört er auf. Erleichtert seufze ich. Aber nur für einen kurzen Moment lässt er von mir ab.

Adrian löst meine Fesseln, zerrt mich auf die Knie und klettert hinter mich aufs Bett.

„Stopp!", flehe ich, aber dieses Mal ist er gnadenlos. Von hinten befingert er mich, so dass ich fast vergesse „18" zu rufen.

Eine kurze Verschnaufpause erhalte ich nur, als er die Peitsche auf meinen Rücken knallen lässt. Oh, wie ich das liebe und heute fühlt es sich wieder richtig an. Kurz lässt er von mir ab, um meinen Rücken, meinen Arsch mit Schlägen zu bedecken. Er legt ein Seil um meinen Hals, hält es, immer noch hinter mir kniend, fest in der Hand, um mir den Atem zu nehmen, während er mir weiter das Leder der Flogger zu spüren gibt. Ich stöhne lustvoll auf und genieße diese Behandlung solange, bis Adrian mir das Seil auf den Rücken legt und meine Beine spreizt.

„Verdammt, ich kann nicht mehr!", jaule ich, was ihn aber keine Sekunde abhält. Entschlossen verschafft er sich Zugriff auf meine Fotze und treibt seinen harten Schwanz unersättlich in mich.

Seine Hände haben Seil und Peitsche wieder aufgenommen, er schlägt mich, nimmt mir dabei den Atem und während seine Eier unerbittlich im Rhythmus der Peitsche gegen meinen Arsch klatschen, treibt er mich zu weiteren Orgasmen. Mein Flug beginnt, ich bin in einer anderen Welt, auf einer anderen Ebene. Heiß rinnen Tränen des Loslassens, der Befreiung über meine Wangen. Tiefe Schluchzer lösen sich aus meiner Kehle und ich bestehe nur noch aus Lust, loslassen, fliegen. Ich springe über Klippen, bin wund, treibe auf Wellen der Ekstase und der Lust, kann nicht mehr, kann aber auch nicht aufhören und bin fast ohnmächtig, als er heiß seinen Samen in mir verströmt, ein letztes Zucken, ein letzter Stoß, ein letzter Schlag der Riemen, als ich „24!" schreie. Ich falle einfach unter ihm zusammen, meine Hände halten mich nicht mehr, meine Knie sacken weg.

Das Seil droht mich zu erwürgen, da Adrian es, immer noch versunken in seinem Orgasmus, fest fixiert hält. Doch ich bekomme nichts mehr mit, höre nur noch meinen stoßweisen Atem, derweil ich nach Luft ringe und sein „Scheiße", als er das Seil fallen lässt, um meine Kehle frei zu geben.

Plötzlich liegt er neben mir, zieht mich in seine Arme.

„Kleines, Kleines!", versucht er ein Lebenszeichen von mir zu bekommen, aber ich kann ihn nur stumm anstarren, völlig in mir gefangen, völlig erledigt, befriedigt, erschöpft, während die Tränen weiter fließen. Seine leichte Ohrfeige fordert meine Aufmerksamkeit, holt mich zu ihm zurück. Erstaunt starre ich ihn an und mein Körper erzittert unter einem Beben, einer Explosion der Emotionen. Dämme, von denen ich dachte, dass sie längst gebrochen wären, brechen auf, ich werde übermannt von mir, ihm, uns. Adrian hält mich, fängt mich, ist sich bewusst, dass ich genau das jetzt brauche, in mir etwas platzt, was mich jahrelang davon abgehalten hat, ich zu sein.

Er lässt mich weinen, schluchzen und hält mich noch lange, bis die Tränen langsam versiegen. Nach diesem völligen Zusammenbruch, in dem ich mich restlos fallen gelassen und hingegeben, mich auseinander gelegt und neu zusammengesetzt habe, fühle ich mich wie ein neuer Mensch.

Eine zentnerschwere Last, die ich schon gar nicht mehr bemerkte, die aber immer Druck ausübte, wurde mir von den Schultern genommen. Adrian flüstert mir immer wieder ins Ohr, wie schön ich bin. Verheult, verquollen, ausgelaugt, findet er mich bezaubernder als je zuvor. Er hat etwas aus mir herausgeholt, dass wie ein drückender Spreißel schon lange entfernt hätte werden müssen. Mir wird bewusst, dass ich nie mehr die kleine, dicke, verschüchterte Frau sein werde, deren Selbstbewusstsein nur aufgesetzt ist.

Adrian hat Schneewittchen wach geküsst, hat mich durch all das, was wir gemeinsam erlebt haben, er mich gelehrt und ich gelernt habe, durch seine Liebe, durch den körperlichen und seelischen Schmerz, zu einer anderen gemacht. Ich bin noch Jule, aber eine starke, sich selbst bewusste Jule. Immer noch klein und dick, aber innerlich gewachsen.

Verletzt, geheult, gekämpft habe ich die Schlachten dieser Liebe geschlagen und deren Krieg überlebt. Dadurch, dass ich so oft schwach war, wurde ich stark und konnte zulassen, dass Adrian meine Schwächen sehen kann.

In dem ich mich ihm hingebe, die Zügel loslasse, ihm die Kontrolle über mich vertrauensvoll in die Hände gebe, lasse ihn mit mir und meinen Körper spielen und selbst in Momenten, in denen ich mich ihm schwach zeige, sieht er nichts in mir als Stärke. Je mehr ich mich ihm hingegeben, offenbart habe, umso mehr hat er mir seine Hochachtung dafür gezeigt. Für jedes bewusste Abgeben der Kontrolle, was mir so schwer fiel, hat er mich mehr geachtet.

Immer ließ er mich auf Augenhöhe zu ihm sein, nie dominierte er mich, indem er mich unterdrückte oder demütigte. Er achtete mich und meine Vorlieben, so dass ich ihm meine Welt in seine Hände legen konnte und immer passte er dabei auf mich auf. Jetzt kann ich es ohne die Angst tun wieder verletzt zu werden.

Ich bin so an ihm, an uns, an mir gewachsen, dass mich nichts mehr erschüttern wird. Ich kann schwach sein, ohne Angst haben zu müssen meine Stärke zu verlieren.

Schneewittchen lebt endlich ihr Leben und ist die, die sie im tiefsten Inneren schon immer war, was nur viel zu lange verschüttet gewesen ist, was endlich ans Tageslicht kommen durfte. Neben dieser neuen Welt der Sexualität gab Adrian mir die Frau in mir zurück.

Nein, nicht zurück – er hat sie zum Leben erweckt, mit Lebensgefühl gefüllt. Adrian glaubte an mich. In seinen Augen war ich, von Beginn an und ohne Diskussion, sinnlich, begehrenswert, sexy, charmant und intelligent. Adrian sah etwas in mir, was vorher noch keiner gesehen hat und er hat es aus mir heraus gekitzelt.

Lange liegen wir so, hängen unseren Gedanken nach. Adrian streichelt meinen geschundenen Körper, lässt mich nicht los, küsst mein Haar, meine Stirn und ich weiß, egal was jetzt noch auf uns zukommt, das alles kann mir keiner mehr nehmen! Schneewittchen ist wach geküsst und bekam Momente geschenkt, die sie ihr ganzes Leben lang nicht vergessen wird, die ewig in Erinnerung bleiben.

Fast eine Woche jetzt, seit wir uns sahen.
Fast eine Woche, in der ich nichts von Dir gehört habe.
Langsam frage ich mich, ob ich das alles nur erträume,
Du nichts als süße Phantasie bist.
Bist Du nur eine Illusion?
Nein, Du raubst mir zwar die Sinne,
aber noch bin ich nicht ganz verrückt.
Ich sehe doch noch jetzt Deine Spuren auf meiner Haut,
fühle noch Deine tiefen, innigen Blicke.
Alles was wir erlebt haben, war so intensiv, so vertraut.
Es war wieder so tief mit Dir, sowas träumt man doch nicht.
Das mit uns ist unendlich wahr und gut –
zu schön, um wahr zu sein?
Noch trage ich Deine verblassenden Striemen auf meinem Rücken,
doch das, was wir erlebt haben, bleibt in vertrauter,
nie verblassender Erinnerung.
Unsere kurzen, ewigen Momente hinterlassen tiefe Spuren
in meinem Herzen.
Nein, das war kein Traum.
Meine Spuren erzählen eine Geschichte davon, dass Du wirklich bist,
dass wir real sind.

Möchtegern-VIP

Eine Woche vor dem Bon Jovi Konzert sind Adrian und ich verabredet, doch am Abend vor unserem Date erreicht mich seine Mail:

Kleines, meiner Mutter geht es sehr schlecht.
Wir sind schon auf dem Weg zu ihr.
Ich kann morgen nicht kommen.
Ich trage Dich im Herzen, A.

Wir... ich grummele ein bisschen vor mich hin, denn „wir" bedeutet, dass er mit Andrea unterwegs ist. Erstaunlicherweise lässt mich das ziemlich kalt, von der Tatsache mal abgesehen, dass er unter diesen Umständen wohl auch nicht mit zum Konzert kommen kann...

Fremder, das mit Deiner Mama tut mir sehr leid! Ich hoffe, es geht ihr bald besser! Ich weiß, das ist ein ungünstiger Zeitpunkt, aber wie sieht es mit dem Konzert aus? Denke an Dich, J.

Nach derzeitigem Stand sieht es schlecht aus. Frag Doro und Lilly, ob sie mitkommen, dann musst Du nicht alleine gehen. Habe ein paar Karten mehr gekauft, die ich bei eBay verkaufen wollte. Vielleicht kann ich nachkommen.

Was kosten die Karten? Können sich die Mädels das leisten?

Fühlt Euch von mir eingeladen! Kann Dich ja nicht allein gehen lassen. Jemand muss auf Dich aufpassen, damit Du mir nicht mit dem Jon durchbrennst. Gib Bescheid, wie viele Karten Du noch brauchst. Muss jetzt aufhören, bin nicht mehr alleine.

Die Mädels sind natürlich restlos begeistert und sagen beide zu, mich nach Mannheim zum Konzert zu begleiten. Klar freue ich mich auch, dass die Mädels dabei sind, aber ein kleiner Wehmutstropfen bleibt. Vielleicht schafft er es ja nachkommen?

Nachdem ich weder über das Wochenende noch zum Anfang der Woche etwas von Adrian gehört habe, reservieren die Mädels und ich uns ein Zimmer in einem günstigen Hotel.

Am Mittwoch kommen die Karten für uns drei per Post und mir stockt der Atem. Eine Karte kostet über 320 €! Das sind also fast 1.000 € für unsere drei Karten! Ein ganz schön teures Geburtstagsgeschenk!

Alle relevanten Daten zur Akkreditierung vor Ort erhalte ich dann nochmal per Mail von Adrian und bislang hat er nicht endgültig abgesagt. Bis zum Tag des Konzerts bekomme ich nur die Nachricht, dass er uns viel Spaß wünscht und mich anweist bei *„You give love a bad name"* an ihn zu denken.

Die Mädels sind nach wie vor fest davon überzeugt, er wird einfach im VIP-Bereich aufkreuzen, aber ich mag da keine allzu große Hoffnung reinlegen.
Schon die Fahrt gestaltet sich unheimlich witzig. Wir grölen lauthals Bon Jovi Songs und Doro hält fröhlich ihre VIP-Karte ans Autofenster, um alle anderen Autofahrer auf der Autobahn (bei geschlossenem Fenster) wissen zu lassen:
„Ich hab Bon Jovi-Tickets, ich bin VIP! Und Du nicht!", was bei uns für regelmäßige Lachflashs sorgt.
Die Stimmung trübt sich allerdings, als wir unser Hotelzimmer sehen. Günstig ist in dem Fall leider auch herunter gekommen und dreckig. Alles klebt, die Badezimmerlampe besteht aus einer Glühbirne in der rohen Fassung, es ist ekelhaft. Aber da wir sowieso nur hier übernachten werden, beschließen wir das Beste aus der Situation zu machen. Die Tatsache, dass wir VIP-Tickets haben, aber im schlimmsten Hotelzimmer aller Zeiten sind, löst sofort wieder Lachanfälle aus. Schließlich geht es endlich mit dem Taxi zum Veranstaltungsort. Wir stellen uns in die Schlange für die VIP-Akkreditierung an und als wir endlich dran sind und die Dame meine Karten und Unterlagen prüft, höre ich:
„Tut mir leid, aber sie stehen nicht auf der Liste. Da stimmt was mit ihren Karten nicht! Ich kann sie so nicht reinlassen." Bitte was?
Verwirrt blicke ich mich nach Doro und Lilly um:
„Die lassen uns nicht rein!"
Die leicht unwirsche Dame von der Akkreditierung bittet mich, an der Seite zu warten, damit die „wahren" VIPs ihren verfrühten Einlass genießen können, man kümmere sich später um unser „Problem". Ein junger Mann spricht mich an:
„Haben sie auch Karten von Herrn Jakob? Habe schon versucht ihn zu erreichen. Nicht, dass wir einem Betrüger aufgesessen sind!"

Oh Mann auch das noch! Ich versichere, dass ich Herrn Jakob persönlich kenne und er sehr vertrauenswürdig ist, was mir nur giftige Blicke einbringt.

„Ruf Adrian an.", reden Lilly und Doro auf mich ein.

Leichter gesagt als getan, denn er ist ja mit Andrea bei seiner Mutter. Der freut sich bestimmt riesig, wenn ich ihn jetzt anrufe. Mal abgesehen davon, dass er wahrscheinlich nicht dran gehen wird. Was mache ich denn jetzt nur? Vor mir stehen meine zwei Freundinnen und Holger, wie er sich vorgestellt hat, mit seiner Mutter und gucken mich erwartungsvoll an. Mist, Mist, Mist! Nochmals gehe ich mit allen Unterlagen zur Akkreditierung, doch man teilt mir mit, dass unsere Karten anscheinend nicht von einer offiziellen Stelle verkauft wurden und man das prüfen müsse. Aber erstmal werde sich um die Leute gekümmert, die eine ordentliche Karte hätten. Unverrichteter Dinge kehre ich zu der kleinen Gruppe zurück. MIST!

Gerade als ich mich dazu entschließe Lilly bei Adrian anrufen zu lassen, klingelt mein Handy:

„Kleines, es gibt Probleme mit den Karten!"

Ach was? Wäre ich von alleine nie drauf gekommen.

„Holger hat mich angerufen. Er hat meine Nummer an den Veranstalter gegeben und ich kümmere mich darum. Wartet einfach einen Moment."

Naja, zumindest ist mal die Frage geklärt, ob er vielleicht nicht doch noch zufällig auftaucht – wohl eher Nein.

Weitere 15 Minuten, die uns wie eine Ewigkeit erscheinen, sind alle anderen „VIPs" bereits eingelassen und wir stehen immer noch mit verwehrtem Eintritt vor dem Akkreditierungszelt. Langsam wird es unangenehm! Endlich ein erneuter Anruf von Adrian:

„Da kommt gleich der Bandbetreuer bei Euch vorbei und holt Euch ab. Es ist noch nicht alles geklärt, aber die lassen Euch jetzt zumindest vorerst mal rein. Ich melde mich dann nochmal."

Tatsächlich bekommen wir endlich unsere VIP-Pässe ausgehändigt und werden von dem netten Betreuer über das noch leere Veranstaltungsgelände geführt.

Bei allen ist die ausgelassene Stimmung zurückgekehrt, aber mir ist immer noch mulmig. Unsere kleine, fünfköpfige Truppe wird quer über das riesige Gelände geleitet, wo alle paar Meter ein Security-Mann aufgestellt ist. Doro begrüßt jeden einzelnen aufgekratzt, zeigt ihren VIP-Pass und weist darauf hin:

„Ich bin VIP… la la laaaaa…"

Hoffentlich geht das gut!

Vor dem VIP-Zelt, in dem die Pre-Show-Party stattfindet, angekommen, erklärt uns der Bandbetreuer, dass man uns zwar jetzt vorab erstmal einlässt, aber noch nicht alles geklärt sei, wir zunächst keines der bereitgestellten Geschenke entgegennehmen sollen und er wieder auf uns zu kommt, sobald er näheres weiß. Damit entlässt er uns fürs erste.

Wir gehen über den ausgerollten roten Teppich an der VIP-Fotowand vorbei und bekommen direkt eine mit Geschenken gefüllte Bon Jovi-Tasche in die Hand gedrückt. Ich will gerade protestieren, doch die Mädels haben sich ihre schon geschnappt und Doro verkündet: „Neeeeeee! Die gebe ich auf keinen Fall wieder her." Ich seufze auf, leicht habe ich es auch nicht so zwischen allen Stühlen.

Schließlich suchen wir uns erstmal einen Sitzplatz und stürzen uns auf das reichhaltige, leckere Büffet. Kurz darauf ruft Adrian wieder an: „So, Kleines, ich habe eben nochmal mit dem Veranstalter gesprochen. Es ist alles geklärt. Ich habe die Karten über einen Ticketvorverkauf in Holland erstanden, das gab ein paar Schwierigkeiten, aber jetzt ist alles ok. Ihr seid jetzt also offiziell drinnen!", höre ich ihn auflachen, „Geht wilden Spaß haben und genießt die Show. Sorry, dass es Probleme gab. Atmest Du eigentlich wieder? Ich kenne Dich doch!", ich höre ihn regelrecht breit grinsen bei dieser Aussage. „Die kommen gleich nochmal auf Euch zu und ihr habt den Bandbetreuer den ganzen Tag für Euch. Du hast keine Ahnung, wie gerne ich bei Euch wäre! Hab Dich lieb!" und zack ist er schon wieder aus der Leitung verschwunden.

In dem Moment kommt auch wirklich Brian, der Bandbetreuer, auf uns zu und versichert uns, dass alles ok ist, entschuldigt sich für die Unannehmlichkeiten und bittet uns, uns jederzeit an ihn zu wenden, wenn wir Wünsche haben. Außerdem sollen wir doch warten, bis er uns später abholt, er möchte uns persönlich in den Diamond Circle bringen.

Da purzeln einige Felsbrocken von meinem Herzen. Wie peinlich wäre es denn bitte gewesen, wenn man uns wieder aus dem Zelt geleitet hätte? Endlich kann die Party auch für mich beginnen.

Wir haben uns an einem der schön gedeckten runden Tische breit gemacht und genießen die Party und das leckere Essen.

An unserem Nachbartisch sitzt ein berühmter Sportler, der nicht umhin kommt, uns Beachtung zu schenken, da wir so viel Spaß haben, dass wir fast den ganzen Saal alleine unterhalten.

Ja, so eine bevorzugte Behandlung hat schon was! Ganz entspannt zu essen, trinken und vor allem Toiletten zu haben, während sich draußen die ersten Besucher die Beine in den Bauch stehen müssen, hat durchaus seine Vorteile. Nach einigen Drinks wird die Stimmung noch ausgelassener.

Der arme Sportler wird mit Autogramm- und Fotowünschen belästigt und ich stelle mir vor, dass das ziemlich anstrengend sein muss, wenn man einfach nur in Ruhe ein Konzert besuchen will und dann selbst im VIP-Zelt bedrängt wird. Als der Gewichtheber dann mal wieder eine ruhige Minute hat, um das Treiben an unserem Tisch zu verfolgen, lässt Doro ihn deshalb wissen: „Keine Sorge, wir wollen kein Autogramm und auch kein Foto machen! Wir haben sie schon heimlich von hier aus fotografiert.", was ihr einen herzhaften Lacher einbringt. Doro weiß aber noch einen drauf zu setzen: „Und wenn Sie einfach zu uns rüberkommen, können Sie mit uns Spaß haben. Dann müssen Sie nicht immer rüber gucken. Live dabei ist besser."

Oh Mann! Ist das peinlich, Mr. Muskelprotz scheint aber, im Gegensatz zu seiner reichlich verbissen blickenden Frau, amüsiert zu sein. Dennoch erlaubt sie ihm wohl nicht, sich zu uns zu setzen, denn er muss weiter aus der Ferne unseren Spaß beäugen. Irgendwann beschließen wir, nachdem wir offiziell akkreditiert sind, nochmal über den roten Teppich zu laufen, um einige Erinnerungsfotos zu machen. Da wir so viel gute Laune verbreiten, findet sich auch schnell jemand, der sich unsere Kameras schnappt und wir zu dritt vor der VIP-Wand posieren können. Wie viele Konzertbesucher haben auch wir ein Schild dabei. Allerdings steht auf unserem: „Danke, Adrian"

Dies sorgt für Verwirrung und wirft die allgemeine Frage „Wer ist eigentlich Adrian?!?!" auf – ein herrlicher Spaß.

So vertreiben wir uns die Zeit bis Konzertbeginn und langsam lichten sich die Reihen im VIP-Zelt. Viele der anderen Gäste sind schon im Diamond Circle, um sich diverse Vorgruppen anzuhören, aber wir warten brav auf Brian wie verabredet. Schließlich holt er uns endlich ab und beladen mit unseren Geschenken und ausgestattet mit dem VIP-Pass führt er uns über das Gelände, das mittlerweile brechend voll ist. Er schleust uns durch die Menge und ruft dabei ständig laut: „Excuse me, VIPs" oder „More space for the VIPs, please."

Brav folgen wir ihm, jede von uns Mädels eine Zigarillo in der Hand und es ist schon ein grandioses Gefühl, wenn Leute für uns zur Seite gehen und schauen, wer da so wichtiges kommt. Daran könnte ich mich gewöhnen.

Vor dem Diamond Circle ist noch mal eine Absperrung und ein roter Teppich ausgerollt. Brian ruft auch hier, bevor wir über den Teppich gehen, nochmal laut dem Securitymann: „Special VIPs" zu, was uns zahlreiche Blicke der anderen Konzertbesucher einbringt. Während ich so schnell als möglich versuche der Aufmerksamkeit zu entkommen, winkt Doro freundlich der Menge zu und kommentiert das mit: „Danke, danke, danke. Autogramme gerne später."

Endlich im Diamond Circle angekommen, bin ich schlichtweg sprachlos, wie nahe wir vor der Bühne stehen. Keine zwei Meter trennen uns von der Band und das Beste: es ist unheimlich viel Platz, so dass man nicht Gefahr läuft in der Masse erdrückt zu werden. Oh ja, erwähnte ich schon, dass ich mich daran gewöhnen könnte VIP zu sein?

Schließlich beginnt Bon Jovi mit einem Paukenschlag, wir rocken mit und haben unglaublich viel Spaß.

Als „You give love a bad name" gespielt wird, drehen wir ein Video für Adrian, in dem Doro und ich mitsingen und das wir ihm später schicken. Einfach nur grandios! Bon Jovi ist zum Greifen nah und als Jon später einige Stücke unplugged auf einem Steg rund um den Diamond Circle spielt, bekomme ich sogar ein High Five von ihm.

Zurück auf der großen Bühne stimmt Jon ein weiteres Lied an, „Halleluja". Sofort denke ich an meinen ersten Morgen mit Adrian. Er saß in meinem Auto und hat dieses Lied mitgesungen. Dieser Tag wird, wie das heutige Konzert, aus vielen Gründen unvergessen bleiben.

Wir sind so müde, dass wir noch nicht mal mehr unser schmuddeliges Zimmer bemerken, sondern uns einfach in unsere Betten fallen lassen.

Bis zum nächsten Morgen haben wir uns soweit erholt, dass wir beim Frühstück bei McDonalds schon davon träumen können, wen wir noch gerne als VIPs sehen würden.

Als ich irgendwann später Adrian davon erzähle, verspricht er mir ein Adele Konzert in London, Robbie Williams in Prag und Pink in Los Angeles. Wieder sagt er mir, wie sehr er mich liebt. Ich sage nichts. Meine Antwort ist nur ein Lächeln.

Ich habe mich so zusammen gerissen –
kein Wort darüber, wie sehr ich Dich liebe,
Dich vermisst habe, mich freue, Dich zu sehen.
Liebevolle Distanz gewahrt, versucht, nicht emotional zu sein.
Auf Dein „Ich liebe Dich" nur mit einem Lächeln geantwortet.
Mich zurück genommen, um Dir das Gefühl zu geben,
mich nicht wieder auf den Boden holen zu müssen.
Um Dir auch ein wenig von deiner Sicherheit zu nehmen,
denn ich weiß, wie sicher Du Dir meiner bist.
Du unterschätzt aber, dass auch meine Liebe nur
bis zu einem gewissen Grad belastbar ist.
Das hat es mich durchstehen lassen –
Dir nahe zu sein, ohne zu viel Nähe zu zulassen.
Und wir waren uns so verdammt nah,
nur in Worten habe ich diesmal nicht ausgedrückt,
was Du für mich bist, was ich für Dich fühle.
Wir waren uns so nahe, als wir uns tief in die Augen geschaut haben.
Wie gerne hätte ich meinen Gefühlen freien Lauf gelassen.
Doch gerade, weil ich so viel für Dich empfinde,
musste ich es mir verkneifen.
Ich weiß, dass ich Dich damit irritiert habe, vielleicht auch verletzt?
Mich hat es verletzt.
Wie gerne hätte ich Dir in diesen innigen Momenten gesagt,
wieviel Du mir bedeutest.
Doch ich höre noch Deine Stimme, die mir sagt,
dass ich zu emotional, zu euphorisch bin.
Hey, so bin ich nun mal.
Was ist meine Liebe wert,
wenn ich sie nicht ausdrücken, nicht leben darf?
Ich weiß nicht, wie es Dir damit ging,
aber meine Gefühle zu unterdrücken hat mich mehr verletzt,
als alles, was der Rohrstock auf meinem Rücken hinterlassen hat.
Das sind Narben, die auf meiner Seele brennen,
Spuren, die Risse in meinem Herzen hinterlassen.
Mit Worten durfte ich nicht ausdrücken, was Du für mich bist,
doch hast Du in meinen Augen gelesen und auf mein Herz gehört?

Ich kann meinem Mund verbieten, auszusprechen, was ich empfinde.

Mein Körper, mein Herz und meine Seele werden es nie verschweigen.

Kleine Franzosen

Eine Woche ist seit dem Konzert vergangen und immer noch erscheint es völlig unwirklich. Wir haben unsere Bilder online gestellt, auch die Videos sind zu sehen und dennoch kann ich nicht glauben, wie nah wir dran waren, wie toll es ist ein Konzert so zu erleben.

Ich bin mit Adrian in Baden-Baden verabredet, denn bei mir gibt es Neuigkeiten, über die ich gerne mit ihm sprechen möchte und auch er lies mich wissen, dass er mir etwas zu sagen hat.

So fahre ich mit einem leicht mulmigen Gefühl in die Stadt, die mir das letzte Mal nicht wirklich Glück gebracht hat.

Adrian hat darauf bestanden, mich in einem Hotel in der Nähe seiner Wohnung und des Büros einzubuchen, so dass ich für ihn sowohl besser erreich– als auch besuchbar sein werde als in der Pension.

Mit Fräulein im Schlepptau mache ich mich also auf, um mich mit ihm zum Mittagessen zu treffen. Vorsichtshalber habe ich ihn nochmal darauf hingewiesen, dass ich den Hund dabei habe, damit er das bei sämtlichen Reservierungen nicht vergisst.

Es ist ein herrlicher Sommertag und wir sind bei einem „kleinen Franzosen" (seine Worte) verabredet. Adrians Termine verschieben sich mal wieder und langsam wird es sowohl mir als auch Fräulein ziemlich warm, während wir auf Adrian warten.

Deswegen bin ich ganz froh, als mich seine SMS erreicht:

> *Ich nehme einen Martini vor dem Essen. Es ist auf Jakob für uns reserviert. Geh bitte schon mal rein und bestelle.*
> *Bin in 10 Minuten da.*

Schnell nochmal abpudern, Fräulein an die Leine und ich betrete das Foyer des schnuckeligen Fachwerkhauses, in dem sich der „kleine Franzose" befindet. Sofort überrascht mich die hoch elegante, sehr gediegene Einrichtung. Bevor ich noch die Tür zum Gastraum in die Hand nehmen kann, öffnet mir ein Herr in schwarzem Anzug: „Madame, willkommen in unserem Haus! Schön, sie begrüßen zu dürfen. Haben Sie reserviert?"

Ach, das ist ja mal nett, denke ich noch und bestätige die Reservierung für Jakob.

„Jakob, natürlich. Zwei Personen mit dem kleinen Hund, der uns angekündigt wurde. Normalerweise haben Hunde bei uns ja keinen Zutritt, aber für Sie machen wir gerne eine Ausnahme. Darf ich Sie zu ihrem Tisch begleiten, Frau Jakob und Herr oder Frau Hund?"

„Frau Stein und Fräulein.", stelle ich uns vor und bin ein wenig überrascht von so viel Aufmerksamkeit.

Ich folge dem netten Herrn zu einem Ecktisch in einem kleinen Nebenraum, wo er mir den Stuhl zurecht rückt und mir versichert, dass sich sofort jemand um mich kümmert. Innerhalb von Sekunden erscheint ein weiterer, vornehm gekleideter Herr, fragt, ob ich denn schon Wünsche hätte und erklärt, dass mir natürlich umgehend die Karte gereicht werde.

Leicht irritiert bestelle ich zwei Martini und eine Flasche stilles Wasser und bin noch perplexer, als mir sowohl die Martinis als auch das Wasser von unterschiedlichen Kellnern serviert werden, die mich jedes Mal mit meinem Namen ansprechen.

Auch Fräulein bekommt unaufgefordert eine Schale Wasser gereicht. Der dritte Kellner rückt mit der Karte an, die ich nicht nur in die Hand gedrückt, sondern auch vorgelesen bekomme und man vergisst nicht, mich auf die Tageskarte und das Tagesmenü hinzuweisen. Zwischendurch ist an meinem Tisch mehr los als bei McDonalds zur Rushhour.

Ganz schön viel Brimborium für einen kleinen Franzosen, denke ich noch, schlage die mir gereichte Speisekarte auf und halte erschrocken inne. Da steht was von Michelin-Stern! Das erklärt natürlich einiges! Während ich denke, bei einem „kleinen Franzosen" zu essen, hat mich Adrian in ein Sternerestaurant geschleppt! Innerlich verfluche ich ihn und bin heilfroh, dass ich mich heute Morgen gegen Jeans und T-Shirt und für ein leichtes Sommerkleid entschieden habe!

Während Fräulein gemütlich unterm Tisch schlummert, schwirren also weiter Geschwader von Bedienungen um mich herum, sehr um mein Wohl bemüht.

Endlich taucht Adrian auf und völlig unbeeindruckt von dem Treiben um uns herum, packt er meinen Hinterkopf, zieht mich zu sich und bedenkt mich mit einem innigen Zungenkuss. Gott, ist mir das peinlich, aber jeglichen Versuchen mich von ihm zu lösen, hält er stand und so bieten wir den Anwesenden einen bühnenreifen Filmkuss. Als er schließlich auch Fräulein ausgiebig begrüßt hat, die bei seiner Ankunft plötzlich hellwach war, setzen wir uns und innerhalb von Sekunden haben wir wieder jemanden am Tisch, der nach unseren Wünschen fragt.

Als Adrian einen leichten Rosé für uns gewählt hat und wir uns beide für das Tagesmenü (nur 85 € pro Person – ich sehe mich die Augen rollen) entschieden haben, gönnen uns die Kellner einen kurzen Moment für uns.

Sofort will Adrian meine Hand haltend wissen, was es bei mir neues gibt.

„Ich habe Dir doch von meinem schwulen Lieblingskollegen Gerd erzählt?", erinnere ich ihn, was er mir nickend bestätigt, „Gerd geht in ein Möbelhaus nach Wien und hat eine Assistentin bewilligt bekommen. Er möchte mich mit nach Wien nehmen. Außerdem hat er schon eine WG aufgetan, wo es auch ein Zimmer für mich und Fräulein hätte. Bezahlung und Arbeitszeit wären besser als derzeit und naja, Du weißt ja, dass ich schon länger Fluchtgedanken habe und nicht da bleiben möchte, wo ich jetzt bin. Wien wäre eine Option."

Adrian blickt mich lange an und schluckt.

„Was meinst Du dazu?", hake ich nach.

Adrian hat sich in den letzten Monaten dadurch ausgezeichnet, dass er mich besser kennt als jeder andere. Vor allem bringt er da, wo ich Bauchentscheidungen treffe, seinen Kopf ein. Allerdings nicht mit seinen Ideen oder Vorschlägen, doch mit Ratschlägen, die ich mir geben würde, wäre ich nicht so emotional gestrickt und würde statt nur auf mein Bauchgefühl zu hören auch meinen Kopf einsetzen. Da wo nur ich Herz bin, ist Adrian mein Kopf geworden.

„Nun Kleines, wo sind deine Zweifel? Du würdest mich nicht fragen, gäbe es keine."

„Es ist Wien! Wien an sich soll ja wunderschön sein. Aber, es ist Wien in Österreich. Ich würde alles zurück lassen. Familie, Freunde, Kollegen, mein Daheim. Und zwar fast 700 km weit zurück. Außer Gerd kenne ich niemanden, ich wäre ganz allein. Und letztlich stellt sich mir auch die Frage, was mit uns wäre, wenn ich in Wien bin?"

„Nun, die Bedenken verstehe ich, aber was wäre an Wien anders als an Baden-Baden? Wenn du zu mir kommst, würdest Du auch alles hinter Dir lassen, um hier neu anzufangen."

Seit Wochen hat Adrian nicht mehr davon gesprochen, dass ich kommen soll, weswegen ich nun leicht überrascht bin.

„Nun, Baden-Baden ist vergleichsweise nur einen Katzensprung von daheim entfernt. Wenn ich Heimweh habe, bin ich schnell auf einen Besuch daheim und die Mädelsabende könnten auch einmal im Monat hier stattfinden. In Wien ist das alles nicht so leicht möglich."

„Da hast Du natürlich Recht. Baden-Baden wäre leichter erreichbar als Wien. Wäge das einfach gut ab, Kleines. Natürlich wäre es mir lieber, Du kommst nach Baden-Baden. Aber Wien hat einen Flughafen und Baden-Baden auch. Und glaube mir, egal wo auf der Welt Du hin willst, alles was ich mit dem Flieger erreichen kann ist kein Problem für mich, da komme ich hinterher. Was nicht so einfach mit dem Flieger erreichbar ist… hmm… da müssen wir drüber diskutieren. Wien ist für mich machbar, wenn Du das willst."

„Naja, Wien steht ehrlich gesagt nicht ganz oben auf meiner Wunschliste, aber es wäre halt eine Option. Ich habe mich firmenintern europaweit beworben. Mallorca wäre mir auch lieber oder Berlin. Warten wir mal ab, was sich ergibt."

„Und das von Dir, wo doch Geduld nicht Deine Kernkompetenz ist, Kleines.", neckt Adrian mich.

„Du hast mich gelehrt, es zu einer Kompetenz machen zu müssen, Fremder."

Adrian schmunzelt: „Ich liebe es, wenn Du so renitent bist." Nachdem wiederholt gefühlte 1000 Kellner unseren Tisch bevölkert haben, um Wünsche und Anträge entgegenzunehmen, die Gläser zu befüllen, natürlich Wasser- und Weingläser getrennt nach Wasser- und Weinkellner und wir den Hauptgang hinter uns gebracht haben, warten wir auf das Dessert.

„Jetzt erzähl, wie war Bon Jovi?", fragt Adrian mich. Ich packe die Bilder aus, um sie ihm zu zeigen und gerate natürlich schon wieder ins Schwärmen.

„Es gab nur einen Wehmutstropfen, Fremder, Du warst nicht dabei!"

„Genau darüber wollte ich mit Dir reden."

Oh weh, mir schwant böses und ich rechne insgeheim damit, dass mich wieder eine Hiobsbotschaft erreichen wird. Tief hole ich Luft und wappne mich für das, was kommen mag.

„Du weißt ja, dass meine Mutter so krank war. Zum Glück ist sie auf dem Weg der Besserung. Aber ich habe in den letzten Wochen viele Kilometer auf der Autobahn verbracht, auch nachts ohne Störung und hatte viel Zeit zum Nachdenken. Vor allem darüber, wie kurz so ein Leben ist und dass man es leben sollte. Vielleicht nicht immer glücklich, aber zumindest zufrieden ist. Mir ging viel durch den Kopf in den letzten Wochen. Ich hatte mir fest vorgenommen, Dich bei Bon Jovi zu überraschen. Ich wollte dazu kommen und das mit Dir erleben. Gar nicht wegen Bon Jovi, aber wegen Dir. Ich wollte Deine Begeisterung sehen, den Spaß mit Dir teilen. Wollte mit Dir und Deinen Mädels feiern und abrocken und Deine Lebensfreude einsaugen. Denn das ist es, was Du mir gibst. Wenn Du bei mir bist, habe ich das Gefühl lebendig zu sein. Da interessieren keine Geschäftstermine, Mails oder Anrufe. Das wird alles nebensächlich mit Dir. Immer noch wichtig, aber nicht in dem Moment. Vor Dir habe ich nur funktioniert, jetzt lebe ich durch Dich, mit Dir. Darauf möchte ich nie wieder verzichten!"

Adrian schaut mir tief in die Augen und streichelt wie selbstvergessen meine Hand, „Kleines, ich mag nicht mehr auf Dich verzichten. Und wenn Du nach Wien gehst, dann komme ich nach Wien. Aber ich will ein Stück Deines Lebens sein und es damit zu unserem machen."

Das trifft mich völlig unvorbereitet und mir treten vor Rührung die Tränen in die Augen. Jetzt hat er mich emotional völlig kalt erwischt, denn ich hätte mit vielem gerechnet, aber nicht mit so einer Aussage. Ich kann Adrian nur tief in die Augen blicken, tief in seine Seele und weiß, dass er das gerade im Moment genau so meint. Ich räuspere mich und will gerade etwas sagen, als wir mal wieder von einem der Kellner, mit dem Dessert und unseren Espressos, unterbrochen werden.

„Oh Mann!", seufze ich auf, „das nächste Mal gehen wir bitte einen Döner essen, da kann man sich wenigstens in Ruhe unterhalten."

Adrian prustet laut los. „Versprochen, Kleines! Das nächste Mal gehen wir hier in Baden-Baden in eine der vielen Studentenkneipen und essen ein Schnitzel."

„Da wird man wenigstens satt.", grummle ich vor mich hin, „Jetzt haben wir hier zwei Stunden und vier Gänge lang gegessen und wenn wir hier raus sind, brauche ich einen Burger."

Adrian versucht sich das Lachen zu verkneifen.

„Ja, ist doch so!", setze ich nach, „Ich will einmal was ganz normales mit Dir machen ohne Schnickschnack und Firlefanz. Einfach auch mal nur Alltag. Außerdem will ich Dich auch mal zum Essen einladen und da ist mehr als eine Pizza nicht drin!"

Jetzt muss Adrian wirklich laut lachen: „Überredet! Ich mag es, wie Du mich ab und an wieder auf den Boden holst. Danke dafür!" Wie bereits angekündigt hat Adrian am Nachmittag noch einen Termin, so dass mir genug Zeit bleiben wird, mit Fräulein spazieren zu gehen.

Adrian begleitet mich zu meinem Auto und übergibt mir die Karte für das Hotelzimmer: „Ich habe schon mal für Dich eingecheckt. Nicht, dass Du nochmal in so eine peinliche Situation wie in Frankfurt kommst wegen mir. Ich hoffe, es ist Dir recht, dass ich auch eine habe?"

„Das ist lieb von Dir und du weißt, dass Du jederzeit willkommen bist. Mal abgesehen davon, dass Du es ja bezahlst.", feixe ich.

„Ja, ich bezahle das Zimmer, aber nicht Dich und das heißt, dass Du mir nicht zur Verfügung stehen musst, so wie das meine Spielgefährtinnen immer getan haben. Die Entscheidung, ob Du mich einlässt, liegt alleine bei Dir und das unterscheidet Dich von allen, die es vor Dir gab. Mal ganz abgesehen von der Tatsache, dass ich mit den anderen nur gespielt habe. Da gab es noch nicht mal Sex, meistens habe ich mich nicht mal ausgezogen. Ich habe sie mir unterworfen, sie mir, meiner Dominanz willig gemacht. Du warst von Anfang an anders. Immer eigenwillig, renitent und aufmüpfig. Anfangs viel zu emotional für meinen Geschmack. Und es gibt noch einen Unterschied, wahrscheinlich den wichtigsten: ich habe keine geliebt. Dich liebe ich! Da wo sonst Kopf war, hast Du mein Herz im Sturm erobert"

Bevor ich etwas entgegnen kann, bringt Adrian mich mit einem liebevollen Kuss zum Schweigen. Sanft umschließt er mein Gesicht mit seinen Händen und lässt mich in seiner Zärtlichkeit und seinen Worten versinken.

„Habt einen schönen Nachmittag, meine zwei Mädels!", verabschiedet er Fräulein und mich, „Ich hole Euch zum Abendessen wieder ab. Ach, und Kleines...", fragend schaue ich ihn an, „ich hoffe, Du hast Geld dabei? Denn wir gehen heute Abend schlicht eine Pizza essen. Du zahlst! Ich fühle mich eingeladen!" Mit einem lauten Klaps auf meinen Hintern schiebt er mich in mein Auto.

Im Hotel angekommen, packe ich erstmal aus, bevor ich mir Fräulein schnappe, um einen ausgiebigen Spaziergang in der warmen Sonne zu unternehmen. Direkt in der Nähe des Hotels liegt der Zoo und als wir eine Brücke überqueren, habe ich Sicht auf einige Tiergehege. Ich suche mir eine Bank und beobachte entspannt die Elefanten. Was für ein Tag. Mein Handy vermeldet eine SMS und daraus entsteht folgende SMS-Unterhaltung:

Kleines, was macht ihr?

Sitzen in der Sonne und gucken Elefanten. Und Du?

Elefanten? Hey, da bist Du ganz in meiner Nähe. Ich sitze in einem Meeting und sollte mich konzentrieren. Würde aber lieber mit Euch in der Sonne sitzen und Elefanten gucken ...

Nö! Einer muss hier der Großverdiener sein, wenn wir uns nicht für den Rest unseres Lebens von Pizza ernähren wollen! Also konzentrier Dich gefälligst!

Für den Rest unseres Lebens? Das hört sich gut an!
Bis auf den Teil mit der Pizza *grins*

Ts ts ts ... musst du nicht irgendwelche Millionendeals abschließen?

Ach, wenn ich jetzt aufstehen und gehen würde, reicht es immer noch für den Rest unseres Lebens ohne endlos Pizza essen zu müssen. Und ja eigentlich müsste ich Millionendeals abschließen.

Dann mach das! Du störst uns nämlich beim Entspannen *lach*

Kann es nicht erwarten Dich später zu sehen. Ich zähle die Minuten!

Fremder ... soll ich Dir ein Geheimnis verraten, bevor ich Dich wieder in Deine wichtige Businesswelt zurück schicke?

Unbedingt!

Mir wäre es auch lieber, Du wärst hier ... aber einer von uns muss ja vernünftig sein *grins* und jetzt ARBEITE GEFÄLLIGST! Ich gewöhne mich nämlich gerade an Deinen Standard! Sonst muss ich mir einen reichen, älteren Herren suchen, der mich aushält *ironiemodusaus*!

Weißt Du, was ich noch so an Dir liebe, Kleines? Du bist erfrischend ehrlich! See you!

Nachdem ich den Nachmittag mit einem ausgiebigen Spaziergang im Schlosspark beendet habe und feststelle, dass es verdammt viele freundliche Menschen in Baden-Baden gibt und ich sehr gerne hier leben würde, holt Adrian mich am frühen Abend wie versprochen im Hotel ab, um mit mir ganz einfach eine Pizza essen zu gehen. Diesmal bezahle ich!

Verrechnet

Baden-Baden habe ich mit einem richtig guten Gefühl verlassen. Adrian schreibt mir nun fast täglich, erkundigt sich nach meinen Lauferfolgen und ich kann voller Stolz berichten, dass ich meine ersten 10 km gelaufen bin – zwar in einer miserablen Zeit, aber 10 km am Stück! Adrian hat mich aber auch professionell ausgestattet: Pulsuhr, Schrittzähler, Schuhe,...

Von der Ausrüstung her wäre ich bereit für einen Marathon. Irgendetwas hat sich zwischen Adrian und mir geändert. Wir sind lockerer, offener miteinander, lange nicht mehr so verkrampft wie früher. Das Laufen hat einen großen Teil dazu beigetragen.

Mein Kopf ist frei, ich merke, wie ich das Laufen brauche, wenn meine Gedanken schwirren. Egal, wie langsam ich noch laufe, beim Laufen kann ich nur an eines denken: ein Fuß vor den nächsten. Es ist für nichts anderes Platz, als dafür meine Schritte zu zählen. 1, 2, 1, 2,... Einen Fuß vor den anderen.

Genau das verdrängt all die blöden Gedanken und Sorgen, die mir durch den Kopf schwirren. Ich laufe jetzt jeden 2. Tag und vermisse es regelrecht an den Ruhetagen.

Das körperliche Auspowern, der Trainingserfolg macht mich noch selbstbewusster und Adrian geht darin auf, mich anzuleiten, mir Tipps zu geben. Nicht, dass wir sonst nichts gemeinsam hätten, aber das Laufen schweißt uns zusammen.

Vergangenes Wochenende ist Adrian einen Marathon in seiner persönlichen Bestzeit gelaufen und ich konnte das wieder nur vor dem PC verfolgen. Aber als ich das Video des Zieleinlaufes gesehen habe, hätte ich platzen können vor Stolz auf ihn.

Wir haben jetzt Mitte August und vor mir liegen ein paar Urlaubstage ohne größere Pläne. Heute noch den letzten Tag vor dem Urlaub im Möbelhaus hinter mich bringen und dann das herrliche Nichtstun genießen.

Für übermorgen habe ich mich bei meinen Großeltern angemeldet, die ich schon viel zu lange nicht mehr gesehen habe und auch die Großmutter meiner besten Freundin, die in Amerika lebt, möchte ich im Altersheim besuchen. Ansonsten gehört mein verlängertes Wochenende mir, Fräulein und dem neuen Buch, das ich angefangen habe. Gerade habe ich mein Auto auf dem Mitarbeiterparkplatz geparkt, als Adrian anruft:

„Kleines, täusche ich mich oder hast Du jetzt Urlaub?"
„Hey, Fremder. Welch Überraschung! Schön Dich zu hören. Nein, Du täuschst Dich nicht. Heute nochmal arbeiten und ab morgen vier Tage frei. Warum?"
„Ich weiß jetzt nicht, was Du davon hältst, aber ich dachte mir, ich packe das Motorrad und mache auch ein paar Tage frei. Ich muss hier dringend mal raus und würde gerne bei Dir Station machen."
„Das klingt super! Da würde ich mich total freuen. Wann wolltest Du denn kommen?"
„Na, ich dachte, ich reise morgen im Laufe des Spätnachmittags an."
„Morgen schon? Ja, sehr gerne!"
„Oder hast Du schon andere Pläne?"
„Naja, ich wollte am Donnerstag ein paar Familienbesuche absolvieren, aber das kann ich verschieben."
„Wo wolltest Du denn hin?"
„Zu Oma und Opa und die Oma meiner ältesten Freundin, meine Ersatzoma, besuchen."
„Spricht was dagegen, wenn ich da mitkomme? Dann musst Du nicht absagen."
„Du willst da mit?", verblüfft halte ich inne.
„Naja, nur wenn es Dir recht ist." „Also… prinzipiell schon…"
„Aber?"
„Hmm… meine Großeltern sind mir sehr, sehr wichtig. Die zwei sind ganz locker und lieb, aber da bringe ich nicht „jeden" mit hin."
„Bin ich jeder?", Adrian klingt leicht angesäuert.
„Nein, natürlich nicht! Für mich nicht! Aber ich bringe da niemanden mit hin, der einfach nicht zu mir gehört."
„Und das tue ich nicht?", Adrian klingt verwundert bis verärgert.
„Mensch, Adrian, Du weißt genau, dass Du für mich zu mir gehörst. Aber du lebst mit einer anderen zusammen. Wie soll ich Dich denn vorstellen? „Hallo, Oma, das ist Adrian. Er lebt mit

Andrea zusammen und ich bin seine feste Affäre."? Das ist doch scheiße.", meine Stimme wird immer lauter, „Komm, Adrian! Sehr gerne sogar, Du weißt, meine Tür für Dich steht immer offen, aber Familie verschiebe ich!"

„Kleines, Du musst gar nichts verschieben. Ich wollte Dich eigentlich überraschen und es Dir persönlich sagen, aber dann halt am Telefon. Ich habe mich von Andrea getrennt und will ein paar Tage raus, bis wir das mit der Wohnung geklärt haben. Es ist meine Wohnung, aber ich will sie nicht vor die Tür setzen. Aber so aufeinander sitzen geht natürlich auch nicht. Und ich will bei Dir sein, mit Dir zusammen. Wenn Du das aushältst, bleibe ich ein paar Tage bei Dir, bis sich die Wogen geglättet haben und ja, ich mag mit zu Deiner Familie kommen! Als Dein Freund! Warum auch nicht? Natürlich nur, wenn Dir das recht ist. Wird Zeit, dass ich die Menschen kennen lerne, die Du liebst und die Dich lieben und die aus Dir so einen wundervollen Menschen gemacht haben. Ich bin mir der Verantwortung schon bewusst, wenn ich mit komme."

Mir fehlen gerade die Worte. Adrian hat sich von Andrea getrennt? Tatsächlich? Nach über 1 ½ Jahren Gefühlschaos, Auf und Ab, einer geplanten und geplatzten Hochzeit und dem ganzen Hin und Her? Obwohl er das immer wieder angekündigt hat, nun, auch schon seit einigen Monaten jetzt, bin ich jetzt von der Tatsache so überrascht, dass ich keinen Ton mehr rausbringe.

„Ähm… Jule? Bist Du noch da?"

„Was? Ja, ja, ich bin noch da.", bestätige ich abwesend.

„Sprachlos?"

„Mehr als das, völlig perplex."

„Ich hatte es Dir doch versprochen."

„Daran hat doch kein Mensch mehr geglaubt!"

„Na, Du hast ja offensichtlich keine sehr große Meinung von meinen Versprechen."

„Ich hatte nur nicht mehr damit gerechnet."

„Mit mir solltest Du immer rechnen! Ich komme dann morgen gegen Abend, ok? Ich freue mich auf Dich und auf daheim."

Daheim… wie schön! Gänzlich überrascht, tippe ich schnell eine Nachricht an Lilly und Doro und lasse sie an den Neuigkeiten teilhaben. Es braucht einen Moment, bis es wirklich bei mir ankommt. Adrian hat sich getrennt! Und er wird das erste Mal länger als 36 Stunden bei mir sein. Ich kann den nächsten Abend kaum erwarten!

Pain is just weakness leaving the body

Als Adrian am nächsten Abend ankommt, empfängt ihn ein „Willkommen zu Hause"-Schild an der Wohnungstür. Darunter hängt ein ebenso großes mit der Aufschrift „Glückwunsch zur Bestzeit! Ich bin stolz auf Dich!" Auch, wenn Adrian bei seiner Ankunft einen erschöpften Eindruck macht, sehe ich, wie sehr er sich freut. Er nimmt mich fest in den Arm und eine ganze Zeitlang stehen wir einfach nur so da, halten uns, atmen die Nähe des anderen und die Welt hört ganz kurz auf sich zu drehen.
„Komm erstmal rein.", löse ich mich von ihm und schließe die Tür. „Ich bring mal schnell die Tasche hinter." Adrian macht sich auf den Weg ins Schlafzimmer. Ob er meine kleine Überraschung bemerken und sich freuen wird?
Kurz darauf höre ich ihn aus dem Schlafzimmer rufen:
„Kleines?! Ist das für mich?"
Schmunzelnd stehe ich in der Tür und sehe ihn erstmals seit ich ihn kenne sprachlos vor Überraschung.
„Ist denn hier sonst noch jemand einen Marathon gelaufen?"
Adrian blickt zwischen mir und dem Kleiderschrank hin und her. Auf diesem kleben 42 Zettel mit Sprüchen zum Thema Laufen und Marathon.
„42 – für jeden gelaufenen Kilometer einer.", lasse ich ihn wissen, „Nur eine kleine Aufmerksamkeit und als Zeichen, wie stolz ich bin."
Adrian ist sichtlich gerührt. „Komm her zu mir, Kleines."
Er zieht mich an sich, umarmt mich von hinten, legt seinen Kopf auf meine Schulter und bittet mich, ihm die Sprüche vorzulesen.
„Alle 42?", frage ich.
„Unbedingt!"
Und so beginne ich (in Rücksicht auf den Leser, lasse ich den ein oder anderen km aus):
Km 1: Hier ist der Start, dort ist das Ziel. Dazwischen musst Du laufen.
Km 8: Marathon ist der Mount Everest des kleinen Mannes.
Km 13: Nicht 42 km an einem Stück, sondern nur 42 Mal den nächsten Kilometer.
Km 15: Schweiß fließt, wenn Muskeln weinen!
Km 20: Du hast zwei Möglichkeiten. Du kannst das Handtuch werfen, oder dir damit den Schweiß aus dem Gesicht wischen.

Km 24: Jeden Morgen erwacht in Afrika eine Gazelle. Sie weiß, dass sie schneller laufen muss als der schnellste Löwe, wenn sie am Leben bleiben will. Jeden Morgen wacht ein Löwe auf. Er weiß, dass er schneller laufen muss, als die langsamste Gazelle, wenn er nicht verhungern will. Egal, ob man ein Löwe ist oder eine Gazelle: Sobald die Sonne aufgeht, muss man laufen!

Km 28: Marathon...wenn es einfach wäre, würde es Fußball heißen.

Km 30: Marathon ist wie Urlaub, nur mit Schmerzen.

Km 33: Marathon laufen bedeutet, den inneren Schweinehund an die Leine zu nehmen und ihn 42,195 km spazieren zu führen.

Km 36: Man kann laufen so weit man will, man sieht überall nur seinen eigenen Horizont.

Km 40: Wenn du laufen willst, lauf eine Meile. Wenn du ein neues Leben kennenlernen willst, dann lauf Marathon.

Km 41: Wenn' s gar nicht mehr geht, einfach locker weiterlaufen.

Km 42: Pain is just weakness leaving the body.

Km 42,195: Der Schmerz geht, der Stolz bleibt!

Kurz ist es still.

„Weißt Du, was erstaunlich ist?", fragt Adrian mich, „Deine Reihenfolge. Wenn Du mir diese Sprüche gegeben hättest und mich gebeten hättest, sie einem Kilometer zu zuordnen, bei dem ich mich so gefühlt habe, dann hätte ich nicht viel verändert. Genauso wäre mein Ablauf gewesen. Bist Du Dir sicher, nicht doch schon mal heimlich einen Marathon gelaufen zu sein?"

Ich lache laut auf. „Ganz sicher!"

„Irgendwann, Kleines, laufen wir einen Marathon, Du und ich, Hand in Hand."

„Träum weiter, Fremder! Das dauert mindestens 10 Jahre, bis ich in der Lage bin einen zu laufen."

„Und wenn es den Rest unseres Lebens dauert, ich habe nichts weiter mit meinem vor, außer es mit Dir zu verbringen. Vielen Dank für diese Überraschung. Ich kann mich nicht erinnern, dass jemand mal so etwas für mich gemacht hat. Das freut und rührt mich sehr."

Adrian dreht mich zu sich und küsst mich zärtlich, hält meinen Kopf im Nacken fest, knabbert an meiner Unterlippe, verschafft seiner Zunge Zugang zu meinem Mund.

„Und jetzt habe ich Hunger! Los, lass uns was zu essen machen.", sagt er und schleppt mich hinter sich her in die Küche. Der Sommerabend lässt es zu, dass wir auf der Terrasse essen.

Wir haben uns eine Flasche Rotwein aufgemacht, plaudern, küssen uns, fassen uns an, aber ich merke, dass Adrian angespannt ist. Wiederholt meldet sein Handy Anrufe, die er zwar ignoriert, aber seine Unruhe wird immer größer.

„Adrian, geh ran, wenn es wichtig ist. Und wenn es Andrea ist, dann sprich mit ihr. Ich sehe doch, dass Du unruhig bist, dass es Dir nicht gut geht und Du Dich nicht entspannen kannst."

„Es ist tatsächlich Andrea, Jule. Sie kommt mit der Trennung nicht so gut klar, es gibt halt auch noch einiges zu klären."

„Dann sprich mit ihr!"

„Ist das wirklich ok für Dich?"

„Ruf sie an!" Ich stehe demonstrativ auf und räume die Teller ab.

Nein, „ok" ist es natürlich nicht für mich, aber verständlich. Jetzt habe ich so lange auf ihn gewartet, da kommt es auf ein Telefonat mehr oder weniger auch nicht mehr an. Außerdem ist er ihr das schuldig. Obwohl ich so lange auf diesen Moment gehofft habe, darauf, dass er endlich frei ist, spüre ich zwar Erleichterung in mir, aber leider hat die Begeisterung darüber, ihn bei mir zu haben, einen faden Beigeschmack.

Adrian hat sich für sein Telefonat mit Andrea nach draußen auf die Straße verzogen und ich sitze allein mit meinem Glas Rotwein in der Hand auf der Terrasse.

Von weitem höre ich seine Stimme, keine Worte, nur Gesprächsfetzen, nehme seine Angespanntheit war. Ich weiß, was dieser Schritt für ihn bedeutet und irgendwie ist es verrückt, aber Andrea tut mir leid. Gerne würde ich einfach nur das Glücksgefühl auskosten, dass unserer gemeinsamen Zukunft nichts mehr im Wege steht, aber auf dem Verlust einer anderen, kann sich meine Freude darüber, dass er sich endlich getrennt hat, nicht aufbauen. Ich weiß, wie es sich anfühlt von Adrian verlassen zu werden und wie groß der Schmerz ist. Erstaunt muss ich mir eine Träne aus dem Gesicht wischen. Ich weine sie für die Frau, die er gerade verlassen hat.

Als Adrian zurückkommt ist er zwar nicht mehr so unruhig, wirkt aber müde und angeschlagen. Wir leeren unseren Wein und gehen früh ins Bett. Halten uns fest in dieser Nacht, genießen unsere Nähe. Adrian geht es wohl wie mir.

Wir denken an den Weg, den wir bereits zusammen gingen und an das, was unsere Zukunft für uns bereithalten mag.

Frische Lu(f)(s)t

Der nächste Morgen startet für uns beide mit wesentlich besserer Laune. Aufgrund der Aufregung der letzten Tage und nicht zuletzt wegen dem Rotwein haben wir verschlafen und wenn wir pünktlich, wie verabredet, zum Mittagessen bei meinen Großeltern sein wollen, müssen wir einen ganz schönen Zahn zulegen.

„Oh Mann und ich habe solche Lust auf Dich, Kleines.", ruft mir Adrian aus der Dusche entgegen.

„Geduld ist eine Zier, Fremder. Irgendjemand sagt das des Öfteren zu mir."

„Dass Du mich mit meinen eigenen Waffen schlagen musst, das ist unfair und gemein."

Ich schmunzle, jetzt fehlt nur noch, dass er trotzig mit den Füßen aufstampft und mich mit Sand bewirft.

„Was gibt es da bitte zu lachen, wenn ich vor Lust vergehe?!", fragt er entrüstet und ich pruste los.

„Wenn ich Zeit habe, bedauere ich Dich, aber jetzt zack, zack, zack! Raus aus der Dusche! Wir müssen los! Wenn Du in 10 Minuten nicht am Auto stehst, wirst Du auf Orgasmusentzug gesetzt dieses Wochenende."

Adrian starrt mich an. „Das würdest Du nicht machen!"

„Willst Du es wirklich ausprobieren?"

„Boah, die Geister, die ich rief! Da ziehst Du sie groß, lehrst sie alles über ihre Dominanz und dann? Dann ist das der Dank! Du kleines, renitentes, aufmüpfiges Miststück, Du!"

„Ja, ja. Selbst schuld. Tschuldigung!", ich grinse ihn breit an, „Übrigens nur noch 8 Minuten, Freundchen."

„Aaaaahhhh, diese Frau ist mein Verderben!"

Wir lachen beide noch, als wir genau 8 Minuten später vor Adrians Auto stehen. Er wirft mir den Schlüssel zu. Die knapp einstündige Fahrt verbringen wir mit Plaudereien und stimmen bei Patti Smiths *„Because the night"* ein.

Autofahren mit Adrian das ist…

„So könnte ich gerade bis nach Amsterdam mit Dir fahren, Kleines." Ich sag' es doch, der Typ kann Gedanken lesen!

Sowohl den Besuch im Altersheim bei Elli, als auch den bei meinen Großeltern meistert Adrian charmant und souverän. Dennoch bin ich froh, als wir uns am frühen Nachmittag wieder auf den Heimweg machen. Ich will ihn endlich für mich alleine haben!

Adrian grinst mich lächelnd an, derweil ich mir für die Fahrt meine kurzen Lederhandschuhe überziehe.

Die ganze Fahrt necke ich ihn mit Berührungen, streiche über seine Arme, sein Gesicht und schließlich beginne ich auf den letzten Kilometern unserer Fahrt sein bestes Stück durch die Jeans zu streicheln. Unterdessen bin auch ich so ausgehungert nach ihm, dass ich mich daheim nicht mehr lange mit Spielereien oder Vorspiel abgeben will. Ich will genommen werden – ohne weiteren Aufschub!

Es trennen uns nur noch 20 km von daheim, Adrian öffnet die Knöpfe seiner Jeans.

„Das wird zu eng da drin."

Prall schmiegt sich sein steifer Schwanz in meine Lederhand. Adrian stöhnt unter meiner Massage auf. Nur noch drei Kilometer, dann sind wir daheim, denke ich vorfreudig, doch augenscheinlich habe ich da die Rechnung ohne Adrian gemacht.

„Fahr da vorne links rein.", fordert er.

Erstaunt blicke ich ihn an.

Links reinfahren? Da ist doch nichts außer einem Feldweg und einem Grillplatz?!

„Hier?", frage ich deshalb nach.

„Was hast Du an „Fahr links rein" nicht verstanden?", Adrian blickt mich an, seine Augen lodern leidenschaftlich.

Ich setze den Blinker des Autos, biege auf den Feldweg ab und bringe es vor dem Grillplatz zum Stehen.

„Du steigst aus, gehst da rüber zu dem Tisch, ziehst Deine Hose runter, beugst Dich nach vorne und dann werde ich Dich ficken!"

„Hier?", ungläubig schaue ich mich um.

Der Grillplatz ist zwar von einer Hecke umgeben, liegt aber dennoch nah genug an der Straße, um einem langsam fahrenden Autofahrer Einblick zu gewähren. Über die Bauern, die ihre dahinter liegenden Felder erreichen wollen oder Fußgänger, mag ich gar nicht nachdenken.

Adrian dreht mein Kinn zu sich, so dass ich gezwungen bin, ihn anzusehen: „Du tust jetzt sofort, was ich Dir sage. Ich werde Dich lehren, was es heißt einen Mann scharf zu machen und ihn dann auf die Folter zu spannen. Steig aus! LOS! SOFORT!"

Er entlässt mich aus seinem Griff, schiebt mich aus dem Auto und ein Schauer der Vorfreude durchläuft mich. So schnell es meine hohen Sommersandalen zulassen, gehe ich durch den weichen Waldboden des Grillplatzes zu dem mir von Adrian gewiesenen Tisch. Dort angekommen zögere ich aber doch. Hier in aller Öffentlichkeit die Hose runterlassen? Mein Schamgefühl meldet sich laut zu Wort.

„Du brauchst jetzt gar nicht so beschämt tun, mein kleines Miststück. Wer einem Mann so einem Handjob im Auto verpasst, muss auch mit den Konsequenzen rechnen. Du zeigst mir jetzt umgehend Deinen Prachtarsch. Und wage es nicht, Dich zu widersetzen. Du kniest Dich auf die Bank, Oberkörper auf den Tisch. Ich will Deinen nackten Hintern sehen und zwar pronto!"

Nervös nestle ich an meinem Jeansknopf herum und erhalte einen kräftigen Klaps auf meine linke Arschbacke.

„Warum dauert das so lange?", herrscht Adrian mich an.

Er zieht meinen Kopf leicht an den Haaren in den Nacken, nagelt mich fest, so dass ich keine Chance habe, seinem Blick zu entkommen. Seine Pupillen verdunkeln sich, als er auf seinem Willen besteht und mich wissen lässt:

„Zwing mich nicht es durchzudrücken. Tu es für mich! Tu es, weil Du es auch willst. Tu es, weil ich unglaublich geil auf Dich bin. Tu es, weil ich Dich ficken werde."

Kurz regt sich in mir etwas wie Widerstand.

Andererseits macht es mich unheimlich an, wenn er so mit mir spricht. Mit Schamesröte im Gesicht lasse ich schließlich meine Hose fallen und begebe mich in die von Adrian gewünschte Position. Er streicht mir die Haare aus dem Gesicht, fährt sachte mit seinen Händen, die mittlerweile auch in Handschuhen stecken, über meine Wange, beugt sich zu mir und schenkt mir einen innigen, langandauernden Kuss.

Meine gebückte Haltung lässt mich genau auf Augenhöhe mit seinem besten Stück sein, als er sich wieder aufrichtet. Er muss mir nicht befehlen den Mund zu öffnen, willig gewähre ich ihm Einlass. Tief schiebt er sich in mich, ich nehme ihn völlig auf, sauge, lecke an ihm. Immer wieder stößt er zu, lässt mich seine Männlichkeit schmecken. Meine Zunge tänzelt über seine Eichel, leckt den Schaft entlang, leicht knabbere ich an ihm. Wiederholt lässt er seine ganze Größe in mich gleiten, genießt es, völlig von mir aufgenommen zu werden. Meine Zunge erkundet jeden der 19 cm, ich sauge sanft an seinen Eiern, nehme sie in den Mund auf, massiere sie mit der Zunge. Adrian stöhnt auf vor Verlangen. Deutlich sehe ich jede Ader an seinem Schwanz hervortreten.

Lange hat er mir dieses Vergnügen verwehrt, weil er darin keine Erfüllung findet, wie er mich hat wissen lassen. Das sieht heute aber ganz anders aus.

Mit Genuss schwelgt er in diesem Blowjob. Gerade möchte ich meine Hände um ihn schließen, als er sich mir entzieht. „Nicht anfassen! Hände flach auf den Tisch, Oberkörper unten lassen!"

Noch bevor ich richtig reagieren kann, steht er hinter mir, zwingt meinen Brustkorb fest auf den Tisch, hält mich unten, verschafft sich Zugang zu meiner Öffnung und bohrt seinen Schwanz in mich. Ich keuche auf. Adrians Schwanz ist sowieso schon sehr ausfüllend, aber so von hinten und ich noch nicht richtig feucht, spüre ich jeden Zentimeter, der sich beharrlich Zugang zu mir verschafft. Adrian hält mich eisern fest, als er zustößt.

Unbändig, fast schon schroff, nimmt er mich. Unter seinem unnachgiebigen Griff kann ich mich nicht bewegen, nur immer wieder seine heftigen Bewegungen in mir aufnehmen. Hartnäckig stößt Adrian seinen Schwanz in mich, löst seine Hände von meinem Rücken, um sich an meiner Hüfte festzukrallen und sich dadurch noch tiefer in mich zu versenken. Laut schreie ich auf.

Wenn er so tief in mir ist, drohe ich zu zerspringen, deswegen versuche ich seinen Stößen durch meine Bewegungen zu entkommen, mein Becken zu entziehen, aber Adrian lässt nicht zu, dass ich ihm entkomme. Immer wieder fühle ich ihn seinen Schwanz in mir vergraben, so dass ich zwischen unbändiger Lust und diesem leicht unangenehmen Ziehen, seiner ganzen Fülle in mir, schwanke.

Adrian krallt sich in meinen Haaren fest, überspannt mich, zerrt meinen Oberkörper hoch, zieht mich noch fester auf sich, nimmt meine Hände auf dem Rücken mit seiner Hand zusammen und fickt mich, tobend und enthemmt, unendlich geil, wie nie zuvor.

Von meiner Umgebung bekomme ich nichts mehr mit, wen interessieren schon Bauern, Autofahrer und Fußgänger?

Ich bin nur noch fokussiert auf unsere Körper, die aufeinander klatschen, unser Stöhnen, unsere Lust und den leichten Schmerzen, ausgelöst von der Bank, gegen die meine Oberschenkel wiederholt schlagen, dem Kratzen des Holzes auf meinem Bauch, der durch die Stöße aufgeschrammt wird, Adrians festem Griff und seinem mächtigem Schwanz in mir.

So viele Eindrücke schlagen über mir zusammen, sind nicht sortierbar und entladen sich in einem Orgasmus, den ich dröhnend aus mir herausschreie, geprägt von allem, was ich gerade fühle. Kurz darauf folgt mir auch Adrian mit einem durchdringenden Laut der Erleichterung.

Er verharrt in mir, pumpt seine Flüssigkeit in mich und genießt das Spiel meiner Muskeln, die sich herausfordernd um ihn krampfen.

Einen Moment genießt er dieses Spiel, zieht sich schließlich aus mir zurück und lässt sich neben mich auf die Bank sinken, nicht ohne mir noch einen kräftigen, abschließenden Klaps auf den Hintern zu geben.

Alles tut mir weh, zwar ein noch weit entfernter, angenehmer Schmerz, aber alles tut mir weh! Meine Glieder sind steif, jede versuchte Bewegung eine süße Qual dessen, was er gerade mit mir getan hat. Adrian macht kurzen Prozess und zerrt mich auf seinen Schoß. Mein Jammern begleitet diese schnelle Lösung aus der Position, die ich zu lange innehatte.

Adrian hält mich, küsst mich zärtlich, streichelt mich, während ich auf ihm sitze und spüre wie mir sein Sperma über die Oberschenkel läuft, warm, klebrig und seine Hose benetzt.

Wir sind erhitzt, verschwitzt, befriedigt. Jetzt werde ich mir auch wieder bewusst, dass ich inmitten eines Grillplatzes sitze, ständig Autos vorbeifahren und es ein Wunder ist, dass uns noch niemand entdeckt hat.

Beherzt eise ich mich von Adrian los und versuche aufzustehen, will mich anziehen, doch der Zustand meines Körpers lässt mich inne halten. Meine Knie sind verschrammt vom Knien auf der Bank, über meinen Bauch ziehen sich Kratzer des rauen Tisches, über den ich beugte und der durch die harten Stöße Schrammen auf mir hinterlassen hat, meine Handgelenke sind gerötet durch Adrians festen Griff und leicht aufgeschürft durch das Holz, meine Oberschenkel verfärben sich leicht blau, ebenso wie meine Hüften, auf denen man noch Adrians Finger erahnen kann. Meinen Hintern kann ich zwar nicht sehen, aber sicher haben auch da diverse Klapse ihre Spuren hinterlassen und zwischen den Beinen bin ich geschwollen und klebrig.

„Herr Jakob, Du hast ein Wrack aus mir gemacht!", lasse ich Adrian vorwurfsvoll und doch mit einem Lächeln wissen.

„Es war mir ein Vergnügen, Frau Stein!"

„Ich brauche dringend eine Dusche!"

„Dann nichts wie nach Hause."

Daheim duschen wir gemeinsam und ganz sanft seift Adrian meinen geschundenen Körper ein, liebkost die Stellen, die unser ekstatisches Liebesspiel gezeichnet hat, streichelt mich und letztlich liebt er mich so voller Liebe und Zärtlichkeit unter dem heißen, auf uns nieder prasselndem Wasser, dass ich völlig in ihm versinke.

Endlos erschöpft genieße ich es, von ihm abgetrocknet und mit Bodylotion eingecremt zu werden. Er steckt mich in meinen Bademantel und den restlichen Abend verbringen wir kuschelnd und Wein trinkend damit, zu genießen, dass wir uns gefunden haben, wissend, dass wir uns sowohl körperlich, als auch emotional und geistig befriedigen, uns ergänzen, den Horizont des anderen erweitern.

Es ist schon lange dunkel, als wir immer noch im Schein der Kerzen im Freien sitzen und es nichts Wichtigeres gibt als uns. Einen kurzen Moment lang dreht sich die Welt nur für uns, um uns. Irgendwann kriechen wir beschwipst, trunken vor Glück ins Bett, so eng aneinander gekuschelt, als ob wir versuchen würden, uns im anderen zu verkriechen.

Mit einem Lächeln erwache ich. Glücklich und zufrieden wie nie. Immer noch sind die Spuren unserer Leidenschaft auf meinem Körper eingeprägt und nichts kann ihn mehr schmücken als diese Spuren unserer Lust.

Ich will in die Rhön!

„Sag mal, Kleines, was machen wir eigentlich mit Deinem Geburtstag?" Adrian lässt die Zeitung sinken und beißt herzhaft in sein Brötchen. Der Tisch biegt sich unter und all den Köstlichkeiten, die ich für unser spätes Frühstück darauf ausgebreitet habe.
„Mein Geburtstag? Das sind ja noch fast zwei Monate!"
„Eben wir haben nur noch zwei Monate! Also, was ist der Plan?"
„Hmmm… es gibt keinen Plan. Normalerweise fahre ich ja immer in Urlaub über meinen Geburtstag. Lass uns halt irgendwo hin fahren?", schlage ich deswegen vor.
„Wohin denn?"
„Keine Ahnung? Wie wäre es mit der Rhön?"
Adrian schaut mich an, als ob ich ihm vorgeschlagen hätte eine Mondreise zu unternehmen.

245

„Die Rhön???", hakt er deshalb nach.
„Ja oder Bayerischer Wald. Wellness oder so."
„Es ist Dein 35. Geburtstag! Du schlägst mir jetzt nicht ernsthaft vor den irgendwo in der Einöde zu verbringen, oder?"
Doch! Irgendwie habe ich genau das doch gerade getan.
„Warte!", weist Adrian mich an, „Ich gucke mal eben in meinen Terminkalender, wie es bei mir aussieht, vielleicht können wir ein paar Tage wegfliegen."
Adrian begutachtet stirnrunzelnd sein iPad:
„Na gut, wenn ich hier schiebe und da was verlege, kann ich mir vier Tage freischaufeln um Deinen Geburtstag rum und wir können zumindest ein verlängertes Wochenende auf Mallorca oder Ibiza einschieben."
Vier Tage?
„Adrian, das rentiert sich doch gar nicht! Da verbringen wir den ersten und letzten Tag im Flieger und haben gerade mal zwei Tage auf der Insel. Das ist ja mehr Stress als Erholung. Ich habe da kürzlich ein nettes Hotel in der Rhön entdeckt. Komm, wir gucken mal!", ich schnappe mir sein iPad und beginne zu googlen. Ach, da ist es ja! Schönes, modernes, kleines Designhotel mit Wellnessbereich. Das ist doch perfekt für zwei Tage!
„Da willst Du ernsthaft hin? Allein in die Rhön?", empört Adrian sich.
„Ja, warum denn nicht?"
„Weil Du nur einmal 35 wirst und weil das ja wohl... naja... Das können wir machen, wenn wir alt sind. Was würdest Du tun, wenn Geld keine Rolle spielen würde?"
„Ich kann Dir sagen, was ich tun würde, wenn Zeit keine Rolle spielen würde. Dann würde ich mit Dir eine Woche irgendwo hinfliegen. Ansonsten... hmmm... es gibt da schon eine Vorstellung, wie ich meinen Geburtstag gerne mal feiern würde."
„Schieß los, Kleines! Nichts kann schlimmer sein als die Rhön.", Adrian grinst mich frech an.
„Hey!", protestiere ich, „Die Rhön wird ganz klar unterschätzt."
„Ja, ist klar, Kleines. Erzähl schon!", fordert Adrian mich auf.
„Also, ich hätte gerne so eine richtige Party. Mit Band. Du weißt doch, dass mein guter Freund in einer Band spielt. Die fände ich cool."
„Und was hindert uns?"

„Vielleicht, dass die Band allein schon 600 € kostet, von den Kosten für eine Party ganz zu schweigen und ich auch weder Zeit, noch Lust habe, mich um die Organisation zu kümmern."
Adrian blättert weiter in der Frauenzeitschrift, die auf dem Tisch liegt.
„Ist Lilly nicht Eventmanagerin?", fragend blickt er auf.
„Ja, ist sie."
„Gut, dann rufst Du sie jetzt an, sie soll gleich mal rüberkommen."
„Ähm… wegen?"
„Wir haben nur noch zwei Monate! Wird ja wohl höchste Zeit, dass wir mit der Organisation anfangen!"
Wenn Adrian sich mal etwas in den Kopf gesetzt hat, ist es ein Ding der Unmöglichkeit ihm das auszureden.
So sitzt also Lilly keine 20 Minuten später mit einer Tasse Kaffee in der Hand, bei uns am Frühstückstisch und hört sich Adrians Pläne an:
„Wir wollen eine Party! Jule bestimmt die Band und die Gäste und sonst soll sie sich um nichts kümmern müssen. Alles weitere sprechen wir miteinander ab."
Adrian gibt Lilly seine Kontaktdaten.
„Werde ich auch noch gefragt?", brumme ich dazwischen.
„NEIN!", antworten Adrian und Lilly wie aus einem Munde.
Schön, dass die zwei sich einig sind.
„Ein Motto wäre cool.", meint Lilly, „Habt Ihr eine Idee?".
„Ich bin raus.", motze ich rum, „Ich will in die Rhön."
„Ich will in die Rhön ist kein schönes Motto, Jule!", lacht Lilly mich aus.
„Moment mal! Ich habe da vorhin was in der Zeitschrift gesehen!", Adrian blättert durch das Magazin, um dann auf ein Bild von Johnny Depp zu deuten: „Das wäre ein geiles Motto und das bist genau Du, Jule!"
Ich bin Johnny Depp? Ich betrachte das Bild, auf dem der Schauspieler in zerfetzten Jeans und Bandshirt zu sehen ist. Verständnislos blicke ich Adrian an:
„Wie jetzt?"
„Na, les doch mal."
Johnny Depp im Destroyed Rockstar Look steht da.
„Eine Destroyed Rockstar Party! Das passt total zu Dir als alter Rockerbraut.", freut Adrian sich.
Und auch Lilly fällt ein: „Stimmt! Das bist genau Du! Zerfetzte Jeans, Lederjacken, Rockband. Wir suchen eine coole Location,

die Gäste kriegen einen Rockstar-Dresscode. Das wird der Hammer." Adrian und Lilly beginnen Pläne zu schmieden, während ich im Kopf anfange die Kosten zu berechnen.
„Also… ich bin ja immer noch für die Rhön!"
„Ach, wen interessiert das denn?", Adrian lacht mich an, „Das wird die Party des Jahrhunderts, Kleines."
Da die Chancen schlecht stehen ihn davon abzubringen, beginne ich Lilly darüber zu informieren, dass wir wenn schon Party, dann die Kosten niedrig halten und im ganz kleinen Kreis feiern. Adrian schneidet mir das Wort ab:
„Lilly, ignoriere sie einfach. Für diese Party bin ich dein Ansprechpartner. Jule bestimmt die Eckdaten, aber alles weitere besprichst Du mit mir, das geht sie nichts an. Ich will ganz großes Kino, ein Rundumpaket. Deine Kosten berechnest Du mir bitte voll, kein Freundschaftspreis. Details besprechen wir per Mail, sonst motzt die Kleine nur wieder rum. Jule!", ich blicke auf, „Du gibst Lilly den Namen der Band und Gästeliste. Alles andere überlässt Du uns!"
Irgendwie wurde ich hier gerade völlig aus der Planung rausgenommen! Aber Lilly und Adrian sind bereits in der Vorbereitung versunken und ich kann nichts mehr entgegen setzen. Mein gebrummeltes „Ich wollte doch einfach nur in die Rhön" wird von den beiden mit einem lauten Lachen quittiert, aber ansonsten völlig ignoriert.

Das restliche Wochenende genießen Adrian und ich einfach nur für uns. Wir tanzen engumschlungen zu Adele-Liedern und Adrian verspricht mir *„Set fire to the rain"* am Klavier einzuüben, so dass ich ihn gesanglich begleiten kann.
Sonntagabend verabschiedet er sich: „Diese paar Tage mit Dir waren so toll, Kleines! Ich kann mich nicht erinnern, wann ich das letzte Mal so viel Spaß hatte. Ich freue mich irre auf die Destroyed Rockstar Party! Wenn ich jetzt heimkomme, ziehe ich aus, vorerst mal ins Hotel und wir zwei sehen uns ganz bald wieder, ja? Entweder hier oder bei mir. Die Zeiten mit heimlichen Treffen sind vorbei! Es sei denn, wir haben mal Lust was anderes zu sehen.", er zwinkert mir zu und verabschiedet sich mit einem langen, zärtlichen Kuss. „Ich liebe Dich, Kleines."
„Ich Dich auch, Adrian Jakob."
In dieser Nacht schlafe ich so ruhig und tiefenentspannt wie lange nicht mehr.

Genug Sprachlosigkeit

Das Telefon klingelt mich aus dem Schlaf. Menno! Ich muss doch erst um 14 Uhr das Arbeiten anfangen und könnte endlich mal ausschlafen!

So schön das Wochenende mit Adrian auch war, es ist ganz schön anstrengend, ständig jemanden um sich zu haben, wenn man das nicht gewohnt ist. Von der körperlichen Erschöpfung mal ganz abgesehen. Der Mann schafft mich!

Und wo ist eigentlich das verdammte Handy? Das will nämlich partout nicht mit dem Klingeln aufhören!

„Doro, ich hoffe, Du hast einen guten Grund, mich aus dem Bett zu holen?", pflaume ich meine Freundin an. Erstmal herrscht Schweigen.

„Doro? Du musst schon was sagen, wenn Du mich anrufst."

„Jule, sitzt Du?"

„Nein, ich liege noch, Du hast mich geweckt."

Sie kennt mich und weiß, dass ich ziemlich unleidlich bin, wenn man mich aus dem Schlaf holt.

„Hast Du heute schon mit Adrian gesprochen?"

„Nein, der ist doch gestern erst weg."

„Ich habe mit ihm gechattet eben."

Doro und Adrian sind schon länger bei Facebook befreundet und chatten da auch ab und an miteinander. Außerdem haben sie auch schon E-Mails getauscht, was nicht gerade zu meiner guten Stimmung beiträgt und mir schon länger ein Dorn im Auge ist. Ganz dünnes Eis also...

„Na, das freut mich aber für Euch.", entgegne ich deswegen leicht ironisch.

„Es gibt Neuigkeiten von ihm."

Oh, das freut mich ja gleich noch viel mehr, dass meine Freundin Neuigkeiten von meinem Freund hat, bevor ich was weiß. Meine Stimmung senkt sich dem Tiefpunkt entgegen.

„Ich dachte, ich warne Dich jetzt mal vor...", druckst Doro rum.

„Kannst Du mir vielleicht endlich sagen, was Sache ist und aufhören um den heißen Brei zu reden?", fahre ich sie genervt an. Es ist nicht wirklich eine Option mich kurz nach dem Aufstehen und vor dem ersten Kaffee mit so etwas zu konfrontieren.

„Ok!", seufzt Doro auf, „Adrian versucht es nochmal mit Andrea."

„Ja, nee, ist klar!", ich lache auf, „Guter Witz! Selten so gelacht. Und jetzt im ernst?"

Nach dem Wochenende gibt es nicht den geringsten Zweifel, dass das nur ein schlechter Scherz sein kann.

„Jule, das ist mein Ernst. Wir haben bis eben miteinander gechattet. Er hat mich gefragt, wie er es Dir am schonendsten beibringen kann. Er ist wohl gestern von Dir heimgefahren und sie hat ihm daheim eine Szene gemacht, geweint, ihm gesagt, dass sie nach all der Zeit eine Chance verdient hat und naja, er gibt sie ihr. Tut mir leid, Jule."

Um ehrlich zu sein, warte ich auf den Bus, mal wieder, aber er kommt nicht. Ich warte, dass ich irgendetwas fühle, aber nichts passiert. Das einzige, was da kommt ist Wut. Wut darüber, dass er so feige war es mir nicht selbst zu sagen, sondern sich an Doro gewandt hat.

„Na, dann wünsche ich ihm viel Spaß beim erneuten Versuch. Hat man ja in den letzten 1 ½ Jahren gesehen, wo das hinführt und wie erfolgreich er damit war. Danke für die Information, Doro. Freut mich übrigens wahnsinnig, dass Ihr zwei Euch so gut versteht und meine Beziehung oder was auch immer ich da gedacht habe zu haben, ohne mich besprecht."

„Jule, sei jetzt nicht sauer auf mich! Ich bin nur der Überbringer der schlechten Nachrichten!"

„Ja, das stimmt. In dem Fall hast Du Recht, aber ansonsten wäre ich Dir sehr dankbar, wenn Du ihm zukünftig ausrichtest, dass Du Dich raushältst und er sich an mich wenden soll, wenn er so fabelhafte Neuigkeiten hat. Schönen Tag noch."

Wütend lege ich auf. Wut und Enttäuschung, das ist da. Aber wider Erwarten keine Tränen.

Diesmal ist er zu weit gegangen.

Ich habe keine Tränen mehr für Dich, Adrian Jakob!

Später am Tag schreibt er mich über die Chatfunktion von Facebook an:

Jule, Doro hat es Dir ja schon erzählt, ich wusste nicht wie…

Mein blinkender Cursor fordert mich auf, etwas zu schreiben, aber mir fällt beim besten Willen nicht ein was.

Jule?! Antwortest Du mir?

Nein, Adrian Jakob, ich sehe keinerlei Veranlassung, Dir irgendetwas zu antworten!

Lass es mich erklären, bitte.

Was willst Du mir denn noch erklären?
Es ist doch alles gesagt, oder?

Ich kam gestern nach Hause und Andrea bat mich um ein Ge-
spräch. Wir haben zwei Flaschen Wein zusammen getrunken und
sie flehte mich um einen letzten Versuch an. Sie hat geweint, war
hysterisch, bettelte mich auf Knien an bei ihr zu bleiben.
Was sollte ich denn machen? Ich bin doch für sie verantwortlich.
Und es stimmt, nach sieben Jahren kann man eine Beziehung
doch nicht einfach so aufgeben. Sie hat einen letzten Versuch
verlangt und den bin ich ihr einfach schuldig, Jule.
Das verstehst Du, oder?"

Das verstehe ich? Nein! Das muss ich auch nicht verstehen. Weiter
blinkt mich der Cursor vorwurfsvoll an, aber ich ignoriere ihn
geflissentlich. Was soll ich auch schreiben?

Jule, ich kann verstehen, dass Du enttäuscht und sauer bist, aber
ich muss das tun, damit ich kein schlechtes Gewissen habe.
Sie weiß nicht, wie sie ohne mich leben soll.

Ach und ich? Ich kann das, ja? Ich darf also mal wieder die ver-
ständnisvolle Geliebte spielen, die der „Erstfrau" eine weitere
Schonfrist einräumt? Nein! Ohne mich dieses Mal! Ich tippe
nichts.

Gut. Du magst gerade nicht mit mir kommunizieren,
das verstehe ich. Es tut mir leid!

Ich schließe das Chatfenster und gehe offline.
Es ist Montagmorgen. Meinen Alltag absolviere ich die nächsten
Tage mechanisch. Wer mich nicht kennt, merkt mir nichts an.
Dank Adrian bin ich eine gute Schauspielerin geworden.
Mit niemandem mag ich darüber sprechen, blocke alle Versuche
von Lilly und Doro nach einem Gespräch ab.
Ich weiß, wie es ist von Adrian Jakob verlassen, enttäuscht und
verarscht zu werden. Es ist ok, mir geht's gut.
Keine Zusammenbrüche, keine Dramen, nur eine schwere Leere in
mir.

Lilly, die mitten in den Vorbereitungen für meine Geburtstagsparty steckt, bitte ich alles abzublasen.
Vier Tage lang schalte ich mich nirgends online, ignoriere seine Nachrichten auf dem Handy und im E-Mail-Posteingang.
Dieses Mal bin ich es, die wie vom Erdboden verschluckt ist.
Mein Bedarf an Adrian Jakob ist gründlich gedeckt!

Am Donnerstagabend erwischt er mich dann doch online und sofort öffnet sich das Chatfenster:

Jule, würdest Du bitte mit mir sprechen?

Ich seufze auf, irgendwann muss es doch einfach mal gut sein, es ist genug. Wieder starre ich den Cursor an. Ich habe Adrian schlichtweg nichts zu sagen. Selbst mir fehlen mal die Worte.

Jule, ich bitte Dich, sag was! Irgendwas!

Ich tippe nur zwei Worte: *Ach Adrian...*

Immerhin! 9 Buchstaben! Das ist ein Anfang!
Jule, wir müssen reden!

In mir kocht Wut hoch!
Ich MUSS gar nichts mehr, Herr Jakob! Die Zeiten, in denen ich irgendetwas für Dich musste oder getan habe, sind vorbei!

Gerade will ich „Danke, kein Bedarf!" antworten, als mein Telefon klingelt. Adrian!

Ich starre aufs Display, aber es gibt nur eine Wahl für mich: den roten Hörer drücken und somit das Gespräch nicht annehmen.
Etwas, was Adrian perfektioniert hat.
Doch nur Sekunden später klingelt es erneut. Diesmal spare ich es mir das Klingeln zu unterbrechen, sondern lasse das Gespräch auf die Mailbox laufen.

GEH VERDAMMT NOCHMAL AN DEIN HANDY, JULE!

schreit es mir förmlich aus dem Chatfenster entgegen.

Ich habe vor, das so lange zu machen, bis Du aufhörst mich zu ignorieren und mit mir sprichst!
Teste, wer den längeren Atem hat!

Was bildet der sich eigentlich ein?

„WAS?", brülle ich beim nächsten Anruf in mein Telefon und gebe ihm keine Chance zu Wort zu kommen.
„Was verdammt noch mal willst Du noch von mir, Adrian? Genügt es Dir nicht, dass ich Dich ohne Szene gehen lasse? Was willst Du noch? Soll ich Dich auch auf Knien anflehen mich nicht zu verlassen? Stehst Du da drauf? Fühlst Du Dich dann besser? Sorry, aber dein Püppchen tanzt nicht mehr! Lass mich in Ruhe! Ich kann Dir wahrlich nicht mehr anbieten, als mich nicht noch weiter vor Dir zu erniedrigen und zum Deppen zu machen. Ich lasse Dich gehen, aber ein „Verlass mich nicht" bekommst Du von mir nicht. Viel zu oft habe ich Dich schon gehen lassen. Nie, NIE, hast Du von mir etwas anderes bekommen, als dass ich Dich ohne Szene ließ. WAS WILLST DU ALSO NOCH VON MIR, ADRIAN JAKOB? Ich werde nicht heulen und betteln, aber Absolution, damit Du Dich besser fühlst, kann ich Dir auch nicht erteilen. Leb verdammt noch mal mit dem, was Du anrichtest und stehe zu Deinen Entscheidungen. Ich kann verteufelt gut ohne Dich leben! Gut? Ich lebe besser ohne Dich! Denn wenn Du nicht da bist muss ich wenigstens keine Angst davor haben, wann Du mich das nächste Mal verlässt. Du wechselst Deine Meinung wie andere Leute ihre Unterwäsche. Schöne Grüße an Andrea, sie kann Dich haben, sie hat gewonnen. Werdet glücklich, heiratet. Ich scheiß auf Deine Versprechungen, die sind nämlich einen Dreck wert! ALSO, WAS ZUR HÖLLE WILLST DU NOCH VON MIR, HERR JAKOB?! WAS?", ich kann mich nicht erinnern, wann ich je jemanden so angeschrien habe wie Adrian gerade.

„Wow! Kleines, beruhig Dich erstmal. Was für eine Ansage!"

„Spar Dir Dein verficktes Kleines!
Ich bin nicht mehr das kleine, dumme Huhn, das Du vor einem Jahr kennengelernt hast, Adrian.

Du hast mich zu einer selbstbewussten Frau gemacht, die sich nicht damit zufrieden gibt, ein paar Krümel hingeworfen zu bekommen, die sie dann dankbar aufpickt. Und DEIN Kleines, bin ich sowieso nicht mehr."

„Kannst Du mich denn nicht verstehen? Nachvollziehen, warum ich Andrea noch eine Chance geben muss?"

„Nein, Adrian! Und ich muss das auch nicht verstehen. Ich muss gar nichts mehr. Jule rein in die Ecke, Jule wieder raus aus der Ecke. Ich bin doch kein Ping Pong Ball, der hin und her gespielt wird. Spiel Deine Spielchen mit wem Du willst, am besten mit Andrea, die scheint sich ja nicht zu schade dafür zu sein, sich für Dich klein zu machen. Aber mit mir nicht mehr, da ist Schluss."

„Ach Jule, wir wissen doch beide wie das mit mir und Andrea endet…"

„Natürlich weiß ich, wie das endet, Adrian!
Andrea langweilt Dich doch schon seit Jahren!
Deswegen doch auch immer wieder Affären, Spielerein.
Und vor lauter Angst, Du verlässt sie, ist sie so blöd und macht die Augen davor zu. Sie müsste ja auch saudumm sein, wenn sie nichts mitbekommt. Du führst seit über einem Jahr eine Zweitbeziehung mit mir! Das ist schon lange keine Affäre mehr zwischen uns.
Du willst, dass ich zu Dir ziehe und träumst mit mir von einer Hochzeit auf Ibiza? Planst meinen Geburtstag mit großer Party und dann gehst Du zu Andrea zurück? Weil sie dich so glücklich macht? Ja, ich weiß genau wo das endet, Adrian!
Diesem Versuch gebe ich im Höchstfall vier Wochen!
Und weißt Du, was dann passieren wird?
Dir fällt plötzlich wieder ein, wie gut Du dich bei mir fühlst und wie geil der Sex mit mir ist.
Dann kommst Du wieder zurück, wie ein Bumerang, weil Du feststellen wirst, dass Du ohne mich nicht kannst.
Weil Du mich liebst und Dein Herz Adrian, falls Du verdammt noch mal eines hast, ist bei mir.
Da kannst Du noch so viele Vernunftentscheidungen treffen, es wird nach mir schreien, Du wirst mich vermissen und wieder zurückkommen So wie immer.

Immer wieder weist Du mich zurück, nur um dann doch wieder aufzutauchen. Weil Du gar nicht anders kannst, Du Idiot. Nur werde ich nicht mehr da sein! Weil ICH keine vier Wochen mehr auf Dich warten werde, Adrian Jakob!"

„Vier Wochen? Du bist ein unverbesserlicher Optimist, Jule. Ich gebe diesem Versuch höchstens zwei."

„Lass Deine scheiß Spielchen, Adrian! Ich habe da keinen Bock mehr drauf. Verpiss Dich einfach aus meinem Leben. By the way habe ich Lilly gesagt, sie soll die Party abblasen. Eins noch: wir erwarten noch eine Lieferung vom Mädelsabend-Wein, den haben wir nämlich bitter nötig jetzt. Mehr habe ich Dir aber beim besten Willen nicht mehr zu sagen. Das war's!"

„Jule, sag bitte nicht die Party ab! Ich weiß doch, wie sehr Du Dich darauf gefreut hast."

„Diese Party ist nichts ohne Dich, Adrian! Gar nichts."

Zitternd lege ich auf. Im Hintergrund singt Bonnie Tyler „Don't turn around" und ich schlage, zumindest nach außen, das Kapitel Adrian Jakob für mich zu.

Genug - gewartet, dass Du Dich entscheidest.

Genug - gehofft und geglaubt, alles wird gut.

Genug - Nächte schlaflos ohne Dich.

Genug - Tage mit Gedanken an Dich verbracht.

Genug - Geduld bewiesen.

Genug - gezeigt, dass ich Dich liebe.

Genug - von Umständen, die schon lange kein Grund mehr sind.

Genug - geweinte Tränen.

Genug - gefundene Ausreden für Dich.

Genug - Lügen, mit denen ich mich selbst betrüge.

Genug - an der Angst festgehalten, Dich zu verlieren.

Genug - Leben an mir vorbei ziehen lassen.

Genug - des Wartens.

Genug - Verständnis für Dich.

Genug - es ist einfach genug! ***

Vollkommen schutzlos stehe ich vor Dir.
Alle Hüllen fallen gelassen,
alle Schutzmauern durch Dein "Ich liebe Dich" zum Einsturz gebracht.
Endlich das Wissen, dass alles gut werden wird.
Deine Worte hüllen mich ein, wärmen mich.
Dein Wunsch, dass ich in Deiner Nähe leben soll.
Alles würde ich sofort aufgeben hier, gehen, um bei Dir zu sein.
Das, was ich bisher Heimat nannte, verlassen,
da nur Du mein zu Hause bist.
Und dann, gerade, als ich mich Dir bedingungslos ausliefere,
kommt ein Tiefschlag - mitten in den Magen, mitten ins Herz.
Noch versucht, mich weg zu ducken,
aber dennoch hast Du mich erwischt.
So unvorbereitet,
dass ich noch nicht mal den Hauch einer Chance hatte zu entkommen.
Dein "Ich liebe Dich" klingt noch wie eine leere Phrase nach.
Weißt Du eigentlich,
was Du gerade in mir ausgelöst hast?
Wie sehr Du mich gerade wieder verletzt hast?
Keine äußeren Spuren,
sondern Spuren, die auf der Seele brennen.
Und ich schön brav, wie von Dir erwartet, still.
Ich schütte das Loch, das Du mir gerade gegraben hast,
oberflächlich mit Sand zu, um später darin zu versinken.
Lege ein Lächeln auf mein Gesicht,
höre mich selbst den Versuch eines Scherzes machen
und Dich nicht merken zu lassen, wie tief Du mich getroffen hast.
Das Vertrauen in Dich und Deine Worte mal wieder erschüttert –
abgrundtief.
Dieses ständige Auf und Ab macht mich mürbe, müde.
So lange ausgehalten, geduldig verharrt, finde ich die Kraft,
um mein letztes bisschen Stolz zu packen und zu gehen.
Eigentlich will ich das gar nicht, denn ich will bei Dir sein -
mit Dir zusammen, Du der Mann an meiner Seite.
Doch was ist Dein "Ich liebe Dich" wert?

„Wein"-Lieferung

Die nächsten zwei Wochen vergehen ohne weitere Vorkommnisse. Dafür, dass Adrian mal wieder völliges Chaos veranstaltet hat, geht es mir erstaunlich gut. Oh sicher, ich vermisse ihn.
Gefühle und Liebe lassen sich, zumindest bei mir, nicht von jetzt auf gleich von heiß auf kalt abstellen. Aber ich gewöhne mich wirklich langsam daran, von Adrian verlassen zu werden.
„Beim ersten Mal tat's noch weh, beim zweiten Mal nicht mehr so sehr und heut' weiß ich daran stirbt man nicht mehr.", heißt es in einem Schlager von Stefan Waggershausen und genauso fühle ich mich auch.
Vorgestern kam eine kurze Anfrage von Adrian an Doro, dass unser Mädelsabend-Wein heute geliefert werden soll, ob ich zu Hause wäre?
Das ist mal wieder typisch – Arschloch - wieder den Weg über meine Freundin nehmen, anstatt mich zu kontaktieren.
Wunderbar, dass die zwei so wahnsinnig gut befreundet sind *Ironiemodusaus*.
Doro ließ ich ausrichten, dass ich nur bis 14 Uhr zuhause sei.
Soll Adrian doch weiter mit ihr in Kontakt bleiben, ich habe wirklich keinerlei Bedürfnis nach Kommunikation mit ihm.
Es wird Zeit mich selbst zu schützen und vor allem abzulenken, also schmeiße ich an diesem Morgen meinen Haushalt, das Wohnzimmer zieren zwei randvolle Wäschekörbe und bereits gebügelte Wäsche hängt überall herum.
Ich selbst gammle gegen 13 Uhr immer noch ungeduscht in meiner ältesten Jogginghose und meinem Lieblings-uralt-Bon Jovi-T-Shirt rum. Da ich für heute aber auch keine weiteren Pläne habe, als mit Fräulein eine Runde laufen zu gehen, stört mich das nicht im Geringsten. Ich bin weit entfernt von der Frau, die Adrian kennt. Die, die immer gestylt war, perfekt maniküirt, geschminkt und rasiert. Wann habe ich mich eigentlich das letzte Mal rasiert? Müsste an dem Wochenende gewesen sein als Adrian hier war. Langsam wird es wohl wirklich mal wieder Zeit, sich zu kultivieren.
Gut, dann gehe ich jetzt also mit dem Hund raus und dann gönne ich meinem Körper mal wieder etwas Aufmerksamkeit.
Wo bleibt eigentlich diese blöde Weinlieferung?
Doro ist auch gerade bei Facebook online und so frage ich nach: „Wann hat der gesagt, dass der Wein kommt?"

„Heute bis 14 Uhr."

„Oh Mann, ich will mit dem Hund raus und danach ins Bad."

Um 14 Uhr ist noch keine Weinlieferung da. *Jetzt richte ich mich also schon wieder nach Adrians Zeitplänen?!* Doro meint nur, sie wüsste auch nicht mehr und lapidar: „Frag ihn doch selbst!" Ja, das mache ich jetzt auch! Noch nicht mal auf seinen Wein warte ich mehr länger! Ich schnappe mir mein Handy und wähle die altvertraute Nummer. Bereits beim ersten Klingeln hebt Adrian ab: „Jule, das ist ja eine Überraschung! Was kann ich denn für Dich tun?" „Mir sagen, wo der Wein bleibt. Ich will weg.", brumme ich missmutig. „Du, ich bin im Auto. Ich kümmere mich darum und gebe Dir gleich Bescheid, ja?" „Mach das, sonst sollen die das Paket beim Nachbarn abgeben. Tschüss!" Schon habe ich aufgelegt. Bloß nicht Gefahr laufen auch nur ein Wort zu viel mit ihm zu wechseln, aber irgendwie war es schon schön seine Stimme zu hören. *Ablenken, Frau Stein, ablenken!*

Schnell lasse ich Fräulein raus auf die Wiese. *Wer weiß, wie lange das sich noch rauszögert?* Dann lege ich meine Adele-CD ein, die mich über die letzten Tage gerettet hat und singe laut mit. Adrians Stimme zu hören, hat Emotionen hochkochen lassen und so kann ich mir bei *„Someone like you"* die Tränen nicht verkneifen. SMS von Adrian:

Du bist die nächste auf der Tour, Wein sollte in 15 min da sein, falls nicht, melde Dich, dann klär ich das, A.

Wird auch Zeit! Musik lauter und mitsingen, Frustabbau. 10 Minuten später klingelt es endlich. Ich gehe an den Türöffner: „Ja, bitte?" „DHL, ich habe ein Paket für Sie." Ich drücke den Summer und da Fräulein wie verrückt bellt, wie immer wenn es klingelt (da hat die Hundetrainerin in mir wohl kläglich versagt), dauert es einen Moment, bis ich die Wohnungstür öffnen kann. Erstmal den Hund verräumen! Energisch schicke ich Fräulein auf ihre Decke.

Endlich kann ich dem armen Paketboten, der schon wartend an der Wohnungstür klopft, aufmachen. Ich öffne und erstarre! Vor der Tür steht Adrian.

Kurz bin ich versucht, ihm einfach die Tür wieder vor der Nase zu zuknallen.

„Was willst DU hier?", fahre ich ihn an.

„Ich bringe den Wein." Wütend packe ich mir die Kiste.

„Gut, das hast Du ja jetzt hiermit getan. Danke und Tschüss", ich funkle ihn giftig an, doch bevor ich die Tür zu schmeißen kann, hält Adrian sie mit der Hand auf. „Darf ich reinkommen?"

„Ich wüsste nicht warum!"

„Weil ich mit Dir reden, Dir etwas sagen muss."

„Zwischen uns ist alles gesagt, Adrian. Was soll das?"

„Bitte!"

Mich überkommt urplötzlich eine Welle der Erschöpfung, noch dazu hat Fräulein Adrian entdeckt und hüpft wie verrückt um ihn herum.

Ich mag gerade nicht mehr kämpfen, gegen nichts. Nicht gegen meine Gefühle, meine Wut und auch nicht gegen Adrian.

Also drehe ich mich wortlos um, lasse ihn einfach in der offenen Tür stehen, stelle den Wein ab und setze mich von innerer Erschöpfung überwältigt aufs Sofa.

Adele singt noch immer von verlorenen Lieben und davon ein Feuer im Regen zu zünden.

Vorsichtig folgt Adrian mir, abschätzend, wie er mit mir und der Situation umgehen soll. Achtsam setzt er sich mit gehörigem Sicherheitsabstand zu mir.

Wenn ich ihn jetzt anschaue, wird meine Selbstkontrolle nur noch eine Lachnummer sein. Alle Mauern, die ich mühsam wieder errichtet habe, werden in sich zusammen brechen. Also sitze ich einfach nur da, stumm, den Blick starr geradeaus gerichtet und warte, warte auf das, was Adrian mir zu sagen hat.

„Jule", setzt er an, „darf ich näher kommen?"

„Bleib einfach da, wo Du bist und sag mir, was Du zu sagen hast." Stur verschränke ich die Arme vor der Brust.

„Keine Schwäche zeigen, nur keine Schwäche zeigen.", rede ich immer wieder auf mich ein.

„Jule, es tut mir leid. Es tut mir unendlich leid. Ich bin so ein Idiot! Man kann nichts kitten, nur der alten Zeiten und seines schlechten Gewissens willen. Anstatt in meine Zukunft, eine Zukunft mit Dir zu investieren, versuche ich Idiot eine längst vergangene Beziehung wieder zu beleben. Etwas, was schon lange vor Dir tot war. Wie tot, hast Du mir gezeigt.

Aber Jule, genau das macht mir Angst. Du bist so voller Gefühl, Emotionen und für mich gab es die letzten Jahre nur meinen Kopf. Der hat mich wenigstens nicht im Stich gelassen. Der kann nicht verletzt werden. Und Du kommst und stellst alles, meine Welt auf den Kopf, mein Leben, meine Gefühle, mein Herz, alles muss neu sortiert werden wegen Dir.

Es macht mir Angst, wie Du mich überrannt hast, rein emotional. Wie ich Dir und Deiner Anziehung, Deine Liebe nicht entfliehen konnte. Und… was soll ich denn noch sagen?

Ich bin ein solcher Idiot."

Stumm sitze ich einfach nur da.

„Jule, ich habe mich getrennt. Endgültig. Ich werde dieses Wochenende in eine Übergangswohnung ziehen, das ist alles schon organisiert. Wenn ich gleich zurück nach Baden-Baden fahre, muss ich nur noch meine Kartons holen. Gepackt ist schon. Andrea bleibt in meiner Wohnung, bis sie etwas anderes gefunden hat, aber ich habe ihr gesagt, dass es endgültig vorbei ist, es keine Versuche mehr geben wird und kann.

Jule, ich bin nicht hier um Dich zu bitten, das alles zu vergessen. Das, was ich Dir im letzten Jahr angetan habe, kann man nicht vergessen. Aber vielleicht kannst Du meine Entschuldigung annehmen? Vielleicht bist Du irgendwann in der Lage, mir zu verzeihen?! Vielleicht kann ich Dir beweisen, dass ich nicht das Arschloch bin, für das du mich berechtigterweise hältst?

Jule, ich habe so viel wieder gut zu machen, das weiß ich. Du hast meine Welt auf den Kopf gestellt und jetzt fehlst Du mir, um sie wieder gerade zu rücken. Ich brauche genau das, was mir Angst macht: Dich. Kleines.

Auch wenn Du mir nicht glaubst, ich habe in den letzten Wochen nicht eine Sekunde nicht an Dich gedacht. Du fehlst mir."

Immer noch schweigsam, seine Worte wirken lassend, drehe ich mein Gesicht langsam zu Adrian.

Wortlos hält er mir seine Hand hin und ich kippe einfach um, falle an seine Brust, lass mich in seine starken Arme schließen, ihn mich halten und den Tränen freien Lauf.

Erst rollen sie stumm über mein Gesicht, bis ich letztlich von tiefen Schluchzern geschüttelt werde.

Alles, was ich in den letzten Tagen unter meiner Fassade verborgen hatte, bricht jetzt aus mir hervor und lange hört Adrian nichts außer mein Weinen und Adele, die weiter davon singt, dass keiner wie der eine ist.

Adrians T-Shirt ist getränkt von meinen Tränen und ich löse mich von ihm.

„Weißt Du Adrian", ich versuche mich zu sammeln, „Wieder ein Versprechen? Was sind Deine Versprechen wert? Wieder ein Hin und Her? Wieder ein Gefühlschaos? Ich kann nicht mehr und ich will das nicht mehr. Ich liebe Dich, immer noch, aber ich kann einfach nicht mehr. Wer garantiert mir denn, dass Du nicht zurück fährst und es wieder zwei Flaschen Rotwein gibt, die dich deine Meinung ändern lassen? Wer garantiert mir das, Adrian? Wie oft wollen wir das denn noch machen?"

„Kleines, ich schwöre Dir, dass das das letzte Mal gewesen ist. Es steht außer Frage, dass ich zu Dir gehöre!

Ich fahre jetzt zurück und beziehe die Übergangswohnung.

Sobald ich den letzten Karton dahin geschafft habe, rufe ich Dich an. Ich will Dich zurück, Kleines!

Und ich werde alles tun, damit Du das auch erkennst.

Mit allem, was in meiner Macht steht, werde ich um Dich kämpfen und ich will Dich mehr denn je in Baden-Baden haben.

Ich weiß, dass ich Dein Vertrauen zu oft missbraucht habe.

Das, was uns im Spiel nie passiert ist, wo Du Dich immer auf mich verlassen konntest, habe ich im wahren Leben gründlich versaut.

Lass mich Dir beweisen, dass es anders sein kann.

Bitte, ich bitte Dich um diese Chance!"

Eine weitere Chance also? Die wievielte?

Adrian fährt eine Stunde später, ich habe mir Bedenkzeit erbeten. Noch spät an diesem Abend erreicht mich sein Anruf, dass er jetzt alleine in der Übergangswohnung ist und es für ihn kein Zurück mehr gibt, nur den Blick nach vorne in eine neue Zeitrechnung.

„Du bist meine Zukunft, Jule Stein.

Ich will bei Dir sein. Ich liebe Dich!"

Du bist wie ein Sturm, der mich immer wieder überraschend trifft.
Ich auf weitem Feld, ohne die Chance mir Unterschlupf zu suchen,
erwischst Du mich unvorbereitet, schnell, fegst mich von den Füßen.
Und jedes Mal, wenn ich denke,
das Schlimmste ist überstanden, tauchst Du wie aus dem Nichts auf.
Ein Tornado, der meine Welt durcheinander wirbelt.
Gerade wieder etwas festen Boden unter den Füßen,
bringst Du meine Erde zum Beben.
Deine Blitze treffen mich wie eine morsche Eiche,
das Echo Deines Donners grollt tief in meinem Herzen.
Wie ein Tsunami überrollt mich die Welle Deiner Anwesenheit.
Du bist eine Naturkatastrophe, unberechenbar, unvorhersehbar.
Du hinterlässt Verwüstung – in meinen Gefühlen,
meinem Herzen, meiner Seele.
Immer triffst Du mich unvorbereitet,
gerade dann, wenn ich mich wieder etwas erholt habe.
Nie kann man sagen, wann das nächste Gewitter herein bricht.
Nie, wie schwer es einen diesmal wieder treffen wird.
Alle Schutzwälle, durchbrichst Du, die ich um mein Herz gebaut habe.
Unterspülst meine Schutzmauern. Lässt mich immer wieder zurück.
Schwer getroffen, ungeschützt, zweifelnd, verzweifelt.
In Sekunden hebst Du meine Welt aus den Angeln.
Stürzt mich ins komplette Gefühlschaos.
Und wenn ich dann am Boden liege, ungeschützt, nackt, verwundet,
sagst Du etwas, schreibst Du etwas,
dass mich wärmt wie ein Sonnenstrahl,
der plötzlich die Wolken durchbricht.
Wie ein sanfter, warmer Sommerregen,
streichst Du über die Wunden meiner Seele.
Heilst sie, durch die Magie, die zwischen uns ist.
Auch dann triffst Du mich wieder vollkommen unerwartet,
mit so viel Nähe, Wärme, Liebe.
Wie schaffst Du es nur, dass der Grat zwischen Unwetter und
Sommerwind so schmal ist?
Wie das launische Aprilwetter fegst Du durch meine Welt.
Lass uns doch einfach mal die Sonne genießen!

Killer-Queen

Unser nächstes Aufeinandertreffen findet wenige Tage später statt und endlich schaffen wir es, uns richtig auszusprechen. Alles kommt auf den Tisch, was schon lange besprochen werden musste. Aber nach all dem Gerede können wir auch unsere Körper letztlich nicht mehr ignorieren, die ihre ganz eigene Sprache sprechen und sich nach wie vor magisch anziehen.

„Jule, ich möchte, dass Du heute den aktiven Part übernimmst. Heute begebe ich mich in Deine Hände."

„Ich denke nicht, dass das eine so gute Idee ist, Adrian. Du hast mich immer gelehrt, dass man nicht spielen soll, wenn man seine Emotionen nicht zügeln kann, auf keinen Fall, wenn man wütend auf den anderen ist und das bin ich noch, wütend auf Dich. Wenn ich heute mit Dir spiele, laufe ich Gefahr die Kontrolle zu verlieren. Ich fürchte ich würde alles an Dir auslassen..."

„Das weiß ich. Und das ist genau das, was wir beide brauchen. Es muss einmal raus, aus uns beiden. Mit Worten haben wir das heute getan, lassen wir jetzt unsere Körper sprechen. Deine Wut muss sich körperlich entladen dürfen und ich bin bereit, das zu tragen, es verdient zu tragen. Ich tue es für Dich!"

Ich bin zwar nicht völlig überzeugt, schwöre mir aber innerlich, mich zurück zu nehmen, mich zu kontrollieren.

„Gut, Fremder! Zieh Dich aus und geh zur Spreizstange. Dort wartest Du auf mich!", weise ich ihn an.

Beim Gedanken an die Spreizstange, muss ich grinsen. Mein Freund Tom schlug mir vor, mir eine zu fertigen, weil er der Meinung war, dass man in meiner Wohnung nirgends ordentlich fesseln und fixieren kann (womit er nicht ganz Unrecht hatte). Schließlich kam er eines Abends mit der fertig geschweißten Stange, um einen „kleinen" Haken in die Decke zu bohren, wo ich diese dann auch aufhängen könne.

Vielleicht hätte mich der Schlagbohrer stutzig machen sollen oder der Krach, den er im Flur veranstaltet hat?

Jedenfalls als ich kam, um den „kleinen" Haken samt Spreizstange zu bewundern, mustere ich perplex einen dicken Haken, der groß genug war, um an diesem locker eine Rinderhälfte aufhängen zu können.

„Bist Du verrückt? Was soll das denn sein? Kleiner Haken? Der ist ja riesig", empörte ich mich.

„Muss ja halten.", kam die lapidare Antwort von Tom.
„Und wie erkläre ich diesen Riesenhaken, der im Flur zwischen Schlafzimmer- und Badetüre prangt?"
„Sag halt Du wolltest eine Blumenampel aufhängen", lachte Tom.
„Eine Blumenampel an so einem Haken? Mitten im Flur?"
„Naja, gut... oder halt eine Lampe."
„Klar, eine Lampe. Da oben ist gar kein Strom."
„Tja. Luxusprobleme."
Da stand ich also mit meinem Haken und wirklich, jeder Besucher, der in nächster Zeit auf Toilette ging kam zurück, fragte: „Für was ist eigentlich dieser Haken an der Decke", was mich regelmäßig in Erklärungsnot brachte.
Schließlich bin ich dazu übergegangen die Spreizstange samt Ketten mit Panikhaken einfach hängen zu lassen, was mir seitdem blöde Fragen erspart und meine Besucher mit einem breiten, wissenden Lächeln aus dem Bad kommen lässt.

Nun wartet Adrian nackt unter besagtem Haken. Aus meiner „Spielekiste" im Schlafzimmer hole ich die Hängelederfesseln und fixiere sie an seinen beiden Handgelenken. Dann verbinde ich sie mit den Panikhaken an der Spreizstange, so dass Adrians Hände weit über seinem Kopf gespannt sind. Gut, dass wir fast gleich groß sind, so kann ich mir das Einstellen der Kettenlänge sparen. So fixiert lasse ich Adrian hängen, während ich mir meine kleine, sanfte, schwarze Wildlederpeitsche vom Haken hinter der Tür nehme. Zwischenzeitlich habe ich meine Liebe für das Peitschen vertieft - sowohl passiv als auch aktiv - und meine Sammlung an Lederfloggern ist beträchtlich gewachsen.
„Schön sanft warm hauen wie du es gelernt hast.", denke ich mir.
Sachte lasse ich die Striemen über Adrians Rücken tänzeln, gebe einen beständigen, aber weichen Rhythmus vor.
Doch schnell merke ich, dass mich das nicht befriedigt und ich wechsle die samtige Wildlederpeitsche gegen meine Lieblingspeitsche. Drohend lasse ich die fast 1 m langen rot-schwarzen Lederriemen durch meine Hände laufen, um sie schließlich mit einem lauten Knall auf Adrians Rücken treffen zu lassen. Anfangs bin ich noch zurückhaltend, doch mit jedem Schlag kommt die angestaute Wut mehr in mir hoch.
„Adrian, ich muss aufhören! Ich habe mich nicht unter Kontrolle. Wenn ich jetzt weiter mache, hast Du zwei Wochen lang Striemen."

„Hör nicht auf! Ich brauche das jetzt, Du brauchst das jetzt."
Also schlage ich ihn. Lasse die Peitsche immer wieder auf seinen
Rücken, seinen Hintern knallen und schreie mir wütend aus dem
Leib, was sich im letzten Jahr aufgestaut hat.
Wiederholt trifft ihn das Leder schwer und so zeichne ich ihn das
erste Mal mit meinen Spuren, die noch lange nach diesem Abend
sichtbar sein werden. In dieser Nacht bin ich wirklich seine
persönliche Killer-Queen.

Ich weiß, wie es sich anfühlt von Dir verlassen zu werden.

Ich bin durch die Trauer gegangen, habe geschrien, geweint.

Gezweifelt an allem was war, an Dir.

Und doch nie den Glauben daran verloren,

dass Du wieder kommen wirst.

Gehofft, gebetet, Götter angefleht, das Schicksal verflucht.

Viel über mich gelernt, an mir und uns gewachsen.

Ich bin eine andere als die, die Du damals zurück gelassen hast.

Trotz oder gerade wegen dieser Erfahrung

immer noch meine bedingungslose Liebe für Dich.

Bedingungslos, aber nicht mehr blind.

Ab jetzt werden wir auch nach meinen Spielregeln spielen.

Weil ich Dich liebe, aber vor allem, weil ich mich liebe.

Du bist wieder da, aber wir werden nicht da weitermachen,

wo wir aufgehört haben - wie wir aufgehört haben.

Ich liebe Dich immer noch, aber anders, mit offenen Augen

und dem Willen, mich diesmal zu schützen.

Ich spüre immer noch, wie weh Du mir tun kannst,

wie sehr Du mich immer noch triffst.

Immer noch die Verzweiflung,

die panische Angst vor dem Schmerz, den Du in mir auslöst.

Bist Du bereit einen anderen Weg zu finden?

Gibst Du mir das Vertrauen in Dich zurück?

Ich habe nie aufgehört, Dich zu lieben.

Jetzt möchte ich es auch ausleben, möchte wieder mit Dir fliegen.

Du musst dafür nicht präsent an meiner Seite sein.

Aber ich brauche das Wissen,

dass Du da bist, wenn ich Dich brauche, erreichbar.
Dass Du mir den Rücken freihältst, ich mich fallen lassen kann
und Du da sein wirst, um mich aufzufangen.
Geh nicht wieder weg, bitte.
Ich bin eine andere als die, die Du damals zurück gelassen hast.
Aber ich bin immer noch die, die Dich liebt!

Still a Rockstar!

Die kommende Zeit wird die schönste und beständigste, die ich mit Adrian haben soll. Ja, er strengt sich an.
Die Vorbereitungen zur „Destroyed Rockstar Party – DRP" sind weiter in vollem Gange. Adrian war die ganze Zeit mit Lilly in Kontakt und hat ihr schlicht verboten den Auftrag zu stornieren. Die Gäste wurden mit einer „Save the Date"-Mail über den Termin informiert und so konnte sich Lilly nach all dem Trubel doch noch etwas Zeit mit den Einladungen lassen.

Es ist Mitte September. Donnerstagabend ist Adrian angereist und heute am Samstag wollen wir zusammen für Lilly, Doro und deren Partner kochen. Naja, Adrian will kochen. Ich bin ja eher der Zuschnippler, Dinge-Schäler und Zureicher.
Nach einem Blick in meine Küchenschränke, ist Adrian die Verzweiflung regelrecht anzusehen.
„Also, wir beide gehen nicht nur Lebensmittel einkaufen, sondern auch Pfanne, Förmchen für den Kuchen, einfach alles!", beschließt er und ich lasse ihn gewähren. Ich mag es, wenn er in meiner Küche rumwerkelt.
So stehen wir also früh auf und anstatt des üblichen Brunchs gibt es nur ein kurzes 1 €-Frühstück bei IKEA.
Willkommen in meiner Welt, Fremder!
Den schwedischen Möbelriesen verlassen wir mit drei prall gefüllten Taschen und Adrian 150 € leichter.
Der Mann hat einen Knall. Schließlich gehen wir einkaufen und auch hier darf es natürlich von allem nur das Beste sein.
Neben den Zutaten für das drei Gänge-Menü, das wir heute angeblich zusammen zaubern, wandern auch diverse Gewürze in den Einkaufswagen, von denen ich noch nicht mal weiß, für was ich sie brauchen sollte.

„Adrian, was bitte mache ich mit getrockneten Limettenblättern?"
„Kochen!"
„Kochen? Ich? Mit getrockneten Limettenblättern?"
„Nein, Du wahrscheinlich nicht.", grinst er mich frech an, „Aber ich!"
„Bei den ganzen Gewürzen, die Du da kaufst, musst Du mindestens 100 Jahre bei mir kochen!"
„Genau das ist der Plan, Kleines."
Da Adrian mal wieder in den Vorbereitungen für irgendeinen Lauf steckt, hat er beschlossen zu mir nach Hause zurück zu laufen, geschlagene 21 km!
„Genau richtig zum warm werden. Ich bin rechtzeitig bei Dir.", kommentiert er meinen ungläubigen Blick lapidar.
Und genau, gerade als ich alle Einkäufe verstaut habe, eine kurze Runde mit Fräulein gedreht und es mir mit einem Kaffee auf der Terrasse gemütlich gemacht habe, steht er auch schon vor der Tür. Dieser Mann ist ein Phänomen!
Natürlich sind wir nach Einkaufsexzess und Adrians Joggingrunde viel zu spät dran mit den Vorbereitungen und langsam wird es hektisch. Es musste ja auch unbedingt ein 3-Gänge-Menü sein.
Da ich Adrian nur im Weg stehe in der Küche, schnappe ich mir die neu gekaufte Tischdekoration und beginne den Tisch schön mit Kerzen, Steinen und Tischsets zu decken.
Als ich damit fertig bin, darf ich zumindest den Teig für die „Warmen Schokoküchlein mit flüssigen Kern" anrühren. Was ich prompt versemmele, da ich vergesse das Mehl einzurühren.
Also Teig wieder raus aus den sechs Förmchen, diese spülen, neu einfetten und den Teig, diesmal mit Mehl, wieder einfüllen.
Adrian lacht sich schlapp über mich.
So sehr wir uns auch beeilen, ich schaffe es noch nicht mal mehr unter die Dusche, als die Gäste schon vor der Tür stehen.
Es hat gerade noch dafür gereicht, um mein Make up aufzufrischen. So begrüßen wir also das erste Mal als Paar Gäste und wir machen uns hervorragend als Gastgeber!
Adrian serviert eine Schoko-Maronen-Suppe, danach Rinderfilet mit Sellerie-Kartoffelpüree und gemischtem Salat und den Abschluss bilden meine warmen Schokoküchlein mit flüssigem Kern und eiskalter Joghurt-Waldbeeren-Sauce – ein Gedicht.
Doch die besondere Überraschung hält Lilly bereit. Feierlich überreicht sie uns die offiziellen Einladungen zur DRP, die sie auch bereits an die Gäste verschickt hat.

Die Karten sind Konzerttickets nachempfunden und sehen hammermäßig aus. In rot-schwarz gehalten, werden sie von den Silhouetten diverser Musiker und mir geziert. Das Motto lautet:

„DRP – Destroyed Rockstar Party - Now she's in the middle of the Dirty Thirties...35?! So what? She's still a Rockstar!"

Das ist der fabelhaft! Ich bin total gerührt, verzückt, begeistert und Adrian ist sichtlich stolz, dass er sich nicht davon hat abbringen hat lassen, die Party durchzuziehen.

An diesem Abend mit meinen Freunden, die heute auch zu seinen werden, sind wir ausgelassen, fröhlich, beschwingt. Es fühlt sich verdammt gut an, die Frau an der Seite von Adrian Jakob zu sein!

Adrian prophezeit mir bei seiner Abreise, dass er es bis zu meinen Geburtstag, der erst in drei Wochen ist, wohl nicht mehr zu einem Treffen schaffen wird.

Aber das erste Mal seit wir uns kennen, treibt ihn die Sehnsucht nach mir und so kommt es doch noch zu einem schnell eingeschobenen Treffen in unserem Hotel in Sinsheim.

Das erste Mal nicht heimlich!

Mein eigener Türsteher

Adrian hat es geschafft, bereits heute anzureisen und wir feiern zu zweit gemütlich in meinen Geburtstag rein.

Auf seine Frage, was ich mir wünsche, konnte ich nur antworten, dass die Party ja wohl mehr als genug sei.

Dennoch überreicht er mir um Mitternacht einige Päckchen.

Am meisten freue ich mich über ein Trikot meines Lieblingsfußballvereins, der in der gleichen Liga spielt, wie Adrians. So meint Adrian, wäre ich bestens gerüstet für den Besuch eines Fußballspiels beider Vereine gegeneinander, was wir dann direkt mit einem verlängerten Wochenende in Hamburg verbinden könnten.

Vor ein paar Wochen bereits erzählte ich ihm, dass man in der Hansestadt sehr edel eingerichtete SM-Appartements mieten kann und ich total Lust hätte, dort die Spielmöglichkeiten zu testen. Die Idee fand er ebenfalls ausgezeichnet und so werden wir wohl bald zu diversen „Spielen" in Hamburg sein.

Den Morgen meines Geburtstages verbringen wir mit einem ausgiebigen Frühstück, um dann gemeinsam zum Trainieren auf eine Laufbahn zu fahren.

Adrian möchte mein Lauftempo steigern und ja, richtig gelesen, die kleine, dicke Frau geht freiwillig an ihrem Geburtstag laufen. Es geschehen noch Zeichen und Wunder!

Abends führt Adrian mich gemütlich zu meinem Lieblingsitaliener aus und wieder sind wir so entspannt wie selten zuvor.

Bei mir steigt allerdings langsam die Aufregung, denn bis auf die Einladung, die mit ein paar Eckdaten gespickt war, habe ich keine Ahnung, was mich morgen für eine Party erwartet.

Adrian und Lilly haben absolut dicht gehalten und auf meine wiederholte Bitte an Lilly, sie möge doch die Kosten so gering als möglich halten, hat sie mir nur geantwortet, dass Adrian ihr Auftraggeber sei und ich mich doch bitte raushalten solle. Natürlich hat sie dennoch ein paar Dinge mit mir besprochen, Gästeliste, Band, was soll es zu Trinken geben, welchen Caterer ich bevorzuge, aber im Grunde waren das nur kleine Hinweise und ich bin völlig darauf angewiesen mich auf sie und Adrian zu verlassen. Nicht, dass ich das den beiden nicht zu traue, aber wenn ich als Kontrollfreak und Ungeduld in Person, die noch dazu Überraschungen hasst, sich einfach nur zurück lehnen soll, ist das schon eine Megaherausforderung für mich.

Also fahren Adrian und ich am großen Tag in den ca. 40 km entfernten Ort, wo die Party stattfinden wird.

Lilly hat uns zusammen mit Sabine und Tommy, die aus Bayern anreisen, in einem kleinen Hotel eingebucht, so dass wir nicht mehr fahren müssen in der Nacht.

Völlig entspannt checken Adrian und ich ein, packen aus und da das Wetter einen warmen, sonnigen Herbsttag verspricht, suchen wir uns ein kleines Straßencafé, genießen die letzten Sonnenstrahlen.

Die Party soll um 20 Uhr beginnen, Lilly hat mir eine Stylistin ins Hotel bestellt und uns wissen lassen, dass wir um 19:50 Uhr fertig zu sein haben, da wir dann von einem Fahrer abgeholt werden.

So genießen wir also den herrlichen Herbstnachmittag und Adrian schmiedet wieder Pläne, was er alles mit mir vorhat, wenn ich nach Baden-Baden komme.

Lächelnd sitze ich in der Sonne und höre seinen Ausführungen zu. Es ist so herrlich, wenn er das tut... wenn er in den Momenten, in denen er bei mir ist, wirklich glaubt, was er da so plant.

Fertig gestylt stehen wir später pünktlich zur Abholung bereit. Adrian hat zur Feier des Tages eine neue Corsage springen lassen, schweres schwarzes Leder, vorne geschlossen mit einem Reißverschluss über dem mehrere Gurte mit Silberschnalle nochmals die Enge regulieren, hinten geschnürt.

Dazu trage ich meine ebenfalls neuen kniehohen Stiefel und eine enge Jeans. Das ganze wird noch mit einer kurzen Lederjacke, dem Geburtstagsgeschenk meiner Mutter und diversen Rockstar-Accessoires geschmückt.

Die Stylistin hat meinen kurzen, schwarzen Haaren den perfekten PINK-Look mit Iro-Frisur verpasst, die Augen sind mit Smoky-Eyes-Make-up betont, Fingernägel und Lippen knallrot.

Ich wäre dann also soweit!

Adrian sieht in zerfetzter Jeans, schwerer Lederjacke, Union Jack T-Shirt und weißen Boots ebenfalls zum Anbeißen aus (ob die Zeit wohl noch für einen Quickie reicht?) und eben fährt eine schwarze Limousine vor. Ich lache laut auf, als Lillys Freund Udo mit schwarzer Ledermütze und langem Ledermantel aussteigt. Irgendwie sieht er mit der Kappe eher aus wie ein Mitglied der Village People als ein Rockstar.

Er hält uns galant die Türen auf, lässt uns einsteigen und chauffiert uns Richtung Location. Wir biegen von der Hauptstraße ab und in eine sehr kleine Straße ein. Wo bringt er uns hin?

Schließlich sind nur noch Bahngleise und mehrere Lagerhallen sichtbar. Ich habe wirklich keine Ahnung, was mich erwartet.

Udo bremst ab und vor einer der Lagerhallen sehe ich leere Ölfässer, in denen Feuer brennen. Das sieht ja mal geil aus!

Wie in einem Ghetto, freue ich mich.

Beim Aussteigen bemerke ich mehrere Harleys vor einer Lagerhalle, die mit Gittern abgesperrt sind. Lilly empfängt uns und weist mich direkt mal auf die Dixi-Klos hin. Wieder lache ich laut auf. Auf einem der drei mobilen Toiletten prangt ein Riesenschild mit dem Hinweis: „Jules VIP-Dixi" –

Lilly weiß genau, wenn ich eine Toilette brauche, dann sofort und ohne Kompromisse!

„Ist nur für Dich.", feixt sie, „Da kommt sonst keiner drauf!"

Na, der Abend geht gut los, ich amüsiere mich jetzt schon!

Lilly geleitet mich über eine kleine Rampe Richtung Eingang, die letzten Meter des Aufgangs sind mit rotem Teppich ausgelegt. An der Brüstung zum Eingang steht ein 2 m großer Mann. Lange Haare zum Pferde-schwanz gebunden, Sonnenbrille, Lederhose, schwere Stiefel, Bomberjacke und Bikerkutte, verschränkte Arme. Ohne eine Miene zu verziehen fordert er, böse blickend: „Tickets!" „Das ist meine Party!", verkünde ich fröhlich.

„Ohne Tickets kommt hier keiner rein. TICKETS!" Deswegen hat Lilly also darauf bestanden, dass Adrian und ich bloß unsere Einladungen nicht vergessen sollen. Von hinten reicht mir Adrian unsere Tickets, die der Türsteher – ich habe einen eigenen Türsteher!!! – schweigend mustert. Anscheinend befindet er sie für gut, denn nach einer Leibesvisitation überreicht er uns zwei VIP-Pässe. Meinen schlinge ich um einen der Corsagengurte, Adrian legt sich seinen um den Hals und wir dürfen durchgehen.

Sofort werden wir aber von einem Fotografen aufgehalten, der, vor einer riesigen DRP-Party-Fotowand, die wieder mein Konterfei ziert, Fotos von uns machen möchte.

„Lilly, das ist ja wie beim Bon Jovi-Konzert!", strahle ich sie an. Adrian und ich posieren also für den Fotografen und ein wenig wundere ich mich schon, warum keine weiteren Gäste ankommen. Nicht, dass ich am Ende noch alleine feiern muss?

Mein Türsteher befindet, dass es jetzt aber genug ist und schiebt uns zum Eingangstor der Lagerhalle, das Lilly für uns öffnet.

Kaum eingetreten spielt die Band „Happy Birthday" und ich komme aus dem Staunen nicht mehr raus:

Meine ganzen Gäste sind versammelt und stimmen in das Lied ein. Die riesige Lagerhalle ist perfekt für unsere Party hergerichtet. Auf der rechten Seite entdecke ich den „VIP-Room", bestehend aus mehreren mit schwarzen Tüchern abgehängten Sofas, geradeaus die große Tanzfläche mit Bühne für die Band und linker Hand von innen beleuchtete Tische, die sich unter Platten mit Fingerfood biegen. Links von der Bühne ist die ebenfalls von innen heraus beleuchtete Bar, wo mein eigenes Barteam auf zahlreiche Getränkebestellungen wartet.

Dazwischen Stehtische, auf denen Knabbereien und Behälter mit Zigarillos stehen. Von der Decke hängen Motorräder, Kettensägen und auch hinter der Theke sind auf einem Podest beleuchtete Motorräder zu sehen. Das ist der Hammer!

Ich kann die Eindrücke gar nicht alle einsammeln, als auch schon die ersten Glückwünsche und Geschenke überbracht werden. Wirklich jeder meiner Gäste hat sich an den Dresscode gehalten und so wird der Raum gefüllt mit Menschen in zerrissenen Jeans, Leder und Band-T-Shirts. Was ein Spaß!

Der Abend vergeht wie im Flug. Die Band spielt einen meiner Lieblingsrocksongs nach dem anderen. Schließlich fordert mich der Gitarrist, der gleichzeitig ein guter Freund von mir ist, auf, mit ihnen ein Stück zu singen und so röhre ich bald laut „Proud Mary" durchs Mikro.

Jetzt haben so viele Überraschungen auf mich gewartet und immer noch bin ich geplättet von dem was Lilly da auf die Beine gestellt hat, doch jetzt wird es Zeit Adrian zu überraschen!

Da ich mir die Band ja selbst aussuchen konnte, habe ich die Mitglieder vor einiger Zeit kontaktiert und gebeten ein Lied mit mir einzustudieren. Da ich sowieso schon auf der Bühne stehe, stimmt die Band also die ersten Takte an und ich singe:

„Baby, can I hold you tonight" von Tracy Chapman –
das Lied unseres ersten Dates.

Adrians Augen flackern auf, als ihm das bewusst wird und er bedankt sich nach dem Song mit einem sinnlichen Kuss.

Genau im Moment dieses Kusses schießt der Fotograf Bilder und noch später beim Anschauen, kann ich seine Lippen auf meinen spüren.

Da es langsam trotz Heizung empfindlich frisch wird, wärmen sich meine Gäste mit Tanzen auf und die Stimmung ist super. Ein herrliches Gefühl, all meine Lieben um mich zu haben und diese Party ist das beste Geschenk, das ich je bekommen habe!

Adrian und ich rocken zusammen mit den anderen die Tanzfläche, sind ausgelassen, haben Spaß. Mit meinem Lieblingscousin liefert er sich ein witziges Wortgefecht, wer wohl die geileren Stiefel trägt und jeder findet Adrian sympathisch.

Als es darum geht, dass der Fotograf ein Familienfoto machen möchte und dafür meine Familie um mich scharrt, kommt Adrian wie selbstverständlich dazu.

„Hey Fremder!", scherze ich, „Die Bilder will ich Weihnachten an die Familie verschenken als Erinnerung. Solltest Du also vorhaben Weihnachten nicht mehr in meinem Leben zu sein, dann „ZACK" raus aus dem Bild!" Adrian blickt mich unmissverständlich an: „Lächerlich! Mich bekommst Du nicht mehr los."

Diese Bilder hängen heute noch in diversen Wohnungen meiner Familie. Langsam verabschieden sich gegen 24 Uhr die ersten Gäste und am Ende bleibt nur der harte Kern übrig.

In der Ecke steht ein altes Klavier an dem Adrian sich niederlässt und für mich nochmal „Hold me" anstimmt, wie im Hotel in Sinsheim – und wieder bin ich zutiefst berührt davon.

Später fallen wir todmüde in unser Hotelbett und lieben uns. Zärtlich, leidenschaftlich, gefühlvoll und Adrian verspricht mir, mich nie wieder gehen zu lassen. „Genauso sollten wir mal heiraten, Kleines.", befindet Adrian noch, bevor er die Augen schließt, „Nur am Strand. Diese Party hatte von wildem Spaß bis zur Romantik alles zu bieten, jetzt müssen wir die Leute nur noch alle nach Ibiza schaffen." Fest zieht er mich in seine Arme und schläft umgehend ein.

Lange liege ich in dieser Nacht wach, erschlagen von den Eindrücken und Adrians Worten, versuche ich das alles zu fassen, versuche mein Glück zu fassen. Irgendwann schlafe auch ich ein, mit den Erinnerungen an einen Abend, eine Nacht, die mir niemand mehr nehmen kann.

Mit und ohne Dich

Nach einer kurzen Nacht sitzen wir mit Sabine und Tommy beim Frühstück. Obwohl wir uns seit Ibiza nicht mehr gesehen und auch da nur eine Woche miteinander verbracht haben, ist es, als ob wir seit Jahren die engsten Freunde wären. Sabine und ich, das ist einfach eine Seelenverbindung.

Oft hat sie mir in den letzten Monaten Beistand geleistet, wenn ich mal wieder ein offenes Ohr gebraucht habe. Sabine ist wirklich der liebenswerteste Mensch, den ich je getroffen habe, umso mehr wundert es mich, dass sie plötzlich ernst wird und Adrian anspricht:

„Weißt Du, Adrian, jetzt wo ich Dich persönlich kenne, weiß ich, warum Dich Jule so toll findet. Du bist wirklich ein spaßiger, charmanter Kerl. Aber in den letzten Monaten warst Du leider auch ein Mistkerl. Was Du veranstaltet hast, ist unglaublich. Jule ist meine Freundin, wenn es ihre Entscheidung ist, das mitzumachen, dann trage ich die mit ihr. Ihr seid so ein tolles Paar, man spürt regelrecht die Funken zwischen Euch sprühen, sieht wie sehr ihr auch anzieht, wie toll ihr harmoniert. Vielleicht versaust Du es zur Abwechslung mal nicht wieder? Jule hat Dir, im wahrsten Sinne des Wortes, die ganze Zeit die Stange gehalten.", sie zwinkert uns zu, „Wenn Du es jetzt wieder verbockst, ist Dir nicht mehr zu helfen. Jule ist so ein liebenswerter Mensch, sie hat verdient,

geliebt zu werden und nicht, dass man außerhalb vom SM mit ihr spielt. Also, pass auf sie auf!"
Wie vom Donner gerührt starre ich Sabine an und zucke ein wenig vor seiner Reaktion zusammen, als Adrian zu einer Antwort ansetzt: „Ja, Sabine, da lief einiges schief bei uns. Nein, nicht bei uns, bei mir. Jule hat mir viele Irrwege verziehen, doch damit ist jetzt Schluss. Ich hole mir mein Mädchen nach Baden-Baden und wir alle werden noch viele Partys zusammen feiern. Das hier war erst der Startschuss. Ich weiß selbst, wie blöd ich wäre, wenn ich sie jetzt wieder gehen lasse."
Als wir auschecken übernimmt Adrian die Übernachtungskosten von Sabine und Tommy.
„Ein kleines Zeichen des Dankes dafür, dass Du Jule so eine gute Freundin bist, Sabine."
Auf der Heimfahrt reflektieren wir nochmal den vergangen Abend und stimmen lauthals mit Bono bei „With or without you" ein.

Leider muss Adrian heute schon zurück nach Baden-Baden, denn für die kommende Woche hat er noch einige Termine vorzubereiten. Dennoch trinken wir bei mir zu Hause noch einen Kaffee zusammen und er ringt mir das Versprechen ab, ihn bald in der Übergangswohnung zu besuchen.
„Wohnt Andrea denn immer noch bei Dir?"
„Ja, ich bin noch in der Übergangswohnung, aber da muss jetzt dringend eine Lösung her. Sobald sie ausgezogen ist, sollten wir ernsthaft drüber nachdenken, wann Du kommst. Ich weiß auch schon, was wir mit dem dritten Zimmer machen..."
„Welches dritte Zimmer?", frage ich nach.
„Das mit dem Steinsäule.", Adrian zeigt mir ein Foto und zweifellos steht da mitten im Zimmer ein dicker Pfeiler.
„Wäre das nicht ein schönes Spielzimmer?", zwinkert Adrian mir zu, „Das könnten wir dann mit einem Lederbett zum Fesseln erweitern, einem Andreaskreuz und allem, was uns sonst noch so einfällt."
„Ein eigenes Spielzimmer?", freue ich mich begeistert. „Nur für uns, Kleines!"
„Na, dann wird es Zeit, dass die Wohnung frei wird und ich meine Kartons packen kann."

Müde falle ich später alleine auf die Couch. Müde, aber glücklich, denn ich werde schon bald zu Adrian nach Baden-Baden ziehen. Letztlich soll es also doch auch noch „meine" Stadt werden.

Geburtsvorbereitungskurs

Seit Tagen ist mir schlecht und schwindlig. Schon auf dem Nachhauseweg von der Arbeit diese Woche wurde es mir plötzlich so übel, dass ich kurz die Kontrolle über mein Auto verlor und meine schönen, schwarzen Alufelgen ziert seitdem ein ordentlicher Kratzer von dem hohen Bordstein, den ich mitgenommen habe. Manchmal wird mir so schwarz vor Augen, dass ich mich kaum noch auf den Beinen halten kann, dauernd bin ich benommen und die Stunden im Möbelhaus werden zur fast unüberwindbaren Belastungsprobe. Aber wie so oft weigere ich mich, zum Arzt zu gehen.

„So schlimm kann das ja gar nicht sein.", rede ich mir wiederholt gut zu. Doch gerade heute habe ich einen besonders schlechten Tag. Im Möbelhaus haben wir die Anweisung nicht sitzen zu dürfen, aber ich kann nicht anders, ich bekomme meinen Hintern heute nicht vom Stuhl hoch. Mein Kopf fühlt sich so schwer an, dass ich ihn auf die Hände stützen muss und wieder überkommt mich eine Welle der Übelkeit, mir wird schwarz vor Augen. So findet mich mein Lieblingskollege Gerd, der eigentlich nur mal eben gucken wollte, warum er den ganzen Tag noch nichts von mir gehört oder gesehen hat.

„Jule, ist alles gut bei Dir?"

Ich kann ihn gerade noch kurz anschauen, dann sinke ich ohnmächtig zusammen.

„Scheiße, scheiße, scheiße!", ist das nächste was ich wahrnehme und Gerd, der meine Wange tätschelt.

„Lass das.", fahre ich ihn an, „Was machst Du da?"

„Gott sei Dank, da bist Du ja wieder!"

Verständnislos versuche ich mich zu sammeln.

„Du bist mir eben kurz weggekippt. Soll ich den Notarzt rufen?"

„Untersteh Dich!", murmele ich und versuche mich mit Gerds Hilfe aufzurichten, „Das geht schon."

„Also, nee, Jule, das geht nicht. Du legst Dich jetzt erstmal ins Krankenzimmer. Du bist schneeweiß!"

Gerd lässt sich nicht von seinem Vorhaben abbringen und so begleiten er und die herbei gerufene Ersthelferin mich, damit ich mich auf die Ruheliege legen kann.

„Jule, wir sollten einen Arzt rufen.", redet nun auch noch Alex, die Ersthelferin auf mich ein, „Vor allem, geht es Dir ja schon seit Tagen so. Du wirst von Tag zu Tag blasser! Das gefällt mir nicht." Mir geht es wirklich hundeelend und ganz sicher werde ich nicht mehr in der Lage sein, weiter zu arbeiten heute, geschweige denn mein Auto selbst heimzufahren. Und so lassen sich meine Kollegen auf einen Kompromiss ein: Man verständigt meine Mutter, die sich von ihrem Partner ins Möbelhaus fahren lässt und mich dann mit meinem Auto zum diensthabenden Notarzt bringen soll. Hätte mir jetzt auch wirklich noch gefehlt, wenn hier mit Blaulicht ein Krankenwagen vorgefahren wäre, um mich abzutransportieren.

Der Arzt kann außer einem zu niedrigen Blutdruck nichts feststellen, außerdem ist Samstag und so entlässt er mich mit dem Hinweis, am Wochenende das Auto besser stehen zu lassen, mich auszuruhen und am Montag meinen Hausarzt aufzusuchen.
Am Mittag also schon wieder zu Hause, lege ich mich erschöpft auf die Couch und rufe Adrian an, doch mal wieder erreiche ich nur die Mailbox, auf der ich eine Nachricht hinterlasse:
„Hey Fremder, ich bin's. Ich bin heute in der Firma umgekippt. Mir geht es schon seit Tagen nicht gut. Der Notarzt konnte allerdings nichts Akutes feststellen. Wollte nur mal Deine Stimme hören…"
Sein Rückruf folgt am frühen Abend:
„Kleines, was machst Du denn für Sachen? Das hört sich ja gar nicht gut an! War noch in einem Meeting und bin jetzt auf dem Weg zu meiner Schwester an den Chiemsee, leider habe ich kaum Zeit. Tut mir leid! Aber ich mache mir richtig Sorgen um Dich. Lass Dich bitte ordentlich durchchecken am Montag, ja. Ich melde mich sobald ich kann. Pass gut auf Dich auf!"

Am Montag sitze ich vor meinem Hausarzt, der sich alle Beschwerden schildern lässt und diverse Untersuchungen vornimmt.
„So richtig habe ich jetzt auch keine Idee was Ihnen fehlt. Die Untersuchungen haben nicht wirklich etwas ergeben, aber ich sehe ja, dass es Ihnen nicht gut geht.
Jetzt warten wir mal die Blutuntersuchung ab. Aber könnte es vielleicht sein, dass Sie schwanger sind?" *Schwanger???*

Da ich mit einer Hormonspirale verhüte, sollte das doch eigentlich nicht möglich sein, oder? Außerdem leide ich unter einer Gebärmuttererkrankung, die eine Schwangerschaft angeblich fast unmöglich macht.

„Wann hatten Sie denn Ihre letzte Periode?"

Sofort fangen sämtliche Räder in meinem Kopf an sich zu drehen: „Wieder kriegen müsste ich sie in zwei Wochen, aber durch die Spirale habe ich oft gar keine Blutung.", lasse ich den Arzt wissen.

„Wann war denn die letzte Blutung, die Sie bewusst wahrgenommen haben?", hakt er deshalb nach.

Diese Frage kann ich nicht beantworten, aber das ist bestimmt schon 2 – 3 Monate her. Ich weiß zwar, wann meine Menstruation einsetzen müsste, aber da sie durch die Spirale oft so minimal ist oder eben manchmal auch gar nicht kommt, lege ich da nicht so viel Augenmerk darauf.

Oh Mann, plötzlich erscheint mir alles logisch.

Aber nein, das kann gar nicht sein, beruhige ich mich.

„Gut, jetzt machen wir noch ein paar Tests und warten die Blutuntersuchungen ab. Sie bleiben diese Woche mal schön brav zu Hause! Und dann warten wir mal ab, ob Ihre Periode in zwei Wochen einsetzt. Für einen Schwangerschaftstest, selbst für einen Früherkennungstest ist es jetzt sowieso noch zu früh, den können wir ehestens zwei Tage vor dem erwarteten Einsetzen Ihrer Periode machen."

Der Arzt drückt mir eine Krankmeldung in die Hand und mit mulmigem Gefühl verlasse ich die Praxis.

Das kann doch nicht sein, oder? Ich bin doch sicher nicht schwanger?

Erfolgreich schaffe ich es den Gedanken an eine Schwangerschaft zumindest ein paar Tage lang zu verdrängen.

Allerdings kämpfe ich weiterhin mit der Übelkeit und auch die Blutergebnisse haben keine weiteren Erkenntnisse gebracht woher meine Beschwerden kommen könnten.

„Das kann nicht sein!", rede ich mir immer wieder selbst zu, „Du verhütest, die Wahrscheinlichkeit auf natürlichem Wege schwanger zu werden ist bei null und so selten und unregelmäßig wie Adrian und ich uns sehen und Sex haben, einen Zufallstreffer zu landen, wäre doch schon auf normalen Weg ein Wunder, oder?"

Und noch 12 Tage, bis ich einen Test machen kann.

Je mehr ich versuche das Kopfkino auszuschalten, desto besser wird leider der Film. Und vielleicht bilde ich es mir ja auch nur ein, aber spannen nicht meine Brüste etwas? Und immer öfter legt sich meine Hand zärtlich auf meinen Bauch.

Eine meiner Kartenkundinnen ist Hebamme und ganz beiläufig frage ich sie nach den üblichen Begleiterscheinungen einer Schwangerschaft. Bei einem Großteil dessen, was sie erzählt, muss ich zustimmend ein Häkchen hinten dran setzen. Mist!

Und noch 10 Tage, bis ich einen Test machen kann.

Nach einer Woche krank zu Hause habe ich das Gefühl langsam durchzudrehen und je länger ich darüber nachdenke, umso wahrscheinlicher erscheint es mir jetzt, eventuell doch schwanger zu sein.

Adrian und ich hatten bereits als wir uns kennenlernten darüber gesprochen, dass wir beide keine Kinder in unserer Lebensplanung vorgesehen haben. Wenn ich jetzt also wirklich schwanger sein sollte, was dann?

„Was dann" verfolgt mich eine schlaflose Nacht lang, doch im frühen Morgengrauen weiß ich: wenn ich schwanger bin, werde ich dieses Kind bekommen! Lebensplanung hin oder her!

Und noch 8 Tage, bis ich einen Test machen kann.

Sobald dieser Entschluss gefasst ist, komme ich aus der Vorstellung meines Kopfkinos nicht mehr raus.

Wie wird Adrian reagieren?

Was wird er wollen?

Wie wird es mit uns weiter gehen?

Und wie sieht meine Zukunft mit Kind aus?

Plötzlich breiten sich nie gekannte Existenzängste in mir aus, die Panik wird immer größer.

Bin ich solch einer Verantwortung überhaupt gewachsen?

Ich schaffe es ja schon kaum, mich um Fräulein und mich zu kümmern und dann ein Kind?

Eine unheimliche Angst beschleicht mich.

Das ist der Zeitpunkt, an dem ich das alles nicht mehr mit mir alleine ausmachen mag. Allein die Möglichkeit, ich könnte schwanger sein, sollte Adrian doch erfahren, oder?

Voller Zweifel, ob ich ihn in Kenntnis setzen soll, greife ich zum Telefon. Nein, ich kann da, im wahrsten Sinne des Wortes, nicht

mehr alleine mit schwanger gehen, ich muss mit ihm sprechen! Beherzt wähle ich seine Nummer, es klingelt, einmal, zweimal. Tüt tüt tüt, das Besetztzeichen, Adrian hat mich weggedrückt, aber sicher wird er mich zurück rufen. Er weiß doch, dass ich nur anrufe, wenn es dringend ist und dass es mir gesundheitlich nicht gut geht. Doch er meldet sich nicht.
Und noch 6 Tage, bis ich einen Test machen kann.

Einerseits weiß ich, ich bekomme dieses Kind, wenn es so sein sollte, andererseits macht mich die Aussicht auf eine Zukunft als Alleinerziehende völlig panisch. Denn dass Adrian, so wie ich, keine Kinder möchte, hat er mir immer wieder mehr als deutlich zu verstehen gegeben. Diese Warterei macht mich wahnsinnig.
Aber ich traue mich nicht irgendjemanden von meinem Verdacht zu erzählen. Wenn ich es für mich behalte, ist es herrlich unreal.
Es gibt nur zwei Menschen, die sofort merken, wenn bei mir etwas nicht stimmt. Meine Oma rufe ich dieser Tage wohlweislich nicht an, denn sie würde schon an meinem „Hallo" merken, dass etwas im Argen liegt und Lilly gehe ich bewusst aus dem Weg, rede mich auf mein Unwohlsein raus.
Da Lilly aber nun mal die beste „Krankenschwester" der Welt ist und es als völlig untypisch für mich einstuft, dass ich keine Pflege brauche, wenn ich krank bin (womit sie normalerweise ja auch recht hat), steht sie unerwartet mit einem selbstgekochtem Essen vor meiner Wohnungstür:
„So, Lady! Und jetzt erzählst Du mir gefälligst, was los ist."
Kurz zögere ich, doch endlich kann es aus mir raus-sprudeln!
Lilly stärkt mir den Rücken und versichert:
„Zusammen kriegen wir das Kind schon groß."
Und immer noch 4 Tage, bis ich einen Test machen kann.

Wer, wenn nicht Du?

10 Tage später sitze ich in Sinsheim in unserem gewohnten Restaurant - wie oft haben Adrian und ich uns hier, für ein paar gestohlene Stunden, zu einem Mittagessen getroffen, wenn mal wieder nicht genug Zeit für mehr war? Wie oft saßen wir schon hier oder draußen im kleinen Hinterhof, geklaute ein, zwei Stunden, nur damit wir uns überhaupt sehen konnten?

Für uns beide eine Stunde Fahrt aus verschiedenen Richtungen und für uns beide so oft Flucht aus Alltag und Geschäftsterminen.

Unsere „Freu-Freitage" haben wir sie genannt, denn irgendwann fiel uns auf, dass es witziger Weise immer auf einen Freitag hinaus lief, wenn wir beide ein kurzes Treffen einrichten konnten. Ja, es gab einige dieser Freu-Freitage, denke ich wehmütig. Da sitze ich also und warte auf ihn – mal wieder. Mal wieder an einem Freitag.

Nervös kreisen meine Daumen umeinander, eine Angewohnheit, die ich von meiner Oma geerbt habe und die dann zum Vorschein kommt, wenn ich auf etwas warten muss und nervös bin.

Adrian erhielt vor 5 Tagen meine Mail:

Wir müssen uns sehen. Dringend!
Ich muss mit Dir reden, J.

Natürlich hat sein enger Terminplan mal wieder nur ein Mittagessen zugelassen, aber für das, was ich ihm zu sagen habe, reicht das. Er kann nur heute, kein anderer Tag war bei ihm möglich, also habe ich den Besuch bei Elli und meinen Großeltern, der für heute geplant war verschoben.

Mit 20minütiger Verspätung rauscht Adrian in das Gasthaus.

„Hey Kleines.", begrüßt er mich mit einem Kuss auf die Backe, „Schön, Dich zu sehen. Ich sage Dir, was ein Tag. Entschuldige die Verspätung, wir haben eine Stunde, dann muss ich auch schon wieder weiter düsen. Na, hast Du Dir schon was ausgesucht?"

Adrian verbreitet eine unglaubliche Hektik.

„Bei mir geht es rund, kann ich Dir sagen. Hast Du schon die Bilder von der DRP?"

Wie versprochen habe ich ihm die Bilder der Party mitgebracht, um die er mich bat. Fröhlich blättert er durch das Album und bleibt bei unserem Kussfoto hängen.

„Wow! Das ist zauberhaft! Schau, wie intensiv wir selbst auf dem Bild sind!"

„Ich habe noch was für Dich.", sage ich und reiche ihm das kleine Päckchen über den Tisch.

„Für mich?", freudig reißt Adrian das Geschenkpapier auf und hält inne, als er das Bild samt Rahmen betrachtet:

„Danke, Kleines. Das ist sehr schön, aber irgendwie hatte ich jetzt mit dem Kussfoto gerechnet."

Fast wirkt er enttäuscht und tatsächlich dachte ich erst daran, ihm dieses zu schenken, kam aber dann davon ab. Stattdessen hält er ein Foto in Händen, auf dem wir beide nebeneinander tanzend zu sehen sind.

„Das ist aber auch super! Das kommt auf meinen Nachttisch. Und das mit dem Kuss bringst Du mir beim nächsten Mal einfach persönlich in Baden-Baden vorbei, ja?"

„Auf den Nachttisch?", frage ich nach.

„Klar, jetzt guck doch nicht so erstaunt. Was meinst Du denn, wer außer Dir sonst in mein Schlafzimmer kommt? Und wenn ich das andere habe, stellen wir das wo wir uns küssen neben mein Bett und das harmlosere hier ins Wohnzimmer, wo es jeder sehen kann, der mich besucht.

Apropos Wohnsituation. Andrea wohnt ja noch immer in meiner Wohnung und das wird sich auch noch etwas ziehen. Aber Du kommst mich in der Übergangswohnung besuchen, gell?

Wenn Andrea ausgezogen ist, sprechen wir nochmal darüber, wann Du nach Baden-Baden kommst, aber das kann sich bestimmt erst mal ein ½ Jahr hinziehen. Bis dahin genießen wir einfach noch ein wenig das alleine wohnen, Kleines.

Wenn man solange in einer Beziehung war wie ich, muss man ja auch erstmal wieder das Singledasein ein wenig auskosten. Aber wir besuchen uns ganz oft gegenseitig."

Adrian grinst mich an und beginnt seine Vorspeise zu essen.

Ein ½ Jahr das Singleleben genießen? Was für ein Singleleben? Habe ich da was versäumt? Wenn mich nicht alles täuscht, waren wir da doch schon einen Schritt weiter, oder?

Schweigend stochere ich in meinem Essen herum, Adrian bekommt meine Stimmungsschwankungen gar nicht mit, sondern plappert ausgelassen weiter:

„Jetzt aber zu Dir, Kleines. Was gibt es denn bei Dir Neues und vor allem so Wichtiges, dass Du ein Treffen einberufst? Was hat denn eigentlich der Arzt gesagt, weiß man jetzt schon, warum Du umgekippt bist?"

Eine weitere Gabel Salat verschwindet in seinem Mund.

„Genau deswegen wollte ich mich mit Dir treffen, Adrian.", druckse ich ein wenig herum.

„Was ist denn los? Doch nichts Schlimmes, hoffe ich?", Adrian legt seine Gabel ab, um seine Hand auf meine zu legen. „Alles in Ordnung mit Dir?", besorgt sieht er mich an, „Jetzt sag schon!"

Wo fange ich nur an?

Seit Tagen habe ich mir meine Worte zurechtgelegt und jetzt fehlen sie mir, sind wie weggefegt.

„Kleines?", Adrian wartet auf meine Reaktion.

Und schließlich sprudelt es aus mir heraus:

„Adrian, ich habe die längsten zwei Wochen meines Lebens hinter mir. Ich war beim Arzt wegen der ständigen Übelkeit, dem Schwindel. Er hat mich gefragt, ob es möglich ist, dass ich schwanger bin.", kurz stocke ich, lege instinktiv meine Hand auf meinen Bauch.

Kann es sein, dass Adrians Gesicht gerade an Farbe verliert?

„Ich musste zwei Wochen warten, bis ich einen Test machen konnte, da ich mitten im Zyklus war.

Vor 5 Tagen war es dann endlich soweit, ich habe ein verlässliches Testergebnis."

Vor 5 Tagen wusste ich es, dem Tag an dem ich um ein Treffen mit ihm bat. Adrian öffnet den Mund, aber ich unterbreche ihn:

„Zwei Wochen lang wusste ich nicht, ob ich Dein Kind erwarte, Adrian. Das waren zwei lange Wochen, zwei Wochen, in denen ich weder schlafen noch essen konnte, weil ich völlig aufgelöst war. Diese unheimliche Angst, was ich mache, falls ich schwanger bin."

Ich muss mir eine Träne aus dem Augenwinkel wischen.

„Warum hast Du mir denn nichts gesagt, Kleines?" Adrian wischt mir einen weiteren salzigen Tropfen von der Backe.

„Warum ich Dir nichts gesagt habe? Wie denn? Anfangs dachte ich noch, ich bin schon nicht schwanger und dann, als ich es nicht mehr ausgehalten habe, mit jemanden sprechen musste, nein, mit Dir sprechen musste, habe ich Dich angerufen, aber Du hast mich weggedrückt. Ich dachte, er ruft schon zurück, er weiß, dass Du nicht anrufst, wenn es nicht brennt, aber nichts, nichts kam von Dir! Irgendwann wollte ich dann auch gar nicht mehr mit Dir sprechen." Vorwurfsvoll schaue ich ihn an, während er weiter meine Hand streichelt.

„Also saß ich alleine da mit meiner Sorge und meiner Angst und weißt Du was, Adrian? Irgendwann habe ich Entscheidungen für mich alleine getroffen.", ich schaue Adrian fest in die Augen, als ich weiter rede, „Sieben Tests habe ich in den letzten Tagen gemacht. Mach Dir keine Sorgen, Adrian., ich bin nicht schwanger und Du wirst nicht Vater, aber falls es so gewesen wäre, hätte ich das Kind bekommen, ganz egal, was Du davon gehalten hättest. Zwei Wochen lang habe ich gewartet, dass Du Dich rührst, dass ich mit Dir sprechen kann, aber mal wieder war alles wichtiger als ein beschissener, kurzer Rückruf bei mir. Man entwickelt die komischsten Gedanken, wenn man mit dieser Unsicherheit alleine fertig werden muss." Wieder streichle ich meinen Bauch, wie so oft in den letzten Wochen, nur weiß ich heute, dass ich kein Kind von Adrian in mir trage.

„Plötzlich hast Du alle Symptome einer Schwangerschaft. Und ich habe sogar mit unserem ungeborenen Kind geredet. Oh ja, ich weiß, dass das klingt verrückt, aber so ist das nun mal, selbst wenn man nur mit dem Gedanken schwanger geht. Ich bin halt auch nur eine Frau und sämtliche Mutterinstinkte haben sich in mir gerührt. Selbst einen Namen hatte sie schon."

„Sie?", unterbricht Adrian mich.

„Natürlich sie. Es hätte nur ein Mädchen werden können."

„Und wie bitte hast Du dir das vorgestellt, Jule?", braust Adrian auf, „Wann wolltest Du es mir denn dann sagen? Wenn die Kleine in den Kindergarten kommt? Habe ich da nicht auch noch ein Wörtchen mitzureden?"

„Nein, Adrian! Es ist mein Bauch und meine Entscheidung, sonst muss ich mich ständig Deinen Entscheidungen beugen, aber diese Entscheidung, die habe ich ohne Dich gefällt. Für mich und unser ungeborenes, ungezeugtes Kind."

„Ach, und dann wäre ich Wochenendpapa geworden oder was? Jedes zweite Wochenende Besuchszeit, oder wie? Glaubst Du ernsthaft das hätte mir gereicht? ", Adrian wird immer wütender.

„Um ehrlich zu sein, hatte ich nicht damit gerechnet, dass Du das Kind sehen möchtest."

Fassungslosigkeit breitet sich in Adrians Gesicht aus, als er aufbraust:

„Du glaubst, ich wäre Vater geworden und will mein Kind nicht sehen?" Ganz leise antworte ich:

„Ja, ich bin davon ausgegangen, dass ich die Kleine allein aufziehen werde. Wir wären schon irgendwie klar gekommen."

Adrian starrt mich an und ich kann sehen wie seine Wut verfliegt:

„Kleines, Du glaubst wahrhaftig, ich hätte Euch im Stich gelassen?"

Ich kann es regelrecht in ihm arbeiten sehen.

„Du wolltest doch genauso wenig wie ich ein Kind und nach dem ganzen auf und ab zwischen uns, ja, das glaube ich.

Aber es ist jetzt auch egal, ich bin ja nicht schwanger, diese Sorge kann ich Dir nehmen. Falls Du Dich fragst, warum ich es Dir jetzt sage, wo klar ist, dass ich es nicht bin... ich finde es erschreckend, dass Du für mich nicht erreichbar bist und ja, ich habe meinem ungeborenen und noch nicht mal gezeugtem Kind versprochen, dass wir es auch ohne Dich hinkriegen, schaffen müssen, weil sein Papa nämlich ein riesen Idiot ist."

Adrian nimmt seine Hand von meiner und legt sie mir auf den Bauch, streichelt ihn sanft. Einen Moment lang sagt er nichts, schweigt. Dann blickt er auf, fragt mit tonloser Stimme:

„Wie hätte sie geheißen?"

„Was?"

„Du hast gesagt, sie hatte schon einen Namen. Wie hätte sie geheißen?"

„Leni."

Adrian nimmt seine Serviette und beginnt die Tränen trocken zu tupfen, die mir übers Gesicht laufen.

„Weißt Du, Kleines, Du irrst Dich. Sofort hätte ich Dich zu mir geholt, Dich, Leni und Fräulein.

Glaub es mir oder nicht, aber irgendwie... es ist schon schade, dass da keine Leni drin ist.", er streichelt sanft weiter meinen Bauch bei diesen Worten, „Kleines, ja, ich wäre schockiert gewesen, ganz sicher sogar, ich hätte einige Pläne ändern und Dinge anders regeln müssen. Das Leben, das ich führe, ist nicht wirklich kinderkompatibel, aber dennoch hätte ich mich am Ende gefreut, wenn da eine Leni oder egal wer auch immer zu uns gestoßen wäre. Ich könnte Dich ohrfeigen, dass Du nicht mit mir gesprochen hast und ja, ich könnte mich ohrfeigen, dass ich Dich nicht zurück gerufen habe. Das kommt nicht mehr vor, ok?

Du sprichst auf die Mailbox, wenn ich nicht dran gehen kann und ich rufe Dich umgehend zurück, wenn ich sehe, dass Du angerufen hast. So läuft das zukünftig! Soviel Deiner Angst hätte ich Dir nehmen können in den letzten Tagen. Es wäre ein Schock gewesen, aber letztlich hätte ich mich unheimlich gefreut. Was meinst Du, wie sie wohl ausgesehen hätte?"

„Hoffen wir, sie hätte das Aussehen und Herz von mir und den Intellekt von Dir bekommen und nicht anders rum.", antworte ich erschöpft, aber frech.

„Stimmt! So ein kleiner Gnom ohne Haare und emotional verkrüppelt, das hätten wir nicht verantworten können. Hast Du eine Vorstellung von ihr gehabt?"

„Ja.", wehmütig denke ich daran, wie ich mir unsere Tochter vorgestellt habe, „Eine kleine Räuberin, dunkle, lockige Haare, unsere grünen Augen, frech, vorlaut, witzig, charmant, ein Wirbelwind, intelligent und smart, eine Herzensbrecherin."
„Also die perfekte Mischung aus uns beiden.", Adrian drückt meine Hand, „Es tut mir unendlich leid, Kleines, dass ich nicht da war und dass es da in deinem Bauch keine Leni gibt."
Unser Hauptgang kommt und langsam löst sich unser beider Anspannung wieder.
Musternd blicke ich Adrian an.

Meint er das, was er da sagt wirklich ernst? Hätte er mich und unser Kind wirklich unterstützt oder sind es nur wieder die schönen Worte, die er ja so oft findet, wenn er bei mir ist, die aber vergessen scheinen, sobald er auch nur 1 km entfernt ist?

Zumindest, dass er seinen Termin verschiebt, lässt hoffen, dass es ihm ernst ist. So bleibt uns noch ein wenig Zeit.
Warm eingepackt machen wir nach dem Essen noch einen kleinen Verdauungsspaziergang. Meine Hand fest in seiner.
„Ich hatte solche Angst vor Deiner Reaktion, Adrian. Egal, ob jetzt schwanger oder nicht. Davor, wie ich das alleine hätte schaffen sollen. Ich und Mutter, dafür bin ich doch gar nicht geeignet."
„Ach Kleines, Du wärst nicht alleine gewesen. Ich hätte es zauberhaft gefunden ein Kind mit Dir zu haben. Mit wem denn auch sonst? Wer, wenn nicht Du?
Keine andere kann ich mir als bessere Mutter für meine Kinder vorstellen."
Seine Worte besiegelt er mit einem Kuss.

Wir verabschieden uns, natürlich viel zu spät, er muss sich beeilen, um rechtzeitig zum nächsten Termin zurück zu sein.

Vor dem letzten Kuss ringt mir noch das Versprechen ab, ihn bald in Baden-Baden zu besuchen.

Es wird das letzte Mal sein, dass ich Adrian Jakob gesehen habe.

Drehtüren

Vor Tagen habe ich Adrian eine E-Mail geschrieben, doch keine Antwort bislang. Gut, er hat mir ja schon mal gesagt, dass es mit bis zu 800 ungelesenen Mails im Posteingang auch mal ein bisschen dauern kann, bis er antwortet. Wenn es wichtig ist, hat er gesagt, dann pack so viele Informationen wie möglich in die ersten drei Sätze, mehr schaffe ich meist eh nicht zu lesen. Also habe ich ihm vor einigen Tagen eine E-Mail geschrieben und versucht mich kurz zu fassen, doch keine Antwort. Auch meine heutige Nachricht fasse ich so kurz wie möglich, denn ich weiß, er ist dieses Wochenende beruflich in Berlin, viel zu tun hat. Er kündigte mir schon an, dass er am Abend nur müde ins Bett fallen wird.

Es ist wieder Freitag, doch für mich ist heute kein Freu-Freitag.

Fremder, Elli ist gestorben, einen Tag nachdem ich den Besuch bei ihr abgesagt habe, um Dich in Sinsheim zu treffen.
Du weißt, wie wichtig sie mir war. Ich habe ein schlechtes Gewissen, weil ich sie nicht noch einmal sehen konnte.
Wie gerne wäre ich jetzt bei Dir.
Ich brauche Dich gerade, Deine Kleine.

Montagmorgen und bislang keine Antwort auf meine Nachrichten. Ich logge mich bei Facebook ein und meine Timeline lässt mich wissen, dass Adrian gestern Abend in einer angesagten In-Kneipe Berlins unterwegs war und gestern Morgen einen ausgedehnten Lauf mit Kollegen absolviert hat. Außerdem erwartet mich ein Foto, auf dem er mit Helm und Schlagbohrer demonstriert, wie witzig es ist, Löcher aus einem Reststück der Berliner Mauer zu hämmern.

Das Ausbleiben seiner Antwort, habe ich mir die ganze Zeit mit seinem stressigen Arbeitswochenende schön geredet.

So sehen also seine arbeitsintensiven Tage aus?

Nicht, dass ich ihm nicht durchaus zugestehe, dass er auch mal Luft holen und entspannen muss, aber diese letzte wichtige Nachricht von mir einfach zu ignorieren, während er sich so offenkundig amüsiert und das auch noch mit der ganzen Welt inklusive mir bei Facebook teilt?

Enttäuschung macht sich breit.

Verlange ich denn wirklich zu viel? Ein paar einfühlsame, aufmunternde Worte hätten es doch schon getan.

Der kurze Anflug von Enttäuschung weicht Wut, Wut und Unverständnis. Hätte er nicht erst vor einer Woche gesagt, dass er immer für mich da ist, würde ich jetzt wohl nicht kurz davor stehen zu explodieren.

Wäre es genauso gewesen, wenn ich doch schwanger gewesen wäre? Hätte er mich wieder alleine gelassen?

Für den heutigen Tag melde ich mich krank, denn ich muss nachdenken.

Gerne hätte ich persönlich mit ihm gesprochen, weiß aber, er wird das Gespräch voraussichtlich nur wieder wegdrücken, wie immer, deswegen schreibe ich ihm spät am Abend eine letzte Mail:

Fremder,

eine Woche und zwei Nachrichten ist es her. ohne ein Lebenszeichen von Dir.

Ich war versucht einen Suchtrupp und Rettungshubschrauber loszuschicken, um nach Dir suchen zu lassen, denn ich konnte mir wirklich nicht vorstellen, dass Du meine letzte, für mich so wichtige, Nachricht einfach unbeantwortet lässt, dass Du viel um die Ohren hast, damit habe ich es entschuldigt.

Aber wie ich sehen darf, hast Du neben all dem Stress auch eine super gute Zeit in Berlin.

Glaube mir, die gönne ich Dir von Herzen, aber ich bin es leid, keine Priorität in Deinem Leben zu haben.

Für Dich bin ich nur existent, wenn Du wirklich mal in den seltenen Momenten da bist. Doch das genügt mir nicht mehr.

Ich mag nicht mehr warten, bis Du endlich mal Zeit findest.

Sofort wäre ich bereit gewesen zu Dir zu ziehen, aber auch das wird immer wieder auf Eis gelegt, verschoben.

Ich komme mir vor wie in einer Drehtür:
immer wieder laufe ich noch eine Runde und noch eine Runde mit Dir, doch es führt zu nichts, außer dass mir schwindelig wird. Ich muss aber weiter laufen, weil ich hoffe, dass wir mal den Ausgang zusammen finden. Offensichtlich sind wir dazu aber nicht in der Lage.

Deswegen steige ich hier jetzt alleine aus, sonst drehen wir uns immer weiter im Kreis. Ich halte diesen Zustand nicht mehr aus.

Ich liebe Dich von ganzem Herzen, aber anscheinend ist das nicht genug.

Ich danke Dir für alles, was Du für mich getan hast, für alles was ich durch Dich geworden bin.

Das werde ich Dir nie vergessen, ich werde Dich nie vergessen!

Pass auf Dich auf!

Du bist in meinem Herzen, J.

Drei Tage braucht seine Antwort und sie erreicht mich am Tag von Ellis Beerdigung.

Kleines,

ich will Dir nicht weiter zumuten den Ausgang mit mir zu suchen und ich will nicht, dass es Dir nicht gut geht.

Wenn der Schmerz überwiegt, soll man gehen und vielleicht bist Du da wirklich konsequenter als ich?!

Ich kann im Moment nicht anders. Ich brauche Zeit für mich, bevor ich in etwas Neues starte.

Deswegen lasse ich Dich schweren Herzens gehen.

Fühl Dich umarmt, A.

Ausgespielt - ich stehe nicht mehr zur Verfügung!
Lange an uns festgehalten, mich durch nichts erschüttern lassen.
Weder durch Deine Worte, noch Deine Taten.
Monate ohne Kontakt ausgehalten –
im Glauben, dass die Liebe alles besiegt.
So oft gezweifelt, doch immer wieder bei Dir angekommen.
Durch Dich gelernt, was es heißt,
bedingungslos zu lieben ohne zurück geliebt werden zu müssen.
Hoffnung, Glück, als Du endlich zugibst, dass Du mich liebst.
Hoffnung, die wieder nur Geduld fordert.
Und jetzt?
Gelernt, dass es anscheinend nicht reicht von ganzem Herzen zu lieben.
Dass unsere Liebe nicht genug ist, um Dich zu bewegen, berühren.
Keine Kraft, keine Lust mehr,
um auf spärliche Anrufe, Mails, eine Veränderung zu warten.
Kein Bedürfnis danach, nur ein Kieselstein in Deinem Kosmos zu sein.
Keine Vorwürfe - ich habe zugelassen.
Weil ich Dich liebte, immer noch liebe.
Aber ab jetzt stehe ich für Deine Spielereien nicht mehr zur Verfügung.
Ich quetsche mich nicht mehr in Deinen Zeitplan,
richte mich nicht mehr nach Deinen Launen nach mir.
Damit ist Schluss!
Ich habe mehr verdient - so viel mehr!
Danke für alles, was ich durch Dich, mit Dir lernen durfte.
Danke, dass ich so lieben konnte wie noch nie.
Hoffnung, Geduld, Liebe, Tränen, Enttäuschung -
haben mich wachsen lassen,
mich zu der gemacht, die ich heute bin,
mir gezeigt, was ich wirklich will und brauche.
Ich liebe Dich noch immer, aber ich brauche Dich nicht mehr.
Wenn Du da warst, war es unglaublich schön mit Dir - viel zu selten.
Diese Stunden wiegen die Tage, Wochen ohne Dich nicht mehr auf.
Man kann ein ignoriertes "Ich brauche Dich" nicht wieder gut machen.
Manchmal reicht es wohl einfach nicht aus ganzem Herzen zu lieben?!
Leb wohl!

Den Prinzen vom Thron stoßen

Zwei Jahre später. Kurz vor Weihnachten treffe ich meinen guten Freund Sam, um mit ihm gemeinsam etwas Musik zu machen. Er spielt Gitarre, ich singe. Wir haben einige Rock-Klassiker gespielt, als Sam die ersten Akkorde von Coldplays *„Fix you"* anschlägt und ich mit dem Gesang einsetze.

Nach der Hälfte des Lieds, bricht Sam ab:

„Jule, Du musst das mit Gefühl singen. Fühlen, was Du da singst."

„Kann ich nicht.", erwidere ich kühl.

„Jule, Musik, das sind Emotionen, ich weiß doch, Du hast die. Warum lässt Du sie nicht raus?"

Sam sieht mich verständnislos an.

„Weil ich mich zu sehr öffnen würde, meine Mauern einstürzen könnten. Ich kann das nicht, das geht mir zu nah."

Sam, mit dem mich eine tiefe Freundschaft verbindet, nimmt die Gitarre ab und tritt ganz dicht an mich heran. Seine Hand legt sich auf meinen Brustkorb und ganz sanft, zärtlich sagt er zu mir:

„Lass es zu, Jule. Du musst es genau hier fühlen. Lass es einmal aus Dir heraus und dann wird es leichter."

Allein durch diese Berührung, seine Worte löst sich etwas in mir.

„Gib mir ein Lied, Jule, das Dich tief bewegt und singe es für mich, zeige mir, was hinter deinen Mauern, deinen Fassaden ist."

Mir fällt ein Lied ein, das mit unheimlich vielen Erinnerungen für mich verbunden ist, das mich in den letzten 2 Jahren begleitet hat.

„Fühl' es.", fordert Sam mich auf. Seine Hand immer noch auf meinem Brustkorb, zögere ich noch, schließe dann meine Augen und stimme Bon Jovis Version von *„Halleluja"* an.

Ich singe leise, voller Gefühl, lege alles was ich bin in dieses Lied, fühle es. Tränen rollen über meine Wange.

Sam nimmt seine Hand von mir, setzt mit der Gitarre ein.

Mit jedem Ton fällt meine Mauer, alle aufgestauten Emotionen brechen aus mir heraus.

Der letzte Akkord erklingt, ich öffne die Augen wieder, weine, sehe Sam hinter Tränenschleiern an, der mich sofort in den Arm nimmt.

„Danke, Jule. Danke, dass Du Dich geöffnet hast. Du hast gesungen, wie ich Dich noch nie gehört habe, wunderschön. Lass uns das auf CD aufnehmen."

Spät in dieser Nacht fahre ich aufgewühlt nach Hause.

Kann es wirklich sein, dass mich die Erinnerung an eines von Adrians und meinen Liedern so tief bewegen kann? Kann es sein, dass Adrian noch so tief in mir ist?

Zuhause zünde ich mir eine Kerze an, mixe mir einen Wodka-Lemon. Meine Gedanken kreisen.

Ist es wirklich so, dass Adrian noch fest in mir verankert ist, ich ihn nie richtig losgelassen habe?

Leise läuft Sarah Connor mit *„Keiner ist wie Du"* im Hintergrund und ich muss mir eingestehen, dass es stimmt. Männer kamen und gingen in den letzten Jahren, aber alle habe ich nur mit ihm verglichen, alle wurden in „Adrian" umgerechnet. Kein anderer hatte eine realistische Chance, weil das „Gespenst Adrian" einfach noch zu präsent in mir war und ist - er, der schon längst mit einer neuen Frau glücklich ist.

Mir wird bewusst, dass ich in all den Männern, die ich in den letzten Jahren kennenlernte, nur Adrian gesucht habe. Diese Erkenntnis trifft mich zu tiefst und ich weiß, ich muss ihn endlich los lassen.

Wenn ich doch nur wüsste wie?

Ich krame die Bonnie Tyler CD hervor.
Wie oft haben wir „Total Eclipse of the heart" mitgegrölt?
Dieses Lied, ist die Überschrift zum Soundtrack unserer Liebe.
Laut singe ich die 7 Minuten lange Version mit.
Nein, ich singe nicht, ich schreie sie, schreie mir mit diesem passenden Text meinen Schmerz von der Seele.

Adrians Liebe liegt immer noch wie ein Schatten auf mir, aber in dieser Nacht weine ich das letzte Mal um und wegen Adrian Jakob.

Als ich mich beruhigt habe, mein Kopf klar ist, beginne ich mir Gedanken zu machen, was ich eigentlich wirklich will und wie er sein muss der Mann, der Adrian von seinem Thron stoßen kann.

Was ich wirklich will…

Ich will Abschiedsküsse, Wiedersehensfreude und das Klingeln eines
Weckers, obwohl ich gar nicht aufstehen müsste.
Ich will den Rotwein nach einer gemeinsamen Shopping-Tour
und jemanden, der weiß, wie ich meinen Kaffee trinke.
Ich will einen Geburtstag mehr, doppelte Familienfeiern
und die Frage: Wo sind wir Heiligabend?
Ich will über den Markt gehen und gemeinsam kochen.
Ich will ein Bild im Geldbeutel und Urlaubskataloge wälzen.
Ich will "unser Lied"
und für Dich einen Blowjob für jede Folge Dschungelcamp, die ich gucke.
Ich will erschöpft nebeneinander liegen,
eine Hand, die nachts fühlt, ob ich da bin
und mit einem Lächeln im Gesicht wach werden,
weil Du neben mir liegst.
Ich will Kerzenschein im Restaurant, diskutieren,
obwohl eigentlich nicht nötig und über Gott und die Welt philosophieren.
Ich will Deinen ungeduldigen Anruf: "Wann bist Du endlich da?"
und begrüßt werden mit: "Wie war Dein Tag, Liebes?"
Ich will Deine Krümel unterm Tisch, miteinander vor dem Fernseher
liegen und Deine Socken in meiner Schublade.
Ich will einen Blick, einen Geruch,
Haut und Worte, die mich sprachlos machen.
Ich will Wasserschlachten beim Zähneputzen
und Dir beim Schlafen zu gucken.
Ich will Momente ohne Zukunft und Vergangenheit,
die nur uns gehören und unsterblich sind.
Ich will, dass Du meinen Horizont mit neuen Erfahrungen erweiterst
und Abende, die im Sonnenaufgang enden.
Ich will Leidenschaft, schweren Atem,
Lustschmerz und tiefe Zärtlichkeit.
Ich will passiv an Grenzen geführt werden und aktiv über Deine gehen.
Ich will Stille mit Dir ertragen können und laut sein dürfen.
Ich will Dich bewundern

und gemeinsame Erlebnisse, die man nie vergisst.
Ich will mich anlehnen, aufgefangen werden
und gerade deswegen stark für Dich sein.
Ich will emotional berührt werden
und die Welt um mich herum vergessen, wenn Du mich küsst.
Ich will beschützen und beschützt werden und dass es jemanden gibt,
der sich ohne mich irgendwie nicht vollständig fühlt.
Ich will bis in den Morgen reden, überrascht werden
und Partnersitze im Kino.
Ich will gemeinsam Musik erleben, dass Du mein Singen erträgst
und laut mitgegrölte Lieder im Auto.
Ich will zu Tränen gerührt sein
und Deine Hand, in die ich mein Gesicht legen kann.
Ich will graue Sonntage im Bett verbringen, gemeinsam im Regen laufen
gehen und Dein schweißnasses Gesicht küssen.
Ich will genervt sein von Deinen Eigenarten und Dich trotzdem lieben.
Ich will geschätzt und geachtet werden und wissen,
Du bist da, wenn ich Dich brauche.
Ich will von Armen umschlungen einschlafen.
Ich will, dass Du vor mir stehst, wenn es nötig ist,
neben mir, damit wir auf Augenhöhe sind
und zu 100 % hinter mir, um mir den Rücken zu stärken.
Ich will eine Stimme, dir mir Gänsehaut bereitet,
wenn sie meinen Namen flüstert!

Das wirkliche Verarbeiten von Adrian beginnt schließlich mit den CD-Aufnahmen von „Halleluja", aber noch immer sitzt sein Stachel in mir.
Ich erkenne, welche Fehler ich gemacht habe und viele von seinen Verhaltensweisen geben mit Abstand und klarem Verstand plötzlich Sinn.
Mir werden das erste Mal so richtig die Zusammenhänge unserer Beziehung klar und vor allem, dass ich am Ende den Schlussstrich zog.
Aber immer noch steckt ein Stück Adrian in mir.

Von Räubern, Piraten und Kröten

Ein warmer Frühsommertag. Ich sitze am Fluss, Fräulein jagt und taucht fröhlich nach den Steinen, die ich ihr ins Wasser werfe. Alt ist sie geworden, mein Mädchen. Sie sieht und hört kaum mehr etwas, hat aber nichts an ihrer Lebensfreude eingebüßt. Während sie freudig den Spaziergang genießt, sitze ich im warmen Sand. In der Hand halte ich mein altes Tagebuch. All die Gedanken, die mich durch die Zeit mit Adrian begleitet haben, sind mir heute zufällig wieder in die Hände gefallen und beim Durchlesen war ich schockiert von der Macht der Emotionen, die mich geradezu überwältigt haben. *„Wenn das Singen der Anfang des Verarbeitens war, vielleicht sollte ich dann unsere Geschichte aufschreiben?"*, überlege ich mir. Zu Hause verschwindet das Tagebuch jedoch wieder in einer Schublade. Nein, diese Wunde kann ich (noch) nicht aufreißen.

Allerdings lösche ich an diesem Tag alle E-Mails und SMS von Adrian. Er, als mein Traumprinz, das hat nicht funktioniert– wie auch? Traumprinz impliziert ja schon, dass es nur ein „Traum" ist und nicht real sein kann.

Ich will auch gar keinen Prinzen mehr (verwöhntes Pack)!
Viel mehr will ich einen Räuber, Piraten, Drachenzähmer.
Schon mal was von einem (kleinen) Idioten in einem Märchen gehört? Ich nämlich auch nicht!

In den letzten beiden Jahren habe ich zu viele Prinzen habe ich geküsst, die sich in Frösche zurück verwandelt haben.
Mich beschleicht die Angst bei der nächsten Krötenwanderung ein paar von meinen Exfreunden zu überfahren!
Aber waren die Prinzen, die sich in Kröten zurück verwandelten, vielleicht nur deshalb Kröten, weil ich alle mit Adrian verglichen habe? Solange Adrian noch nicht vollständig aus mir heraus ist, kann auch kein Platz für jemand anderen sein!

Deswegen lösche an diesem Tag ebenso meine Profile in diversen Internet-Dating-Portalen.
Was oder wen soll ich auch noch suchen?

Erstmal wird es Zeit mich selbst wieder zu finden.

No games, no shit, just love

Sechs Wochen später. Das Unerwartete ist passiert: weit abseits vom Internetdschungel, bin ich nach fast 20 Jahren einem Mann wieder begegnet und habe mich in ihn verliebt.

Genau in dem Moment, in dem ich bewusst damit anfing Adrian und sämtliche andere Männer aus meinem Leben zu verbannen und mich nur auf mich konzentrierte, ist er aufgetaucht, hat mich mit seiner Art mich anzunehmen, wie ich bin und mich einfach „Jule" sein zu lassen, in seinen Bann gezogen. Er zeigte mir, wie schön es mit ihm ist, herrlich einfach und unkompliziert, getreu seinem Motto: „No games, no shit, just love".

Eine intensive, wenn auch leider viel zu kurze Zeit beginnt, denn seit über vier Wochen habe ich nichts mehr von ihm gehört. Warum? Ich weiß es nicht und von ihm bekomme ich keine Erklärung. Irgendetwas ist irgendwo anscheinend gewaltig schief gelaufen in unserer Kommunikation. Schade, denn es hätte etwas Großes werden können mit uns.

Dank der harten Schule, durch die ich mit Adrian ging, kann ich das Ignorieren von Anrufen, Nachrichten, aber gelassener sehen und ich weigere mich noch einmal in diesem Gefühlschaos zu versinken, das mich über zu lange Zeiten begleitet hat. Ich habe gelernt, dass ich jemanden auch lieben kann, wenn er nicht da ist. Keine Dramen mehr! Ich lasse ihn voller Wehmut und Sehnsucht gehen, diesen Mann. Die Erinnerungen an eine schöne Zeit mit ihm überwiegen für mich das jetzige Totschweigen unserer Liebe. Er wird seine Gründe haben und so wie es ist, soll es wohl sein.

Als dieser Mann aus meinem Leben verschwand, hinterließ er mir eine wichtige Erkenntnis: Mir wurde klar, dass ich ihn nicht einmal mit Adrian verglichen habe. Dieser Mann hat einen Vergleich, auch wenn er ihn nicht hätte scheuen müssen, nicht nötig gemacht, denn er hat mir gezeigt, dass es anders, schöner, besser sein kann. Eines Morgens hat er mir im Bett Philipp Poisel's „Liebe meines Lebens" vorgespielt. Dieser Mann zeigte mir, dass es die Liebe meines Lebens noch geben kann. Er hat Adrian von seinem Thron gestoßen!

Aber dieser Mann, das ist eine andere Geschichte…

Einfach nur ich – Vollblutweib und Killer-Queen

Natürlich vermisse ich einen Mann an meiner Seite, die Schmetterlingsschwärme im Bauch, das Kribbeln. Aber gerade ist das Alleinsein gut so wie es ist.
Der nächste Mann, der mein Leben teilt, darf die Kirsche auf meinem Sahnehäubchen sein, die Krönung, mein i-Punkt, aber kein Mann wird mehr der ganze i-Strich meines Lebens sein.

Beim nächsten Mann wird alles anders!

Ein Tag Ende August. Mein Tagebuch fällt mir brühwarm wieder ein. Und jetzt, wo ich weiß, dass es andere Götter neben und sogar über Adrian gibt und geben kann, hole ich es heraus und beginne eine Geschichte zu schreiben. Viele alte Wunden reißen auf, Erinnerungen brechen über mich herein, aber mit jeder Zeile wird es leichter, Adrian vehement aus den letzten Ecken meines Herzens zu vertreiben. Mit jedem Kapitel lasse ich ihn endlich richtig los und wachse, wachse noch einmal an den Erfahrungen, die ich mit und durch ihn machen durfte.
Ich erkenne, dadurch dass es Adrian in meinem Leben gab, er mich ein kurzes Stück begleitet, mich an die Hand genommen hat, habe ich mich zu der entwickelt, die ich heute bin.

Adrian hat es geschafft, dass ich mich zu einem selbstbewussten Prachtweib, einer emotionsgeladenen Killer-Queen verwandelt habe. Er hat mir mit seiner Art mich zu lieben, seiner Art mich so anzunehmen wie ich bin, seinen Welten, unserer Sexualität und den Erfahrungen, den Weg zu mir gezeigt und mich mit einem kräftigen Schubser dazu gebracht, diesen Weg auch zu gehen. Er hat an mich geglaubt und mir dadurch den Glauben an mich selbst wieder geschenkt. Dafür danke ich Adrian von ganzem Herzen.

Mein Leben ist so wie es gerade ist genau richtig.
Ich bin so wie ich bin genau richtig.
Das erste Mal in meinem Leben kann ich von Herzen sagen:
Es geht mir gut!
Ich habe meine Sinnlichkeit des Seins entdeckt.

Die Verwandlung der „kleinen, dicken Frau"
zum Vollblutweib ist abgeschlossen!

Meine Art des Seins

Ich will mich bei Dir sicher und gut aufgehoben fühlen.
Bevor ich Dir meine Welten zeigen kann,
musst Du mich lehren Dir zu vertrauen und mir Deine Welt öffnen.
Ich muss wissen, dass Du mich nimmst so wie ich bin –
mit allen Ecken, Kanten und Rundungen.
Ich werde viel für Dich sein,
doch ich bin nie nur Geliebte oder Liebende.
Du musst mich als Person mit all meinen
Widersprüchen annehmen und aushalten können –
dieses Wissen brauche ich.

Ich will Deine Beständigkeit.
Das was Du heute sagst, muss ehrlich sein
und auch morgen noch Bestand haben.
Deine heutigen Worte müssen sich auf
Dein morgiges Verhalten anwenden lassen.
Verwirre mich nicht, in dem Du mir gegebene Versprechen brichst -
lass mich an allen Veränderungsprozessen teilhaben.
Ich will meine Grenzen erweitern,
wachsen und ich brauche Herausforderungen.
Manchmal möchte ich ermutigt werden,
um über meine Grenzen zu gehen ,
und manchmal musst Du mich bremsen, damit ich sie einhalte.
Ich brauche Deine Achtsamkeit, Deine Reaktionen, Deine Ansagen,
Deine Rückmeldungen, um meine, Deine, ,
unsere Grenzen zu wahren und zu erweitern.

Ich will lernen.
Mein Geist, meine Seele sind hungrig nach Neuem.
Lernen hilft mir zu der zu werden, die ich sein kann.
Zeigt mir, zu was ich fähig bin.
Lass mich durch Dich neue Sichtweisen und Positionen einnehmen.
Sei Futter für meinen Geist und meine Seele.

Ich will Deine Zustimmung und Bestätigung.
Lass mich wissen, wenn Du mit mir oder
mit dem was ich getan habe zufrieden bist.
Lass mich wissen, dass Du zu mir gehörst,
auch wenn ich mich irre und Fehler mache.
Ich will Deine Loyalität, auch wenn ich einmal versagt habe.
Erlaube mir meine Gefühle gemeinsam mit Dir zu sortieren
und wische mir die Tränen vom Gesicht.

Ich will auch geben dürfen.
Ich habe, obwohl ich mit Genuss nehme,
auch ein tiefes Bedürfnis zu geben und
muss dieses Bedürfnis ausleben können.
Ich muss beide Seiten leben. Es entspricht meiner Natur
und ist Quelle meiner Sinnlichkeit und meines Seins.
Ich will spüren, dass Du meine Hingabe niemals als Schwäche
und meine Dominanz niemals nur als Stärke auslegen wirst.

Schenke mir Dein Vertrauen. Vertraue mir so, dass Du Deine Ängste,
Fehler und Unsicherheiten mit mir teilen kannst.
Diese Fähigkeit auch stark schwach zu sein wird Dich für mich
einzigartig und unverwechselbar einmalig sein lassen.

Ich will Deine Aufrichtigkeit.
In einer Welt des Scheins, der Lügen
und der Selbstverleugnung will ich die Gewissheit,
dass Deine Worte, Deine Gedanken, Deine Gefühle wahr sind.
Immer und in jeder Situation.

Dies, und nur dies, gibt mir die Ruhe
und die Sicherheit für mein Bleiben und mein Gehen,
für mein Halten und für mein Loslassen.
Ich will Dein Lachen,
damit mein Lachen sich entfalten
und uns umfangen kann.
Das und nur das ist meine Art des Seins.

Epilog – da ist der Bus ja wieder!

Drei Jahre nach der Trennung von Adrian.

Jule hat die Sicherheits- und Wanderschuhe an den Nagel gehängt und arbeitet bereits seit über einem Jahr als Assistentin der Geschäftsführung in einer Internetfirma.

Außerdem hat sie sich erfolgreich einen Namen als Kartenlegerin gemacht. Heute steht ausnahmsweise kein Termin mehr an und so kann sie gleich noch mit Fräulein an ihre Lieblingsstelle am Fluss gehen.

Sie fühlt sich wohl, ist in ihrem Leben angekommen.

Demnächst fliegt sie nach Mallorca –
nach wie vor ihre große Liebe.

Ja, sie ist zufrieden –
mit sich und ihrem Leben.

Das Handy klingelt.
Lilly ruft an:
„Jule, alles gut bei Dir?"
„Alles bestens. Und bei Dir?"
„Du, warum ich anrufe… ich denke, Du solltest es von mir hören, denn ich weiß nicht, wie Du es aufnehmen wirst."
Jule bekommt ein flaues Gefühl im Bauch.
„Schieß los, Lilly. Was ist passiert?"
„Adrian hat geheiratet. Ich habe es eben bei Facebook gesehen."
Jule hört in sich, wartet, dass sich etwas rührt. Erwartet fast, dass der Bus kommt. Doch nichts passiert.
„Schön, dass Adrian endlich angekommen ist. Ich wünsche ihm von Herzen, dass er glücklich ist."

Jule hört nochmals in sich, doch es ist genau wie sie sagt:

Sie wünscht Adrian alles Gute! Nicht mehr und nicht weniger.

Da ist nichts mehr als ein spannendes, aufregendes, schönes Kapitel ihres Lebens, das sie abgeschlossen hat.

„Das war noch nicht alles.", setzt Lilly nach, „Er hat eine Rockstar-Hochzeit am Strand gefeiert."

Jetzt muss Jule doch kurz schlucken. Eine Hochzeit wie sie sie sich immer vorgestellt hat.

Kurz sieht Jule den Bus kommen – da ist er also!

Doch er überfährt sie nicht, fährt sie noch nicht mal an.

Zentimeter vor ihr kommt der Bus mit quietschenden Reifen und einer Vollbremsung zum Stehen.

Auge in Auge starrt Jule ihn an, doch nichts ist passiert.

Alles nochmal gut gegangen!

Für Adrian hat es also letztlich ein „Happy End" gegeben.

Und Jule? Jule hat sich Adrian von der Seele geschrieben...

ENDE

(Nein! Neuanfang!)

„Mit Giulietta in seinen Armen hörten alle anderen Frauen
- frühere, gegenwärtige und zukünftige -
einfach zu existieren auf."

(Anne Fortier, „Julia")

Nachtrag der Autorin

Jetzt ist es also vollbracht! Jule und Adrian sind Geschichte, im wahrsten Sinne des Wortes. Sie waren einige Wochen meine Wegbegleiter und als ich „ENDE" unter das letzte Kapitel geschrieben habe, hat mich ein wenig Abschiedsschmerz gepackt. Ich werde die beiden vermissen, aber es wird Zeit sie freizugeben und alleine laufen zu lassen.

Gerne möchte ich auf den Soundtrack dieses Buches hinweisen. Die Lieder, die in diesem Buch auftauchen und Jule - manchmal auch Adrian - begleiten, befinden sich aus gutem Grund an den genannten Stellen. Ihr Text passt zur Situation. Da ich leider keine Texte zitieren darf, mein Tipp: einfach die Songs anhören oder die Lyrics lesen. Der Soundtrack von Jule & Adrian ist definitiv hörenswert!

Als ich mich an einem Sonntagnachmittag hinsetzte, um aus reiner Langeweile heraus ein wenig zu schreiben, hätte ich nie gedacht, dass ich erst sechs Wochen später aufhören kann und dann eine stimmige Erzählung in Händen halte. Dieses Buch ist mir „einfach so passiert" und war in keinster Weise geplant – umso schöner, was jetzt am Ende daraus geworden ist. Im ganzen Leben hätte ich nicht gedacht, dass ich mal ein Buch schreiben werde – mal wieder habe ich nicht an mich selbst geglaubt! Aber meine Testleser bescheinigten mir: „Das musst Du veröffentlichen" und deswegen hältst Du, lieber Leser, jetzt „Wenn ein Fremder Schneewittchen wach küsst…" in Händen.

Warum küsst der „Fremde" ausgerechnet „Schneewittchen" wach in diesem Buch? Auch, wenn ich jetzt schon lange Zeit in Mainfranken (mit Zwischenstationen auf Mallorca, Offenburg und Regensburg) lebe, im tiefsten Inneren bin und bleibe ich eine „Spessarträuberin". Und da Schneewittchen ja bekanntlich aus dem Spessart kommt, lag nichts näher, als sie hier noch einmal „aufleben" zu lassen.

Ganz oft fragt man mich: „Wie viel Jule steckt in der Autorin? Und wieviel Autorin steckt in Jule?" Die Frage lässt sich ganz einfach beantworten: „Frau R. und Jule kennen sich schon seit Jahren und es verbindet sie eine gute, tiefe Freundschaft!"

Auf der einen Seite ist ganz viel in diesem Buch Fiktion, wilde, blühende Phantasie und absolut meiner imaginären Vorstellungskraft entsprungen.

Andererseits gibt es ein, zwei Eckdaten, die auch in der Realität Bestand haben und an das Leben der Frau R. angelehnt sind. Aber „Wenn ein Fremder Schneewittchen wach küsst…" ist keine Autobiografie. Was ich aktiv erlebt habe und was passiv rein erfunden ist, bleibt das süßes Geheimnis der Frau R.! (Sorry! *grins*)

Ich höre schon den Aufschrei „Wie kann sie nur?" Tja, wie konnte ich nur ein Buch über „so ein Thema" schreiben? Was waren meine Beweggründe für dieses Buch? Vielleicht wollte ich mit ein paar Vorurteilen aufräumen, vielleicht brannten mir Dinge auf der Seele – letztendlich sind die Worte zu dieser Erzählung einfach aus mir herausgesprudelt und ich habe mir über das „was die Leute sagen werden" einfach keine Gedanken gemacht und werde mir auch keine machen. Lebt damit! Dieses Buch ist richtig genauso wie es ist! Vor allem ist dieses Buch mehr als „bloß" eine erotische Erzählung (auch wenn es zugegebenermaßen einige explizite Sexszenen enthält). Dieses Buch ist so viel mehr! Verstehen wird es aber wohl nur, wer zwischen den Zeilen lesen kann und über das „Offensichtliche" hinaus liest. Genau das sind die Leser, die ich mir für mein „Schneewittchen" wünsche: Menschen, die empathisch genug sind, um die Geschichte hinter der Geschichte zu sehen! Auf Euch freue ich mich von Herzen!

Jetzt habe ich meine Erzählung so oft gelesen, überarbeitet und selbst, wenn ich das jetzt noch fünf Mal tun werde, werde ich sicherlich noch 100e Stellen finden, die man verbessern, ausbauen könnte. Aber irgendwann muss Schluss sein! Dieses Buch ist eine One-Woman-Show und wird und darf Fehler haben. Was auch immer jetzt noch fehlerhaft sein sollte, läuft unter „künstlerische Freiheit". Als Vollblutweib darf man herrlich unperfekt sein!

In diesem Buch steckt das wichtigste, was ich geben konnte:

Mein Herzblut!

Passt gut auf Euch auf und verbiegt Euch nicht, „nur" um geliebt zu werden! Es ist völlig in Ordnung „so viel mehr" zu wollen!

Von Herzen,

Eure

DANKE

★ Oma und Opa, Ihr seid die Besten! Oma, Dein Spruch „Wegen einem Strauch verreckt keine Geiß" wurde zu meinem Leitsatz bei Liebeskummer. Danke, für alles was Ihr für mich getan habt und dafür, dass Ihr immer für mich da seid.

★ Mama fürs Rücken stärken und an mich glauben! Dafür, dass Du beharrlich Vertrauen in meine verrückten, kreativen Ideen hast, dass Daisy bei Dir immer willkommen ist, dass Du mich liebst, obwohl ich meinen eigenen Weg gehe. Für all die vielen 1000 Dinge, die Du für mich tust!

★ Daisy, mein bester Hund der Welt, was wäre ich nur ohne Dich?!

★ Kirstin, selbst wenn wir uns monatelang nicht sehen, weiß ich, dass ein Anruf in der Nacht genügen würde, Du wärst sofort da. Sehr beruhigend!

★ Liane fürs Reichen der Kleenexbox, fürs da sein bei diversen (Ab-)Stürzen und wenn ich zu verzweifeln drohte. Ich vermisse unsere Mädelsabende bei einem guten Glas Rotwein!

★ Bianca, selbst in Amerika denkst Du an mich. Unserer Freundschaft können auch 1000e Kilometer nichts anhaben.

★ Tashina für den Spaß beim Abrocken, gute Gespräche, Deine Unterstützung, geschlagene Schaumkuss-Schlachten und so viel mehr. Zuckerpuppe forever!

★ Ben, Du guckst mir mit der Musik in die Seele und ich kann sie mir bei Dir frei singen, meine Seele. Ich liebe es mit Dir Musik zu machen!

★ Stephan und Martin, für die Erfahrungen, die ich mit Euch sammeln durfte und für das was ihr mich gelehrt habt.

★ meinen „Hexen" und Freundinnen Josie, Marina, Carmen und Katharina, für Eure weisen Prognosen, fürs Aufbauen, zur Seite stehen und das Kopfwaschen, wenn es nötig ist.

★ meinen Korrekturleserinnen Kirstin, Liane, Manuela, Ylenia und Franzi, Ihr ward grandios! Alle Fehler in diesem Buch gehen auf mich.

★ meinen Kartenkunden für Euer Vertrauen, das Verständnis für verschobene Termine in der Zeit des Schreibens und das „Daumen drücken" fürs Buch.

★ an „First Generation 09" (specially Frank und Martin) + „Das dicke Ende" (specially Heiko), meine Lieblingslivebands, für die Musik. Bei Euch konnte ich mir in zahllosen Nächten meinen Frust von der Seele tanzen und singen. It's only Rock n' Roll, but I like it!

★ an alle, die mich lieben so wie ich bin oder weil ich so bin oder obwohl ich so bin und vor allem trotzdem ich so bin.

★ an alle, die an mich geglaubt haben und glauben und die mich zu der gemacht haben, die ich heute bin und sein darf.

★ an die, die mich inspiriert haben und die auf die ein oder andere Weise dadurch dieses Projekt möglich machten.

★ an die, die ich liebte und liebe, die kamen und gingen, wichtig für mich waren und sind, die bleibenden Eindruck hinterließen.

★ last but not least an die, an denen ich wachsen durfte, an denen ich zu verzweifeln drohte und die mich dadurch so gestärkt haben.

Ich bin sehr froh, dass es Euch alle gibt!
Ihr seid ein wichtiger Teil meines Lebens!

Ich wünsche Euch jemanden,
der an Euch glaubt
und Euch damit den Glauben
an Euch selbst schenkt,
wenn Ihr ihn mal verliert!

In jedem von uns steckt
ein Vollblutweib
oder ein
Räuber, Pirat und Drachenzähmer!

Glaubt an Euch!

(Frau R., im September 2015)

Die Autorin

Frau R. lebt mit ihrem Hund in dem idyllischen Weinort Obereisenheim am Main mit direktem Blick auf den Fluss. Sie liebt ihren Hund, Bücher, Musik, das Schreiben, am Wasser zu sitzen, das Meer, Mallorca, Ibiza und ihre Lieblingsmenschen.

Neben ihrem Hauptberuf im Büro ist ihre Berufung das Kartenlegen. Ihr Herzblut gehört jedoch von Kindesbeinen an dem Schreiben. Bücher und das geschriebene Wort sind ihre große Leidenschaft und sich selbst bezeichnet sie gerne als „Wort-Fetischistin".

Frau R., selbst ein Vollblutweib, lebt nach dem Motto:
„Sei frech und wild und wunderbar."

Eigentlich wollte sie gar kein Buch schreiben, aber Leben ist nun mal das, was passiert, während man eifrig andere Pläne macht. Frau R. liebt solche "Zufälle" und auch wenn sie findet, dass das Schicksal ein Idiot sein kann, nimmt sie seine Herausforderungen gerne an.

Mit der Veröffentlichung ihres zweiten Buches „Mit rasierten Beinen spricht sich's besser! 20 Dates in 40 Tagen" (ISBN 978-3-7347-2810-5) ein Jahr nach der Veröffentlichung von „Wenn ein Fremder Schneewittchen wach küsst..." beweist sie, dass sie nicht nur zufällig Bücher schreiben kann, sondern auch ganz bewusst.

Mehr über die Autorin unter: www.frau-r.de